Jorge Luis
Borges

Fervor de Buenos Aires

布宜诺斯艾利斯激情

[阿根廷] 豪尔赫·路易斯·博尔赫斯 著

林之木 译

上海译文出版社

图书在版编目（CIP）数据

博尔赫斯全集. 第二辑：全12册 /（阿根廷）博尔赫斯著；
王永年等译. —上海：上海译文出版社，2016.8（2024.7重印）
（博尔赫斯全集）
ISBN 978-7-5327-7252-0

Ⅰ. ①博… Ⅱ. ①博… ②王… Ⅲ. ①文学-作品综
合集-阿根廷-现代 Ⅳ. ①I783.15

中国版本图书馆CIP数据核字（2016）第067023号

本书由上海市新闻出版专项资金资助出版

JORGE LUIS BORGES

博尔赫斯全集 Ⅱ　　豪尔赫·路易斯·博尔赫斯　著　　出版统筹　赵武平
　　　　　　　　　　王永年　等　译　　　　　　　责任编辑　周　冉　缪伶超
　　　　　　　　　　　　　　　　　　　　　　　装帧设计　陆智昌

上海译文出版社有限公司出版、发行
网址：www.yiwen.com.cn
201101　上海市闵行区号景路159弄B座
上海信老印刷厂印刷

开本850×1168　1/32　印张41.25　插页24　字数206,000
2016年8月第1版　2024年7月第13次印刷

ISBN 978-7-5327-7252-0/I·4411
定价：496.00元（套装12册）

目　录

i

序　　言

　　我并没有将这本书重新写过，只是淡化了其中过分的夸饰，打磨了棱角，删除了矫情和胡话。在这项有时痛快有时烦人的工作过程中，我发觉一九二三年写下这些东西的那位青年本质上（"本质上"是什么意思？）已经就是今天或认可或修改这些东西的先生。我们是同一个人。我们俩全都不相信失败与成功、不相信文学的流派及其教条，我们俩全都崇拜叔本华、斯蒂文森和惠特曼。对我来说，《布宜诺斯艾利斯激情》包容了我后来所写的一切。这本诗集以其朦朦胧胧地表现了的和通过某种形式预示着的内容而得到恩里克·迪埃斯-卡内多[1]和阿方索·雷耶斯[2]的慨然称许。

　　同一九六九年的年轻人一样，一九二三年的青年也是怯懦的。他们害怕显露出内心的贫乏，于是也像今天的人们似的想用天真的豪言壮语来进行掩饰。拿我来说吧，当时的追求就有些过分：效法米格尔·德·乌纳穆诺的某些（我所喜爱的）疮痍，做一个十七世纪的西班牙作家，成为马塞多尼奥·费尔南德斯，发现卢贡内斯已经发现了的隐喻，歌颂一个满是低矮建筑、西部或南部散布着装有铁栅的别墅的布宜诺斯艾利斯。

我那时候喜欢的是黄昏、荒郊和忧伤，而如今则向往清晨、市区和宁静。

豪·路·博尔赫斯

一九六九年八月十八日，布宜诺斯艾利斯

---

1 Enrique Díez-Canedo（1879—1944），西班牙诗人、评论家和新闻记者。
2 Alfonso Reyes（1889—1959），墨西哥诗人和作家，曾任驻阿根廷大使。

致偶然读到这些诗作的人

如果这本诗集里面还有一句半句好诗，首先恳请读者原谅我贸然将之窃得。我们的无知没有多大分别，你成为这些习作的读者而我是其作者纯属不期而然的巧合。

街　　道

布宜诺斯艾利斯的街道
已经融入了我的心底。
这街道不是贪欲横流、
熙攘喧嚣的市集,
而是洋溢着晨昏的柔情、
几乎不见行人踪影、
恬淡静谧的街区巷里,
还有那更为贴近荒郊、
连遮阴的树木
都难得一见的偏隅僻地:
棚屋陋舍寥若晨星,

莽莽苍苍辽远幽寂，

蓝天和沃野汇聚于茫茫的天际。

那是孤独者的乐土，

有万千豪杰繁衍生息，

在上帝面前和岁月长河之中，

堪称绝无仅有而且壮美无疑。

向西、向北、向南，

街巷——祖国也一样——展延羽翼[1]，

但愿它们能够扎根于我的诗行，

就像飘扬的战旗。

1　布宜诺斯艾利斯东面临海，故只能向其余方向发展。

拉雷科莱塔 *

实实在在的厚厚积尘

表明着岁月的久远，

我们留连迟疑、敛声屏息，

徜徉在缓缓展开的排排陵墓之间，

树影和石碑的絮语

承诺或显示着

那令人欣羡的已死的尊严。

坟丘是美的：

直白的拉丁文铭刻着生死的日月年，

碑石和鲜花融为一体，

冢园葱翠好似庭院一般，

还有那如今已经停滞并成为仅存的

许许多多历史上的昨天。

我们常常错将那恬静当成死亡，

以为在渴望自己的终结，

实际上却是向往甜梦与木然。

生命确实存在，

震颤于剑锋和激情，

傍依着常春藤酣眠。

时间和空间本是生命的形体、

灵魂的神奇凭依，

灵魂一旦消散，

空间、时间和死亡也随之销匿，

就像阳光消失的时候，

夜幕就会渐渐地

把镜子里的影像隐蔽。

---

* 布宜诺斯艾利斯东北部的墓园，埋葬的多是阿根廷知名人士，包括博尔赫斯
    的祖先。

给人以恬适的树荫，

轻摇着小鸟栖息的枝头的徐风，

消散之后融入别的灵魂的灵魂，

但愿这一切只是

总有一天不再是不可理解的奇迹的奇迹，

尽管一想到它注定会周而复始

我们的日子就会充满惊恐疑惧。

在拉雷科莱塔那个我的骨灰将要寄存的地方，

正是这样一些念头萦绕在我的心际。

南　　城

从你的一座庭院

观赏亘古已有的繁星，

坐在夜幕下的长凳上

凝望

因为无知而不知其名、

也弄不清属于哪些星座的

天体的寒光荧荧，

聆听从看不见的池塘传来的

溪流淙淙，

呼吸素馨与忍冬的芳菲，

感受睡鸟的沉寂、

门廊的肃穆、湿气的蒸腾，

——这一切，也许，就是诗情。

陌生的街道

希伯来人曾将黄昏初始比作

鸽子的晦暝[1]：

暮色无碍行人的步履，

夜幕的降临

犹如一首期待中的古曲，

好似一种飘逸的滑行。

恰在那一时刻，

我踏着如同细沙的霞光

步入一条不知名的街区之中：

路面平展宽阔，

两旁的飞檐和墙壁

呈现着同远处天际一样的

柔润色泽。

种种景象——普普通通的房屋、

俭朴的栅栏和门钹，

也许还有阳台上少女的期望——

涌入我空荡的心底，

卷带着泪珠的明澈。

也许正是这银灰的晚景

赋予那街道以温馨的意趣，

使它变得那么谐美，

就好像已经被忘却但又重新记起的诗句。

只是在事过之后我才想到：

那夜色初上的街道与我无关，

每幢楼舍都是烛台一具，

人的生命在燃烧，

好比是各不相同的蜡炬，

———————————

1　此说不确。德·昆西（《作品集》第 3 卷第 293 页）指出，据犹太术语，曙光
　　称之为"鸽子的晦暝"，黄昏是"乌鸦的晦暝"。——原注

我们向前跨出的每一步

都是在髑髅地[1]里驰驱。

1　耶稣受难处，又音译为"各各他"。

圣马丁广场

致马塞多尼奥·费尔南德斯

追寻着黄昏的踪迹，

我徒然地在街头漫步。

门洞里全都张起了黑色幕布。

披着桃花心木柔润光泽的暮色

已经在广场上驻足：

宁静而恬适，

像灯盏一般宜人楚楚，

像额头一般光洁明净，

像重孝在身者的表情一般冷峻严肃。

一切感觉均趋平和，

融会于婆娑的树影：

蓝花楹、金合欢的

祥和娇姿

冲淡了冷漠雕像的峻挺，

交织的网络里面

青天和赤地

突显出并行的光彩辉映。

舒心地坐在宁适的长凳之上，

满目的晚景是多么陶心愉性！

下面，

港湾憧憬着远处的涛涌，

而这平等待人的幽幽广场

敞开着怀抱，如死亡似梦境。

摸 三 张[*]

四十张纸牌¹取代了现实的生活。

画在纸版上的图饰

使我们忘却了自己的苦与乐，

一个绝妙的创造，

用家制神话的

斑斓变幻，

把窃据的时间消磨。

别人的命运

就在桌角台边落了座。

那里面有一个奇异的王国：

投筹认注都冒风险，

剑花幺点

就像堂胡安·曼努埃尔[2]威力无边，

更有唤起希望的七金元。

蛮荒的沉稳

使言语变得徐缓，

牌势轮转

周而复始一遍又一遍，

今夜的赌徒们

让古老的把戏重演：

这件事情多少（尽管不多）

勾起了对先辈的思念，

正是他们为这布宜诺斯艾利斯的时代

留下了同样的恶作剧、同样的诗篇。

---

* 一种纸牌游戏。
1 西班牙的纸牌共四十张，有四种花：金元、金杯、剑和棒。
2 当指阿根廷独裁者罗萨斯。

一 处 庭 院

时近黄昏，

庭院里的两三种色彩失去了分明。

今天晚上，那晶莹的圆月

没有升入属于自己的苍穹。

庭院圈起了一片天空。

那庭院变成为甬道，

将天空导入居室之中。

永恒

沉静地潜伏于密布的繁星。

黑暗笼罩着门廊、葡萄架和蓄水池，

真是乐事啊，得享这份温情。

墓　志　铭

为我的曾外祖父伊西多罗·苏亚雷斯 [1] 上校而作

　　他曾勇贯安第斯的山峦。

　　他曾同险峰和大军作战。

　　果敢为他的佩剑司空见惯。

　　在胡宁 [2] 的原野之上，

　　他取得了战斗的胜利，

　　让西班牙人的鲜血染红了秘鲁的矛尖。

　　他用冲锋号角般的铿锵文字

　　写出了自己的功勋汇编。

　　他选择了光荣的流亡。

　　他如今只剩下一抔尘土和些许美谈。

1 Isidoro Suárez（1799—1846），博尔赫斯的曾外祖父，早年参加智利和秘鲁的解放者圣马丁领导的安第斯军，屡建战功。
2 秘鲁中部地区。南美洲独立战争期间，西蒙·玻利瓦尔和安东尼奥·何塞·德·苏克雷曾于 1824 年 8 月 6 日在此指挥了一场重要战役，将西班牙殖民者赶出了秘鲁。

玫　　瑰

玫瑰，

我不讴歌的永不凋谢的玫瑰，

有分量、有香气的玫瑰，

夜阑时分漆黑的花园里的玫瑰，

随便哪一处花园、哪一个黄昏的玫瑰，

通过点金术

从轻灰中幻化出来的玫瑰，

波斯人的和阿里奥斯托 [1] 的玫瑰，

永远都是独处不群的玫瑰，

永远都是玫瑰中的玫瑰的玫瑰，

柏拉图式的初绽之花，

我不赞颂的热烈而盲目的玫瑰，

可望而不可即的玫瑰。

1　Ludovico Ariosto (1474—1533)，意大利诗人。

失而复得的城区

没人留意过街市的美丽，

直到有一天天空披起灰纱、

发出骇人的咆哮、

化作浓云急雨倾泻而下。

风暴铺天盖地，

在人们的眼里世界变得可厌可怕，

然而，当一弧长虹

为黄昏装点起歉意的彩霞，

湿润泥土的气息

使花园的容貌重新焕发，

我们步入大街小巷，

就好像走进了失而复得的故园旧家，

窗户的玻璃映满了斜阳，

夏日假借着璀璨的树叶

道出了自己那颤动着的不灭光华。

空荡的客厅

桃花心木的家具

将平日的聚谈

锁定在形形色色的锦幛绣幔之间。

银版照片制成的肖像

使凝滞在镜框里的岁月

蒙上虚假的近期外观，

然而，在我们的审视下，

终于现出了

模糊年代无谓时日的真颜。

他们从遥远的过去

对我们发出凄楚的呼唤，

而如今却只不过停留在

我们童年时期的晨曦初现。

今天的日光，

通过喧闹繁忙的街市，

映照得窗上的玻璃光洁明灿，

使祖辈的苍凉声音

遭到冷落、喑哑黯然。

罗　萨　斯 *

大厅里一片宁静，

古朴的挂钟滴洒着

已经无惊无险的光阴，

洁白的粉壁犹如死人的装裹

罩住了桃花心木的火红激情，

仿佛是一种亲切的责备，

有人道出了这个熟悉而又骇人的名字。

瞬间里，暴君的雕像

成了瞩目的对象。

在这黄昏的时分，

那雕像没有大理石的光洁，

倒像是远处的山影一般庞然而昏暗，

真真假假的奇闻轶事，

一时间成了人们的话题，

就好似莫测的回声激荡绵延。

他那远播的恶名

曾经意味着百姓的灾殃、

高乔的膜拜偶像、

刀砍脖子的惊慌。

如今，忘却已经模糊了死者的名册，

倘若把死亡看作是时光的组成部分，

死亡也可以标价出让，

那不知疲倦的恒动

就是种族灭绝的无声罪魁，

它那永不弥合的伤口

将会吞噬最后的天神的最后时日，

因而容得下所有流洒出来的鲜血。

祖辈说过罗萨斯只是一柄贪婪的匕首，

我无法验证这一结论，

但却觉得他与你和我没有什么不同：

他也是芸芸众生中的一员，

也曾有着凡人的烦恼焦虑，

并把别人的惶惑

引向激愤和苦难。

现在大海成了无边的屏障，

横亘在他的遗迹同祖国之间。

无论是谁，也不管多么卑贱，

都可以践踏他的虚名和沉寂。

上帝可能已经将他遗忘，

用残存的仇恨

延缓他的最后泯灭，

与其说是羞辱，不如说是怜悯。

岁　末

以二换三的

小小象征把戏、

把一个行将结束和另一个迅即开始的时期

融会在一起的无谓比喻

或者一个天文进程的终极，

全都不能搅扰和毁坏

今夜的沉沉宁寂，

并让我们潜心等待

那必不可免的十二下钟声的敲击。

真正的原因

是对时光之谜的

普遍而朦胧的怀疑，

是面对一个奇迹的惊异：

尽管意外层出不穷，

尽管我们都是

赫拉克利特的河中的水滴，

我们的身上总保留有

某种静止不变的东西。

肉　　铺

肉铺带给街市的羞辱

甚至比妓院更为不堪。

一颗冷漠的牛头

雄踞在门楣之上，

以似是而非的偶像威严，

俯瞰着

杂陈的肉块和大理石的地面。

城　　郊

致吉列尔莫·德·托雷

城郊映照出了我们的厌倦。

我正要踏上地平线的时候，

却突然收住脚步，

滞留在了房舍之间：

一个个方方正正的街区

看似各异却又难分难辨，

就好像

全是同一个街区的

单调重复翻版。

赢弱的小草

拼命挣扎着

钻出街石的缝隙，

面对西方

远处的彩色牌阵，

我感觉到了布宜诺斯艾利斯。

原以为这座城市是我的过去，

其实是我的未来、我的现时；

在欧洲度过的岁月均属虚幻，

我一直（包括将来）都生活在布宜诺斯艾利斯城里。

为所有的死者感到的愧疚

失去了记忆也失去了希望，

没有了局限，神秘莫测，几乎成了未来的偶像，

死者不只是一个死了的人，而是死亡。

就像对其全部说教均应唾弃的

秘宗教派的上帝，

将一切全都置之度外的死者

就是整个世界的背离与沦丧。

我们窃据了他的所有，

没有给他留下一丝儿色彩、一点儿声响：

这里是他的眼睛再也看不到的庭院，

那边是他曾经寄予希望的街巷。

甚至连我们正在想着的事情他也曾经想过，

我们像一群盗贼，

瓜分了昼与夜的宝藏。

花　　园

沟壑，

崇山，

沙丘，

散布于气咻咻的荒原之间，

承受着来自沙漠深处的

风暴和流沙漫漫。

在一块坡地上有一座花园。

每一棵小树都是绿叶的森林一片。

以其阴影催促夜幕早张的

肃穆荒岭、

徒然流碧的可悲海涛

无碍于那花园葱茏。

整个花园就是为黄昏增彩的

宁谧光明。

小小的花园

恰好似贫瘠大地的节庆。

　　　　　　　　　　一九二二年，丘布特矿区

适用于任何人的墓志铭

不知趣的碑石啊，

不必喋喋不休地

用名字、品性、经历和出生地

去挑战忘却的万能。

再多的赞颂都是枉然，

大理石也就不必历数人们有意回避的事情。

逝去的生命的精髓

——战战兢兢的期望、

不可弥合的伤痛和物欲的惊喜——

将会绵延永恒。

有人狂妄地盲目祈求长生不死，

殊不知他的生命已经确实融进了别人的生命之中，

其实你就是

没有赶上你的时代的人们的镜子和副本，

别人将是（而且正是）你在人世的永生。

归　　来

流亡的岁月终于结束，

我回到了童年时代的家里，

一切还都显得生疏。

我用手触摸了庭院里的树木，

就好像是对沉睡中的亲人的爱抚；

我重又踏上昔日的路径，

就好像在追忆已经忘却了的诗赋；

在那夜幕初张的时候，

我看到荏弱的新月

偎依在棕榈树的梢头，

就好像是归巢的飞鸟

寻求着荫庇呵护。

在这旧家重新接纳我、

在我熟悉这旧家之前，

白昼的天空

还会有多少次映照庭院，

瑰丽的晚霞

还会有多少次点染街头巷端，

娇嫩的新月

还会有多少次将那柔情注入花园！

晚　　霞[*]

即使是无华而又平淡，

日落也总是感人的景观；

然而，更能让人动情的

却是夕阳最终沉没之后

那将原野染成锈色的

余晖残焰。

那光焰浓烈、多变，让我们的心灵震颤，

那光焰将黑夜的恐怖

遍洒于整个尘寰，

在我们发现它的虚幻的刹那，

那光焰却消隐在转瞬之间，

就好似当我们意识到自己在做梦的时候，

梦境就会消失得无影无踪一般。

晨　　曦

夜幕沉沉漫无边际，

幽幽的路灯难显微明，

一股迷向的狂风

骚扰了寂静街道的上空，

恰好似徘徊于尘世荒郊的

那可怖的晨曦

发出预报的涌动。

惑于黑暗的玄秘，

慑于黎明的进逼，

我重温了叔本华和贝克莱的

奇特至极的推理：

世界不过是

思维的运作、

心灵的梦境，

没有根基、没有目的、没有形体。

既然思想

不像大理石那样恒定

而是如同森林和江河一般长生不死，

哲人们的论断

在拂晓时分就有了另一种表现形式，

当阳光像常春藤一样

即将遮没暗夜的四壁的时候，

对黎明的迷信

战胜了我的理智，

从而引发出这样的荒诞解释：

既然万物均非实体构成，

既然这人烟密集的布宜诺斯艾利斯城

只不过是

人们心灵协同施法造出的梦境，

必定会有那么一个时刻，

也就是黎明降临的刹那，

这个都会的存在就将面临极大的险情，

因为，那个时候，梦见世界的人屈指可数，

只有些许彻夜不眠者

才会朦胧、模糊地记得

街巷的样子和布局，

而后，他们必须同别人一起将城市的面貌廓清。

那将是生命的顽梦

面临破灭的时分，

那将是上帝

可以轻易捣毁其全部创造的时辰！

然而，世界又一次逃脱了灭顶的灾难。

阳光的流泻造出种种脏污的色彩，

我的卧室也在晴明中变得清冷暗淡；

由于曾为白昼的降临推波助澜，

我心中难免几分歉疚，

从而对自己的蜗居更感眷恋；

恰在这个时候，一只小鸟打破了沉寂，

而那残败的夜色

只留在了瞎子的眼底心间。

贝纳雷斯[*]

我的眼睛从未见过的

这座魂牵梦萦的城市，

就像是映在镜子里的花园，

虚幻而又拥挤，

远近交汇，

屋舍重叠不可企及。

骤然跃出的太阳

扯碎裹着寺庙、粪场、监牢、庭院的

巨大黑色幕布，

还将缘着墙壁爬升，

并把光芒倾入圣河的激流滩涂。

繁星笼罩下的都会

气喘吁吁地

拓展起自己的疆土，

在这脚步杂沓、睡意未尽的

清晨时分，

阳光疏导着街巷像树枝一般伸延展舒。

就在曙色

潜进所有朝东的窗口的同时，

召唤晨祷的呼喊

从高高的塔台

飞向初明的天际，

向这众神聚居的城市宣告

上帝的孤寂。

（于是，我想到：

就在我玩味似是而非的意象的时候，

我所讴歌的城市

---

*　布宜诺斯艾利斯的别称。

继续矗立在尘世为它设定的地方，

高低起伏错落有致，

民居层叠好似梦境仙乡，

有医院、有兵营、

有徐缓的林荫大道，

还有唇烂齿冷的

穷汉游荡。）

思　　念

整个生活至今仍是你的镜子，

每天清晨都得从头开始：

这种境况难以为继。

自从你离去以后，

多少地方都变得空寂，

就像是白天的日光，

完全没有了意义。

你的容貌寓寄的黄昏，

伴随你等待我的乐声，

那个时候的千言万语，

我都将亲手从记忆中涤除荡净。

你的不在就像是

恒久地喷吐着无情火焰的骄阳，

我该将自己的心藏于何处

才能免受炙烤灼伤？

你的不在萦绕着我，

犹如系在脖子上的绳索，

好似落水者周边的汪洋。

恬　淡

致艾德·朗热

花园的栅门
顺从地悄然开启，
就好似经常潜心翻阅的书籍；
园中的景物
无需瞩目观赏，
因为早已完全印在了脑际。
我熟悉每个人类群体
正在形成的习俗和灵魂，
还有那特定的言辞语义。

无需侈谈和杜撰

专长及天赋，

身边的人们了解我的为人，

对我的烦恼和弱点一清二楚。

不指望称颂与成功，

只求简简单单地被纳入

不可否认的现实，

就像那岩石和草木：

也许这就是上帝能够给予的、

我们可以期望得到的至福。

街 头 漫 步

夜色带着精茶的幽香

拉近了荒郊的距离，

陪伴我的孤独的街面

了无人迹，

化作长长的线条、引发朦胧的恐惧。

微风裹挟着田野的搏动、

庄园的甜蜜、白杨的记忆，

柏油的硬壳下

那被屋舍的重负禁锢了的大地

重又颤动着现出活力。

少女们黄昏时分遥寄满怀憧憬的阳台

已经紧紧地关闭，

虎步猫行般悄然张起的夜幕

却还在无端地撩拨调戏。

门洞里也是一片静寂。

醉人的深更时钟

朝向无底的黑暗

倾泻着恢宏仁厚的流瞬，

犹如汹涌的波涛

容纳着各色的梦幻追寻、

让人开怀舒心，

不似制约白昼冗务的

那猥琐贪鄙的时辰。

我是这街巷的唯一见证，

没有我的凝注，它将荡然无存。

（我看到了

一堵长满芒刺的长垣，

我看到了

一盏街灯的幽微黄焰。

我还看到了繁星的忽闪。)

夜幕壮阔而又绚丽,

如同天使的乌黑羽毛一般,

展开的翼幅遮没了白昼,

将平庸的街市尽掩。

圣胡安之夜

西方的天际一片光艳，

景物的间距骤然难辨。

夜色轻柔，好似柳林一片。

突兀燃起的篝火

哗哗剥剥地将火星喷溅；

腾腾的烈焰，

像旗帜飘舞、顽童嬉闹，

将劈柴化作青烟。

夜幕宁谧而悠远，

今天的街巷

从前不过是荒原。

这整个神圣的夜晚，

凄寂都在捻动繁星的珠串。

近　　郊

一座座庭院日久经年，

一座座庭院

矗立于天地之间。

窗口安装着铁栅，

依栏展目，

街巷好似灯盏一般亲切熟惯。

居室幽深，

桃花心木的家具犹如凝滞的火焰；

镜面上泛着微光，

好似黑暗中的水潭。

迷茫的交错路径

朝着宁静的郊野

四射绵延直至无限。

所有这些地方

全都洋溢着柔情万端，

而我却只身一人，与影相伴。

星　期　六

致 C.G.

屋外的日落黄昏

犹如镶嵌在时光中的乌金珠宝，

沉沉的城市陷入了夜幕之中，

人们已经不能再见你的姿容妖娆。

暮色时而悄寂时而轻歌，

有人将钢琴奏响，

释放出期望的音调。

你的姣美永远都是那么浓重不凋。

尽管你冷漠无情，

你的俏丽

却在与日俱增。

时运之于你，

就像春光之于新叶初生。

我已经几乎无足轻重，

犹如那期望

迷失在黄昏的雾霭之中。

妩媚之于你

就好似利剑上的冷锋。

夜色将窗栅遮蔽。

在那肃穆的客厅里，

你我的孤寂就像两个瞎子相互寻觅。

浓重的夜色

掩不住你肌肤的白皙。

在你我的情好里面，

有一缕如同幽灵的哀戚。

你，

昨天只是美的化身，

此刻却又成了爱的女神。

收　　获

就好像漫步在茫茫的岸边

惊叹那波光粼粼、壮阔浩渺的

大海的涛涌浪翻，

在这漫长的整整一天里，

我都在把你的娇容赏玩。

黄昏时候分手之后，

你的倩姿仍在街头的人影中闪现。

随着寂寥的渐增，

我的喜悦失去了光彩变得黯然：

美好的感受真可谓千千万万，

也许只有少许能够永驻心间，

为长流不息的心迹

留下些微装点。

黄　昏

西天多彩的明丽

使街市变得灿烂，

那街市像无边的梦境

为各种可能提供了空间。

清幽的树林

隐没了最后的飞鸟、最后的金焰。

乞丐平伸的枯手

突显了黄昏的凄惨。

镜子里的宁谧

令人窒闷气竭。

夜色成了

受损的万物溢出的血液。

变化无定的晚霞下面，

破碎的暮色

只是些许淡彩的重叠。

黄昏时分的田野

傲然的西天好似一个大天使

挺立在道路的尽头。

梦境一般浓重的寂寥

笼罩了村庄的四周。

牛羊颈上的铜铃

浓缩了黄昏时分的凄清，

新月犹如来自天空的低鸣。

随着夜幕的渐次张起，

村庄重又变成荒野朦胧。

西天就像未愈的伤口，

仍在折磨着黄昏。

震颤不已的彩霞

正在遁入万物的灵魂。

空荡的卧室里面，

夜幕终将抹去镜面上的光晕。

离　　别

三百个夜晚必定变成三百堵高墙

无情地将爱侣与我隔断，

大海将成为我们之间的梦魇。

可能有的只会是思念。

啊，凄清悱恻的黄昏，

渴望能够见到你的夜晚，

脚下的田野，

眼前渐失的蓝天……

你的不在就像无奈的石碑，

将会使许许多多个黄昏暗淡。

可能于一九二二年写成并遗失了的诗

　　　　　天际郊野的

　　　　　晚霞的默默挣扎，

　　　　　天空的一场自古连败的鏖战，

　　　　　如同源自时光深处的

　　　　　那从茫茫宇宙的虚空底部

　　　　　涌现到我们面前的熹微霞焰，

　　　　　雨中黑沉沉的花圃，

　　　　　我害怕开启

　　　　　而其影像却在梦中展现的书卷的谜团，

　　　　　我们将化作的腐朽与回响，

　　　　　洒在大理石碑上的月华光斑，

Jorge Luis
Borges

Luna de enfrente

Cuaderno San Martín

面前的月亮
圣马丁札记

[阿根廷] 豪尔赫·路易斯·博尔赫斯 著

王永年 译

上海译文出版社

目　录

面前的月亮

i

面前的月亮

序　言

　　一九〇五年前后，赫尔曼·巴尔[1]断定说：具有现代性是唯一的责任。二十多年后，我自己也承担起这个完全多余的责任。具有现代性就是具有当代性，和时代共脉搏、同呼吸；事实上我们都是这样，无一例外。除了威尔斯[2]虚构的某些冒险家以外，谁都没有发现在未来或过去的时间里生活的艺术。任何作品都是它那个时代的产物；精雕细琢的历史小说《萨朗波》[3]里的人物是迦太基和罗马之间的布匿战争的雇佣兵，小说本身具有十九世纪法国小说的典型性。我们对于可能丰富多彩的迦太基文学一无所知，但可以肯定的是它绝没有一本福楼拜所写的那样的书。

　　我常常忘记自己是阿根廷人，也想多一些阿根廷特色。我冒险买了一两部阿根廷方言词典，从中学到了一些今天连自己几乎都不懂的词：madrejón，espadaña，estaca pampa……

我对《布宜诺斯艾利斯激情》里提到的城市一直怀有亲切之感，这个集子里的城市却有些张扬和公开。我不想对它有所褒贬。有几首诗，例如《基罗加将军驱车驶向死亡》，也许具有转印图画的显眼的美丽；另几首诗，我斗胆说，例如《在一本约瑟夫·康拉德的书里发现的手稿》，不至于给作者丢脸。问题是我觉得它们恍如隔世，它们的失误或者可能有的优点和我关系不大。

1　Hermann Bahr（1863—1934），奥地利作家、剧作家，早期试图调和自然主义与浪漫主义，后期有神秘主义和象征主义倾向，著有评论《现代性批评》、《克服自然主义》，剧本《维也纳女人》等。
2　Herbert George Wells（1866—1946），英国科幻小说家、社会学家和历史学家。
3　法国作家福楼拜于1862年发表的作品，以两千多年前迦太基的内战为背景。

这个集子我没有做什么改动。如今它已不属于我。

豪·路·博尔赫斯

一九六九年八月二十五日，布宜诺斯艾利斯

有粉红色店面的街道

他渴望看到每个街口的夜晚，

仿佛干旱嗅到了雨水的气息。

所有的道路都不远，

包括那条奇迹之路。

风带来了笨拙的黎明。

黎明的突然来到，

使我们为了要做新的事情而烦恼。

我走了整整一宿，

它的焦躁使我伫立

在这条平平常常的街道。

这里再次让我看到

天际寥廓的平原，

杂草和铁丝凌乱的荒地，

还有像昨晚新月那么明亮的店面。

街角的长条石和树木掩映的庭院

仍像记忆中那么亲切。

一脉相承的街道，见到你是多么好，

我一生看的东西太少！

天已破晓。

我的岁月经历过水路旱道，

但我只感受到你，粉红色的坚硬的街道。

我思忖，你的墙壁是否孕育着黎明，

夜幕初降，你就已那么明亮。

我思忖着，面对那些房屋不禁出声

承认了我的孤陋寡闻：

我没有见过江河大海和山岭，

但是布宜诺斯艾利斯的灯光使我备感亲切，

我借街上的灯光推敲我生与死的诗句。

宽阔和逆来顺受的街道啊，

你是我生命所了解的唯一音乐。

致郊区地平线

潘帕斯草原：

我望见你的辽阔延伸到郊区天际，

夕阳西下的时候，我的心在流血。

潘帕斯草原：

我在不绝如缕的吉他声里，

在棚屋里，在夏季的饲料大车

沉重的吱呀声中听到你的声息。

潘帕斯草原：

庭院的多彩气氛

足以让我感到你的温馨。

潘帕斯草原：

我知道车辙和街道

使你支离破碎，风改变了你的面貌。

苦难和顽强的潘帕斯草原已经不存在，

我不知你是否死去。我知道你活在我心中。

爱 的 预 期

亲近你节日般光彩照人的面容,

看惯你依然神秘、恬静、稚弱的躯体,

倾听你絮絮细语或默默无言的生命交替,

都算不上神秘的恩惠,

同眺着你在我无眠的怀中的甜睡

简直无法比拟。

因梦的免罪力量而奇迹般地重获童贞,

像记忆选择的幸福那么宁谧明净,

你将把你自己所没有的生命彼岸给我。

我陷入安静,

将望见你存在的最后的海滩,

也许初次看到你本人，

正如上帝看到你那样，

时间的虚幻给打破之后，

没有了爱情，没有了我。

离　　别

破坏我们离别气氛的黄昏。

像黑暗天使那么尖刻、迷人而可怕的黄昏。

我们的嘴唇在赤裸的亲吻中度过的黄昏。

不可避免的时间超越了

　　无谓的拥抱。

我们一起挥霍激情，不为我们自己，

　　而为已经来近的孤独。

光亮拒绝了我们；黑夜迫不及待地来临。

长庚星缓解了浓重的黑暗，我们来到铁栅栏前。

我像从迷乱的草地归来的人那样

　　从你怀抱里脱身。

我像从刀光剑影的地方归来的人那样
　　从你的眼泪里脱身。
如同往昔黄昏的梦境一般生动鲜明的黄昏。
那之后，我便一直追赶和超越
　　夜晚和航行日。

基罗加[*]将军驱车驶向死亡

干涸的河床对水已没有盼望，
拂晓的寒冷中月亮黯淡无光，
饥馑的田野像蜘蛛那般凄凉。

马车辚辚，摇摇晃晃地爬坡；
阴影幢幢的庞然大物带有葬礼的不祥。
四匹蒙着眼罩的马，毛色黑得像死亡，
拉着六个胆战心惊的人和一个不眠的硬汉。

车夫旁边有个黑人骑马行进。
驱车驶向死亡，多么悲壮的情景！

由六个丢脑袋的人伴随，

基罗加将军要进入黑影。

险恶狠毒的科尔多瓦匪帮，

（基罗加暗忖）岂能奈何我的灵魂？

我扎根在这里的生活，坚如磐石，

正如打进草原土地里的木桩。

我活过了千百个黄昏，

我的名字足以使长矛颤抖，

我才不会在这个乱石滩上送命。

难道草原劲风和刀剑也会死亡？

---

* Juan Facundo Quiroga (1788—1835)，阿根廷联邦派军阀，拉里奥哈人，生
性残忍，有"平原之虎"之称。1835 年同联邦派首领罗萨斯会晤后返回途中
在科尔多瓦遭伏击身亡，罗萨斯为他举行了隆重的葬礼，但一般认为是罗萨
斯安排了暗杀。阿根廷作家、政治家萨缅托的小说《法昆多——阿根廷大草
原上的文明和野蛮》以他为原型。

但是当白天照亮了亚科峡谷，
毫不留情的刀剑劈头盖脸向他袭击；
人皆难免的死亡催促那个拉里奥哈人，
其中一击要了胡安·曼努埃尔的性命。

他死了，又站起来，成了不朽的幽灵，
向上帝指定他去的地狱报到，
人和马匹的赎罪幽魂，
支离破碎、鲜血淋漓地随他同行。

宁静的自得

光明的文字划过黑暗，比流星更为神奇。

认不出来的城市在田野上显得更为高大。

我确信自己生死有命，瞅着那些野心勃勃的人，

试图对他们有所了解。

他们的白天像空中旋舞的套索那么贪婪。

他们的夜晚是刀剑愤怒的间歇，随时准备攻击。

他们侈谈人性。

我的人性在于感到我们都是同一贫乏的声音。

他们侈谈祖国。

我的祖国是吉他的搏动、几帧照片和一把旧剑，

傍晚时柳树林清晰的祈祷。

时间将我消耗。

我比自己的影子更寂静，穿过纷纷扰扰的贪婪。

他们是必不可少的、唯一的、明天的骄子。

我的名字微不足道。

我款款而行，有如来自远方而不存到达希望的人。

蒙得维的亚

我顺着你的下午滑落，

    仿佛劳累得到了斜坡的同情。

鸟翼似的夜幕覆盖着你的平台屋顶。

你是我们有过的布宜诺斯艾利斯，

    曾随岁月悄悄远去。

你属于我们，像水面的星光那么欢欣。

你是时间的暗门，你的街道通向短暂的过去。

你是旭日映在滚滚浊浪上的光亮。

在照耀我的百叶窗之前，你低斜的太阳

    曾为你的庄园祝福。

听来像诗歌那么舒扬的城市。

庭院明快的街道。

在一本约瑟夫·康拉德的
书里发现的手稿 *

颤动的大地暑气蒸腾，

白天刺眼的白光难以逼视。

百叶窗透进残忍的条纹，

海岸骄阳似火，平原流金铄石。

旧时的夜晚仍像一罐水那么深沉。

微凹的水面展现出无数痕迹，

悠闲地驾着独木舟面对星辰，

那个人抽着烟计算模糊的时间。

灰色的烟雾模糊了遥远的星座。

眼前的一切失去了历史和名字。

世界只是一些影影绰绰的温柔。

河还是原来的河。人还是原来的人。

---

* 关于这首诗有个小故事：博尔赫斯的好友内斯托尔·伊瓦拉委托他用诗歌写一篇烟草广告稿，他同意了，但条件是不能出现特定的商标名称；伊瓦拉付给他一百比索稿酬，后来诗稿从未用作广告，博尔赫斯才知道那是一个善意的玩笑。

航 行 日

海洋是数不清的剑和大量的贫乏。

火焰可以比作愤怒，泉水比作时间，

　　蓄水池比作清晰的接纳。

海洋像盲人那么孤独。

海洋是我无法破译的古老语言。

深处，黎明只是一堵刷白的土墙。

远处，升起光亮，仿佛一团烟雾。

在无数岁月面前，

海洋像凿不透的岩石。

每天下午都是一个港口。

我们遭到海洋鞭打的目光移向天空：

最后的温柔的海滩，下午黏土的蔚蓝。

孤僻的海洋上落日多么甜蜜亲切！

云彩像集市那么流光溢彩。

新月挂上船桅。

正是我们留在石拱门下

    把柳林映得更妩媚的月亮。

我默默地待在甲板上，像分享面包似的

    和我的妹妹分享下午的风光。

达 喀 尔 *

达喀尔位于阳光、沙漠和海洋的交叉路口。

阳光普照天空，流沙埋在路旁，海洋充满仇恨。

我见过一位酋长，他的披风比灿烂的天空更湛蓝。

信徒们祈祷的清真寺白得耀眼。

简陋的民房在远处背风向阳，

　　　太阳悄悄攀上外墙。

非洲的命运终古常新，那里有

　　　业绩、偶像、王国、莽林和刀剑。

我有过一个下午和村落。

---

* 西非塞内加尔共和国首都，濒临大西洋，是通往南美的重要海空航线中途站。

远洋上的许诺

祖国啊，我还没有同你接近，但已见到你的星星。

我曾向苍穹最远处的它们诉说，

　　如今桅杆消失在它们的呵护下。

它们像受惊的鸽子似的蓦地飞离高高的挑檐。

它们来自庭院，那里的蓄水池有塔楼的倒影。

它们来自花园，那里的藤蔓不甘寂寞，

　　像水迹一样爬上墙脚。

它们来自外省慵倦的傍晚，

　　像杂草丛生的地方那么温顺。

它们不朽而充满激情；

　　任何民族都不能比拟它们的永恒。

在它们坚定的光线下，

　　人们的夜晚像枯叶一般蜷曲。

它们是光明的国度，

　　我的地方无缘进入它们的领域。

我们离开了甜蜜的地方 *

我的祖父辈同这片遥远的土地

结下了深厚的友谊，

他们和田野亲密无间，

对这里的水、火、风、土

了解得一清二楚。

他们是一些军人和庄园主，

以明天的希望哺育心胸，

地平线有如一根琴弦，

在他们严峻的日子深处回响。

他们的日子像河流那么明澈，

他们的下午像水池

蓄的水那么清新，

一年四季对于他们

像是熟悉的民谣的四行诗句。

他们眺望远处扬起的尘雾，

辨认车队或者马群，

宁静的剑刃闪着光芒，

使他们心花怒放。

有一个曾同西班牙佬打仗，

另一个在巴拉圭冲锋陷阵；

他们都久经风雨世面，

征战对于他们只是顺从的女人。

天空寥廓，平原无垠，

他们的日子过得艰辛。

他们有户外生活的智慧，

纹丝不动地骑在马背，

支配着平原上的人们，

---

* 标题原文为拉丁文。

指挥每天要做的工作，

和一代一代的牛群。

我是城里人，对那些事情一无所知，

城市、地区和街道是我活动的圈子：

下午传来远处的电车声

增添了我的忧伤。

准最后审判

我的爱遛大街的人无所事事，

　　晚上到处闲逛。

夜晚是漫长而孤独的节日。

我在内心深处为自己开脱吹嘘：

我证实了这个世界；讲出世界的希奇。

我歌唱了永恒：留恋故土的明月、

　　渴望爱情的面颊。

我用诗歌纪念围绕我的城市

　　和散漫的郊区。

别人随波逐流的时候，我作惊人之语，

面对平淡的篇章，我发出炽烈的声音。

我赞扬歌唱我家族和我梦中的先辈。

以前是这样，现在还是这样。

我用坚定的词句抓住的感情

　　心软时可能消散。

我心中泛起旧时恶劣行径的回忆。

正如一匹被波浪推上海滩的死马

　　回到我的心头。

然而，街道和月亮还在我身边。

水在我嘴里仍有甜味，

　　诗节的优美没有把我抛弃。

我感到了美的震撼；我孤独的月亮原谅了我，

　　谁又敢将我谴责？

我 的 一 生

周而复始，值得回忆的嘴唇，

　　我独一无二而又和你们相似。

我执著地追求幸福，

　　无悔地忍受痛苦。

我渡过海洋。

到过许多地方；见过一个女人

　　和两三个男人。

我爱过一个高傲白皙的姑娘，

　　她具有西班牙的恬静。

我见过辽阔的郊野，

那里的夕照无比辉煌。

我玩味过许多词句。

我深信那就是一切，深信不会再看到

    或做什么新的事情。

我相信我的日日夜夜同上帝和所有的人

    一般贫乏和充实。

比利亚·奥尔图扎 *的落日

.

傍晚让人联想到最后审判日。

街道像是天空的一条伤口。

我不知道尽头火一般的光亮

　　是回光返照还是天使的形象。

距离像梦魇似的压在我身上。

地平线上大煞风景的是一道铁丝网。

世界似乎已无用处，被弃置一旁。

天上还很明亮，但沟渠已是险恶的夜晚。

余晖全部倾泻在蓝色的围墙

　　和那些喧闹的女孩身上。

锈迹斑斑的铁栅栏里露出来的

不知是一株树还是一个神灵。

多少景象同时展现：田野、天空、郊区。

今天我饱览了街道、鲜明的落日

　　和令人惊愕的傍晚，

远处，我将回到我的贫乏。

---

*　位于布宜诺斯艾利斯西部，南端有平民公墓。原为郊区，现已为市区。

为西区一条街道而作

孤独的街道，你将把别人的永生给我。

你已经成了我生命的影子。

你像剑刺似的直穿我的夜晚。

死亡——阴暗凝重的风暴

——将把我的时辰打散。

有人将拾起我的脚步，夺去我的虔诚

　　和那颗星星。

（远方像长风似的抽打他的道路。）

摆脱了矜持的孤独，他对你的天空

　　怀有同样的渴望。

同我一样的渴望。

在他未来的惊愕中我将再现。

再次来到你这里：

像痛苦地绽开的伤口一样的街道。

十四的诗句

我的城市的庭院好似坛坛罐罐，

笔直的街道交错纵横，

日落时街角蒙上光环，

郊区像天空那么湛蓝。

我的城市开阔得像是潘帕斯草原，

我从东部古老的土地回到家乡城市，

重新看到了它的房屋和窗口的灯光，

杂货店盼望的柔和灯光。

我在郊区体味到大家都有的深情，

薄暮时分，我敞开胸怀赞美，

歌唱孤身独处的自在，

以及庭院里一小片潘帕斯草原的多彩。

我说过星期日游乐场里的旋转木马，

天国的影子使之开裂的围墙，

悄悄地埋伏在刀口的命运，

香得像窖过的马黛茶似的夜晚。

我预感到"边缘"这个词的核心，

它在陆地意味着水的预期，

它给郊区以无限的冒险奇遇，

给模糊的田野以海滩的意义。

上帝把无限的财富交到我手里，

我用这种方式回报他几枚辅币。

圣马丁札记 *

人们偶然得到一本诗集，很少会抽空阅读，很少会出于心灵的音乐感而心醉神迷，一生中即使有十来次合适的机会，也不能用诗歌来抒发他们的思想感情。利用这些机会并没有害处。

　　菲茨杰拉德：致伯纳德·巴顿的信，一八四二年

序　言

　　我多次说过诗歌是神灵突然的赐予，思想是心理活动；我认为魏尔兰是纯粹的抒情诗人的代表，爱默生是理智诗人的典范。如今我认为凡是作品值得重读几遍的诗人都具备抒情和理智两种因素。那么莎士比亚或但丁应该归于哪一种呢？

　　从这个集子所收的诗作中，显然可以看出追求的是第二种。我必须向读者作些说明。面对愤怒的批评（它不容作者后悔），我现在写的是《布宜诺斯艾利斯建城的神秘》而不是"建城的神话"，因为"神话"使人联想起庞大的大理石神像。题为《布宜诺斯艾利斯的死亡》的两首诗——我借用了爱德华多·古铁雷斯的标题——不可饶恕地夸大了恰卡里塔的平民含义和拉雷科莱塔的贵族含义。我想《伊西多罗·阿塞韦多》的装腔作势很可能博得我外祖父一笑。

除了《质朴》以外，《城南守灵夜》也许是我写的第一首真正的诗。

豪·路·博尔赫斯

一九六九年，布宜诺斯艾利斯

布宜诺斯艾利斯建城的神秘

难道最初前来建立我国家的船只
是从这条迟缓泥泞的河流到达？
险恶的水流漂着水草纠结而成的浮岛，
那些斑驳的小船难免一番颠簸。

我们仔细琢磨一下，也许会猜想
这条河流原先像天空一样湛蓝，
还有一个红色的小星标志，那是
迪亚斯[1]挨饿，印第安人饱餐的地点。

可以肯定的是成千上万的人陆续来到，

他们经历了五个月的海上航程，

当时的海里还有许多美人鱼和怪物，

以及把罗盘搞得晕头转向的磁石。

他们在岸边搭起一些简陋的房屋，

晚上睡不踏实。据说那是里亚丘埃洛，

其实只是在博卡编的谎话。[2]

那是整整一个街区，我家所在的巴勒莫。

说是整整一个街区，但四面都是田野，

面对的是曙光、雨打和猛烈的东南风。

街道相依的街区依然存在于我那个市区：

---

1 指西班牙航海家胡安·迪亚斯·德·索利斯（Juan Díaz de Solís, 1470—
   1516），他于 1508 年和维森特·亚涅斯·平松一起考察了玛雅文化中心的尤
   卡坦半岛（现分属墨西哥、伯利兹和危地马拉），1516 年发现拉普拉塔河口（现
   阿根廷境内），被印第安土著杀死。
2 里亚丘埃洛在布宜诺斯艾利斯南部，意为边界小河。博卡在东南端，西班牙
   语中有"河口"之意。两地现均为市区。

危地马拉、塞拉诺、巴拉圭、古鲁恰加¹围成一圈。

一家杂货铺的粉红色门脸像是纸牌背面，

灯光明亮，店后房间里在玩纸牌；

粉红色门脸的杂货铺生意兴隆，

它的主人已成地方一霸，炙手可热。

打老远运来了第一架风琴，

呜咽地奏出哈巴涅拉和外国乐曲。

大院里支持伊里戈延的呼声很高，

钢琴传出了萨沃里多²的探戈舞曲。

一家雪茄店像玫瑰似的熏香了沙漠。

傍晚已在昨日中消失，

人们分享着虚幻的往昔。

1　系布宜诺斯艾利斯四条街名，依次环绕，形成一个正方形的街区。博尔赫斯
　一家当时住塞拉诺大街。
2　Enrique Saborido (1877—1941)，乌拉圭探戈舞曲钢琴家、作曲家。

只缺一样东西：对面的人行道。

我不相信布宜诺斯艾利斯有过开端：
我认为她像水和空气一样永恒。

拱门的哀歌

献给弗朗西斯科·路易斯·贝纳德斯

比利亚·阿尔韦亚尔地区：四周为尼加拉瓜街、马尔多纳多小溪街、坎宁街和里韦拉街。仍有许多荒地，重要性不大。

曼努埃尔·毕尔巴鄂：《布宜诺斯艾利斯》，一九〇二年

这是一首哀歌，
悲叹那些在泥地广场
投下长长影子的高耸的拱门。
这是一首哀歌，

忆起傍晚在荒地上

洒落的淡淡的亮光。

(小街的天空

足以让人感到欣喜,

围墙染上夕阳的颜色。)

这是一首哀歌,

交织着将在遗忘中消失的

巴勒莫的回忆。

在拱门下等人的姑娘们

引得街头手摇风琴艺人奏起圆舞曲,

六十四路电车的售票员放肆地吹响喇叭,

她们却不忘自己的仪态。

马尔多纳多小溪边不长仙人掌的空地

仿佛也含有敌意

——干旱季节溪里的泥比水多——

行人的衣着琳琅满目,

铁栅的花纹多姿多彩。
有些事情恰到好处，
只为了让人心情欣悦：
庭院里的花坛，
地痞走路的大摇大摆。

早期的巴勒莫，
米隆加乐曲为你增添豪气，
街头斗殴拿性命当儿戏，
凝重的拂晓领略了死亡的滋味。

在你的人行道上，
白天比市中心马路上的漫长，
因为天空留恋深沉的空地。
车厢漆有广告的有轨电车
穿过你的早晨，
亲切的街角上的杂货店
仿佛在等待天使来临。

我从我家所在的街道（相距大概一里）
来到你彻夜不眠的地方寻找回忆。
我的单调的口哨将穿透
熟睡人们的梦境。

墙内探出头来的那株无花果树
和我的心情吻合，
你街角的粉红色
比云彩的颜色更讨我欢喜。

似 水 流 年

忆起我家的花园：

花草树木温馨的世界，

幽雅神秘的生活，

博得人们的艳羡。

周围一带树是最高的棕榈树，

成了麻雀的大杂院；

欣欣向荣的黑葡萄蔓，

夏季的日子在你阴影下酣睡。

红漆的风车：

吃力地转动轮子提水，

成了我家的骄傲，因为别的人家

由摇铃铛的卖水人从河下游送水。

屋基的圆形地下室，

你使花园头晕眼花，

从罅隙里窥探

你那阴湿地牢似的景象让人害怕。

花园，铁栅外面

车把式风尘仆仆地赶路，

狂欢的街头乐队

吹吹打打闹翻了天。

盘据街角的杂货铺

是地痞的庇护；

但店后苇塘有可作刀枪的芦苇，

还有喊喊喳喳的麻雀的聚会。

你的树木的梦同我的梦

在夜里仍要混淆，

糟蹋花草的喜鹊

至今让我胆怯。

你方圆不过几十尺，

在我们心目中却成了广阔天地；

一个隆起的土堆是座"大山"，

它的斜坡是鲁莽的冒险。

花园，我的话到此为止，

但我一直会琢磨：

你树木的荫翳纯属偶然，

还是你的一番好意。

伊西多罗·阿塞韦多 *

我对他的情况确实一无所知

——除了一些地名和日期:

那只是语言的欺骗——

但我怀着敬畏的心情再现了他最后的一天,

不是人们,而是他自己,看到的那天,

我想抽空把它写下来。

他喜爱布宜诺斯艾利斯人常玩的纸牌,

是个阿尔西纳[1]派,出生在中界河[2]南边,

他在九月十一日广场的老市场担任果品稽查员,

当布宜诺斯艾利斯需要的时候,他从了军,

曾在塞佩塔、帕冯和科拉莱斯滩作战[3]。

我这支笔不打算叙述他参加的战役，

因为他把它们带进了他主要的梦中。

因为正如别的写诗的人一样，

我的外祖父做了一个梦。

当他被肺充血折腾得死去活来，

高烧谵妄使他看到的都是假象，

他汇集了记忆中炽热的材料，

编进了他的梦想。

这一切发生的地点是塞拉诺街的一座住宅，

时间是一九〇五年炎热的夏天。

他梦见两支军队

投入一场战斗的影子；

---

* 即伊西多罗·德·阿塞韦多（Isidoro de Acevedo Laprida, 1828—1905），博尔赫斯的外祖父。

1 Adolfo Alsina（1829—1877），阿根廷政治家，自治派领袖，1868 至 1874 年任共和国副总统。

2 阿根廷布宜诺斯艾利斯省和圣菲省分界线上的小河。

3 塞佩塔、帕冯、科拉莱斯滩战役分别发生于 1859、1861 和 1880 年。

他如数家珍地列举了指挥官、旗号、团队。

"头头们正在商议，"他的声音清晰可辨，

还想支起身子亲眼看看。

他眺望潘帕斯草原：

看到了复杂的地形，步兵可以固守，

看到平原，骑兵可以冲锋，一往无前。

他最后扫视了一眼，看到了千百张脸，

多年后这个人不知不觉都已认识：

在银版照相上日趋模糊的胡子拉碴的脸，

在阿尔西纳桥和塞佩塔同他朝夕相处的脸。

当年他披上军装，

为的就是那次幻想的爱国行动，

要求的是信仰，不是一时冲动；

他纠集了一支布宜诺斯艾利斯军队，

为的就是让自己阵亡。

于是，在可以望见花园的卧室里，

60

他在一个为祖国献身的梦中死去。

人们用出门远行的比喻告诉我他的死讯；我不相信。
我当时很小，不明白死的意思，我没有死的概念；
我在不点灯的房间里寻找了他多天。

城南守灵夜

献给莱蒂齐亚·阿尔瓦雷斯·德·托莱多

由于某一个人的去世

——我知道这种神秘事情的空名，

　　我们并不了解它的实质——

城南有户人家敞着大门直到天明，

一幢陌生的房屋，我不会再见第二次，

但今晚它等待着我，

通宵达旦，灯火不眠，

因为熬夜而显得憔悴，

同平时大相径庭。

我走向死气沉沉的守灵夜，

街上像回忆似的清晰，

夜晚的时间充裕得很，

除了一些游荡的人在打烊的杂货铺附近

和远处一个孤独的口哨声，

周围没有什么动静。

我缓缓而行，怀着期待的心情，

来到我寻找的街区、房屋和真挚的门，

接待我的人在这种场合不得不显得持重，

他们的年龄同我的长辈相近，

在一个经过布置、望见庭院的房间里我们平起平坐

——庭院处于夜晚的权力和肃穆之下——

气氛凝重，我们谈些无关紧要的事情，

在镜子里显出阿根廷人的懒散，

啜饮着马黛茶打发无聊的时间。

随着任何人的去世而消失的细微的智慧

使我深为震惊

——心爱的书籍、一把钥匙、同别人相处的习惯。

我知道所有的特权，不论怎么隐秘，都属奇事之例，

参加这次守灵更其如此，

聚在不可知的事物——死者——周围，

陪伴和守卫他死后的第一夜。

（守灵使人面容憔悴；

我们仰望的眼睛逐渐像耶稣那么无神。）

至于那个，那个难以置信的人呢？

他在与他无关的鲜花覆盖下面，

他身后的殷勤将多给我们一个记忆，

南区一条条缓缓走过的街道，

回家路上悄悄拂面的微风，

以及让我们解脱最大悲哀的夜晚：

现实的繁琐。

布宜诺斯艾利斯的死亡

一　恰卡里塔墓地 [1]

由于城南的墓地

被黄热病填得满坑满谷，难以为继；

由于城南的大杂院

纷至沓来地向布宜诺斯艾利斯运送尸体，

由于布宜诺斯艾利斯不忍多看那种死亡，

便在西区偏僻的一角，

在泥土的风暴

和牛车难行的泥泞地那边，

一锹一锹挖出你这片墓地。

那里只有荒凉的世界

和小庄园上空惯有的星星，

火车从贝尔梅霍的棚子里驶出，

装载着死亡的遗忘：

男尸耷拉着下巴，口眼不闭，

女尸失去灵魂的躯体，毫无魅力。

人的死亡像诞生那么肮脏，

死的圈套不断扩大你的埋葬，

你替灵魂的大杂院和骸骨的地下部队招募，

它们仿佛沉到海底似的

坠入你漆黑夜晚的深处。

无人理睬的杂花野草

顽强地同你望不到头的围墙较劲，

因为你的围墙意味着毁灭，

1　位于布宜诺斯艾利斯西北部，埋葬的多是 1871 年黄热病流行时的死者，该年
六个月内死了 13 614 人。

郊区在铺着火苗似的黏土的街道上

加快它火热的生命的脚步向你靠近，

在没精打采的手风琴

或者羊咩似的喇叭声中不知所措。

（命运的判决一成不变，

那晚我在你的黑暗中听得格外真切，

郊区居民弹奏的吉他声

如泣如诉似乎在说：

死亡是活过的生命，

生命是迫近的死亡；

生命不是什么别的，

而是闪亮的死亡。）

凯马停尸房

招呼外面的死亡来到墓地。

我们耗损了现实，伤了它的元气：

两百一十车尸体大煞早晨的风景，

把染上死亡的日常事物

运往那个烟雾缭绕的墓地。

怪诞的木圆顶和上面的十字架

在你的街道上移动——仿佛残局的黑色棋子，

它们病态的尊严掩盖了

我们的死者的羞愧。

在你循规蹈矩的范围里

死亡编了号，空洞而平淡无奇；

缩减成姓名和日期，

言词的死亡。

恰卡里塔：

布宜诺斯艾利斯的排水口，最后的山坡，

你比别的地区活得更久，死得更早，

你是眼前死亡而不是天国的隔离病房，

我听到你年老昏聩的话语但不相信，

因为你痛苦的信念正是生命的行为，

因为盛开的玫瑰远远胜过你的大理石墓碑。

二　拉雷科莱塔

这里的死亡具有尊严，

布宜诺斯艾利斯的死亡在这里显得端庄，

和救援圣母教堂的门廊

幸福持久的荣光、

火盆细微的灰烬、

精致的生日奶糖

和深邃的庭院的关系不同寻常。

古老的温馨和古老的严谨

同死亡十分和谐。

你的正面是轩昂的门廊，

树木不分彼此的慷慨，

鸟的影射死亡而不自知的语言，

以及军人葬礼时

振奋人心的急促鼓声；

你的背面是北区沉默的大杂院

和罗萨斯执行枪决的大墙。

自从乌拉圭的女孩玛丽亚·马西埃尔

——你的通向天国的花园里的种子——

在你的荒野无声无息入睡以来，

无所作为的死人族

在你黑暗的领域败坏，

却在祈祷的大理石碑群中壮大。

我浮想联翩，思索着

作为你的虔诚评介的轻灵的花朵

——你身旁金合欢树下的黄土，

你墓地里寄托哀思的鲜花——

为什么潇洒而沉静地存在

我们亲爱的人的遗骸中间。

我提出疑问，也将作出回答：

鲜花永远守护着死亡，

因为我们永远不可理解地知道

它们潇洒而沉静的存在

正是陪伴死者的最好事物，

不以生的高傲冒犯他们，

不比他们更生气蓬勃。

致弗朗西斯科·洛佩斯·梅里诺 [*]

假如你故意让自己蒙受死亡，
存心摒弃世上所有的朝阳，
恳求你的话语全听不进去，
那些话肯定无济于事，白费气力。

我们所能做的只有
说说那些没能挽留你的玫瑰的羞愧，
容忍枪击和丧命的那个日子的耻辱。

我们的声音怎么能对抗
陨灭、眼泪和大理石碑确认的事实？

有些事情感人至深，不是死亡所能减弱：

带来亲切而难以解释的感觉的音乐，

无花果树和承雨池勾起的故土情结，

以及证明我们正确的爱情的引力。

我想着这些事情，隐藏的朋友，也想着

或许我们按照我们偏爱的形象塑造了死亡，

正如你从钟声获悉的模样，稚气而可爱，

好似你小时勉力书写的字母，

而你想在睡梦中那样在它的领域里游荡。

如果情况属实，时间许可，

我们将保留一点永恒的痕迹，世界的余味，

那么你的死亡就无足轻重，

---

* Francisco López Merino (1904—1928)，阿根廷诗人，受法国印象派诗人影响，
作品哀婉，富有音乐性，1928 年自杀。博尔赫斯和他有交往，《影子的颂歌》里
《一九二八年五月二十日》一诗就是哀悼他的。

正如你一向在其中等待我们的诗句，

那时它们唤起的友情

不至于亵渎你的黑暗。

北　　区

这是有关一个秘密的表白，

无用和疏忽所保守的秘密，

它既无神秘之处，也无誓言约束，

只由于无关紧要才成为秘密：

具有它的是人们和傍晚的习惯，

保守它的是遗忘，神秘的最贫乏的形式。

想当年，这个区有一段眷眷情意，

如同爱情纠葛那样，标志着反感和情分；

现如今，这种信念几乎不复存在，

逐渐远去的事物终将归于消失：

五道口的米隆加舞曲，

围墙下像一株顽强的玫瑰似的庭院，

还能辨出"北区之花"字样的油漆剥落的招牌，

杂货铺里弹吉他和玩纸牌的小伙子们，

盲人清晰的记忆。

那种零星的情意就是我们沮丧的秘密。

一件看不见的东西正从世界上消失，

不比一支乐曲宽广的爱情。

北区远离了我们，

我们抬头看不到大理石的小阳台。

我们的眷恋由于厌倦而畏缩。

五道口天上的星星不是当年模样。

但是那份殷勤友好的情意，

我正在表白的隐秘的忠诚——城区，

仍然不声不响，始终如一，

存在于隔绝的、消失的事物里，

（事物一向如此，）

在橡胶树影疏落的天空，

在曙光和夕照下的牲口槽。

七 月 大 道*

我发誓说，我回到那条街道绝非故意，
那里一模一样的棚屋像是镜子的反映，
铁箅子上烤着科拉莱斯的肉串，
性质截然不同的音乐掩饰着卖淫。

没有海面的残缺港口，带咸味的阵风，
退流后附在泥地上的淤泥：七月大道，
尽管我的回忆对你有怀旧之情，
你从没有给我以故乡的感觉。

我对你只有迷惑不解的无知，

仿佛对飞鸟似的不可靠的所有权，

但是我的诗出于疑问和证实，

为了表达我隐约看到的事物。

在别区脚下像噩梦那样清醒的城区，

你的扭曲的镜子揭露了丑恶的一面，

你在妓院里火烧火燎的夜晚依赖城市。

你是凝成一个世界的堕落，

带着它的映象和畸形；

你受混乱和不真实之苦，

用磨烂的纸牌拿生命打赌；

你的酒精挑起斗殴，

你的狡诈的手不断地翻弄魔法书。

难道因为地狱已经空缺，

你那伙魑魅魍魉都是假货，
招贴上的美人鱼是蜡制的死物？

你的头脑简单得可怕，
好似无奈，破晓，知觉，
被命运的日子抹去的
未经净化的灵魂，
被灯火通明照得雪白，空无一人，
只像老年人那样贪图眼前。

我所在的郊区的大墙后面，
吃力的大车向可悲的铁和尘土的神道祈祷，
至于你，七月大道，你信奉的是什么神，什么偶像？

你的生命同死亡订了契约；
只要活着，一切幸福都对你不利。

JORGE LUIS BORGES
Luna de enfrente
Cuaderno San Martín

图字：09-2010-605号

Jorge Luis
Borges

El hacedor

诗人

[阿根廷] 豪尔赫·路易斯·博尔赫斯 著

林之木 译

上海译文出版社

本书的原文题名是 El hacedor。在西班牙语中，这个词的意思是"制造者"、"创造者"，特别是用于指称上帝，亦即"造物主"。在智利作家瓦尔德马尔·维尔杜戈-富恩特斯所著访谈录《博尔赫斯自述》(1986 年, 墨西哥) 中，博尔赫斯在谈到这部著作时说道："我出版过一本书，题名为 El hacedor。我的一位英文译者写信来说，英文中不存在足以表达该词含义的语汇。然而, hacedor 一词恰恰是我从英文的 maker 一词翻译过来的。这个英语词，12 世纪的时候，在苏格兰方言里，意为'诗人'。真是让人难以相信，不过, hacedor 的含义更贴近英语而离开了西班牙语，也正是由于这个原因，翻译的时候就比较麻烦。我是一个 hacedor……一个诗人和一个作家，仅此而已。对我来说，任何别的称谓均属溢美。"正是根据博尔赫斯本人的这段说明，现将本书的题名译作《诗人》。

目　录

致莱奥波尔多·卢贡内斯

　　广场上的喧嚣留在了背后，我走进了图书馆。顷刻间，我几乎是从肉体上感受到了书籍的重压、有序的宁谧气氛和那被神奇般解剖并封存了起来的光阴。左右两侧，孜孜的灯光下，读者的瞬息面庞沉浸在清醒的梦幻之中，简直就跟弥尔顿用换置法描绘的一模一样。在这同一个地方，记得我曾提起过那种修辞手段，后来也曾谈及《月历》[1]里干旱的骆驼那个同样是由其环境引出的说法，再后来还曾引用《埃涅阿斯纪》中那句运用并超越了这同一技巧的六韵步诗：

　　　　他们隐蔽地在黑夜的昏暗中行进。[2]

我正是怀着这些思绪挨到了您的办公室门边。我走了进去，同您互致了几句惯常的热诚问候并把这本书交给了您。如果我没有弄错的话，您并不讨厌我，卢贡内斯，您肯定希望我的某部著作能够令您满意。此事一直未能成真，不过，这一次您翻开了书页，对某一诗句表示了赞赏，也许是因为在那句诗里您辨认出了自己的声音，也许是因为您更为看中健康的内涵而不计较表述的缺欠。

　　恰在这个时候，我的梦影消散了，就像是水重又汇入了水中。我身处的庞然图书馆位于墨西哥大街，不是在罗德里格斯·佩尼亚，而您，卢贡内斯，早在三八年初就已弃世。我的虚荣和思念幻化出了一个不能成真的场面。会有那么一天的（我在想），不过要等到明天我也死了之后，到那时，您的生命

1　指卢贡内斯的著作《伤感的月历》。
2　原文为拉丁文。

和我的生命将融合在一起，年序在符号的世界里失去了意义，而且，总得以某种方式确认我给您带来了这部著作，您也欣然地收下了。

豪·路·博尔赫斯

一九六〇年八月九日，布宜诺斯艾利斯

诗　人

　　他从未沉湎于追忆往事的快慰。在他，各种印象总是接续闪过，转瞬即逝却生动而鲜活。陶工手里的沙泥，密布着同时也是神祇的星辰的苍穹，曾经有过一头狮子从中坠落的月亮，轻轻移动着的敏锐指尖感觉到的大理石的平滑，惯常喜欢用洁白的牙齿猛然撕下的野猪肉的香味，一个腓尼基语的词语，一柄长矛投在黄色沙滩上的黑影，傍依大海或者亲近女人，甘醇胜于辣烈的浓酒，这一切全都能够攫住他的整个心灵。他知道什么是惊恐，也曾愤怒和无畏，有一次竟然最先攀上敌营的壁垒。他曾浪迹异乡的土地，并见过大洋此岸或彼岸人们聚居的城镇及其宫阙，贪婪、好奇、身至心随，唯一的信条就是及时享受，过后不再思念。在熙来攘往的市廛或者完全可能会有神怪出没的崇山峻岭脚下，他曾经听到过种种离奇的传说故事而且全都相信，并不探究是真是假。

美好的世界渐渐将他抛弃；挥不去的翳影模糊了他掌心的纹路，夜空已经不见了繁星，脚下的大地也不再平稳。一切全都迷离恍惚。当他知道自己正在成为瞎子的时候，情不自禁地发出长嘘短叹；隐忍的羞怯尚未发明，赫克托耳[1]也可以无所顾忌地临阵逃逸。我将再也看不到（他心里想）那像神话一般令人心生恐惧的天空和这张岁月在不断改变着的脸了。白天连着黑夜倏忽而过，无视他的肌体的坏损，然而，一天清晨醒来之后，他看了看（已经并不感到惊异）周边的模糊景物，就像听到了一首乐曲或者一个声音一般，突然意识到事情果然发生了，自己对此虽然有点儿害怕，却又感到某种欣喜、希冀和好奇。于是，他陷入了回忆，那仿佛无尽无休的回忆，并且从那种混沌之中清理出了那件早已忘却了的往事，就好似一枚被雨水冲刷出来的钱币，也许是因为从未留意吧，只是偶尔梦见过而已。

---

1 Hector，希腊神话中的特洛伊王子，特洛伊战争中的英雄，作战勇猛，曾烧毁希腊人的舰队。

事情是这样的：另外一个孩子欺侮了他，于是他就到父亲跟前讲了前后的过程。父亲任他自说自话，仿佛不感兴趣或者没听明白，随后却从墙上摘下了一把青铜匕首。那匕首漂亮而又锋利，他觊觎已久。如今攥在手里，占有的喜悦消解了曾经蒙受的屈辱。可是，父亲开口说道：*应该让人知道你是个男子汉。*那口气中透着命令。夜幕掩蔽了路径。他怀揣那把使他充满某种神奇力量的匕首冲出家门，顺着屋旁的陡坡朝海边跑去。他幻想自己成了埃阿斯[1]和珀耳修斯[2]，想象中咸涩的夜幕下飘洒着血雨腥风。他此刻追寻的只是当时的确切感受，雪耻的盛气、愚蠢的搏斗以及血刃之后归来等等则都已经失去了意义。

　　那件事情又引出了另外一件同样是发生在夜里并且带有冒险意味的事情。一个女人，神灵呈现到他面前的头一个女人，已经在漆黑的地下墓堂里等着他了，他前去赴约，寻遍了石砌网络般的甬道和黑暗之中的穴窟。他为什么会记起那些往事呢？那些往事为什么只是如同现今的简单预演而不带

1　Ajax，希腊神话特洛伊战争中的希腊英雄。
2　Perseus，希腊神话中的英雄，众神之王宙斯之子。

任何苦涩的滋味呢？

　　他十分惊异地悟出了其中的道理。在他如今正要步入的肉眼的长夜里面，等待着他的同样也是爱情和风险，亦即阿瑞斯[1]和阿佛洛狄忒[2]，因为他已经朦胧地感觉到了（因为身陷包围之中）荣耀和赞颂的喧声，那捍卫神灵无力拯救的庙堂的人们和在大海中寻找心爱岛屿的黑色舟楫的喧声，也就是他命中注定要讴歌并使之在人类的记忆空谷中回响的《奥德赛》和《伊利亚特》的喧声。我们对这些事情都能理解，但却无法知道他在堕入永久黑暗时的感受。

1　Ares，希腊神话中的战神。
2　Aphrodite，希腊神话中爱与美的女神。

梦中的老虎 *

　　小时候，我狂热地崇拜老虎：不是出没于巴拉那河滨水泽及亚马孙丛莽的黄虎，而是只有高踞于象背之上护笼里的武士才能对付得了的亚洲产威武条斑虎。我曾常常在动物园里的虎笼前面长时间地逗留，曾因其精美的老虎插图而珍爱那些浩繁的百科辞书和自然历史典籍（我尽管不能准确无误地回忆起某位女士的额头或笑颜，但却至今仍然记得那些图像）。童年过去了，老虎及对老虎的热衷尽管也已经随之淡漠，但它们却还不时地会在梦中出现。在那个潜存和混乱的层面里，它们依然占据着主导的地位，所以，睡着了之后，每当为一个梦境陶醉的时候，我都会立即意识到那是一个梦。于是，我时常会这样想道：这是梦，纯粹的意念产物，既然我无所不能，那就去造出一只老虎。

噢，竟然不能如愿！我的梦从来都没有能够造出那向往的老虎。老虎出现过，这是真的，然而，不是剖制的标本就是丑陋不堪：有时形体难看，有时个头太小，有时转瞬即逝，有时像狗，有时像鸟。

---

* 标题原文为英文。

关于一次对话的对话

A：我们忘情地探讨着长生不死的问题。尽管天色已经黑了下来，也没有想起开灯。我们相对而不相见。马塞多尼奥·费尔南德斯以远非激昂而是显得冷漠、柔和的语气反复地说灵魂是不死的。他断言：肉体的死亡绝对无足轻重，死亡是人生最为没有意义的事情。我手里玩着马塞多尼奥的折刀：一会儿打开，一会儿合起。邻居的手风琴没完没了地奏出《假面舞会》[1]，很多人都喜欢这支哀怨的曲子，因为有人骗他们说那是一首古曲……我建议马塞多尼奥跟我一起自杀，那样一来就可以更加无所拘束地继续讨论下去。

Z（讥讽地）：不过，据我推测，你们最后没能下得了那个决心。

A（已经完全进入了玄秘的境界）：坦率地讲，我不记得那天晚上我们是否自杀了。

1　乌拉圭音乐家罗德里格斯（Gerardo Matos Rodríguez，1897—1948）于 1917 年创作的探戈舞曲，后成为全世界知名的探戈舞曲。

趾　甲

　　白天有柔软的袜子裹着和坚固的皮鞋护着，可是我的脚趾却不愿领情。它们只是一味地长着趾甲：那用以自卫而又无所针对的半透明柔韧角质薄片。它们无比地愚蠢而又多疑，无时无刻不在打磨那微不足道的武器。它们闭目塞听、无休无止，没完没了地制造那被索林根[1]的锋利剪刀一再修剪的无用芒刺。它们早在落座于母腹之后的第九十天就已经掌握了那唯一的机能。待到我被安置在拉雷科莱塔的一处饰有干花和供品的灰色居所的时候，它们还将顽固地一意孤行，直至朽烂成泥。那些脚趾，还有脸上的胡须。

1　德国西部城市，著名刀具制造中心。

遮起来的镜子

伊斯兰教的教义说，到了不可逃避的末日审判那一天，凡是摄取过生灵的形貌者都将连同被其摄取了的生灵形貌一起复活，并且还必须使那些被摄取了形貌的生灵再生，如果做不到，就将同其摄取的生灵形貌一起被投入惩治的火中。我从小就感受过现实被神秘地再现或多次复现的恐惧，不过那只是在面对巨大的镜子的情况下。那时候，对我来说，从傍晚时分起，镜子准确而持续的作用、对我的举止的追踪以及串演的无尽哑剧都是异乎寻常的。我最经常向上帝和自己的保护神祈求的事情之一就是别梦见镜子。我记得自己总是惴惴不安地窥视着镜子。有时候害怕镜子会失真，有时候又担心自己的容貌会莫名其妙地在镜子里走形。我知道那种忧虑如今又不可思议地再次出现在了世界上。事情极其简单，但却让人不快。

　　我大约是在一九二七年的时候结识了一位性情抑郁的姑娘：先是在电话里（因为胡莉娅刚开始的时候只是一个没有名字和未曾露面的声音而已），后来是在黄昏时分的街角。她的眼睛大得出奇，头发黑而且直，身材瘦削矮小。她是联邦分子的孙女和重孙女，我是集权主义者的嫡传。对我们来说，融在血液里的先人的纷争倒成了一种联系、一种对祖国更为深刻的认同。她同家人住在一幢棚顶很高的破房子里，境况贫寒而清苦。黄昏的时候（少数几次是在晚上），我们一起在她家所在的巴尔瓦内拉区散步。通常我们都是顺着铁路护墙走来走去，只有一回穿过萨缅托大街一直走到了世纪公园的空场。我们没有相爱也没有假装相爱：我觉得她内心里有一种与爱绝不相容的紧张，她怕爱。为了同女人亲近，人们常常会对她们提起儿时的某些或真或假的事情。有一次我大概是对她讲到了自己对镜子的感受，而且还就此于一九二八年写下了一篇随后在一九三一年得以发表的文章。如今，我刚刚得知她疯了，把卧室里的镜子全都遮了起来，因为镜子里映出的是我而不是她，于是她浑身战栗，不是沉默不语就是说我像鬼似的缠着她。

我脸上的表情，我从前某个时候脸上的表情，肯定是可怕的。那可憎的相貌肯定也让我本人变得可憎，不过，我已经不在乎了。

鸟 的 命 题 *

我闭上眼睛看到了一群飞鸟。那景象持续了一秒钟或者还不到一秒，我不知道看见了多少只鸟。那鸟有数还是没数？这个问题牵涉到了上帝是否存在。如果上帝存在，那鸟就有数，因为上帝知道我到底看到了多少只。如果上帝不存在，那鸟就没数，因为谁都没有办法数得清楚。那一次，我看到的鸟不到十只（权且这么说吧）又不止一只，但是，我看到的鸟却不是九只、八只、七只、六只、五只、四只、三只或两只。我看到的鸟数在十和一之间，但不是九、八、七、六、五等等。具体的数目说不清楚，因此[1]，有上帝存在。

---

* 标题原文为拉丁文。
1 原文为拉丁文。

俘　虏

在胡宁或者塔帕尔肯流传着这么一个故事：在一次土著人对白人的袭击事件发生过后，一个半大孩子失踪了。人们都说是印第安人把他给掳走了。孩子的父母找了又找，但是毫无结果。几年过去了，一位从内地来的士兵对他们讲到了一个蓝眼睛的印第安人，很可能就是他们的儿子。他们终于找到了那个印第安人（传闻言之不详，我不想胡编），并且觉得他确实是自己的儿子。由于长期在荒山野岭过着野蛮人的生活，那人已经听不懂母语了，但却木然而顺从地让他们带回到了家里。到家以后，他就停了下来，也许只是因为看到别人也都不再朝前走了的缘故吧。他看了看房门，显得有点儿迷惑不解。突然，他低下头大吼一声，接着就飞跑着穿过

18

门廊和两重很大的院落，最后钻进了厨房。在那儿，他毫不迟疑地将胳膊伸进黑黢黢的烟罩里面掏出来了一柄小时候藏进去的牛角把儿小刀。他兴奋得眼睛一亮，他的父母也因为终于找到了儿子而流出了热泪。

除了这件事情之外，那个印第安人也许后来还记起了别的什么事情，然而，他却无法在四堵墙壁之间生活，于是，有一天重又返回到了那属于自己的荒原。我很想知道他在那个过去与现在搅混在一起的纷繁瞬间曾经有过什么感觉，很想知道那个失而复得的儿子是否获得了新生并在那个优裕的环境中终老、是否像一个孩子或者一只小狗似的认出了自己的父母和故居。

骗　　局

一九五二年七月的某一天，一个身穿丧服的男人到了查科地区的那个小小的村落。那人又高又瘦，长得像个印第安人，脸上毫无表情，或者说像是戴着面具。人们对他毕恭毕敬，倒不是因为他本人，而是因为他扮演的或者本来应该是的那个人。他选中了河边的一幢房子，在几个村妇的帮助下，用两个架子支起了一块木板，在木板上放下了个装有一个金发布娃娃的纸箱。此外，人们还点起了四根蜡烛插在高高的烛台上，并在周围摆放了许多鲜花。人们很快就接踵而至。悲痛欲绝的老妇、面带惊悸的孩子、边走边恭而敬之地摘下软木帽子的农夫排着长队从纸箱前面走过，嘴里还不断地重复道："请接受我深切的哀悼，将军。"将军满面凄楚，像个孕妇似的双手交叉捧着肚子站在灵床边上接待着众人。他不时地伸出右手去握住人们伸过去的手并悲伤而从容地回答着他们的安慰："这是命中注定的事情。人力能做的全都做过了。"一个铁皮钱罐接收着两个比索的份子，而且很多人还并非走了一趟。

（我要问）借用死人构想并上演了那出悼亡闹剧的家伙到底是个什么货色？一个狂热分子、一个可怜虫、一个疯子或骗子、一个无耻之徒？在扮演心怀丧妻之痛的鳏夫角色的同时，他是否真的以为自己就是庇隆[1]了？这个故事让人难以相信，但却是真的，也许还不止一次，而是再三重复，只是演员有变、场合不同罢了。这个故事充分地概括了一个似是而非的时代，就像是梦里的幻影、《哈姆雷特》中的那种剧中剧。身穿丧服的人不是庇隆，金发娃娃也不是名字叫作埃娃·杜亚尔特[2]的女人。不过，庇隆也不是庇隆、埃娃也不是

1　Juan Perón（1895—1974），阿根廷军人、政治家，1946—1955 年、1973—1974 年两次出任阿根廷总统。

2　Eva Duarte de Perón（1919—1952），胡安·庇隆的第二任妻子，原是舞台演员，1945 年同庇隆结婚，支持丈夫竞选总统，成为第一夫人后参与政治、外交活动，成为当时阿根廷非常有影响力的人物。

埃娃，他们只是在盲目轻信的大众心中曾经制造了一个愚蠢神话的两个无名之辈或隐姓埋名者（我们不知道他们的真实姓名、不了解他们的真正面貌）罢了。

德莉娅·埃莱娜·圣·马尔科

咱们在九月十一日大街的一个街角分了手。

我从街的对面回头望去，您已经转过身来并向我挥手道别。

一条车辆和人群的长河在咱们中间奔流不息。那是某一天下午五点钟的时候，我怎么会想到那条长河竟然就是那悲惨的、不可逾越的阿刻戎[1]呢。

从此咱们未再见面，一年以后您就与世长辞了。

此刻我正在追忆当时的情景，一切全都历历在目，但是，我却在想那不是真的，继那平平常常的离别之后的怎么竟会是永诀。

昨天晚饭以后我没有出门。为了能对这类事情找到解释，我又重温了柏拉图假借其师之口道出的最后一个教诲。我在书上读到：肉体死亡的时候，灵魂可以逃逸。

我至今不知道真谛到底存在于事后的无奈宽解还是蕴涵在无辜的离别本身。

因为，如果灵魂不死，其离别也就绝对无关紧要。

道别就是否定永久分离，也就是说：今天咱们权且分手，可是明天还会再见。人们发明了道别，因为，尽管知道人生无常转瞬百年，但却总是相信不会死去。

德莉娅：咱们会有机会（在哪条河边？）继续这场迷离的谈话的，而且还会相互提出这个问题：咱们曾经就是一座消失在漫漫荒原的城市中的博尔赫斯和德莉娅吗？

1　希腊神话中的冥河，因船夫阿刻戎在那里将亡灵渡至冥府，被冠以此名。

死人的对话

    一八七七年冬天的一个清晨，那人从英格兰南部来到了这里。他红光满面，剽悍而魁伟，几乎所有的人全都不可避免地把他当成了英国佬，事实上，他也的确非常像那个典型的约翰·布尔[1]。他头戴高筒礼帽，身上披着一条中间开了口的古怪毛毯。一群男女老幼在急切地等待着他的到来。他们当中许多人的脖子上都有一道红印，另外一些人则没有了脑袋，全都像黑暗中的影子一般，犹犹疑疑、摇摇晃晃地游游荡荡。他们朝着那个新来的人走去，人群的后部传出了一声叫骂，但是固有的恐惧还是使他们收住了脚步不敢再向前靠拢。一位皮肤黝黑、眼珠乌亮的军人冲出人群，蓬乱的头发和浓密的胡须几乎遮住了他的整个面庞。十道或者十二道致命的伤口像虎皮上的斑纹一样散布于他的全身。外来人见到他以后情不自禁地为之一震，但是很快就迎上前去并朝他伸出了手。

"一位那么精明的武士竟然会因为遭到暗算而丧命，实在让人痛心！"他的话语掷地有声，"不过，下令让人在胜利广场的绞架上了结您的罪愆，又是一种何等的内心满足啊！"

"如果您是指桑托斯·佩雷斯及雷纳斐之流，告诉您说吧，我已经谢过他们了。"浑身血污的人坦然而严肃地答道。

对方望着他，仿佛在琢磨那话到底是讽刺还是威胁，然而，基罗加却接着说道：

"罗萨斯，您从来都不理解我。咱们的命运是如此之不同，您怎么可能会理解我呢？您曾经有幸主宰过一座面向欧洲、位居世界著名都会之列的城市，我则征战于只有穷苦高乔人出没的美洲荒原的穷乡僻壤。我的世界里有的只是长枪短剑、战斗呐喊、漫漫沙原和在没有名目的地方取得的几乎

---

1 又译"约翰牛"，指英国文学和政治漫画中的一个具有英国传统特色的人物形象，由苏格兰数学家、物理学家和作家约翰·阿巴斯诺特（John Arbuthnot，1667—1735）所创造。

未为人知的胜利而已。这一切怎么会被人记得呢？我现在活在人们的心里并且今后的许多年里还将继续活在人们的心里，因为我是在名叫亚科谷的地方的一艘苦役船上被骑马持剑的人们杀害的。是您让我得以壮烈就义，当时我还不知道珍惜，不过继后的几代人却不愿意忘记。您一定不会没有见过那些非常精美的画片和一位了不起的圣胡安人写的那部有趣著作。"

重又恢复了自信的罗萨斯不屑地望着他。

"您倒是个浪漫的人，"他说道，"后世的褒扬并不比同代人的夸赞更有意义，尽管同代人的夸赞也不值什么，只要花几个小钱就能买到。"

"我了解您的思维方式，"基罗加回答说，"或者是由于慷慨大度，或者是因为想对您进行深入的考察，命运曾于一八五二年的一次战斗中为您提供过一个堂堂正正地死去的机会。但是，您不配得到那份荣耀，因为鏖战和鲜血使您胆怯了。"

"胆怯？"罗萨斯反问道，"我曾经在南方驯过烈马，后来又制服了整整一个国家，还会胆怯？"

基罗加有史以来头一次微微一笑。

"我知道，"他慢条斯理地说道，"根据您庄园的总管和雇工们提供的完整资料，您确曾不止一次地显示过马上功夫，不过，正是在那个时期，在美洲，而且同样是在马背之上，却有过另外许多壮举，那就是查卡布科、胡宁、帕尔马-雷东达和卡塞罗斯。"

罗萨斯不动声色地听着，随后反驳说：

"那时候我不必逞能。就像您说的那样，我的一大成功就是能让比我勇武的人为我卖命和送死。比方说吧，结果了您的性命的桑托斯·佩雷斯就是其中的一个。勇敢就是忍耐，有人耐性大一些，有人小一点，不过，或早或晚总有忍耐不下去的时候。"

"也许是吧，"基罗加说道，"然而，我曾经活过又死了，但却至今不知道什么是胆怯。现在，我希望被人忘记，希望能够换个模样，另有一番作为，因为历史上已经有过太多的狂暴之徒。我不知道自己会变成什么样子、会有什么遭际，但是，肯定不会胆怯。"

"我却只想做我自己，"罗萨斯声言，"不想变成另外什么人。"

"岩石也是希望永远都是岩石，"基罗加说，"而且千万年间也确实一直是岩石，最后却化成了尘土。我刚死的时候同您有着同样的想法，不过在这儿学到了很多东西。您瞧，咱们俩都在变嘛。"

罗萨斯没有搭茬儿，但是却像自言自语似的说道：

"也许是我这个人注定不该死吧，不过，这种地方、这类讨论倒像是一场梦，做这梦的人不是我，而是另外一个还没有出世的人。"

他们没再继续谈论下去，因为恰在那个时候有人喊了他们的名字。

天　机

　　恺撒被其朋友们急不可待的匕首逼到了一座雕像的下面。惊恐之余，他竟然在人群和刀丛之中看到了受自己保护的马可·尤尼乌斯·布鲁图[1]——说不定是他的儿子——的面孔。于是，他不再抵抗，只是大声喊道："你也跟他们在一起啊，我的孩子！"莎士比亚和克维多均曾引录这一悲怆的呼叫。

　　命运喜欢重复、推演、偶合。十九个世纪之后，在布宜诺斯艾利斯省的南部，一位高乔人遭到另外一些高乔人的攻击。就在倒下去的刹那，那人认出了自己的一个养子，于是，他不无责备与惊异地对之说道（下面这句话应该听，而不是读）："怎么，是你！"人们将他杀了，而他却不知道自己的死不过是在重演一桩旧案。

一 个 问 题

可以设想在托莱多发现了一页阿拉伯文的稿子，古文字学家们判定那是塞万提斯据以写出了《堂吉诃德》的西德·阿麦特·贝嫩赫里[1]的手笔。根据那张纸上的文字，身经百战的主人公（众所周知，他带着佩剑和长矛在西班牙四处漫游并且无缘无故地随便向人挑战），在一次战斗之后，发现自己杀了一个人。那段记载到此结束，问题是要猜测或推断堂吉诃德当时的反应。

我能想到的，可能会有三种答案。第一种是否定性的：没有什么特别反应，因为，在堂吉诃德的幻象世界里，死亡并不比魔法少见，杀一个人不会使一个同妖怪或魔法师搏斗或者自以为是在同妖怪或魔法师搏斗的人感到不安。第二种是感人的：堂吉诃德从未忘记自己是爱读神怪小说的阿隆索·吉哈诺的影子，看见了死人，意识到幻觉使自己犯下了该隐的罪孽[2]，因而从也许永远都不可能治愈的恣意型疯狂状态中清醒过来。第三种也许最为可信：那人死了以后，堂吉诃德不会承认那个暴行是由神志错乱造成的，实实在在的后果必定会促使他去设想出一个实实在在的原因，所以，他永远都不可能走出疯狂。

还可以有另外一种推断。这种推断超越了西班牙乃至整个西方的氛围，要求一个更为古老、更为复杂、更为纷繁的环境。堂吉诃德——已经不再是堂吉诃德，而是印度斯坦[3]时代的一位国君——面对敌手的尸体会得出这样的结论：杀生与孕育显然是昭示人的属性的神功或魔力。他知道那个死人是一种幻象，就像他手中那把沉甸甸的血剑以及他本人、他的全部经历、各路神明和整个宇宙也都是幻象一样。

---

1 Cide Hamete Benengeli，塞万提斯在叙事中虚构的阿拉伯学者，据说他写过堂吉诃德出游的故事。
2 指亚当和夏娃的长子该隐因嫉妒而杀死了弟弟亚伯，见《圣经·旧约·创世记》第四章。
3 历史名词，偶作印度的同义词。

一枝黄玫瑰

　　被显赫之族（这只是一个他至为看重的比喻）异口同声誉为荷马再世、但丁重生的英才詹巴蒂斯塔·马里诺[1]的死，不是在那天傍晚也不是第二天的同一个时辰，不过，当时的那种一动不动和悄无声息的状态倒确实是他平生经历过的最后一次。他老态龙钟、功名赫赫，平卧在一张西班牙式的雕柱大床上静待最后时刻的到来。完全可以想象，几步开外有一个朝西的宁谧阳台，下面是大理石雕像和婆娑的月桂以及台阶倒映在一潭方池碧水之中的花园。一个女人将一枝黄玫瑰插入杯中。他不由自主地默颂起坦率地讲连自己都有点儿厌倦了的诗句：

> 花园的姹紫，田野的葱翠，
>
> 春天的蓓芽，四月的眸辉……

恰在这个时候天启昭彰。就像当初亚当可能会在天国里经历过的那样，马里诺看到了那枝玫瑰并且意识到玫瑰存在于自己的恒定而不是其名称之中，我们可以明提或暗指，但却不能取代，而房间角落里那金碧辉煌的厚重卷帙并非（像他出于虚荣而梦想的那样）尘世的镜子，只不过是人间的一件赘物而已。

马里诺在临终之际有了这番感悟，荷马和但丁大约也当如此。

---

1 Giambattista Marino（1569—1625），意大利诗人。

见　　证

　　几乎紧贴在新起的石砌教堂背后的马棚里，有一个灰眼睛、灰胡须的男人躺在牲口的气味之中，像等待入睡一般默默地等着死亡的降临。日光遵循着茫茫的秘密法则推移和搅混着那鄙陋空间里的暗影，外面是耕地和一条落满枯叶的沟壑以及林边黑土地上的些许狼迹。那人孑然伶仃、沉沉睡去并做起梦来。召祷的钟声将他惊醒。在英格兰的各个属地里，鸣钟已经成了黄昏时分的惯例，不过，那人从小就见过了沃登[1]的嘴脸、天神的喜怒、缀满罗马制钱和沉重衣装的笨拙木偶、屠宰犬马及俘虏的祭礼。他将在天亮之前死去，最近刚刚举行过的异教典仪也将随他而逝、不再重现。这位撒克逊人死后，世界将多少会变得更加乏味。

确实存在的事物竟会伴随某人的去世而消失，这种事情可能让我们感到惊异，然而，除非像通神论者们所断言的那样存在有宇宙记忆，否则的话，每当有人死去，就一定会有某种或者无数的事物跟着销匿。闭合起最后见过基督的眼睛的日子已经成了过去，胡宁战役和海伦[2]的情爱也都随着一个人的亡故而不复存在。等到我死的时候，什么东西会伴我而去、世界又会失掉哪些牵动人心或一时应景的礼仪？是马塞多尼奥·费尔南德斯的声音、一匹红马留在塞拉诺及查尔卡斯荒郊[3]上的英姿，还是放在桃花心木写字台抽屉里的一块硫磺？

1　Woden，即斯堪的纳维亚神话中的主神奥丁（Odin），主司战争、诗歌和智慧。

2　Helen，希腊神话中的美女，为许多英雄追求的对象，后来嫁给斯巴达王墨涅拉俄斯，但是特洛伊王子帕里斯将她诱拐，遂引发了持续十年之久的特洛伊战争。

3　塞拉诺和查尔卡斯均为布宜诺斯艾利斯街名，当时为市郊。

马丁·菲耶罗 *

看似强大而后来的光辉业绩也证实了其强大的军队从这座城市开拔而去。岁月流逝，有一位战士回到了这里，操着外乡的口音，讲述了在伊图萨因戈[1]或者阿亚库乔[2]等地的亲身经历。如今，这类事情就好像从未发生过一样。

这儿曾经两度出现过专制暴政。第一次暴政期间，有一回，一辆从普拉塔市场出来的马车上有几个人在叫卖白桃和黄桃，一个半大孩子掀开了苫布的边角，看到里面是集权分子们胡子上沾满鲜血的脑袋。第二次暴政期间，许多人被投进监狱和死于非命，人人自危不安、天天提心吊胆、时时蒙屈受辱。如今，这类事情就好像从未发生过一样。

一位博学多识的人细心地观察了世上所有的花草和飞鸟并逐一地为之定下了也许永远都不会改变了的名字，他还用绘声绘色之笔详尽地记述了景象万千的晚霞和月亮的圆缺变幻。如今，这类事情就好像从未发生过一样。

同样是在这儿，一代又一代人都曾经见到过那些成了艺术素材的普通而且从某种意义上来说也是永恒的变迁。如今，这类事情就好像从未发生过一样，然而，一八六几年间，有一个人在旅馆的一个房间里梦见了一场格斗：一个高乔人用刀将一个黑人挑了起来，接着又把他像个装着骨头的麻包一样丢到了地上。为了不给人留下仓皇逃跑的印象，他眼看着那人挣扎和咽气，然后才弯下身子擦去刀上的血迹，解开牲口，悠然地骑了上去。这件事情虽然只

---

* 阿根廷诗人何塞·埃尔南德斯（José Hernández, 1834—1886）名著《马丁·菲耶罗》中的主人公。

1 阿根廷地名，1827 年乌拉圭、阿根廷曾和巴西在此交战。

2 秘鲁内陆城市，1824 年以玻利瓦尔为首的哥伦比亚—秘鲁联军在此大败西班牙军队。这一战役解放了秘鲁并保证了新生的南美洲各共和国脱离西班牙取得独立。

发生过一次，但却一再地被人记起。浩荡的部队去而不返，一场微不足道的格斗却流传至今：一个人的梦竟然留在了所有人的记忆之中。

变　异

　　我在一个走廊里见到了一个指示方向的箭头，于是想：那个不会伤人的标志曾经是个铁制物件，一种令人不及躲避而且还会致人死命的武器，钻进过人类的肉身、猛狮的躯体，遮蔽过温泉关[1]的天日并使哈拉德·西居尔松[2]永久地赢得了六英尺英格兰土地。

　　几天之后，有人给我看了一张一位马札尔[3]骑士的照片，一根套索绕在他的坐骑的脖子上。我知道，那根曾经在空中飞舞并套住过牧场牛群的套索不过是周日鞍具的显赫配搭而已。

　　我曾在西陵见到过一个刻有古斯堪的纳维亚文的红色大理石十字架，架臂微曲而粗重，嵌在圆环之中。那个被套了起来的敦实十字架象征着另一个没有外缘的十字架，这另一个十字架又代表着一位神明受难的绞刑架，也就是那个被萨莫萨塔的琉善⁴咒之为"卑污机械"的东西。

世上没有任何东西不会被忘记或者不被记忆扭曲，没人能够知道某件东西将来会变成什么样子，不知为什么十字架、套索和箭头，这些如今都已降格或升级成了标志的人类古老器具竟会让我惊异。

———————————

1　希腊中部东海岸卡利兹罗蒙山和马利亚科斯湾之间的狭窄通道。公元前480年8月，少数希腊军队在此抵御波斯大军达三天之久，此役成为勇对强敌的战例被载入了史册。

2　Harald Sigurdsson(1015—1066)，即哈拉德·哈德拉达（Harald Hardrada），挪威国王，1046—1066在位，1066年入侵英格兰，但被英格兰国王哈罗德二世打败。

3　即匈牙利。

4　Lucian of Samosata(约125—180)，生于萨莫萨塔（今土耳其境内），古罗马讽刺作家。

关于塞万提斯和吉诃德的寓言

国王麾下的一位老兵厌倦了西班牙故土，于是就到阿里奥斯托的辽阔国家、梦幻空耗着光阴的月亮峡谷和被蒙塔尔万盗走的穆罕默德金像中去寻找乐趣。[1]

作为温和的自嘲，他杜撰出了一个轻信的人物。此人被神怪小说搅乱了神智，一心想要在平平常常的托博索或蒙铁尔之类的地方建功立业、降妖伏魔。

堂吉诃德未能改变现实、未能改变西班牙，一六一四年左右在自己出生的村子里与世长辞了。米格尔·德·塞万提斯比他稍微多活了一段时间。

他们俩——一个是造梦的和一个被梦造的——的全部遭遇就是两个世界的冲突：一个是骑士小说里的非现实世界，

一个是十七世纪普通而平常的世界。

他们未曾料到岁月最终竟会将那矛盾弥合，未曾料到后世竟然不会觉得拉曼却及蒙铁尔和骑士的清癯形象比辛伯达[2]的海上经历和阿里奥斯托的广袤家乡缺乏诗意。

因为，文学始之于杜撰，其结局自然难测。

一九五五年一月，德沃托医院

1 指塞万提斯 1569 年至 1580 年间的经历。在此期间，他先是游历了意大利，1570 年在罗马加入反对伊斯兰教的神圣联盟的军队，不久即同土耳其人进行的勒班陀战役中受伤，愈后相继参加了攻占突尼斯和戍守巴勒莫及那不勒斯的战斗，1575 年获准退役，归国途中遭遇土耳其海盗并被掳至阿尔及尔过了长达五年的奴隶生活，1580 年方被赎出得返西班牙。蒙塔尔万是西班牙的考古学家，摩洛哥的得士安考古博物馆的创建者。
2 阿拉伯民间故事集《一千零一夜》中《辛伯达航海旅行记》的主人公。

《天堂篇》第三十一章
第一百零八行 *

西西里的狄奥多罗斯[1]讲述了关于一位粉身碎骨、烟消云散了的神明的故事。漫步于晚霞之中或者记起过去的某个日子的时候，谁又未曾有过曾经失落过某种至为重要的东西的感觉呢？

人类失去了一个形象、一个无法重新见到的形象，人人都希望自己能够成为那位（梦见自己在最高天的玫瑰花[2]下的）香客[3]，因为正是他在罗马见到了维罗尼卡的汗巾[4]并虔诚地悄声说道："我主耶稣基督，真正的上帝啊，难道你的容貌就是这样的吗？"

一条路上有一个石雕人像及一句铭文：哈恩[5]之神的圣容

写真。倘若真能知道那是怎么回事，我们也就掌握了破解那些比喻[6]的诀窍，从而知道那个木匠[7]的儿子是否也是上帝的儿子。

保罗[8]见到的主是一道将他扑倒在地的强光，约翰[9]见到的主则如中天喷薄的太阳，耶稣之特雷莎[10]多次见到主环裹在祥光之中却又从来没能说清其眼睛的颜色。

我们已经无法确切知道他的模样了，就像忘掉了一个由普通数码组成的神奇数字，就像永远不能再现万花筒里的某

---

* 但丁《神曲·天堂篇》的这一行是："我主耶稣基督，真正的上帝啊，难道你的容貌就是这样的吗？"

1　Diodorus Siculus，公元前1世纪的希腊历史学家，著有《历史丛书》四十卷。

2　根据《神曲》，在天府，幸福灵魂的座位呈玫瑰花状。

3　即《神曲》中的"我"。

4　维罗尼卡为耶路撒冷的一个妇人，据传，在耶稣扛着十字架走向刑场途中，她曾用自己的汗巾为他擦脸，于是耶稣的容貌留在了那块汗巾上。

5　西班牙城市。

6　指耶稣在说教时所用的比喻，见《圣经·新约》中的诸福音书。

7　指约瑟，耶稣的养父。

8　又名扫罗，耶稣的十二门徒之一，据《圣经·新约·使徒行传》，他初次遇到耶稣基督的时候，天上忽然现出一道强光将他扑倒在地。

9　指施洗约翰，据《圣经·新约·约翰福音》，他是从上帝那里被差来为光作见证的："那光是真光，照亮一切生在世上的人。"

10　Teresa of Jesus（1515—1582），生于阿维拉（今西班牙境内），又称阿维拉的特雷莎，西班牙神秘主义者，终生献身宗教事业。

个图像。我们可能会视而不见。地铁里遇到的某个犹太人也许就长得同基督一模一样，从窗口递给我们零钱的手臂说不定就跟曾经被士兵们钉上十字架的那双手臂毫无分别。

也许每面镜子里面都藏有那位被钉上十字架的人脸上的某个特征，也许那张脸之所以消失、模糊，正是为了让人人都能成为上帝。

说不定今天夜里我们就可能在纷乱的梦境中看见主的容颜，而明天却忘得一干二净。

关于宫殿的寓言

　　那一天，黄帝向诗人展示了自己的宫殿。他们浩浩荡荡地走过西侧的头几条路径，那路径如同一个几乎看不到边的竞技场的台阶通向一处天堂似的花园，花园的金属镜子和刺柏篱落标志着已经开始了迷宫的地界。他们兴致勃勃地走进了迷宫，起初倒还像是游玩，随后可就不无惴惴之感了，因为，看似笔直的道路实际上有着轻微的弧度，绵延开去，形成了诸多不易觉察的圆环。直到午夜时分，在适时地祭献了一只乌龟之后，他们才循着星象走出了那个仿佛中了邪祟的地区，但却并没有因此而就消除了始终未能摆脱的茫然不知所在的感觉。接着，他们游览了堂榭、庭院、书楼以及六角形的刻漏阁。一天早上，他们从一座高塔的顶端望见了一个石人，可是，那石人转瞬之间又消失得无影无踪。他们乘坐着檀木小舟渡过了一条又一条波光粼粼的溪流，或者，那溪流本为一条，只是过了一次又一次罢了。黄帝一行所经之处，人们无不顶礼膜拜，但是，有一天，他们到了一个小岛，岛上的一个从未见过天子的人竟然不知需要下跪，遂被砍掉了脑袋。他们对黑色的人头、阴森的舞蹈、精致的赤金面具无动于衷；现实和梦境搅混在了一起，换句话说，现实已然变成了梦中的景象。似乎整个世界不能不都是花园、流水、楼阁和幻境奇观。每隔百步就有一座直冲云霄的高塔，那塔看似一色，实则从黄到红依次绵延，谐和有致，排比成行。

在倒数第二座高塔的脚下（对堪称奇绝的景色一直漠然的），诗人朗诵了那首我们今天将之同其名字紧密联系在一起的短诗。就连最为认真的史学家们都一再断言，正是那首短诗使他名垂千古又死于非命。那诗已经失传，有人认为只是一行，也有人说不过是一个字而已。事实上，令人难以相信的是那诗包容了整个那座庞然的宫殿以及其中的所有细部，包括每一件珍贵的瓷器及每件瓷器上的每一个图案以及自远古以来在里面住过的人、神和龙的光辉朝代的每一个黄昏和黎明、每一个或悲或喜的瞬间。人们登时哑口无言，只有黄帝大声喝道："你掠走了我的宫殿。"于是，刽子手的利剑就结束了诗人的性命。

关于这个故事，别人还有别的讲法。世上不可能有两件一模一样的东西，只要（他们说道）诗人让那座宫殿随着他的诗句悄然消失也就足够了。当然，这类说法不过是文学的杜撰。其实，那位诗人是黄帝的奴隶而且也是以奴隶的身份了却一生的。他的诗被人遗忘了，因为只配被人遗忘；他的后人们还在寻找那把宇宙的钥匙，但却永远也不可能找到。

什么都是和什么都不是 [*]

他什么人都不是。透过他的容貌（即使是从当时留下来的蹩脚画像上也看不出他像什么人）和滔滔不绝、妙趣横生而慷慨激昂的谈吐，能够看到的不过是些微冷漠和某种没人做过的梦罢了。他起初以为人人都跟他一样，可是，当他和一个同伴谈起那种空虚感的时候，对方的惊讶使他意识到自己错了并且终于明白一个人不该有别于自己的同类。有一次，他想到说不定可以在书中找到医治心病的妙方，于是就学会了同代人应当会讲的些许拉丁文和更为浅薄的希腊语；后来又觉得自己所追求的东西很可能存在于履行人类的一种基本仪式，于是就于六月的某个漫长的午休期间同安妮·哈瑟维 [1] 做了初次尝试。二十岁那年，他去了伦敦。在此之前，他就已经本能地习惯了以故作不凡来掩饰自己的平庸。到了伦敦以后，他找到了注定要干的行当，当起了演员：在舞台上佯装另外一个人物，聚集在台下的人们也假作把他当成他所扮演的人物。演艺活动使他得到了格外的满足，也许是平生最大的满足；不过，继说完最后一句台词和将最后一位死者搬下台去之后，总会有一种并非真实的讨厌滋味袭上他的心头。他不再是费雷克斯或者帖木儿，重又回复到什么人都不是的状态。他于困惑之中恣意想象着别的英雄人物和悲壮故事。就这样，当他的肉体在伦敦的妓院和酒吧履行肉体职责的时候，活在他心灵深处的却是对占卜官的警告置之不理的恺撒、讨厌燕子的朱丽叶 [2]、在旷野里与同是死神的女巫们交流对谈的麦克白 [3]。谁都没能像他那样曾经是过那么多人，简直就跟

---

* 标题原文为英文。

1 Anne Hathaway（1556—1623），莎士比亚的妻子。

2 莎士比亚名剧《罗密欧与朱丽叶》中的女主人公。

3 Macbeth（约1005—1057），苏格兰国王，其生平构成莎士比亚名剧《麦克白》的基本情节。

埃及的普洛透斯[1]一样，可以随意变换相貌。有时候，他会在剧中某个不显眼的地方加上一句深信谁都不可能破解的自白：让理查[2]说他一个人扮演着许多角色，让伊阿果[3]意味深长地声称我并不是真正的我。活着、做梦和演戏三者的基本融合使他度过了许多轰轰烈烈的时刻。

他在那种人为的幻境中一直生活了二十年，可是，一天早晨却突然对扮演那么多死于刀下的君王，那么多聚聚散散、哀戚悲切的失意情人的生活感到了厌倦和恐惧，于是当即决定卖掉自己的剧院。没过一个星期，他就回到了故乡，重又找到了儿时的树木和溪流，并发觉那一切与自己曾经热烈赞颂过的神话中的和拉丁语国度里的草木山川截然不同。他总得有个身份，所以就变成了发了大财，喜欢借贷、诉讼和小宗暴利的退休企业家。他正是以那种身份留下了我们所见到

1　Proteus，希腊神话中居于埃及尼罗河口法罗斯岛上的老人，能知过去、现在和未来，但不轻易示人，即使求教者乘其午睡时将之捉住，他也试图变化形体借机逃遁。只有在万不得已的情况下，他才肯现出原形，说出答案后立即跳入大海。
2　莎士比亚名剧《理查三世》的主人公。
3　莎士比亚名剧《奥赛罗》中的角色。

的那份有意摈除了一切感情和文彩的乏味遗嘱。伦敦的朋友们时常造访他的隐居之所，在他们面前，他又一再扮演起诗人的角色。

那个故事还说，他在死前或死后曾经面对上帝说道：我徒然地做过了许多人，现今只想成为一个人，就是我自己。上帝的声音从旋风中回答他说[1]：我也不是我自己。我的莎士比亚啊，像你梦见过自己的作品一样，我也梦见过世界，既是许多人又谁都不是的你就在我的梦影之中。

1　此处套用了《圣经·旧约·约伯记》第三十八章的首句，即"那时，耶和华从旋风中回答约伯说"。

神灵的劫难 *

梦里（柯尔律治写道）常常会出现我们想过的景物的映像。我们不会因为心怀疑惑而感到恐惧，却会为了释解心里的恐惧而做莫名其妙的梦。果真如此的话，单纯地记录下梦中的景象又怎么能够让人感受得到织就那天夜里所做之梦的错愕、激动、惊恐、危急和欣喜呢？然而，我还是要试着将之记录下来。那梦只有一个场景，这一情况也许消除或缓解了事情的最大难点。

地点是哲学及文学院，时间为日落黄昏后。一切（梦里常常这样）全都有点特别，景物显得比实际上要略好一点儿。我们在进行选举，我正跟早在好多年前就已经去世了的佩德罗·恩里克斯·乌雷尼亚[1]嘀咕着什么。突然一阵游行队伍或街头乐队的喧嚣打断了我们。从地狱里传来了一片人吼畜叫。有人喊道："他们来了。"随后又补充说："是神灵！神灵！"有四五个神灵走出队伍登上了大教室的讲台。我们全都拼命鼓掌，禁不住流出了热泪。那可是被流放了多少个世纪重又归来的神灵啊。讲台使他们显得又高又大，一个个昂首挺胸，得意地接受着我们的欢呼。其中的一个手中拿着根无疑代表着梦里的简单草木的树枝，另一个夸张地伸着一只爪状的手臂，雅努斯[2]的一张面孔警惕地凝注着透特[3]的弯喙。很可能是有感于我们的欢呼，其中的一个，我已经不记得是哪一个了，竟然兴奋得叫了起来，那声音让人难以置信地刺耳，像是漱口又像是呼啸。从那一刻起，事情就发生了变化。

一切源自于怀疑（可能有点夸大）神灵们已经不再能够讲话了。无数世纪流离失所的生活肯定削弱了他们身上人的

---

* 标题原文为古斯堪的纳维亚文。

1 Pedro Henríquez Ureña（1884—1946），多米尼加文学史家和评论家。

2 Janus，罗马神话中的门神，有两张面孔，掌管门户出入和水陆交通，既能瞻前又能顾后。

3 Thoth，古埃及宗教中的鹮首人身神，原为月神，后司计算与学问，又在世间代表太阳神瑞。

特质，伊斯兰教的月亮和罗马的十字架对那些逃犯是严酷无情的。异常狭窄的额头、发黄的牙齿、混血人或中国人似的稀疏胡须以及野兽般的嘴形表明奥林匹斯山的种族的退化。他们的衣着已经不再具有清贫的特色，而是显示着地狱里赌场和妓院的那种骄奢。上装领口的扣眼里插着一枝嫣红的石竹，紧身外套遮不住暗藏的匕首。我们突然意识到他们是在进行最后的一搏。他们奸诈、愚昧而又凶残，就像猛禽野兽。如果我们心生恐惧或暗发恻隐，势必会被他们毁灭。

我们掏出沉甸甸的手枪（梦里忽然有了手枪），轻松愉快地结果了那些神灵。

《地狱篇》第一章第三十二行 *

　　十二世纪末年，一只花斑豹子从黎明到黄昏一直注视着眼前的几块木板、数根铁条、变换不定的男男女女、一堵高墙以及可能还有一条落满枯叶的石砌水沟。它不知道，不可能知道，自己正向往着情爱和施暴以及撕咬时的温热快感和送来猎物气味的徐风，然而，它的心里总是觉得压抑着和躁动着某种东西，于是上帝就托梦对它说道："你将在囚禁中活到死去的时候为止，以便让一个我所熟悉的人看你几遍直至记住你的样子和特征并将之写进一首在宇宙的构架中占有一席确定之地的诗篇。你虽然要忍受监禁之苦，却将为那篇诗作提供一个词语。"上帝在梦里点化了豹子的愚顽，于是它明白了其中的缘由并且接受了那种命运，不过，它醒来之后的感觉却只是一种无奈的隐忍、一种强装的糊涂，因为，对于野兽的简单头脑来说，世界这部机器实在是太复杂了。

过了一些年之后，在拉文纳，但丁于不平及孤独中等待着生命的结束 [1]，跟随便哪个普通人完全一样。上帝通过梦向他揭示了其生命及著作的秘密使命，惊异之余，他终于知道了自己的身份和价值并为遭遇过的苦难庆幸。据传，他在醒来之后就觉得自己得到又失去了某种说不清楚的东西、某种不仅不会再次获得甚至连依稀再见一次都不可能的东西，因为，对于人类的简单头脑来说，世界这部机器实在是太复杂了。

---

* 　但丁《神曲·地狱篇》的这一行是"忽然有一只矫捷的花豹"。
1 　但丁于 1321 年 9 月 14 日死于疟疾。

博尔赫斯和我

有所作为的是另一个人，是博尔赫斯。我只是漫步于布宜诺斯艾利斯的街头并且说不定已经是下意识地会在一处拱券和门洞前踟蹰留连。我通过邮件获得关于博尔赫斯的消息并在候选教授的名单或人名辞典中看到过他的名字。我喜欢沙漏、地图、十八世纪的印刷术、词语的来源、咖啡的香味和斯蒂文森的散文；博尔赫斯也有同样的嗜好，不过有点儿虚荣地将那些嗜好变得像演戏。说我们俩不共戴天，未免言过其实；我活着，竟然还活着，只是为了让博尔赫斯能够致力于他的文学，而那文学又反证了我活着的意义。我无须隐讳地承认他确实写了一些有价值的东西，但是那些东西却救不了我，因为好东西不属于任何个人，甚至也不属于他，而是属于语言或传统。此外，我最终注定要销踪匿迹，只有某个瞬息可能会藉他而超生。我尽管知道他有歪曲和美化的恶癖，却还是逐渐将自己的一切全都转赠给了他。斯宾诺莎认为万物都愿意保持自己的形态：石头永远都愿意是石头，老虎永远都愿意是老虎。我将寄身于博尔赫斯而不是我自己（假如说我还是个人物的话），不过，跟他的著作相比，我倒是在别的许多人的著述里或者甚至是在吉他的紧拨慢弹中更能找到自己的踪迹。很多年前我就曾企图摆脱他而独处并从耽于城郊的神话转向同时光及无限的游戏，然而，那游戏如今也成为博尔赫斯的了，我还得另做打算。因此，我的命运就是逃逸、丧失一切、一切都被忘却或者归于别人。

我不知道我们俩当中是谁写下了这篇文字。

关于天赐的诗

献给玛丽亚·埃丝特·巴斯克斯

上帝同时给我书籍和黑夜，
这可真是一个绝妙的讽刺，
我这样形容他的精心杰作，
且莫当成是抱怨或者指斥。

他让一双失去光明的眼睛
主宰起这卷册浩繁的城池，
可是，这双眼睛只能浏览

那藏梦阁里面的荒唐篇什，

算是曙光对其追寻的赏赐。
白昼徒然奉献的无数典籍，
就像那些毁于亚历山大的
晦涩难懂的手稿一般玄秘。

有位国王（根据希腊的传说）
傍着泉水和花园忍渴受饥；
那盲目的图书馆雄伟幽深，
我在其间奔忙却漫无目的。

百科辞书、地图册、东方和
西方、世纪更迭、朝代兴亡、
经典、宇宙及宇宙起源学说，
尽数陈列，却对我没有用场。

我心里一直都在暗暗设想

天堂应该是图书馆的模样，
我昏昏然缓缓将空幽勘察，
凭借着那迟疑无定的手杖。

某种不能称为巧合的力量
在制约着这种种事态变迁，
早就有人也曾在目盲之夕
接受过这茫茫书海和黑暗。

我在橱间款步徜徉的时候，
心中常有朦胧的至恐之感：
我就是那位死去了的前辈，
他也曾像我一样踽踽蹒跚。

人虽不同，黑暗却完全一样，
是我还是他在写这篇诗章？
既然是厄运相同没有分别，
对我用甚么称呼又有何妨？

格罗萨克或者是博尔赫斯，
都在对这可爱的世界瞩望，
这世界在变、在似梦如忘般
迷茫惨淡的灰烬之中衰亡。

沙　漏

夏日里立柱的笔直投影，或者，
赫拉克利特将之同疯狂人生
相比的那大川里的奔腾流水，
都可以用来计量时光的运行。

白昼的阴影捉不住也摸不着，
那江水则是一味地日夜兼程
而绝对没有逆转倒流的可能，
这二者均与时光和命运相同。

然而，就在那茫茫的沙漠里面，

时光找到了另一种媒体象征，

它柔顺而又沉重，简直就像是

专为计数死人的时日而发明。

于是，典籍的插页中就出现了

那个具有寓意的仪器的图形，

连神情抑郁的古董收藏家们

也会表现出行家特有的热情。

将之归于配不成副的象棋子、

没了刃的宝剑、变浑的望远镜、

鸦片蚀损了的檀香烟枪、尘土、

厄运和虚无的灰暗世界之中。

丢勒[1]笔下描绘出的死神形象，

除了钐镰，右手里还拿着沙钟，

---

1 Alberto Durero（1471—1528），德国画家、雕塑家。此处指其著名铜版画《骑士、死神与魔鬼》。

面对着那严酷而阴森的模样，
谁又能够不感到迟疑和惶恐？

细碎沙粒从倒置锥体的端口
无声无息地悄然奔泻与倾溅，
那流金渐次地滑落并且注入
下面那与之相连的玻璃空间。

玄妙的沙粒不停地滚滚而下，
那情势真是可谓迷人的景观，
即将跌落的瞬间的匆忙拥聚，
简直就是这人世万象的再现。

同一份沙粒不断地循环轮转，
那流沙的历史也将永无尽期，
就这样，不论你高兴还是伤心，
那恒动不会改变自己的节律。

沙流不会有最后终止的时候，

流血的是我而不是玻璃器具，

流沙的歌吟绵延以至于无限，

我们的生命随着那沙流逝去。

在那流沙标记的分分秒秒中，

我以为感觉到了宇宙的瞬息：

那是记忆的镜子留下的历史

或者神奇的忘川 [1] 化解的往昔。

缭绕的狼烟以及光灿的烽火，

迦太基和罗马及其频仍侵袭，

法师西门 [2]，还有那撒克逊君主

许诺给挪威国王的尺土寸地，

1　又译勒忒河，希腊神话中冥府的河流之一，亡灵饮其水后就会忘掉过去的一切。
2　约活动于公元 1 世纪的行邪术的魔法家，见《圣经·新约·使徒行传》第八章。

全被那不知疲倦的沙粒细线
裹挟卷带着销匿了踪影痕迹。
光阴易逝，谁都无缘把握操持，
我理所当然地不会成为特例。

棋

一

棋手严肃地躲在自己的角落
不慌不忙地潜心于布阵摆子。
棋盘上面，两种颜色不共戴天，
紧张地一直厮杀到曙色见赤。

不同的形体有着各异的威力：
车不受任何遮拦，马举步轻便，
后披着全副武装，王坐镇后方，
相走着斜线，卒子奋勇冲在前。

时光在耗尽着棋手们的精力：
即便就是在他们离去了之后，
很可能并没有最后结束战斗。

这场战火本来是从东方燃起，
如今却已经烧遍了整个地球。
一如另者，这种游戏无尽无休。

二

王柔弱，相持重，后则暴戾凶残，
车直来直往，卒子狡诈而机警，
缘着那黑白交织的阡陌道路，
寻找战机，进行着殊死的抗争。

棋子们并不知道其实是棋手
伸舒手臂主宰着自己的命运，
棋子们并不知道严苛的规则

在约束着自己的意志和退进。

黑夜与白天组成另一张棋盘，
牢牢地将棋手囚禁在了中间
（这可是欧玛尔[1]所作出的论断）。

上帝操纵棋手，棋手摆布棋子。
上帝背后，又有哪位神祇设下
尘埃、时光、梦境和苦痛的羁绊？

---

1 Omar Khayyám (1048—1131)，波斯诗人、数学家、天文学家和哲学家。

镜　　子

我对镜子怀有一种恐惧之感
并不因为不可穿窬的玻璃板
圈定和营造出一个并不存在、
不能容人居留的映像的空间；

那恐惧兼及宁静平展的水潭，
其深处的天空的另一片蔚蓝
时而会被倒悬着的飞鸟掠扰、
时而又会被轻波微澜所搅乱；

那恐惧还迁于桃花心木家具，

它那精细而沉寂的光洁表面
能如梦似幻地映出大理石的
朦胧白皙或玫瑰的虚影真颜；

如今，在不同国度的月亮光下
历经了诸多困惑的日月流年，
我扪心自问：这对镜子的恐惧
究竟来自命运中的哪个渊源？

我见过无数金属铸就的镜子，
还有迷离色泽犹如霞彩一般
使凝视同时又被瞩望的面容
朦胧模糊的桃花心木的柜面，

它们警醒又冷峻森然，充当着
一项古老协议的忠实执行官：
再三再四地复制着人间景象，
就好像是在自然地生殖繁衍；

让这个浮华无定的俗世凡尘

在其迷幻的境界里驻留延展；

有的时候，在日暮黄昏的时分，

残喘者的呵气就能使之黯然。

镜子时时刻刻都在窥视我们。

只要有镜子挂在卧室的四壁，

我就不是独处而是有人为伍，

就有影像伴着晨曦上演哑剧。

在那个晶莹清澈的世界里边，

一切都可能发生却不留痕迹，

就好似奇绝的伊斯兰教僧人，

连书籍也都必须从右边读起。

克劳狄奥，一夕之王，梦中的君主，

一直没有意识到生活在梦里，

直到那一天，一位演员在台上

无声地再现了他的虚情假意 [1]。

真可谓奇怪啊，竟然会有梦魇，
竟然会有镜子，寻常的那俚鄙、
俗套的日程表中竟然包括着
映像织成的虚幻幽深的境地。

上帝（我在想）真是花费了心计，
通过玻璃那平滑表面的亮丽
和那伴随着梦境的深更浓暗，
构筑起那架捉摸不到的机器。

上帝创造了梦魇连绵的夜晚
也创造出了镜子的种种形体，
只为让人自认为是映像幻影，
也正是因此，我们才时刻惊悸。

1　此处似指莎士比亚喜剧《无事生非》，剧中有位浮浪的贵族青年叫克劳狄奥。
　　克劳狄奥本是骑士文学中的英雄人物，欧洲各国都流传着他的故事。

埃尔维拉·德·阿尔韦亚尔 [*]

她确实曾经拥有过一切，

而这一切又渐渐地将她遗弃。

我们曾经见过她娇艳俏丽。

清晨和正午曾经居高临下

把人间的所有美景向她展示，

而黄昏却又悄然地将之尽数收去。

命运（因由的无边而偏斜的

网络）曾经赐给她以财富，

这财富就像阿拉伯的飞毯

能把千里之遥化为坦途，

也能将想望与获取混同为一物；

命运曾经赐给她诗的天资，

让她将真切的苦痛化作音乐、悄语和比附；

命运曾经赐给她将伊图萨因戈的战斗

融进血液的激情、桂冠的重负、

让她在奔流不息的时间长河

（长河和迷宫）及逐渐暗淡的

晚霞斑斓色彩中销匿的幸福。

所有这一切全都将她遗弃，

只有一样东西成为了特例：

那仁慈宽厚的谦和，没被谵妄和衰萎伤损，

护卫天使一般陪伴她抵达生命的终极。

很多很多年以前，

我在埃尔维拉身上最先见到的是微笑，

那微笑直到最后仍然是那么甜蜜。

---

* Elvira de Alvear（1907—1959），阿根廷女诗人，曾是博尔赫斯的密友。

苏莎娜·索卡[*]

她满怀着柔缓的深深情意

凝注着晚霞的纷繁斑斓。

她喜欢沉迷于复合的旋律

或者是诗中生活的奇幻。

并非那作为原色的鲜红，

而是诸多层次的灰暗

织就了她那注定频临选择、

屡经犹疑变化的多舛命缘。

没有步入这迷离宫阙的勇气，

她只好从圈子外面瞩目

里边的景致、混乱和奔忙，

就像镜子里的那另外一位贵妇。

置她的乞求于不顾的神明

将她遗弃给了欲火那只老虎。

月　　亮

传说里面讲道，在那过去了的
年代里面曾经发生过许许多多
真的、假的、真真假假的事情，
有人构想出了一项非凡的举措，

要将整个宇宙纳入自己的书中，
于是就以无限激情投入了写作，
他完成了一叠厚厚的艰深稿本，
反复推敲并诵读直至诗的结末。

他正要对命运表示感谢的时候，

偶然之间抬起头来看了看天上，
一轮明煌的圆盘让他感到惶惑，
这才意识到竟然忘记了那月亮。

尽管我讲的并不是真实的故事，
然而却非常能够说明一种情况：
我们这些以采录生活为业的人，
总是无法避免时常会有意遗忘。

越是重要的东西越是会被疏忽，
这是文字相对灵感的一个定律。
这篇叙述我同月亮交谈的记录，
自然也无法逃脱得了它的节制。

不记得在哪儿头一次见到月亮，
可能在未识希腊理论时的天际，
也可能是在暮色逐渐将庭院的
水井和无花果遮蔽起来的夜里。

人所共知，世上的事情有千万，

多变的人生本来就是非常之美，

举世共享的月亮啊，某天黄昏后，

我们会突然发现你为生活增媚。

除了夜空里那圆圆缺缺的月亮，

我还能够记起诗中的种种描绘：

歌谣里那中了邪祟的瘆人龙月[1]，

还有克维多笔下的那嗜血金盔。

胡安曾在自己的传世作品里边

详述可怕的朕兆和凶残的狂欢，

那里的月亮颜色猩红滴着鲜血；

另有一些却光辉明灿好似银盘。

毕达哥拉斯[2]曾将血书（根据传说）

1　原文为英文。

2　Pythagoras（约前580—约前500），希腊哲学家和数学家。

写在了镜子那光洁明澈的表面，
人们却在月亮那另一面镜子上
读到了那倒映出来的骇世名言。

曾有一片铁树钢花的原始森林，
里面住着一只使命奇特的老狼，
每当朝霞将东海染红了的时候，
它就扑落和杀死那天上的月亮。

（预警的北极星斗对此知之甚详，
而且，死人指甲堆造而成的游舫
也将会在那一天夜里出来侵扰
世界上所有敞开着胸襟的海洋。）

也许是在日内瓦，也许是苏黎世，
命运之神让我初操诗笔的时候，
我也像其他所有的诗人们一样，
暗自承诺要把月亮描绘和歌讴。

我曾煞费苦心地反复搜索枯肠，
殚精竭虑地将贫乏的词句拼凑，
惴惴之情时时都在心底里翻腾，
生怕卢贡内斯已用过琥珀、金瓯。

远方的象牙、烟云、寒雪等等比喻
都曾经被用于形容月亮的容颜，
然而，那些诗章终究也没有能够
最后成为流传千古的雄制宏篇。

就像是天庭乐土里的赤膊亚当，
我以为，诗人也有使命需要承担：
为每一种具体的事物定下名称，
不仅准确和贴切，而且还得新鲜。

阿里奥斯托的著作给了我启示：
月亮是一个去处，迷离而又朦胧，
汇聚着梦幻及捉摸不到的浮影、

流逝的光阴、相通的可能与不能。

神奇的黑夜让我远远地看到了
画家 [1] 笔下的狄安娜 [2] 那三态体形，
雨果呈献给我的却是一把金镰，
爱尔兰诗人 [3] 对凄楚的黑月钟情。

正当我在神话的月亮宝库里面
费尽心机地探察和搜索着枯肠，
平日里巡行的月亮却悄然出来，
爬升到了眼前街角背后的天上。

尽管可以选用的辞藻无尽其数，
只有一个才是最为确切或形象，
其中的奥妙啊，依我看来，只在于

1　指公元前 5 世纪擅长明暗技法的希腊画家阿波罗多洛斯（Apollodorus）。
2　Diana，罗马神话中的月亮和狩猎女神。
3　似指叶芝（William Butler Yeats，1865—1939）。

直呼其名，那也就是叫它为月亮。

月亮的升起是一件纯美的事情，
我不敢再用空泛的比方去玷污；
在我的眼里，它平常又无法解释，
远非我的拙笔所能够描摹叙述。

我知道，月亮本身或者它的称呼，
其实实在在的意义却非常特殊，
它的生成本来就是为了与我们
这既繁复又简单的人生相比附。

月亮不过是诸般象征中的一个，
实为命运或者机缘的刻意造物，
让人类随时能够假借它的名义，
抒发显赫或者危难之际的感触。

雨

苍茫暮色骤然变得澄明起来，
因为潇潇细雨正在悄悄飘滴，
飘滴或者业已停息。雨落中天
自古有之，这该是不需要怀疑。

耳边那淅淅沥沥的回响歌吟
必然唤起对美好季节的回忆，
想到那名字叫作玫瑰的鲜花，
还有那娇好艳丽色泽的旖旎。

这雨水为窗上玻璃蒙起薄雾，

而在那茫茫城郊的荒野里面，
却给架上的黑葡萄注入活力。

尽管庭院已经难觅。湿漉漉的
黄昏送来了那期待中的呼唤，
是归来的父亲，他并没有死去。

为克伦威尔*属下一位
上尉的画像而作

玛尔斯[1]的城垣连上帝都为之赞叹,

却不会使这位武士臣服;

那双曾经熟视过沙场的眼睛

从另一个时代(世纪)流露出关注。

刚劲的手在把佩剑的锋刃爱抚。

战斗正在葱翠的田野里进行,

英格兰、战马、荣誉和你的事业

全都隐没在迷茫的背景深处。

上尉啊,人的生命如同转瞬朝夕,

任何辛劳都不过是虚妄之举,

甲胄徒然无用、奋争也于事无补。

早在多少年前一切都已结束。

可能致你伤残的刀兵早就锈损，

你（同我们一样）注定要进阴曹地府。

---

* Oliver Cromwell（1599—1658），英国军事家和政治家。

1 Mars，罗马神话中的战神。

致一位老诗人 *

你在卡斯蒂利亚田野踽踽而行，
但却几乎没有看到眼前的情景。
你专注于胡安的一首深奥小诗，
几乎没有留意昏黄的夕阳归宁。

朦胧的天色好似梦魇一般痴狂，
如同纵览自然伟力的一面明镜，
那轮猩红的皓月嘲讽戏谑般地
从东方的天际爬上初始的夜空。

你抬起眼睛默默地投去了一瞥，

某件往事在脑海中闪现又泯灭。

你再次垂下满头白发，无动于衷。

你继续蹒跚徜徉，满脸凄怆抑郁，

不再记得曾经写过这样的诗句：

血红的月亮是他的墓志铭。

---

* 指克维多。

另一种老虎

而那制造了伪装的技巧 [1]

莫里斯:《伏尔松族的西古尔德》[2]（一八七六年）

我心中在默默地思忖着一只老虎，

昏暗突显出勤奋的图书馆的空旷，

书架仿佛也都朝着远处退避躲藏。

那只老虎威猛、天真、血腥而又年轻，

将在属于自己的森林和清晨徜徉，

把足迹刻印在不知道名字的河流

那潮湿泥泞的岸边的草间和地上。

（它的世界里只有确实存在的瞬间，

而没有任何称谓以及未来和古往。）

它将长途跋涉而不畏行程的艰险，

在各种气味交织而成的迷宫中央

追寻黎明时分那清幽芳菲的气息，

追寻麋鹿特有的浸润心脾的馨香。

我在婆娑的竹影之间仔细分辨着

它的彩色条纹并且预先感受到了

那蓬勃的斑斓毛皮下的骨架震响。

世间所有的球面汪洋和漫漫荒漠

全都不过是一些徒然虚设的屏障，

从南美大陆上的一个偏远港口的

这幢房子里面，恒河岸边的老虎啊，

我关注着你并且同你幽会在梦乡。

黑暗在我的心底里面无限地扩展，

1　原文为英文。
2　原文为英文。莫里斯（William Morris，1834—1896），英国诗人，著有史诗
　　《伏尔松族的西古尔德的故事和尼伯龙族的衰败》。

我在诗中呼唤着的老虎啊，我在想，
不过是象征符号组成的虚影幻象，
是一系列文学比喻的串联和拼接、
百科辞书里综合描摹出来的图像，
而并非是那在苏门答腊和孟加拉
沐浴着阳光或者迎着变幻的月亮
履行着欢合、闲散和死亡等俗套的
凶险的威猛山君、不祥的珍宝锦藏
同那象征意义上的老虎遥相呼应。
我述及了那个真正的、热血的兽王，
它肆无忌惮地残杀着野牛的种群，
如今，在一九五九年八月的第三天，
正拖曳着身影在草地上款款游荡，
然而，只要是对它进行刻意的描述
并且揣度着它的种种遭际和境况，
就已经是将它变成了艺术的杜撰，
使它不再属于世间生灵的排行榜。

我们需要找出第三种老虎。这老虎
同前二者一样，也是我梦中的影像，
也是用人类语汇描画出来的图形，
而不是冲出神话王国的血肉躯体
奔行在实实在在的坚实土地之上。
对这样一个事实，我心里知之甚详，
然而，却不由自主地甘冒莫名风险，
虽不明智，但又是蓄意已久的愿望。
我执著地在夜幕下将那老虎寻找，
那老虎没有在我的诗里显形露相。

瞎子的位置 *

远离着大海和美好的征战，
失去了的更让人感到留恋，
双目失明了的海盗疲惫地
在英格兰的泥土路上蹒跚。

庄户的狗群冲他狂吠乱叫，
村里的孩子拿他取笑耍玩，
沟壑里的脏土浊尘作床铺，
多病的躯体难得安睡酣眠。

想着在那遥远的黄金海滩

有他秘密掩藏的珠宝金元，
也就不为眼前的苦楚悲伤。

在另一片同样的黄金海滩，
有着你的永不蚀损的宝藏：
恢弘、朦胧而又必然的死亡。

记一八九几年的一个阴影

一切都已不复存在。只有穆拉尼亚 [1] 的屠刀，

只有这在灰暗的傍晚记起的残破历史。

不知为什么，每逢黄昏初降的时候，

这个未曾谋面的凶徒总要闯入我的心里。

巴勒莫当时更为低矮。监狱的

黄色高墙俯瞰着郊区以及沼泽野地。

沾满血污的屠刀正是在那片蛮荒的区域

肆虐横行，没有任何顾忌。

屠刀。那个严格以残杀为业的雇佣兵的容貌

已经变得模糊不清，没人再能记起。

他留给这个世界的全部赠品与纪念

不过是一个阴影和一把屠刀的寒气。

时光虽然能够抹去大理石的光彩，

但愿能把胡安·穆拉尼亚的威名铭记。

---

1 Juan Muraña，18 世纪末至 19 世纪初布宜诺斯艾利斯城西区的著名暴徒。

记弗朗西斯科·博尔赫斯 * 上校之死
（1833—1874）

我的记忆中，他骑着骏马、

披着暮色去追寻死亡；

他一生中有过许许多多的瞬间，

惟愿这悲壮的时刻永沐光芒。

白色的战马、白色的披风，

一往直前地行进在田野上；

耐心的死神从枪口窥测着目标，

弗·博尔赫斯凄怆地驰骋沙场。

耳边呼啸着霰弹的嘶鸣，

眼前绵延着沃野的空旷，

这声响、这景物平生都已见惯。

他在恪尽职守、在战斗。

我的记忆中,他高傲地活在

自己那几乎未被讴歌过的史诗般的天地里面。

---

* Francisco Borges (1833—1874),作者的祖父,职业军人,最后卷入了一场
叛乱,重伤而死。

纪念阿方索·雷耶斯

也许是那朦胧的命运，也许只是
那制约宇宙这梦境的精确律条
让我得以和阿方索·雷耶斯
成为了一段人生坦途上的同道。

从一个国度移居到另外的国家，
而且在每处都能全身心地融入，
辛伯达和尤利西斯都未能做到，
他却将这技巧运用得轻松自如。

思念的箭矢的确曾经将他射中，

于是，他就用那利器的锋利镞尖

写出亚历山大体[1]悠缓长吟述怀

或者是凄恻悲怆式的短歌哀叹。

他的作品中洋溢着仁厚的希望，

孜孜一生终于创出光辉的功业：

诗留后世千古传诵得不朽长存，

文蕴新意天下尽效成一代雄杰。

不再倾心于那步履蹒跚的熙德[2]，

也不效法那些热中深奥的人们，

他将形同过眼云烟一般的文学

一直送到偏居郊野的凡夫平民。

他确曾留连航海家的五处花园[3]，

1　西方诗歌的一种形式，以六音步十二音节为一行的抑扬格诗歌。

2　El Cid（约 1043—1099），本名罗德里戈·迪亚斯·德·比瓦尔（Rodrigo Díaz de Vivar），西班牙卓越的军事统帅，其业绩见于史诗《熙德之歌》。

3　即辛伯达曾经到过的地方，借指雷耶斯曾在国外居住。

然而，他的高尚品格与性情之中
却有着某种恒久和本质的特点，
那就是对钻研和天职情有独钟。

也就是，他更着意于思索的园地，
恰恰是在那个地方，波尔菲里奥[1]
栽植下了那"原则与目标的大树"，
用以去对付愚昧和癫狂的困扰。

雷耶斯啊，天意实在是不可破解，
或者慷慨或者吝啬自有其尺度：
它只给了我们这些人以弧和弦，
却把整个圆全都给你作了礼物。

虚荣与实名掩藏着痛苦与欢乐，
你曾经孜孜地对之进行过追索；

1 Porfirio Díaz（1830—1915），墨西哥军人、政治家，1877—1911年任总统。

你就像是那位埃里金纳[1]的上帝，

只想默默无闻地与大众相融合。

你的风格就是一枝精巧的玫瑰，

享尽了广泛而奇绝的称颂讴歌，

将你先辈遗传下来的尚武血液

导向了为上帝愉快奋战的品格。

（我要问）那墨西哥人如今在哪里？

可是正在怀着俄狄浦斯的惊恐、

面对那奇异而怪诞的斯芬克司、

欣赏着那凝滞的"脸或手的原型"？

或者，像斯维登堡[2]所希望的那样，

在一个几近于至高天庭的倒影、

---

1 Johannes Scotus Eriugena（约815—约877），基督教神学家，生于爱尔兰，
  约845年起在西法兰克国王查理二世宫中任语法和辩证法教师。
2 Emanuel Swedenborg（1688—1772），瑞典科学家、哲学家和神学家。其追
  随者创建了"新耶路撒冷教派"，史称"斯维登堡派"。

比人间更为绚丽繁复的世界里，

漫无目的地游荡或者踽踽独行？

如果（就像那漆器和乌檀的王国

所展示的一样）记忆的强大力量

深入到他内心的伊甸园，就会有

另一个墨西哥和库城 [1] 光耀辉煌。

上帝知道，在生命最终结束以后

命运会给人们涂之以什么颜色；

此刻我正在这些街巷悠闲漫步，

死亡距离我还有着相当的间隔。

我如今只对一件事情深信不疑：

（不论大海会将他裹挟到了哪里）

阿·雷耶斯都将愉快而尽心地

1　指墨西哥中南部城市库埃纳瓦卡。

去求解新的谜团，探索新的规律。

让我们将那胜利的棕枝和欢呼
奉献给举世无双、出类拔萃之士；
但愿我眼睛里的泪水没有玷污
我们用爱心写下的这追怀之诗。

博尔赫斯家族

博尔赫斯家族，我的葡萄牙籍先人，

我对他们一无所知或只是略有所闻，

然而，那些已经朦胧的人们却悄然地

假我之躯延续着自己的习俗、性情和忧愤。

他们如今淡漠得一如未曾存在过

而且又没能跟艺术的行当结下缘分，

他们全都无可挽回地变成了

时光、大地和忘海的组成部分。

这样倒好。他们的使命已经完成，

于是就幻化成为葡萄牙本身，

成为那些因撞开过东方的城墙、

开拓过汪洋和沙海而出了名的人们。

他们就是那位销匿于神秘的荒漠

却又声言未曾弃世的国君[1]。

---

1 指葡萄牙国王塞巴斯蒂昂一世（Sebastian I，1554—1578）。他三岁即位，成年后成为宗教狂，相信自己必能战胜穆斯林，后来率领一支由葡萄牙人和国际冒险家们组成的庞大军队前去讨伐摩洛哥，旋被击溃并丧生，但流传下来关于他幸免于难的说法。

致 卡 蒙 斯 *

时光无憾无怨地蚀损了

那些历经战斗洗礼的宝剑。

你穷困潦倒地回到了思念的祖国，

一代人杰啊，希望在它的怀抱中度过残年。

在那神奇莫测的荒漠之上

"葡萄牙之花"早就已经凋零萎残；

而凶暴的西班牙人远未服输，

正觊觎着它那敞开着的边沿。

我想知道，最后回到海岸这边之后，

你那谦卑的心里可曾预感：

东方和西方以及兵甲和战旗，

所有这些被人遗忘了的光焰

（完全不受人世变迁的约束）

会借你的《埃涅阿斯纪》¹流传。

* Luís de Camões（约 1524—1580），葡萄牙诗人，出生于里斯本的一个没落
   贵族家庭，年轻时到过葡占摩洛哥，1553 年参加海军远征队赴印度果阿，也
   曾到过澳门，1570 年回国，其代表作品为《卢济塔尼亚人之歌》。
1 此处指卡蒙斯的《卢济塔尼亚人之歌》。

一九二几年

星辰的轮转并非永恒无限，

老虎的形象注定反复再现，

然而，我们，忽视了巧合与偶然，

总是觉得被逐于空乏的时光，

不会有任何事情让人感到新鲜。

宇宙，悲惨的宇宙不在这里，

如想找到，就得回到许许多多的昨天；

我构思了关于墙堵和刀兵的平庸神话，

而里卡多[1]却在把他的牲口贩子记惦；

我们并不知道未来中蕴涵着雷霆，

我们未曾预感到屈辱、烈火和联盟[2]诞生的可怕夜晚；

没有任何迹象向我们预示构成阿根廷的历史的

轶事、愤慨、爱情、如潮的人流、科尔多瓦³的名字、

真实的和令人难以置信的事情的滋味、恐怖与荣耀

居然会在大街小巷演绎出多彩的画卷。

1 Ricardo López Jordán，阿根廷军人，1870 年任恩特雷里奥斯省省长，曾多次领导叛乱。

2 指 1865 年 5 月 1 日阿根廷、巴西和乌拉圭三国秘密签订协议建立联盟，共同向巴拉圭提出领土要求，从而引发了一场历时五年之久的战争。

3 阿根廷第二大城市，科尔多瓦省省会，以博尔赫斯一位祖先赫罗尼莫·路易斯·德·科尔多瓦的名字命名。

作于一九六〇年的颂歌

我不能少离的、亲爱的祖国啊，

你历经了一百五十个辛勤的年头，

这期间不无光辉的时刻和难言的耻辱。

主宰我的命运这梦魇的

明显际遇或者秘密法则

让我这水滴对你这大川、

我这瞬息对你这时间的长河倾诉，

让这表白心声的悄语

难脱俗套，凭借神灵们

偏爱的夜幕汇聚成为羞涩的歌赋。

祖国啊，我感觉到了

你存在于广袤郊野的落日余晖，

存在于草原人送到门洞里的蓟菜花，

存在于绵绵无期的细雨，

存在于星辰的款然隐现，

存在于拨响六弦琴的手指，

存在于我们的血液像英国人迷恋大海一般

从远处对草原的向往，

存在于装点着穹顶的神像和花饰，

存在于茉莉花的清淡余馨，

存在于银质的镜框，

存在于对悄无声息的桃花心木家具的轻抚，

存在于肉味和果香，

存在于军营里几乎只有白蓝两色的国旗，

存在于乏味的格杀和巷殴轶事，

存在于一成不变地消隐

并弃我们而去的黄昏，

存在于有着以主人的名字

为名字的奴隶的庄园留下的

已经变得模糊了的恬适记忆，

存在于被大火焚化了的

可怜的盲文书页，

存在于谁都无法忘记的

九月的滂沱大雨，

然而，所有这一切

只不过是你的虚表与象征。

你的意义远远超出了

你那狭长的国土和漫漫的岁月，

你的意义远远超出了

你那一代代儿女不可思议的总和，

我们不知道，在那永恒世界的生命圈里，

上帝究竟会怎样看你，

但是，我们却正是为着那依稀的形象

活着、死去和满怀着憧憬与希望，

啊，难以割舍的、神秘莫测的祖国。

阿里奥斯托和阿拉伯人

谁都不可能写出一部完整的著作。
一部真正的著作理应是非常恢弘，
需要能把曙光和黄昏、连绵的世纪、
武器和既连接又分隔的大海包容。

这就是阿里奥斯托心底里的想法。
他顺着白色大理石街道踽踽独行，
在两排苍翠葱郁的松树的荫庇下
悠闲地做起了那早已经做过的梦。

意大利上空曾经弥漫过各样的梦，

在许许多多艰难苦涩的世纪里面，

这些梦以战争的形式困扰过大地，

有的留下了记忆，有的却已经失传。

阿基塔尼亚[1]原野吞噬过一个军团，

因为它贸然落入了敌人的伏击圈；

类似情况还出现在龙塞斯瓦列斯[2]，

演绎出一把剑及求救号角的梦魇。

剽悍的撒克逊人的连年愚蠢征战

将其推崇的偶像以及浩荡的大军

强加给了所有英格兰的田园农庄，

---

1 法国历史上西南部的重要地区，原指从比利牛斯山脉延伸至加龙河的大片地区，
  罗马皇帝奥古斯都（Augustus，前63—14）将之定为罗马的行政区，其边界
  北至卢瓦尔河、东抵中央高原，5世纪时为西哥特人的一个省，6世纪时由法
  兰克人统治，8世纪时被法兰克国王查理曼（Charlemagne，约742—814）征服。
2 西班牙纳瓦拉省的村庄。法兰克国王查理曼于778年夏围攻西班牙的萨拉戈
  萨城未克，回师途中，于8月15日在此处遭到巴斯克人的伏击，其后卫部队
  全军覆没。阿里奥斯托的史诗《疯狂的罗兰》即以此役为据。根据这部史诗，
  后卫部队的指挥罗兰过于自信，没有及时召回主力，待到鸣号召唤，为时已晚。

那些故事留下了关于亚瑟 [1] 的传闻。

北方的昏暗太阳使大海变得朦胧，
那里的岛屿孕育出了另外一个梦：
一位纯情的少女在烈焰的环绕下
于沉睡中等待着和属意的人相逢。

全副武装的巫师骑着带翅的骏马
驾着长风消遁在茫茫的暮色之中，
关于这个故事的出处，谁也不知道
到底是波斯还是帕尔纳索斯 [2] 峰顶。

仿佛就是从那巫师坐骑的脊背上，
阿里奥斯托看到了人世间的王国，
到处飘飞着熊熊战火扬起的硝烟，
到处都有着青春奇情的艳遇欢歌。

1　King Arthur，中世纪传奇中不列颠的国王、圆桌骑士团首领。
2　希腊中部的山岭，神话中太阳神阿波罗和缪斯女神的住处。

仿佛是透过一层淡淡的金色薄雾，

他看到了凡尘里的一座瑰丽花园，

那花园将疆界展延至别处的幽庭，

为使安赫利卡和梅多罗[1]幽会合欢。

犹如鸦片在印度斯坦的传播泛滥

制造出一种虚无缥缈的繁荣景观，

情和爱一旦是达到了疯狂的地步，

就会像万花筒里的变幻那么纷乱。

无论是真心还是调侃全都很清楚，

而且也曾朦朦胧胧地在梦中领略

那座奇异的城堡，在那座城堡里面

一切（一如这人间）全都是虚情幻觉。

像所有的诗人一样，他的遭际奇特，

1　安赫利卡和梅多罗，史诗《疯狂的罗兰》的主人公。

这也许是幸运也许只是命中注定；

他在费拉拉[1]的街道上徜徉的时候，

却同时又是在月亮上面蹒跚移踵。

梦的残渣和那梦一般的尼罗河水

淤积而沉淀下来的漫漫滩涂烂泥，

交汇融合浑然天成好似锦簇花团，

变作了那光辉璀璨的迷宫的形体。

那迷宫犹如一块硕大无比的钻石，

在那里，在靡靡的乐曲包围萦绕中，

任何人都会情不自禁地陶醉痴迷，

从而忘掉了自己的存在以及名声。

现如今整个欧洲都已经没落沉沦。

恰在那天真而阴险的计谋作用下，

1　意大利北部城市，阿里奥斯托从十岁起在此居住。

弥尔顿才为布兰迪马尔特的厄运

以及达林妲的惶惑而哭泣和嗟诧。

欧洲衰败了，然而，广阔无边的梦幻

却为那个栖居于东方的浩瀚荒漠

以及狮影憧憧的黑夜的著名种族

赋予了许许多多另外的性情品格。

一部奇书[1]直到今天仍然魅力无穷，

它向我们讲述了有那么一位国王，

每天在晨曦刚刚降临大地的时候，

都要无情地处死自己的一夜新娘。

遮天蔽日的翅膀如黑夜骤然而降，

大象也竟会披挂起了嗜血的利爪，

崇山作祟把舟楫揽入自己的怀抱

1　指阿拉伯民间故事集《一千零一夜》。

使之化作残片碎沫随着波涛漂撒。

地球以一头公牛的脊梁作为依托，
那公牛又站立在一条大鱼的背上，
符标、法宝和种种神秘玄妙的咒语
能够凿穿花岗岩壁开启黄金宝藏。

继续高举着阿格拉曼特 [1] 的旗帜的
撒拉逊人 [2] 曾经做过这种类型的梦，
那些缠着裹头、面貌模糊的人们的
梦想最后竟一度主宰了西方文明。

奥兰多如今变成了一个美妙地域，
绵延而至万千公里空旷无人之境，
那里面蕴藏的冷漠而闲置的珍宝
已经变成为不再会有人梦想的梦。

---

1 《疯狂的罗兰》中的人物，围困巴黎城的撒拉逊人的统帅。
2 又译撒拉森人、萨拉森人，中世纪对阿拉伯人的称呼。

伊斯兰教的技艺使这个梦变成了
实际意义上的单纯学问、纯粹历史，
这个梦已被遗弃，正自己梦着自己。
（显赫也只不过是忘却的一种形式。）

又一个傍晚时分的昏黄暗淡阳光
透过业已晦暝的玻璃投到那书上，
另外一些炫耀着华丽封面的典籍
再一次光灿并又再一次失去辉煌。

在空空荡荡悄无人迹的大厅里面，
那沉寂的书籍在时光里巡行游弋。
曙色、夜阑及我的生命这匆促的梦
却全都留了下来变成为昔日陈迹。

开始学习盎格鲁-撒克逊语 * 语法之时

历经了五十代人的岁月之后

（时光为我们每个人都设置了如此巨大的深渊），

我在北欧海盗 ¹ 的龙舟

未曾到过的大河 ² 的岸边，

重又操起了这早在成为哈斯拉姆 ³ 或博尔赫斯之前

诺森伯里亚 ⁴ 和麦西亚 ⁵ 的时代

自己就曾经用如今已经化作尘埃了的嘴巴

讲过的那粗硬费力的语言。

星期六那天我们读到：朱利乌斯·恺撒

是第一个从罗马城来侵扰不列颠的人 ⁶；

也许等不到葡萄再度成熟，

我就会听到谜莺 [7] 的啾吟，

还有那护卫着其君王坟丘的

十二武士的哀歌凄音。

这语言不过是符号的符号，

未来的英语或德语的变种，

曾经代表着一定的意象，

曾经被人用以将大海或宝剑赞颂 [8]；

明天它将再一次复活，

明天 fyr 将不再是 fire [9]，

而成为驯服却多变的神，

---

* 即古英语。博尔赫斯于 1954 年开始同一群学生一起学习这种语言。

1 指 8—11 世纪劫掠欧洲海岸的斯堪的纳维亚海盗，又称维京人。

2 指阿根廷的拉普拉塔河。

3 博尔赫斯母系的英国祖先的姓氏。

4 盎格鲁-撒克逊最主要的王国之一，全盛时期版图由爱尔兰海延伸到北海，7
世纪时军事力量极为强大，9 世纪时丹麦人的入侵对其文化生活和政治统一
造成破坏，10 世纪初斯堪的纳维亚人开始向此里移居，随后成为伯爵领地。

5 盎格鲁-撒克逊诸王国之一，7—9 世纪受丹麦人侵袭，遂没落解体。

6 恺撒于公元前 55 年首度入侵不列颠。

7 指古英语诗歌、箴言及谜语集《埃克塞特书》。

8 指约成书于 8 世纪的古英语史诗《贝奥武甫》。

9 英文，火。

谁见了都不能不感到某种由来已久的惊恐。

无尽无穷的因果连环
不能不令人由衷赞叹，
在向我展示那面照不出人影
或者照出的竟是别人的镜子之前，
居然会给我以机会，
让我得以鉴赏这文明初始时期的纯净语言。

《路加福音》第二十三章 [*]

异教徒或希伯来人或一位凡夫，
其容貌被时光销蚀得朦胧模糊；
我们已经没有办法从忘海里面
打捞出拼成他名姓的无言字母。

他所了解的仁爱其实极为局限，
因为他不过是一个普通的强盗，
而且还被犹太 [1] 钉到了十字架上。
从前的事情如今已经无从知晓。

在履行被钉死这最后使命之际，

他从人们讥诮的声浪里面得知

自己身边的那个行将就死之人

就是上帝，于是就贸然向其求乞：

你得国降临的时候，求你记念我。

那个有一天将要对所有的生灵

做最后裁判的不可思议的声音

从可怕的十字架上许诺了乐土。

一直到了事情最后了结的时候

他们谁也都没有再说只言片语，

然而，历史却绝对不会允许人们

---

* 《圣经·新约·路加福音》的这一章讲述了耶稣被钉上十字架前后的情况。耶
　稣被带到髑髅地钉上了十字架，他的左右各有一名犯人，其中的一位讥诮耶
　稣说："你不是基督吗？可以救自己和我们吧！"另一位则责备其同伴说："你
　既是一样受刑的，还不怕神吗？我们是应该的，因我们所受的，与我们所作
　的相称；但这个人没有作过一件不好的事；"他转而对耶稣说："耶稣啊！你
　得国降临的时候，求你记念我。"耶稣答道："我实在告诉你，今日你要同我
　在乐园里了。"
1　古代巴勒斯坦三个传统区划的最南段，公元前 37 年罗马任命希律为犹太国王。

将他们两人死去的那一天忘记。

朋友们啊，耶稣基督的这位朋友
实在是显得有些儿过分的天真，
正是那使他在受刑的屈辱时刻
还能够指望着超升天国的清纯，

一而再地反复将他抛向了罪孽、
抛向了那个血淋淋的莫测命运。

阿 德 罗 格

即使就是在神秘莫测的更深夜阑，

也不必担心我在黑暗的花径迷失，

庭园的景物营造出了恬适的气氛，

邀约着缠绵的情侣或黄昏的闲逸：

不露踪迹的小鸟唱着不变的歌调，

幽幽溪水蜿蜒环流、亭楼威严矗立，

朦胧中的雕像却依然是那么傲岸，

断壁残垣好似隐藏着无尽的奥秘。

这是一个布满尘埃和素馨的世界，

为魏尔兰所钟爱、为埃雷拉[1]所喜欢，

（我知道）那空旷夜幕下的空荡车房

标志着它那令人惊怖的疆域边沿。

蓝桉树源源地将药香向夜空弥散，

那清幽的气味由来已久自古已然，

超越了时光局限也胜似模棱话语，

让人不禁联想起田园时代的风范。

我款步摸索找到了期待中的门槛。

黑糊糊的木框划定了檐廊的区间。

在那就好像是棋盘一般的院子里，

水龙头的悠缓滴答声响连绵不断。

在那一扇扇门扉后面的另外一侧，

不少人浑然地酣睡在沉沉的梦乡，

———————————

1 Julio Herrera y Reissig（1875—1910），乌拉圭现代主义诗人。

他们正在那鬼影幢幢的夜幕之中
将辽远的昔日和逝去的事物执掌。

我熟悉这古老楼宇里的每件东西：
那块上面敷有云母片的灰色石头，
由于摆在一面模糊的镜子的前面，
一直以来就像是并排的一对佳偶。

还有那嘴里叼着铁环的狮子头颅
以及窗户上那五彩缤纷的花玻璃，
那窗户向孩子们展示着两个世界：
一个是鲜红奇境一个为碧绿天地。

这些东西超越了命运和死亡制约，
每一件都有着自己所特有的经历，
然而，所有的这一切全都是发生在
记忆那个纯属于第四维的空间里。

在记忆中而且也只能是在记忆中，
如今才能够找到那些庭园和花畦。
过去将它们收存于那个隐秘世界，
在那里，昏星携带着晨曦共同驰驱。

那些物事平凡、亲切而又必不可少，
就像天堂赐给第一个男人的玫瑰。
虽然如今都已经是可望而不可即，
但是，我怎么可能将它们摈除心扉？

每一次只要是一想起了那座房子，
我都会感受到挽歌的久久的震荡，
我本人就是时光、鲜血和弥留残喘，
却不能理解岁月的江川如何流淌。

诗　艺

眼望着时光和流水汇成的长河
并想到岁月本身也是一条大川；
知道我们都像那江河似的流去
而一个个面庞则都如逝水一般。

意识到不能成眠同样也是个梦，
梦见没有做梦以及我们的肉身
惧怕的死亡只不过是每天夜里
那被称之为睡眠的状态的引申。

将每一天和每一年全都看作是

人生时日和岁月的一个个里程；
将时光流逝所酿成的摧残视为
一种音乐、一种声息和一种象征；

将死亡当作是平常的熟睡酣眠，
将黄昏看成为赤金的微光幽辉，
这就是诗，虽然不朽但却清贫。
诗像曙光和晚霞一样去而复回。

在那日暮的时分，有时候镜子里
会出现一个注视着我们的面孔；
艺术本就应该如同是那面镜子，
向我们展示出我们自己的面容。

据说，尤利西斯在饱经风险之后，
当看到葱郁平凡的伊萨卡出现，
竟会情不自禁地热泪淋漓。艺术
是恒久苍翠的伊萨卡，不是风险。

艺术也像是那奔腾不息的大河，
涌流而不去，永远都是那同一个
无常的赫拉克利特的晶体，不变
又有变，就像那奔腾不息的大河。

博物馆 [*]

科学的严谨

　　……在那个帝国里，绘制地图的技巧已臻完美：一张省图大及一座城池，而帝国全图则可覆盖一个省份。随着时间的流逝，人们对那些巨幅地图不再满意，于是各地图学会就绘制出了一幅跟帝国的疆土一般大小并完全切合的地图。对地图学并不那么热衷的后人发觉那么大的地图没有用处，所以不无残忍地让那地图任由日晒雨淋。西部沙漠至今还保留有那已经变成野兽和乞丐巢穴的地图残片，那是在全国唯一可以见到的"地图绘制法"的遗迹。

苏亚雷斯·米兰达:《有识之士游记》

第四卷第四十五章《莱里达》，一六五八年

四　行　诗

有些人死了，不过事情已经成为了过去，

（无人不知）那个季节对死亡最为合宜。

我是耶古卜·阿尔曼苏尔的子民，

也会像玫瑰和亚里士多德一样难免一死？

《马格里布[1]人阿尔莫塔辛诗集》（十二世纪）

1　北非阿特拉斯山脉至地中海海岸之间的地区，包括摩洛哥、阿尔及利亚、突尼斯、利比亚等国。

界　　限

有一句魏尔兰的诗我不会再去回味，

有一条就近的街道却是我的禁地，

有一面镜子最后一次照过我的容颜，

有一扇大门已经被我永远地关闭。

我的藏书（就在我的眼前）当中，

有的我已经不会再去触摸。

今年夏天我就将年届五旬，

死亡正在不停地将我消磨。

胡利奥·普拉特罗·阿埃多

《铭文》（蒙得维的亚，一九二三年）

145

诗人表白自己的声名

圆圆的天空在丈量着我的功名，

东方的图书馆争相把我的诗作收集，

穆斯林王公要用黄金填满我的嘴巴，

天使们都会背诵我的摩尔体新诗。

我所使用的工具就是忍辱和忍痛；

真希望自己是作为死胎来到这人世。

《哈德拉毛人阿卜尔卡辛诗集》（十二世纪）

慷慨的敌人

马格努斯·巴福德[1]于一一〇二年开始全面进击爱尔兰诸王国。据说，他在去世前夕收到了都柏林王米尔彻塔赫的这一祝福：

马格努斯·巴福德啊，愿黄金和风暴为你的部队助战。

愿明天你对我的王国疆土的征伐势如破竹。

愿你那威严的帝王之手织出刀剑的罗网。

愿阻挡你的剑锋的狂徒变成红天鹅的果腹之物。

愿你的众神让你满足对荣耀和鲜血的渴求。

愿你在黎明时分成为将爱尔兰踩在脚下的得胜君主。

愿明天成为你漫漫人生中最为光灿的日子。

因为那将是你的末日。马格努斯王啊，我说话一定算数。

因为，马格努斯·巴福德，我要在天黑之前将你打败、将你铲除。

H. 格林《挪威王列传补遗》（一八九三年）

---

1 Magnus Barefoot (1073—1103)，本名马格努斯·奥拉夫松（Magnus Olafsson），挪威国王，即马格努斯三世，1093—1103 年在位，因身上只穿苏格兰褶裥短裙，光脚（barefoot），故名。他从 1093 年开始进攻爱尔兰，1103 年在爱尔兰战死。

赫拉克利特的遗憾 *

我曾经做过许许多多不同的人，只是未曾有过
让马蒂尔德·乌尔巴赫死在自己怀中的幸运。

加斯帕尔·卡梅拉里乌斯，

见于《奇思异想的诗人博鲁塞耶》，Ⅶ，16

---

* 标题原文为法文。

怀念 J.F.K.[*]

这粒子弹已经有些年头。

一八九七年,一位名叫雷东多的蒙得维的亚青年将它射向了乌拉圭总统;为了表明没有同谋,那个青年事前在很长的一段时间里避不见人。此前三十年,那同一颗子弹通过一个演员的罪恶或神奇之手杀死了林肯[1];是莎士比亚的台词将那个演员变成了杀害恺撒的凶手马可·布鲁图。十七世纪中叶,在一场战斗的公开杀戮中,复仇的欲火借用那子弹结果了瑞典的古斯塔夫·阿道夫[2]的性命。

从前,那子弹曾是别的物器,毕达哥拉斯所说的轮回转生不只是适用于人类。那子弹是东方的大臣们收到的白绫、使阿拉莫的守卫者们粉身碎骨的排枪与刺刀[3]、斩断一位王后咽喉的三棱刀、穿透我主耶稣肉体的黑色钉子和十字架、迦太基首领藏在铁质戒指里面的毒药、苏格拉底于一个傍晚安然喝下的毒酒。

那子弹，在世界初始的时候曾是该隐投向亚伯的石头，将来可能是许多我们今天甚至都想象不出但可以结束人类及其奇妙而脆弱命运的别的什么东西。

---

* 所指不详。

1　美国第 16 任总统亚伯拉罕·林肯于 1865 年 4 月 14 日遭演员约翰·威尔克斯·布斯枪击，翌日去世。

2　Gustavo Adolfo（1594—1632），瑞典国王，即古斯塔夫二世，1611 年即位，1632 年在对德意志的战争中阵亡。

3　阿拉莫是 18 世纪天主教方济各会教堂，位于现美国得克萨斯州圣安东尼奥市。1821 年墨西哥摆脱西班牙的殖民统治取得独立；1835 年 11 月得克萨斯的美国移民建立起临时政府，随即同墨西哥政府展开了争夺对圣安东尼奥控制权的拉锯战；从 1836 年 2 月 23 日起，经过 12 天的围困，4 000 名墨西哥军队士兵将守卫阿拉莫教堂的近 200 名得克萨斯志愿兵全部歼灭。

结　　语

　　上帝保佑这个（由时光而非我本人编辑而成的、汇集了我用另一种文学观念写成而如今未敢再作修饰的旧稿的）集子所表现出来的本质上的单一不像其题材所包含的地域或时代的差异那么明显。我以为，在所有已经付梓的著作中，没有哪一部能比这本"读书杂记"更具个性，这是因为其中有着更多的感受和随想。创意不多，涉猎颇广。换句话说，很少有比叔本华的思想或英格兰的口头音乐更值得一提的想法和念头。

　　有一个人立意要描绘世界。随着岁月流转，他画出了省区、王国、山川、港湾、船舶、岛屿、鱼虾、房舍、器具、星辰、马匹和男女。临终之前不久，他发现自己耐心勾勒出来的纵横线条竟然汇合成了自己的模样。

豪·路·博尔赫斯

一九六〇年十月三十一日，布宜诺斯艾利斯

JORGE LUIS BORGES
El hacedor

图字: 09-2010-605 号

Jorge Luis
Borges

El otro, el mismo

另一个，同一个

[阿根廷] 豪尔赫·路易斯·博尔赫斯 著

王永年 译

上海译文出版社

目 录

v

序　言

　　我与世无争，平时漫不经心，有时出于激情，陆陆续续写了不少诗，在结集出版的书中间，《另一个，同一个》是我偏爱的一本。《关于天赐的诗》（另一首）、《猜测的诗》、《玫瑰与弥尔顿》和《胡宁》都收在这个集子里，如果不算敝帚自珍的话，这几首诗没有让我丢人现眼。集子里还有我熟悉的事物：布宜诺斯艾利斯、对先辈的崇敬、日耳曼语言文化研究、流逝的时间和持久的本体之间的矛盾，以及发现构成我们的物质——时间——可以共有时感到的惊愕。

　　这本书只是一个汇编，其中的篇章是在不同时刻、不同的情绪下写成的，没有整体构思。因此，单调、字眼的重复，甚至整行诗句的重复是意料中事。作家（我们姑且如此称呼）

阿尔韦托·伊达尔戈在他维多利亚街家里的聚会上说我写作有个习惯，即每一页要写两次，两次之间只有微不足道的变化。我当时回嘴说，他的二元性不下于我，只不过就他的具体情况而言，第一稿出于别人之手。那时候我们就这样互相取笑，如今想起来有点抱歉，但也值得怀念。大家都想充当逸闻趣事的主角。其实伊达尔戈的评论是有道理的：《亚历山大·塞尔扣克》和《〈奥德赛〉第二十三卷》没有明显的区别。《匕首》预先展示了我题名为《北区的刀子》的那首米隆加，也许还有题为《遭遇》的那篇小说。我始终弄不明白的是，我第二次写的东西，好像是不由自主的回声似的，总是比第一次写的差劲。在得克萨斯州地处沙漠边缘的拉伯克，一位身材高挑的姑娘问我写《假人》时是否打算搞一个《环形废墟》的变体；我回答她说，我横穿了整个美洲才得到启示，那是由衷之言。此外，两篇东西还是有区别的；一篇写的是被梦见的做梦人，后一篇写的是神与人的关系，或许还有诗人与作品的关系。

　　人的语言包含着某种不可避免的传统。事实上，个人的试验是微不足道的，除非创新者甘心制造出一件博物馆的藏品，或者像乔伊斯的《芬尼根的守灵夜》，或者像贡戈拉的《孤独》那样，供文学史家讨论的游戏文章，或者仅仅是惊世骇俗的作品。我有时候跃跃欲试，想把英语或者德语的音乐性移植到西班牙语里来；假如我干了这件几乎不可能做到的事，我就成了一位伟大的诗人，正如加西拉索把意大利语的音乐性，那位塞维利亚无名氏把罗马语言的音乐性，鲁文·达里奥把法语的音乐性移植到了西班牙语一样。我的尝试只限于用音节很少的字写了一些草稿，然后明智地销毁了。

作家的命运是很奇特的。开头往往是巴罗克式，爱虚荣的巴罗克式，多年后，如果吉星高照，他有可能达到的不是简练（简练算不了什么），而是谦逊而隐蔽的复杂性。

我从藏书——我父亲的藏书——受到的教育比从学校里受到的多；不管时间和地点如何变化无常，我认为我从那些钟爱的书卷里得益匪浅。在《猜测的诗》里可以看出罗伯特·勃朗宁的戏剧独白的影响；在别的诗里可以看出卢贡内斯以及我所希望的惠特曼的影响。今天重读这些篇章时，我觉得更接近的是现代主义，而不是它的败坏所产生的、如今反过来否定它的那些流派。

佩特[1]说过，一切艺术都倾向于具有音乐的属性，那也许是因为就音乐而言，实质就是形式，我们能够叙说一个短篇小说的梗概，却不能叙说音乐的旋律。如果这个见解可以接受，诗歌就成了一门杂交的艺术：作为抽象的符号体系的语言就服从于音乐目的了。这一错误的概念要归咎于词典。人们往往忘了词典是人工汇编的，在语言之后很久才出现。语言的起源是非理性的，具有魔幻性质。丹麦人念出托尔、撒克逊人念出图诺尔时，并不知道它们代表雷神或者闪电之后的轰响。诗歌要回归那古老的魔幻。它没有定规，仿佛在暗中行走一样，既犹豫又大胆。诗歌是神秘的棋局，棋盘和棋子像是在梦中一样变化不定，我即使死后也会魂牵梦萦。

豪·路·博尔赫斯

1　Walter Horatio Pater（1839—1894），英国评论家、散文家，倡导一种精美的散文体裁，对唯美主义有较大影响。

失　　眠

夜晚，

夜晚准是巨大的弯曲钢梁构成，

才没有被我目不暇给的纷纭事物，

那些充斥其中的不和谐的事物，

把它撑破，使它脱底。

在漫长的铁路旅途，

在人们相互厌烦的宴会，

在败落的郊区，

在塑像湿润的燠热的庄园，

在人马拥挤的夜晚，

海拔、气温和光线使我的躯体厌倦。

今晚的宇宙具有遗忘的浩淼
和狂热的精确。

我徒劳地想摆脱自己的躯体，
摆脱不眠的镜子（它不停地反映窥视），
摆脱庭院重复的房屋，
摆脱那个泥泞的地方，
那里的小巷风吹都有气无力，
再前去便是支离破碎的郊区。

我徒劳地期待
入梦之前的象征和分崩离析。

宇宙的历史仍在继续：
龋齿死亡的细微方向，
我血液的循环和星球的运行。
（我曾憎恨池塘的死水，我曾厌烦傍晚的鸟鸣。）

南部郊区几里不断的累人路程，

几里遍地垃圾的潘帕斯草原，几里的诅咒，

在记忆中拂拭不去，

经常受涝的地块，像狗一样扎堆的牧场，恶臭的池塘：

我是这些静止的东西的讨厌的守卫。

铁丝、土台、废纸、布宜诺斯艾利斯的垃圾。

今晚我感到了可怕的静止：

没有一个男人或女人在时间中死去，

因为这个不可避免的铁和泥土的现实

必须穿越所有入睡或死去的人的冷漠

——即使他们躲藏在败坏和世纪之中——

并且使他们遭到可怕的失眠的折磨。

酒渣色的云使天空显得粗俗；

为我紧闭的眼帘带来黎明。

一九三六年，阿德罗格

英文诗两首

献给贝阿特丽斯·比维洛尼·韦伯斯特·德布尔里奇

一

拂晓时分，我伫立在阒无一人的街角，我熬过了夜晚。

夜晚是骄傲的波浪；深蓝色的、头重脚轻的波浪带着深翻泥土的种种颜色，带着不太可能、但称心如意的事物。

夜晚有一种赠与和拒绝、半舍半留的神秘习惯，有黑暗半球的欢乐。夜晚就是那样，我对你说。

那夜的波涛留给了我惯常的零星琐碎：几个讨厌的聊天朋友、梦中的音乐、辛辣的灰烬的烟雾。我饥渴的心用不着的东西。

巨浪带来了你。

言语，任何言语，你的笑声；还有懒洋洋而美得耐看的你。我们谈着话，而你已忘掉了言语。

旭日初升的时候，我在我的城市里一条阒无一人的街上。

你转过身的侧影，组成你名字的发音，你有韵律的笑声：这些情景都让我久久回味。

我在黎明时细细琢磨，我失去了它们，我又找到了；我向几条野狗诉说，也向黎明寥寥的晨星诉说。

你隐秘而丰富的生活……

我必须设法了解你：我撇开你留给我的回味，我要你那隐藏的容颜，你真正的微笑——你冷冷的镜子反映的寂寞而嘲弄的微笑。

二

我用什么才能留住你？

我给你贫穷的街道、绝望的日落、破败郊区的月亮。

我给你一个久久地望着孤月的人的悲哀。

我给你我已死去的先辈，人们用大理石纪念他们的幽灵：在布宜诺斯艾利斯边境阵亡的我父亲的父亲，两颗子弹射穿了他的胸膛，蓄着胡子的他死去了，士兵们用牛皮裹起他的尸体；我母亲的祖父——时年二十四岁——在秘鲁率领三百名士兵冲锋，如今都成了消失的马背上的幽灵。

　　我给你我写的书中所能包含的一切悟力、我生活中所能有的男子气概或幽默。

　　我给你一个从未有过信仰的人的忠诚。

　　我给你我设法保全的我自己的核心——不营字造句，不和梦想交易，不被时间、欢乐和逆境触动的核心。

　　我给你，早在你出生前多年的一个傍晚看到的一朵黄玫瑰的记忆。

　　我给你你对自己的解释，关于你自己的理论，你自己的真实而惊人的消息。

　　我给你我的寂寞、我的黑暗、我心的饥渴；我试图用困惑、危险、失败来打动你。

一九三四年

循 环 的 夜

毕达哥拉斯艰苦的门徒知道：
天体和世人周而复始，循环不已；
命定的原子将会重组那喷薄而出
黄金的美神[1]、底比斯人、古希腊广场。

在未来的年代，半人半马怪
将要用奇蹄圆趾践踏拉庇泰人的胸膛[2]；
当罗马化为尘埃，牛头怪在恶臭的迷宫
漫漫长夜里奔突，咆哮不已[3]。

每一个不眠之夜都会毫发不爽地重现。

写下这诗的手将从同一个子宫里再生。

铁甲的军队要筑起深渊。

（爱丁堡的大卫·休谟说过同样的话。）[4]

我不知道我们会不会像循环小数

在下一次循环中回归；但是

我知道有一个隐蔽的毕达哥拉斯轮回

夜复一夜地把我留在世上某个地方。

那地方在郊外。一个遥远的街角，

它可以在北方，在南方，或者西方，

---

1 这里原文是阿佛洛狄忒（Aphrodite），即罗马神话中的维纳斯，据说她出生时从海洋泡沫中跃出，Aphrodite 源自希腊文的 aphros（泡沫）。
2 希腊神话中居住在色萨利的拉庇泰人曾打退半人半马怪的骚扰。
3 希腊神话中克里特岛国王米诺斯之妻和海神波塞冬派来的公牛生下一个牛头人身怪，米诺斯把它囚禁在一座迷宫里，吞食雅典每年祭献的七对童男童女。
4 这首诗 1940 年发表时写的是"尼采"，博尔赫斯后来发现苏格兰哲学家、历史学家大卫·休谟（David Hume, 1711—1776）在其《有关自然宗教的对话》第八章阐述了循环时间之说，1964 年便作了修改。

但是总有一道天蓝色的围墙，

一株荫翳的无花果树和一条破败的小路。

那里是布宜诺斯艾利斯，时间给世人

带来了爱情或黄金，留给我的却只有

这朵凋零的玫瑰，这些凌乱的街道，

重复着我血液里的过去的名字：

拉普里达[1]、卡夫莱拉[2]、索莱尔[3]、苏亚雷斯[4]……

名字里回响着号角、共和国、军马和早晨，

欢乐的胜利，军人的牺牲。

在黑夜里显得格外空旷的广场

1　Francisco Narciso de Laprida（1786—1829），阿根廷政治家，1816 年当选为
图库曼国民代表大会主席，宣布普拉达河联合省独立，中央集权派受挫后逃
亡门多萨，被高乔人杀害。

2　Jerónimo Luis de Cabrera（1528—1574），西班牙征服者，1573 年建立阿根
廷科尔多瓦城。

3　Miguel Estanislao Soler（1783—1849），阿根廷将军、政治家，独立战争时曾
指挥 1812 年的塞里托战役，罗萨斯独裁统治期间，移居蒙得维的亚。

4　Joaquín Suárez de Roudelo y Fernández（1781—1868），乌拉圭独立运动领
袖，后任蒙得维的亚共和国临时总统。

仿佛是荒废宫殿的深深庭院，

而那些汇向广场的街道

则像是模糊的恐惧和梦幻的走廊。

安那克萨哥拉[1]破译的夜周而复始；

使我的躯体感受到终古常新的永恒

和一首永不停息的诗的回忆（或是构思？）：

"毕达哥拉斯艰苦的门徒知道……"

一九四〇年

---

1 Anaxagoras（前500—前428），古希腊哲学家，在雅典授课三十年，主张万
物由极小的原子组成，创立宇宙论，并发现日食月食的原因。

关于地狱和天国

上帝管辖的地狱

不需要火的光芒。

最后审判的号角吹响，

大地敞开它的内脏，

民族从灰烬中再现，

聆听终审的判决，

看不到倒置大山似的九重层圈；

也看不到遍开长春花的

白茫茫的草地，

在那里，弓手的影子

永远追逐着狍子的影子；

看不到穆斯林地狱最低层

先于亚当和惩罚的母火狐；

看不到残暴的金属，

甚至看不到约翰·弥尔顿的黑暗。

可憎的三重铁壁的迷宫

和熊熊烈火压不倒

打入地狱的人的惊呆的灵魂。

岁月的深处

没有遥远的花园。

为了奖赏正直人的美德，

上帝不需要光亮的星球，

座天使、能天使、智天使

井然有序的同心圆论说，

也不需要音乐虚幻的镜子，

或者玫瑰的深邃，

老虎不祥的辉煌，

沙漠里凝重的黄昏，

和水的古老的原味。

上帝的慈悲中没有花园，

也没有期望或者回忆的光芒。

我在梦幻的镜子里隐约看见

应许的天国和地狱：

最后审判的号角吹响，

千年的星球停止运转，啊，时间，

你昙花一现的金字塔突然消失，

往昔的色彩和线条

在黑暗中组成一张面庞，

熟睡、静止、忠实、不变，

（也许是你所爱的女人，

也许是你自己），

注视着那张近在眼前

终古常新、完好无损的脸，

对打入地狱的人来说是地狱；

对上帝的选民来说则是天国。

一九四二年

猜 测 的 诗

一八二九年九月二十二日，弗朗西斯科·拉普里达博士
遭到阿尔道手下高乔游击队杀害，他死前想道：

最后那个傍晚，子弹呼啸。
起风了，风中夹带着灰烬，
日子和力量悬殊的战斗结束，
胜利属于别人。
野蛮人胜了，高乔人胜了。
我，弗朗西斯科·纳西索·拉普里达，
曾钻研法律和教会法规，
宣布这些残暴省份的独立，

如今被打败了，

脸上满是血和汗水，

没有希望，没有恐惧，只有迷惘，

穿过最后的郊野向南奔突。

正如《炼狱篇》里的那个将领，

徒步逃奔，在平原上留下血迹，

被死亡堵住去路，倒身在地，

在一条不知名的河流附近，

我将会那样倒下。今天就是终结。

沼泽地上的黑夜

窥视着我，阻挠着我。我听见

穷追不舍的死亡的蹄声、

骑手的呐喊、马嘶和长矛。

我曾渴望做另一种人，

博览群书，数往知来，

如今即将死于非命，暴尸沼泽；

但是一种隐秘的欢乐

使我感到无法解释的骄傲。

我终于找到我的南美洲的命运。

我从孩提时开始的生活道路

营造了一个错综复杂的迷宫，

把我引到这个糟透的下午。

我终于找到了

我生活隐秘的钥匙，

弗朗西斯科·拉普里达的归宿，

我找到了缺失的字母，

上帝早就知道的完美形式。

我在今晚的镜子里看到了

自己意想不到的永恒的面庞。

循环即将完成。我等着那个时刻。

我踩上了搜寻我的长矛的影子。

死亡的嘲弄、

骑手、马鬃、马匹

向我逼近……最初的一击，

坚硬的铁矛刺透我的胸膛，

锋利的刀子割断了喉咙。

一九四三年

第四元素的诗 *

被阿特柔斯[1]家族的人
囚禁在海滩遭受羞辱的神，
变成了狮子、龙、豹，
变成了树和水。因为水是普洛透斯。

是形状难以记忆的云，
是夕阳彩霞的辉煌；
是编织冰冷旋涡的梅斯特罗姆[2]，
是我怀念你时流下的无用的泪。

在宇宙起源学中，它曾是

养育万物的土地、吞噬一切的火、

掌管晚霞和朝霞的神的秘密根源。

[塞内加和米雷特斯的泰利斯（如是说）。] [3]

海洋和摧毁铁制船舶的巨浪，

只是你的类比，

催人衰老和一去不回的时间，

只是你的隐喻。

凭借风势，你灰色的路途

曾是没有围墙和窗户的迷宫，

曾把归心似箭的尤利西斯

---

* 古代西方哲学家认为宇宙物质由风、火、土、水四种元素组成。水是第四元素。

1 Atreus，希腊神话中迈西尼国王，因妻被其弟蒂埃斯特斯诱奸，设计使蒂埃斯特斯误食其亲生儿子的肉。

2 挪威西海岸北冰洋中的旋涡，经常把船只吸入海底。

3 Seneca（前4—65），斯多葛派哲学家，史称小塞内加。Thales of Miletus（约前624—约前546），古希腊哲学家、数学家、天文学家，曾正确地测出公元前585年发生的日食现象。他认为水是宇宙物质的基本元素，参与一切变化。

导向无疑的死亡和模糊的机遇。

你像残忍的大刀那样闪光，
像梦那样包藏怪物和梦魇。
人们的语言给你增添神秘，
你的汇流叫作幼发拉底和恒河。

（人们说恒河的水是神圣的，
但是由于海洋进行着交换，
地球有许多孔洞，也可以说
所有的人都在恒河沐浴。）

德·昆西在混乱的梦中看见
你组成的海洋满是面庞和民族；
你安抚了世世代代的焦虑，
你洗涤了我父亲和基督的躯体。

水啊，我恳求你。听了我

对你说的这番话语，请记住

在你怀里游泳的朋友博尔赫斯，

在我最终时刻不要背弃我的嘴唇。

致诗选中的一位小诗人

你世上的日子编织了欢乐痛苦，

对你来说是整个宇宙，

它们的回忆如今在何处？

它们已在岁月的河流中消失；

你只是目录里的一个条目。

神给了别人无穷的荣誉，

铭文、铸文、纪念碑和历史记载，

至于你，不见经传的朋友，我们

只知道你在一个黄昏听过夜莺。

在昏暗的长春花间，你模糊的影子
也许会想神对你未免吝啬。

日子是一张琐碎小事织成的网，
遗忘是由灰烬构成，
难道还有更好的命运？

神在别人头上投下荣誉的光芒，
无情的荣光审视着深处，数着裂罅，
最终将揉碎它所推崇的玫瑰；
对你还是比较慈悲，我的兄弟。

你在一个不会成为黑夜的黄昏陶醉，
听着忒奥克里托斯[1]的夜莺歌唱。

---

1 Theocritus（约前 310—前 250），古希腊诗人，牧歌的创始者，对欧洲文学中田园诗的发展有一定影响。

纪念胡宁战役的胜利者
苏亚雷斯上校的诗篇

他有过辉煌的时刻，策马驰骋，

一望无际的胡宁草原仿佛是未来的舞台，

群山环抱的战场似乎就是未来，

贫困，流亡，衰老的屈辱，

兄弟们在他出征时卖掉的阿尔托区的房屋，

无所作为的日子

（希望忘却，但知道忘不了的日子），

这一切算得了什么。

他有过顶峰，有过狂喜，有过辉煌的下午，

以后的时间算得了什么。

他在美洲战争中服役十三年。命运最终把他带到了东岸
共和国，带到内格罗河畔的战场。

傍晚时分，他会想到那朵玫瑰，

胡宁的血战，曾为他盛开：

长矛相接的瞬间长得仿佛无限，

发起战斗的命令，

开始的挫折，厮杀的喧闹声中，

他召唤秘鲁人进攻

（他自己和军队都感到突然），

灵感，冲动，不可避免的冲锋，

双方军队狂怒的迷宫，

长矛的战斗没有一声枪响，

他用铁矛刺穿的西班牙人，

胜利，喜悦，疲惫，袭来的睡意，

受伤的人在沼泽里死去，

玻利瓦尔的必将载入历史的言语，

西沉的太阳，再次喝到的水和酒的滋味，

那个血肉模糊、面目难辨的死者……

他的曾孙写下这些诗行，

默默的声音从古老的血统传到他耳旁：

——我在胡宁的战斗算得了什么，

它只是一段光荣的记忆，一个为考试而记住的日期，

或者地图集里的一个地点。

战斗是永恒的，不需要军队和军号的炫耀；

胡宁是两个在街角诅咒暴君的百姓，

或是一个瘐死狱中的无名的人。

一九五三年

《马太福音》
第二十五章第三十节 *

宪法区 [1] 的第一座高架桥，我脚下

轰响的火车织成了铁的迷宫。

黑烟和汽笛声升上夜空。

我突然想起了最后审判。不可见的地平线，

我内心深处，传来一个无限深远的声音，

说的是这些事（这些事，不是这些话，

那是我临时对一个词的拙劣的译法）：

星星，面包，东方和西方的图书馆，

纸牌，棋盘，画廊，天窗，地下室，

世上行走的人的躯体，

在夜间，在死后依然生长的指甲，

遗忘的影子，忙于反映的镜子，

音乐的下滑，最易塑造的时间形式，

巴西和乌拉圭的边境，马匹和拂晓，

青铜的砝码和一卷《格勒蒂尔萨迦》²，

代数和火焰，在你血液里奔腾的胡宁冲锋的激情，

比巴尔扎克笔下人物更多的日子，忍冬花的芳香，

情爱和情爱的前夜，无法忍受的怀念，

埋在地底的宝藏般的梦，慷慨的机遇，

令人眼花缭乱的回忆，

这一切都给了你，还有

英雄们古老的粮食：

虚幻的荣誉、失败、屈辱。

我们白白地给了你浩瀚的海洋，

---

* 《圣经·新约·马太福音》的这一节是："把这无用的仆人丢在外面黑暗里，
在那里必要哀哭切齿了。"

1 布宜诺斯艾利斯一市区，位东南。

2 英国作家威廉·莫里斯曾翻译了一系列冰岛传说（萨迦），其中一卷以主人公
"强者格勒蒂尔"为书名。

白白地给了你惠特曼见了惊异的太阳：

你消磨了岁月，岁月也消磨了你，

你至今没有写出诗。

一九五三年

罗　盘

献给埃斯特·森博拉因·德托雷斯

一切事物都是某种文字的单词，
冥冥中有人不分昼夜，
用这种文字写出无穷喧嚣，
那就是世界的历史。

纷纷扰扰的迦太基、罗马、我、你、他，
我自己也不了解的生命，
难解之谜、机遇、密码的痛苦，
还有通天塔的分歧不和。

所有的名字后面都有不可名的东西；
从这枚闪亮、轻盈的蓝色指针里，
我今天感到了它的吸力。

指针执著地对着大洋彼岸，
像是梦里见到的钟表，
又像是微微颤动的睡着的鸟。

萨洛尼卡 * 的钥匙

阿巴伯尼尔、法里亚斯或者皮内多，

受到残酷迫害被逐出西班牙，

他们至今仍保存着

托莱多一座房屋的钥匙。

如今他们不存希望和恐惧，

傍晚时分瞅着那把钥匙；

青铜里包含着遥远的过去，

黯淡的光芒和默默的苦楚。

钥匙能开的门今天已成灰烬，

它是风流云散的象征，

正如圣殿的另一把钥匙，

当罗马人肆无忌惮地纵火时，

有人把它抛向苍天，

空中伸出一只手接住。

───────────

*　即希腊塞萨洛尼卡基海港城市，古称萨洛尼卡。

一位十三世纪的诗人

他重读那第一首十四行诗

（当时还没有名称）字斟句酌的草稿，

那页异想天开的纸张

混杂着三句和四句的诗行。

他细细推敲严谨的格律，

突然停住了手中的翎笔。

从未来和它神圣的恐惧里

也许传来夜莺遥远的啼鸣。

他是否感到他不是孤身一人，

感到神秘的、不可思议的阿波罗

向他展示了一个原型。

一面渴望的镜子将捕捉到

黑夜关闭而白天打开的一切：

代达罗斯[1]、迷宫、谜语、俄狄浦斯。

1 Daedalus，希腊神话中奇巧的工匠，为克里特岛国王米诺斯建造了囚禁牛头怪的迷宫，米诺斯下令把他也关进迷宫，但他靠蜡制的翅膀逃脱。

乌尔比纳的一名士兵 [*]

那名士兵觉得自己没有出息，
再也不会在海上干一番事业，
只好甘心做些卑微的工作，
默默地在艰辛的西班牙流浪。

为了抹掉或减轻现实的残酷，
他寻找着梦想的东西，
罗兰之歌和不列颠传说
给了他魔幻的往昔。

太阳西沉，他凝视着广阔田野

黄铜色的回光返照；

感到百般无奈，孤独，贫困。

他不知道自己的命运；

要在梦境深处探个究竟，

堂吉诃德和桑丘已在那里漫游。

界　　限

这些深入西区的街道
准有一条（我不知道哪一条）
是我最后一次走过，
当时没有在意，浑然不觉。

我遵从了制定全能法则者的旨意
和一种隐秘而又严格的规矩，
遵从了播弄捭阖生命的
那些阴影、梦想和形式。

如果说一切都有终结和规格，

有最后一次的遗忘，

谁能告诉我们，在这幢房屋里，

我们无意中已经向谁告别？

泛灰的玻璃外面，黑夜已经终结。

在黯淡的桌面上，

投下参差影子的那堆书籍中间

必定有一本我们永远不会翻阅。

南城有不止一道破旧的大门，

门前有石砌的瓶状装饰

和仙人掌，仿佛一幅石版画

把我拒之于门外。

你把一扇门永远关上，

有一面镜子在徒劳地等待；

十字路口使你感到彷徨，

还有四张脸的雅努斯 [1] 在看守。

你所有的记忆里，
有一段已经消失，无法挽回；
无论在白天或黄色的月亮下，
你再也不会去到那个喷泉旁。

日落之际，你在夕照余晖中
渴望说出难以忘怀的事物，
你的声音却无法重复
波斯人用鸟和玫瑰的语言的讲述。

我今天俯视的罗讷河和莱芒湖，
昼夜不息，包含着多少事物？
它们将像迦太基一样，
被拉丁人用火与盐抹去。

---

1 Janus，罗马神话中的两面神，伊特鲁里亚的雅努斯有四张脸。

拂晓时我仿佛听见一阵喧嚣，

那是离去的人群；

他们曾经爱我，又忘了我；

空间、时间和博尔赫斯已把我抛弃。

巴尔塔萨·格拉西安 [*]

迷宫、象征、双关语、

冷漠和艰难的琐事，

对这位耶稣会教士都是诗，

都被他看成是谋略。

他灵魂里没有音乐；

只有隐喻和诡辩的范本、

对狡黠的崇敬、

对人和超人的蔑视。

他不为荷马古老的声音

和维吉尔铿锵清新的调子所动；

他不顾及注定要流浪的俄狄浦斯

和死于十字架上的耶稣基督。

东方璀璨的星星

在寥廓的曙光中黯然失色，

他却大煞风景，

把它们叫作"天空旷野的母鸡"。

他对圣洁的爱一无所知，

也不理解世人炽热的激情，

一天下午那个脸色苍白的女人

吟诵水手的篇章使他大吃一惊。

历史不是他最终的归宿；

泥土作为他昨天的形象

---

* Baltasar Gracián（1601—1658），西班牙作家，耶稣会教士，著有一些探讨英
雄或政治家为人处事的道德伦理观念的论文和一部寓言小说《好评论的人》。

已经摆脱了无常的坟墓，
格拉西安的灵魂归于荣耀。

他凝视着原型和光辉的时候，
心里会有什么感觉？
也许他会哭泣，暗忖道：
我从影子和错误汲取养分纯属徒劳。

当上帝毫不容情的太阳，真理，
展示它的火焰时，会发生什么？
也许在没有终极的荣耀中间，
上帝的光芒使他失明。

我却知道另一种结论。
格拉西安的主题过于渺小，
以致看不到荣耀，他只在记忆里
纠缠于迷宫、象征和双关语。

一个撒克逊人 *（公元四四九年）

弯月已经下沉；

黎明，那金发强壮的男人

赤着脚迟疑地踏上

海滩的细沙。

他望着苍白的海湾那边

白色的陆地和黑色的山丘，

在一天中那个最早的时刻，

在上帝还未创造色彩的时刻。

他是坚强的。他的财富是

船桨、渔网、犁、剑、盾牌；

他久经战斗的手

能用铁刻出执著的如尼文字。

他从满是沼泽的地方来到

这片被大海侵蚀的陆地；

命运的穹隆像是白昼

笼罩着他和他的家园。

他用笨拙的手，用布条和铁钉

装饰沃登或图诺尔[1]，

在他们的祭坛上奉献

马匹、狗、飞禽和奴隶。

为了吟唱记忆或赞扬，

---

* 据盎格鲁－撒克逊历史学家比德考证，北欧人初次入侵英格兰是在公元449
  年。博尔赫斯后来说，写这首诗时没有考虑到英格兰的气候，让撒克逊人赤
  脚登岸是个失误。
1 Woden，Thunor，分别是北欧神话中主神奥丁和雷神托尔的撒克逊名称。

他新创了那些难念的名字；
战争是人与人的碰撞，
是长矛和长矛的交锋。

他的世界是海上的魔幻，
是松林深处
国王、狼群、从不宽容的命运
以及神圣的恐惧。

他带来了一种语言的词汇，
随着时间的推移，
提升为莎士比亚的音乐：
昼夜、水火、色彩与金属、

饥渴、痛苦、梦想、战争、
死亡和人类的其他习性；
在山林里，在开阔的平原上，
他的子孙创造了英格兰。

假　　人 *

如果说名字是事物的原型
（希腊人曾在《克拉提勒斯》里说过），
"玫瑰"一词的字母里就有玫瑰花，
"尼罗"这个词就有滔滔的尼罗河。

必定有一个由辅音和元音组成的
可怕的名字，概括了上帝的本质，
它的字母和音节
包含着至高无上的权力。

伊甸园的亚当和星辰知道这名字，

（神秘哲学家们说）

罪恶使它变得锈迹斑斑，

世世代代的人已把它丢失。

人的机巧和天真没有止境。

我们知道曾经有一天，

上帝的子民在犹太人区

祈祷仪式里寻找那个名字。

别人在模糊的历史里

只是一个模糊的影子，

布拉格的大拉比，犹大·莱昂[1]

却在人们的印象中记忆犹新。

---

* Golem，一译"有生命的假人"，犹太民间传说中被赋予生命的泥人。犹太教神秘主义者认为希伯来字母具有神秘的创造力，术士们可以用它拼成一个神圣的字眼或秘名，从而赋予泥人以生命。

1 Judah Loew ben Bezalel（约1520—1609），犹太哲学家，1597年起担任布拉格犹太大拉比。据说他曾把写有上帝秘名的纸条插入泥人嘴里，创造出一个假人，为他和犹太社区服务。拉比是对犹太学者的尊称。

莱昂渴望知道上帝知道的东西，

他专心致志地研究

字母的置换和复杂的变化，

终于念出了那个名字。

那个名字是关键、

门、回声、主人和宫殿，

他用笨拙的手制作一个陶俑，

向它传授字母、时间和空间的秘密。

那个假人抬起瞌睡的眼睛，

在喧嚣声中看见

他所不理解的形象和色彩，

怯生生地尝试行动。

它和我们一样逐渐卷入

这个由声音组成的迷网，

涵盖了以前、以后、昨天、现在、

左右、你我、其他等等。

（充当灵感的神秘哲学家

把这创造物称为假人；

肖莱姆在他博学的书里 [1]

讲述了这些事实。）

拉比向它解释宇宙的事物：

"这是我的脚；那是你的脚；这是绳索。"

若干年后，终于使那懵懂的弟子

好歹能够清扫犹太教堂。

也许是文字符号的组合，

也许是圣名的发音出了错；

尽管巫术十分高明，

人的门徒没有学会说话。

1　指格肖姆·肖莱姆《喀巴拉的象征主义》一书。

它的眼光不像人，而更像狗，

但和狗相比，更像无生命物，

在幽居所的朦胧阴影里，

紧随着拉比的身影。

假人还有一点反常和粗俗，

因为每当它经过时，拉比的猫

就要躲藏（肖莱姆的书里没有提到猫，

但随着岁月的推移，我猜到了）。

它向它的上帝举起孝顺的手，

模仿它的上帝的祈祷，

或者带着愚蠢的微笑，

匍匐在地，顶礼膜拜。

拉比深情地瞅着它，

不免有些恐惧。他暗忖道：

我怎么造出这个让人伤心的儿子，

它虽然具有智慧，但无所作为？

在无穷无尽的序列里，
我何必增添一个象征？
何必在那纠缠不清的永恒的线团
加上又一场因果、又一个伤心？

在痛苦与迷蒙的时刻，
他的眼光落到假人身上，
谁能告诉我们，上帝望着
布拉格的大拉比时感到了什么？

一九五八年

探　戈

他们将在什么地方？

悼亡的挽歌问道，

似乎有一个去处，在那里，

昨天能成为今天和未来。

在尘土飞扬的穷巷和贫民区，

纠集了刀客和亡命徒，

结帮拉派的那个坏蛋，

他将在什么地方？（我又问。）

给历史留下一个故事，

给时间留下一个传说，

不为爱憎或金钱就拔刀相见，

那些匆匆过客将在什么地方？

我在传说中寻找

科拉莱斯和巴尔瓦纳拉

好勇斗狠的人的事迹，

他们的余烬像一朵迷蒙的玫瑰。

巴勒莫的刀客穆拉尼亚，

那个隐秘的阴影，

会在哪些偏僻的小巷，

或者另一个世界的哪个荒野？

催命鬼伊韦拉（愿圣徒保佑他），

在公路桥上杀了自己的弟弟扁鼻子，

他弟弟欠下的人命比他更多，

于是哥俩扯了个平局。

拼刀子的神话

逐渐被人遗忘；

赞扬好汉行径的歌谣

在下流的警匪新闻中淹没。

另一块炭火，灰烬里另一朵炽热的玫瑰，

完整地保存了那些传说；

叙述了高傲的刀客

和悄悄的匕首的分量。

要命的匕首和另一把匕首——

时间——把他们委诸泥淖，

那些死者今天仍活在探戈中间，

他们超越了时间和不幸的死亡。

他们在音乐里，

在嘈嘈切切的弦声中，

六弦琴通过米隆加舞曲

奏出欢乐和单纯的勇敢。

马匹和好汉组成黄色的圆圈，

在空地上旋转，

我以前见过街上跳的探戈，

现在听到了它们的回声。

今天它蓦然单独冒了出来，

违抗了忘却，没有以前或将来，

它带着失落的意味，

失落和重新找到的意味。

和弦里有旧时的事物：

另一个庭院和掩映的葡萄蔓。

（在多疑的围墙后面，

南区保存着匕首和吉他。）

暴风骤雨般的探戈乐曲

对抗了忙碌的岁月；
由泥土和时间塑造的人
比轻灵的旋律短暂。

旋律仅仅是时间。探戈唤起
似乎不真实的骚乱的回忆，
在僻静的郊区打斗死去，
仿佛是不可能发生的往事。

另 一 个

写下千百首铿锵的六韵步诗的

那位希腊人，在第一首中祈求

艰苦的缪斯女神或者神秘的火，

让他歌唱阿喀琉斯的愤怒。[1]

他知道另一个，一位神，

会使我们昏暗的工作豁然开朗；

几世纪后，《圣经》上写道

圣灵能随心所欲地给人启发。

那个不知名的冷酷无情的神

把恰如其分的工具给了他选中的人：

把黑暗的墙壁给了弥尔顿，

把流浪和遗忘给了塞万提斯。

记忆中得以延续的东西归于他。

归于我们的是渣滓。

1　荷马史诗《伊利亚特》以"女神啊，请歌唱佩琉斯之子阿喀琉斯的致命的愤怒"开篇。

玫瑰与弥尔顿

一代又一代的玫瑰

在时间深处相继消失，我希望

逝去的事物中有一朵不被遗忘，

没有标志或符号的一朵。

命运给了我天禀

叫出那朵沉默的花的名字，

弥尔顿凑在面前

却看不见最后的一朵玫瑰。

啊，一个模糊的花园里

朱红、淡黄或纯白的玫瑰，

神奇地留下你古老的往昔，

在这首诗里焕发出光彩。

看不见的玫瑰金黄、殷红、象牙白,

或者像你手里那朵一样昏暗。

读　者

那位愁容满面、皮肤枯槁的绅士

一心只想干一番英雄事业，

永远准备在第二天外出冒险，

但人们猜测他从未离开过书房。

详细记载他的奋斗经过

和他悲喜剧似的荒唐行为的历史

不是塞万提斯，而是他的想象，

无非是一部梦想的历史。

我的命运也是如此。

我曾读过那位绅士的故事，

在旧时的那间书房里，

我知道我埋葬了某些不朽的东西。

一个孩子慢慢翻阅的那些书页，

梦想着他所不知道的模糊的事物。

《约翰福音》第一章第十四节 *

东方有这么一个故事[1]，说的是

当时的国王养尊处优，烦闷无聊，

他乔装打扮，单独外出，

到城里四处走走。

和那些胼手胝足、

寻常的老百姓混在一起。

同那位何鲁纳埃米尔[2]一样

神今天也想在人间走一趟。

同那些复归于泥土的普通人一样，

他由一位母亲分娩到世上，

他将拥有整个世界：

空气、水、面包、早晨、石块和百合。

然后是殉难的鲜血，

侮辱、铁钉和十字架。

---

* 《圣经·新约·约翰福音》的这一节是："道成了肉身，住在我们中间，充充满满的有恩典，有真理。我们也见过他的荣光，正是父独生子的荣光。"

1　这里指《一千零一夜》中哈里发何鲁纳·拉施德微服出游的一系列故事。

2　Emir，伊斯兰国家王公、酋长等的尊称。

觉　　醒

阳光透了进来，我从梦中
颟顸升到众生共享的梦，
周围的事物恢复了
期待的、应有的位置。
模糊的昨天纷至沓来：
鸟和人的由来已久的迁徙，
刀兵摧毁的军团，
罗马和迦太基。
回来的还有日常的历史：
我的声音、面庞、恐惧、命运。
啊，但愿那另一种觉醒，死亡，

能给我不含记忆的时间。

让我忘掉我的名字和经历，

啊，但愿那个早晨能有遗忘！

致不再年轻的人

你已经看到悲惨的场景，
事物都各得其所；
剑和灰烬归于狄多¹，
钱币归于贝利萨留²。
七尺黄土、喷涌的鲜血
和挖开的墓穴已在这里，
你何必在迷蒙的六韵步诗里
继续寻找战争的喧嚣？
深不可测的镜子在窥视你，
它将梦见并遗忘
你临终弥留的反映。

你的末日已经迫近。

这就是你每天看到的街道，

你度过漫长而又短暂下午的家。

1　Dido，据维吉尔的史诗《埃涅阿斯纪》，狄多是迦太基的建立者和女王。特
　　洛伊战争后，王子埃涅阿斯出走，遇风暴漂流到迦太基，狄多爱上了他，希
　　望他能留下不走，但埃涅阿斯坚持前去意大利另建国家，狄多伤心之余自焚
　　而死。
2　Belisarius（505—565），东罗马帝国皇帝查士丁尼一世的名将，遭贬谪后被
　　刺瞎双目，在君士坦丁堡行乞，据传他在路边茅屋外挂一个口袋，上书："请
　　给可怜的老贝利萨利奥一枚小银币。"

亚历山大·塞尔扣克[*]

我梦见海洋，那片海洋，将我囚禁，

英格兰亲切土地上的早晨，

上帝的钟声召唤着礼拜的人们，

把我从梦想中叫醒。

我经受了五年孤独之苦，

久久地眺望着无限的远处，

那一切如今成了往事，

我着魔似的在酒店里叙述。

上帝让我回到了人们的世界，

重新看到镜子、门户、数目和名字，

我不再是那个久久地望着海洋的人，

望着海洋和它深远的草原。

我该做些什么才能让那另一个知道

我在这里和亲人们一起，安然无恙？

《奥德赛》第二十三卷 [*]

铁剑义无反顾

执行了复仇的任务；

锋利的投枪和长矛

痛饮了恶人的鲜血。

不顾神和海洋的阻挠，

不顾神和黑风的狂暴，

不顾阿瑞斯 [1] 的喧嚣，

尤利西斯回到他的王国和王后身边。

明丽的王后偎依着国王，

沉浸于共枕同寝的情爱，

想当年他像丧家之犬，

闯荡世界，日夜流浪。

自称是无名氏，

那个人今在何处？

他

你的肉眼看到

无法逼视的太阳光芒，

你的肉身接触到

松散的尘埃或坚实的岩石；

他是光芒、黑色和黄色，

他用永不停息的眼睛注视着你，

探索映像的眼睛，镜子的眼睛，

黑色的七头蛇和红色的老虎。

他不满足于创造。他是他所创造

奇异世界上的每一个生物：

是深植的雪松的执著的根，

是月亮的盈亏圆缺。

人们管我叫该隐。通过我

永恒者体味了地狱之火的滋味。

萨 缅 托 *

丰碑和荣耀没有把他压垮。

我们始终不渝的颂扬

没有磨光他坎坷的现实。

百年纪念日的喝彩欢呼

没有使这个孤独的人忘乎所以。

他不是空名山谷的古老回声，

也不是独裁政权所能摆布的

这样或那样的空白象征。

他就是他。他是祖国的见证。

他目睹了我们的屈辱和光荣，

五月独立的光芒和罗萨斯的恐怖，

另一个恐怖和未来隐秘的日子。

他是继续爱憎、继续战斗的人。

九月的那几个黎明，

谁都无法忘怀，谁都无法叙说，

我知道我们的感受。

他怀着执著的爱想拯救我们。

他日日夜夜走在人们中间，

人们给他的是侮辱或者崇敬

（因为他没有死）。

他像凝视魔幻的水晶球似的

聚精会神地凝视着幻象，

那里包含着时间的三相：

未来、过去和现在，

梦想者萨缅托仍在梦见我们。

---

* Domingo Faustino Sarmiento（1811—1888），阿根廷政治家、作家、教育家，
因反对独裁者罗萨斯，曾流亡智利做新闻工作，1868—1874 年任阿根廷总统。

致一位一八九九年的小诗人 *

白昼的尽头向我们窥视，

你想为那荒凉的时刻留下一首小诗，

把你的名字联系上

那金黄和昏暗的伤心日子。

日近黄昏，你在那首古怪的诗里

注入了多少激情，

直到宇宙灭绝消泯，

将证实那奇异的湛蓝时刻。

我不知道你的愿望是否实现，

模糊的兄长，我不知道你是否存在，

但是我形单影只，我希望

你淡薄的影子从遗忘中重现。

让这些已经疲惫的单词

在即将逝去的黄昏中组合。

---

*　作者假想的一个现代主义诗人。早期版本这首诗标题的年份是 1897 年，博尔赫
斯后来做了改动，他自己生于 1899 年，用戏谑的方式表示自己就是那个诗人。

得 克 萨 斯

这里也有。正如大陆的另一边缘，

这里无限广袤的田野上，

孤独的呼喊声随风飘散，

这里也有印第安人、马匹、套索。

这里也有不知名的飞禽，

鸣声超越了历史的轰响，

为一个下午和它的回忆歌唱；

这里也有星球的神秘字母。

指使我这支翎笔

写下岁月没有尽头的迷宫

未能带走的名字：圣哈辛托[1]、

别的温泉关 ²、阿拉莫 ³。

这里也有生命——不为人知的、

热切的、短暂的事物。

1　哥伦比亚城镇，美洲解放者西蒙·玻利瓦尔 1822 年曾在此小住。
2　希腊色萨利的一个山口，公元前 480 年波斯国王薛西斯一世进攻希腊时，希腊
　　将军莱昂尼达斯率领三百名斯巴达人在此死守。
3　得克萨斯圣安东尼奥城堡，1836 年遭圣塔安纳将军率领的墨西哥军队攻克，美
　　国守军死伤殆尽。

写在一册《贝奥武甫》[*]上的诗

我有时自问，年已垂暮，
明知没有精通的希望，
为什么还要开始学习
粗犷的撒克逊人的语言。
岁月磨损了记忆，
反复诵读依旧枉然，
正如我的生活编织了
厌倦的历史又把它拆散。
我暗忖：难道灵魂充分了解
它有不朽的特点，
它广阔而严谨的循环

无所不包，无所不能？

在这热望和这首诗之外，

无限的宇宙在将我等待。

---

* 《贝奥武甫》是英国文学中第一部英雄史诗，史诗故事发生于现在的丹麦和瑞
典南部当时盎格鲁－撒克逊人居住的地方，8 世纪前半叶有关贝奥武甫的传
说形成文字，1815 年根据手抄本第一次排印出版。

亨吉斯特国王 [*]

国王的墓志铭

这块石板下安放着亨吉斯特的遗骨，

他在这些岛屿上

建立了奥丁家族的第一个王国，

餍足了鹰的饥饿。

国王说

我不知道铁器在石头上刻出什么如尼文字，

但我有如下的话要说：

苍天在上，我是雇佣兵亨吉斯特。

西面那些地区

濒临名叫"持矛武士"[1]的海洋，

我把力量和勇气卖给那里的国王，

但是力量和勇气容不得

被人们出卖，

我在北方消灭了

不列颠国王的敌人之后，

又杀了国王。

我靠剑赢来的王国让我高兴；

那里有河流可供划船捕鱼，

有漫长的夏季和土地

可供耕作放牧，

有不列颠人干苦活，

有石墙城镇可供蹂躏，

因为那里已没有活人。

我知道不列颠人

管我叫作叛徒，

但我忠于自己的勇敢，

我不把命运托付给别人，

谁都不敢背叛我。

片　　断

一把剑，

在拂晓的寒气中锻造的铁剑，

剑上的如尼文字

谁也不能不予理会，谁也不能破译，

来自波罗的海的剑，

将在诺森布里亚受到称赞，

诗人们把它比作冰和火，

一位国王赠与另一位国王，

这一位却把它付诸梦想，

一把忠贞不渝的剑，

直到命中注定的时刻，

一把将辉耀战役的剑。

手中的一把剑，

将主宰人们交织的壮丽战役，

手中的一把剑，

将染红狼的利牙

和乌鸦无情的喙，

手中的一把剑，

将挥霍红金，

手中的一把剑，

将屠宰金穴里的蛇，

手中的一把剑，

将征服王国，丧失王国，

手中的一把剑，

将横扫如林的长矛。

贝奥武甫手中的一把剑。

约克大教堂的一把剑

坚强的人在你的铁里延续，

他曾战斗在凶险的海洋和兵燹的陆地，

他挥舞着你，对抗死亡，

但终于枉然，现在成了星球的尘埃。

死亡也属枉然。

来自挪威的勇猛的白人，

受史诗般命运的摆布到了这里；

他的剑成了他的形象和名字。

尽管死了很久，长期流放，

凶残的手仍紧握铁剑，

武士的影子笼罩这里，

我在他面前是影子下的影子。

我是瞬间，瞬间是尘埃，不是钻石，

唯有过去才是真实。

致一位撒克逊诗人

你的躯体今天已散成粉尘，

以前和我们一样在地上有过分量，

你的眼睛见过太阳，那颗有名的恒星，

你生活的时代不是僵死的昨天，

而是永不停息的目前，

达到时间的终点和令人眩晕的顶峰，

你在修道院里听到

史诗古老声音的召唤，

你编织了词句，

歌颂了布鲁南堡的胜利[1]，

你不把胜利归功于上帝，

而归功于你国王的利剑，

你欣喜若狂地歌唱

维京人的挫败，

乌鸦和鹰的盛宴，

你在战争的颂歌里汇集了

种族惯常的隐喻，

你在没有历史记载的时间里

从目前看到了昨天，

在布鲁南堡的血水和汗水里

看到了古代曙光的镜子，

你热爱你的英格兰，

却没有指出它的名字，

你今天已无踪迹可寻，

只有日耳曼学者摘下的诗句。

今天你什么都不是，

只是我诵读你铿锵诗句时的声音。

---

1 公元937年英伦三岛的居民在布鲁南堡与墨西亚（前南斯拉夫和保加利亚）
和西撒克逊人的联军作战。文中的撒克逊诗人是一个僧侣。

我恳求我的神或者时间的总和，

让我的日子无愧于遗忘，

我的名字像尤利西斯一样默默无闻，

但是在宜于回忆的夜晚，

或者在人们的早晨，

某些诗句得以流传。

斯诺里·斯图鲁松 [*]

你把冰与火的神话

流传给后辈的记忆，

你树立了海盗家族

剽悍狂暴的荣誉。

一个刀光剑影的黄昏，

你惊感你可悲的肉体在颤抖，

在那个没有明天的时刻，

你发现了自己的怯懦。

冰岛之夜，风暴带着盐味

激起怒涛万丈。

你的家遭到包围。你喝下了

刻骨铭心的屈辱的苦酒。

利剑在你灰白的头上落下，

正如你书中多次提到那样。

---

* Snorri Sturluson（1179—1241），冰岛诗人、历史学家，出身显赫，与挪威王
室有密切联系，由于同情挪威国舅反对国王的活动而引起国王反感，1241 年
被杀害。重要著作有《散文埃达》和《挪威王列传》（前者被称为有关神话和
诗学的教科书，后者是关于史前时期直至公元 1177 年的挪威国王的历史）。

致卡尔十二世 [*]

瑞典国王卡尔十二世，

大草原上的维京人，

你完成了先辈奥丁神

从北方到南方的路程。

你自鸣得意的是

千古传诵的业绩，

殊死的战斗，霰弹进裂的恐怖，

不屈不挠的钢剑和流血的光荣。

你了解战胜或战败

无非是一个机遇的两个方面，

除勇敢之外再没有别的美德；

大理石的丰碑终究归于忘却。

你冷冷地燃烧，独自在沙漠；

无人理解你的灵魂，而你已死去。

＊ Karl Ⅻ（1682—1718），瑞典国王，1697 年登基后穷兵黩武，先后打败丹麦、
俄国和波兰，1709 年败于彼得大帝，逃亡土耳其，1715 年回瑞典遭暗杀。

伊曼纽尔·斯维登堡

那人比别人高出一头，

在芸芸众生中间行走；

他几乎没有呼唤

天使们隐秘的名字。

他望着世人看不见的事物：

火红的几何学，

上帝的水晶宫殿，

地狱欢乐的旋涡。

他知道天国和地狱

及其神话并存于你的灵魂；

他像那个希腊人一样，

知道岁月是永恒的反映。

他用枯燥的拉丁文记下

没有原因和时间的最后事物。

乔纳森·爱德华兹 [*]

远离城市，远离喧嚣的广场，

还有那时间的变化无常，

爱德华兹已成永恒，

在金黄树木的阴影下梦想行进。

今天是明天的苗头、昨天的延续，

上帝的每件事物在宁静的氛围中

都神秘地将他颂扬，

无论是傍晚或月亮的金黄。

他幸福地想道，

世界是愤怒的永恒工具，

为少数人创造的企盼的天国

对几乎所有人来说是地狱。

在丝纷麻乱的精确中心

还禁锢着蜘蛛，也就是上帝。

---

* Jonathan Edwards（1703—1758），美国哲学家、神秘主义者、清教主义神学家。

爱　默　生

那位颀长的美国绅士

合上手中的蒙田作品，

去寻找另一种相似的乐趣：

欣赏平原辉煌的暮色。

他在田野上信步走去，

朝着缓缓倾斜的西方远处，

朝着夕阳染红的天际，

正如写这些诗行的人的记忆。

他想道：我博览了重要的书籍，

也写了一些书，不会被遗忘抹去，

承蒙一位神的不弃，

让我知道了世人能知道的一切。

我的名声传遍了大陆；

但我没有生活。我想成为另一个人。

埃德加·爱伦·坡

大理石的哀荣，

尸蛆欺凌的发黑的身躯，

集中了死亡胜利的冰冷象征。

这一切都不能使他畏惧。

他怕的是另一个阴影，爱情，

众生共同的命运；

他不敢逼视的不是闪光的金属，

不是大理石墓石，而是玫瑰。

他反复从镜子的另一面

投身他错综复杂的使命，

苦心孤诣地营造梦魇。

也许他从死亡的另一面

继续孜孜不倦地创造

惊世骇俗的珍品。

卡姆登 *，一八九二年

咖啡和报纸油墨的香气。

星期日和星期日的百无聊赖。

早晨和模糊看到的报纸

刊登了一个同行的隐喻诗篇。

贫寒然而整洁的小屋，

白发老人缠绵病榻，

他从疲惫的镜子里

厌烦地瞅着自己的面庞。

他不再诧异地想：那张脸就是他。

他那心不在焉的手抚摩着

凌乱的胡子和无力的嘴巴。

结局已经不远。他出声说：

我的生命几乎已经结束，但我的诗歌颂了

生命和生命的辉煌。我是沃尔特·惠特曼。

＊ 美国新泽西州特拉华河畔的城市，著名诗人惠特曼（1819—1892）晚年瘫痪，
  1884 年在卡姆登买下一座小屋在此终老。

巴黎，一八五六年

长期卧病在床

使他习惯了预感死亡。

喧闹的白天使他发怵，

他不喜欢同人们相处。

海因里希·海涅来日无多 [1]，

他想着时间的长河

缓缓把他带离那漫长的昏暗

和作为人与犹太人的痛苦命运。

他想着那些优美的旋律

曾让他再三琢磨，但他很清楚

颤音不是来自树木或禽鸟，

而是来自时间和他模糊的日子。

你的夜莺，你的金色黄昏

和你歌唱的花朵挽留不了你。

1　海涅体弱多病，早在 30 年代便有瘫痪的迹象，1848 年起完全瘫痪，卧床八年，并患眼疾，几乎双目失明，但以极大的毅力坚持写作，口授完成了《罗曼采罗》。1856 年在巴黎去世。

拉斐尔·坎西诺斯 – 阿森斯 *

遭到唾弃和厌恶的人民形象

在痛苦和长夜祈祷中永生，

仿佛某种神圣的恐怖，

深深地吸引着他。

他像喝美酒的人那样，

畅饮《圣经》的《诗篇》和《雅歌》，

觉得那种甜美是为他而设，

那里诉说的就是他的命运。

人们管她叫作以色列。

坎西诺斯内心深处听到了她，

正如预言者在隐秘的山头听到

燃烧的黑莓丛中传来上帝隐秘的声音。

愿她的回忆永远和我相随。

其余的事情自有荣耀诉说。

---

* Rafael Cansinos-Asséns（1882—1964），西班牙文学批评家、小说家、翻译家，极端主义诗歌运动发起人之一。

谜

今天我还在这里歌唱，

明天我将死去，不知所向，

住在一个奇妙而荒凉的星球，

没有时间，没有以前和以后。

这是神秘主义的断言。我深信自己

虽然登不了天国，却不至于下地狱

但是我不作任何预言。我们的历史

像普洛透斯的形状那样变化多端。

当这场冒险的终结

把我交给死亡奇特经历的时候，

我将遭遇什么游移不定的迷宫，

看到什么白得耀眼的强光？
我要痛饮你晶莹的遗忘，
地久天长，但没有以往。

瞬　　息

哪里是世纪？哪里是

鞑靼人渴望的剑的梦想？

哪里是摧毁的坚固城墙？

哪里是亚当的禁果之树？

现时寥落孤寂。

回忆构成了时间。

时钟的惯例是交替欺骗。

岁月像历史一般虚幻。

黎明和夜晚之间

是痛苦、光亮和焦虑的深渊；

夜晚磨损的镜子

照出的脸庞已不是昔日模样。

今天转瞬即逝，而又永恒；

别指望另一天国或另一地狱。

致　酒

荷马的青铜器皿里闪耀着你的名字，
给人们心里带来欢乐的红黑色的酒。

千百年来你在人们手中相传，
从希腊人的兽头杯到日耳曼人的牛角觥。

历史初露曙光时你已出现。你一路上
把你的激情和豪气给了一代又一代的人。

你和另一条由时间汇成的长河一起，
不分昼夜地流淌接受朋友们的欢呼。

酒啊，你像深沉的幼发拉底母亲河，

顺着世界的历史不停地奔流。

我们在你所在的水晶杯里，

看到了基督鲜血的红色隐喻。

在苏非[1]教派的狂喜的诗里，

你是弯刀，是玫瑰，是红宝石。

别人尽可以在你的忘川里抛开悲哀；

我要在你那里寻找分享激情的欢乐。

我把你当成打开往昔夜晚的敲门砖，

给寒冷黑暗带来光亮的烛台和礼物。

酒啊，我曾管你叫作两情相悦的爱

或者炽热的冲突。但愿如此。

1　古代波斯某些穆斯林信奉的神秘主义。

酒的十四行诗

在哪一个王国，哪一个世纪，

哪个寂静的星移斗转的组合下，

哪个没有立碑纪念的秘密日子里，

冒出了发明欢乐的勇敢而奇特的主意？

金色的秋季初创了那个主意。

艳红的葡萄酒像时间的长河

世代流淌，它在艰苦的路程中

给了我们大量音乐、热情和豪气。

在喜庆的夜晚或者不幸的日子，

它激发了欢乐或者减缓了惊骇，

我今天献给酒神的赞歌

阿拉伯人和波斯人都曾经唱过。
酒啊，请教我看清我自己的历史，
仿佛它已成为记忆中的灰烬。

一九六四年

一

世界已不再神奇。它们已离你而去。
你不再分享皎洁的月光
和舒缓的花园。每晚的月亮
都是过去的镜子。

凄凉的水晶，痛苦的太阳。
永别了，相互爱慕的手
和耳鬓厮磨。今天你的所有
只是忠实的回忆和孤寂的日子。

人们失落的（你徒劳地重复说），

只是他们没有和从未得到之物。

然而为了掌握遗忘的艺术，

单有勇气还远远不够。

一个象征。一朵玫瑰使你心碎，

一首吉他乐曲可能要你性命。

二

我再也不会幸福。也许无关紧要。

世界上还有许多别的事物；

任何一个瞬息都比海洋

更为深邃，更为多种多样。

生命短暂，个别的时辰虽很漫长，

但是一件惊奇在黑暗中窥视我们，

那就是死亡，另一个海洋，

另一支使我们摆脱日月和爱情的箭。

你给了我又夺去的幸福
必须一笔抹杀；
一切的一切必须化为乌有。
我只剩下悲哀的乐趣。

那个虚幻的习惯使我向往
南方，某扇房门，某个街角。

饥　饿

乱伦战争的古老而凶残的母亲，
但愿你的名字从地球表面给抹去。

你把维京人高昂的船头和沙漠的长矛
投向开阔地平线的周遭。

在比萨的乌戈利诺的饥饿之塔 [1]
你留下了遗迹，在但丁的诗篇里，

我们隐约看见（只是隐约看见）最后时刻
和笼罩下来的阴影里的垂死挣扎。

你迫使狼冒险走出松林，

你导致让·华尔强²伸手偷盗。

你的形象之一是时间，

那个不停地坦然吞噬地球的神。

还有一个黑暗和骷髅的神，

她的床榻是不眠，她的面包是饥饿。

住阁楼的查特顿³守着伪托古籍，

望着黄色的月亮，你给了他死亡。

1　中世纪意大利支持教皇的归尔甫派和支持国王的吉伯林派斗争不断，1270年，吉伯林派的比萨伯爵乌戈利诺与归尔甫派结盟，企图篡夺比萨最高权力，失败后又与佛罗伦萨人结盟，逼迫比萨人归还他的领地。1284年，热那亚人与比萨人交战，乌戈利诺背弃了比萨人。1288年，他和两子两孙一起被囚禁在瓜兰迪塔，活活饿死。但丁《神曲·地狱篇》提到了这个故事。

2　法国小说家雨果《悲惨世界》中的人物，原是拿破仑时代一个穷苦工人，因偷了一块面包，被捕判罪，坐了十九年监牢。

3　Thomas Chatterton（1752—1770），英国诗人，颇有才华，十岁能诗，但不甘清贫，伪托一个子虚乌有的15世纪的僧侣托马斯·罗利发表了一些诗篇。十八岁时服毒自杀。

人们从出生到弥留之际，
你要求他们为每天的面包感恩。

你的钝剑困扰着一代又一代人，
直逼狮虎的脑门。

乱伦战争的古老而凶残的母亲，
但愿你的名字从地球表面给抹去。

外　地　人

他发了信件和电报，

到外面不明确的街上走走，

发现了一些他不关心的细微差别，

想起了阿伯丁或者莱顿，

对他来说，那些城市比这里更逼真，

这里是个直线的迷宫，算不上复杂

他真正的生活在远方，

岁月把他带到此地。

在一个编了号的房间里，

他对着镜子刮脸，

虽然镜子不会再照出他的容颜，

他又觉得那张脸

比它所包含的多年雕琢的灵魂

显得更坚定，更不可捉摸。

他在一条街上和自己相遇，

你也许会发觉他颀长灰白，

茫然望着周围的事物。

一个冷漠的妇女

主动提出陪他一个下午，

关起房门干些事情。

那人会忘掉她的长相，

多年后在北海附近，

才记起电灯或百叶窗。

那天晚上，他的眼睛

望着一个长方的形状里

骑手和他史诗般的平原，

因为西部地方包括地球，

在从未去过那里的人们

梦中得到反映。

在幢幢黑影里，

那个外地人以为到了自己的城市，

出去时却惊异地发现不是一回事，

说的是另一种语言，有另一片天，

我们临终之前

已经有了地狱和天国；

就在这个城市，布宜诺斯艾利斯，

对于我梦中的外地人来说

（我在另一些星辰下曾是外地人），

它是一系列模糊的形象，

仿佛专为遗忘而设。

致 读 者

你不会受到伤害。掌握你命运的神灵

难道未曾向你揭示

你必然归于尘土的真理?

难道你不可逆转的时间

并不是赫拉克利特看到的那条

反映出浮生若梦的象征的长河?

你不会看到的大理石碑在等你。

上面记着日期、地点和墓志铭。

时间的梦也会转瞬即逝,

并非坚实的青铜或者精炼的黄金;

宇宙和你一样,像普洛透斯那般无常。

等在你路途尽头的是黑夜，

你一直在朝着那个方向行走；

从某种意义说，你死之已久。

炼 金 术 士

薄晨时分，一个焚膏继晷、

久久思索的年轻人，

全神贯注地守着

不眠的炭火和蒸馏甑。

他知道普洛透斯似的变幻的黄金，

藏在任何侥幸下面，有如命运；

他知道黄金在路上的尘土里，

在弓箭和发射弓箭的手臂上。

他模糊地看见一个物体

隐藏在星宿和淤泥里，

有另一个梦想在搏动，

正如泰利斯所见：万物皆水。

还有另一个幻觉；永恒的上帝，

他那无处不在的面貌包括万物，

在一本比地狱更艰深的书里，

精确的斯宾诺莎作了说明……

东方蔚蓝寥廓的天际，

行星的光亮逐渐黯淡，

炼金术士思索着

联系星球和金属的秘密规律。

正当他激动地认为已经找到

能使人长生不老的金子之际，

精通炼金术的上帝

把他化为尘埃、化为乌有和遗忘。

某　　人

一个被时间耗损的人，

一个连死亡也不期待的人

（死亡的证明属于统计范畴，

人人都承担了作为

第一个永生者的风险），

他已经学会了感激

平时最简单的施舍：

睡梦、惯例、水的滋味，

一个无人怀疑的词源，

一首拉丁或者撒克逊诗歌，

对于一个女人的回忆，

多年前那女人离他而去，

今天想来已没有苦涩，

他不会不知道目前

已成为未来和遗忘，

他曾经背信弃义，

也遭到别人的背弃，

他过马路时会突然感到

一种神秘的幸福，

它不是来自希望，

而来自古老的单纯，

来自他自己的根，或者游移的神。

他知道不应该较真，

因为还有比老虎更可怕的理由

将证明他有不可推卸的义务，

必须充当不幸者，

但他谦卑地接受

那种幸福，那一束强光。

也许在死亡中，

当尘土归于尘土之际，

我们永远是那无法解释的根，

根上将永远生长，

无论是沉着或者张狂，

我们孤独的地狱或天堂。

永恒（一）*

不存在的事物只有一样。那就是遗忘。

上帝保全了金属，也保全渣滓，

在他未卜先知的记忆里

寄托着将来和逝去的月亮。

一切都已停当。从黎明到黄昏，

你的脸庞在镜中已经留下，

并且今后还要留下

千百个反映出来的形象。

宇宙是记忆的多彩的镜子，

一切都是它的组成部分；

它艰巨的过道无穷无尽，

你走过后一扇扇门相继关上；

只有在太阳西下的那一方，

你才能见到原型和耀光。

---

* 这首诗的标题原文是英文 Everness。维尔杜戈－富恩特斯撰写的《博尔赫斯
访谈录》中《作家豪尔赫·路易斯·博尔赫斯谈博尔赫斯》篇有如下的一段
文字："Everness 这个词是威尔金斯在 17 世纪创造的，意思是永恒，但比永
恒更有力。他还创造了一个更为有力、更为可怕的词，从没有人用过，那就
是 Neverness，指的是永远不会发生的事物。博尔赫斯借用了 Everness 一词，
写下这首特别悲怆的十四行诗，因为他想说明，在这个世界上一切事物都是
镜花水月。"

永恒（二）[*]

让我口中吟唱卡斯蒂利亚的诗歌，

叙说自从塞内加使用拉丁语以来

一直传诵的令人毛骨悚然的意见：

世上的一切都必将归于腐土。

让我重新歌唱苍白的灰烬，

死亡的奢华以及

修辞女王的胜利，

她把炫耀的旗帜踩在脚下。

并非如此。我不会像懦夫那样

否认我拙笔所赞美的一切。我知道

不存在的事物只有一件。那就是遗忘。

我知道永恒中继续燃烧

我所丧失的许多珍贵东西：

锻炉、月亮和下午。

俄狄浦斯与谜语

黎明四足匍匐，中午双脚直立，

暮色苍茫时用三条腿踽踽而行，

带翼狮身的斯芬克斯历尽沧桑，

这就是她的兄弟，人，给她的印象。

傍晚来了一个人，

在那怪异形象的镜子里

惊骇地识破了他的衰亡

和他命运的反映。

我们是俄狄浦斯，从长远说，

无论是将来或者过去，

我们也是那三重形状的动物。

看到我们巨大的本来模样，

我们不由得垂头丧气；

上帝慈悲地给了我们交替和遗忘。

斯 宾 诺 莎

犹太人那双仿佛半透明的手

在昏暗中研磨着水晶的透镜，[1]

即将消逝的傍晚带来忧虑和寒意。

（傍晚和傍晚没有什么差异。）

手和晶莹的空间

黯淡无光地在犹太人区边缘，

对那淡泊的人几乎已不存在，

因为他在梦想一个明净的迷宫。

他不为名望所困扰，那仿佛

另一面镜子的梦中之梦的映像。

也不为少女羞涩的爱情感到惶惑。

他超越了隐喻和神话，

打磨着坚硬的水晶：

上帝的全部星辰的无限图像。

---

1 荷兰哲学家斯宾诺莎父母为葡萄牙人和犹太人。他不愿接受大学教职，以研磨透镜的收入来维持学术研究。

西　班　牙

超越象征，

超越周年纪念日的奢华和灰烬，

超越语法学者的怪诞行径，

他在那位梦想成为堂吉诃德、

梦想终于成真的绅士的故事里，

看到的不是友谊，不是欢乐，

而是古语汇编和谚语大全，

静悄悄的西班牙，你在我们中间。

在西部草原，蒙大拿州，死在刀剑

或者来复枪下的美洲野牛的西班牙，

尤利西斯漫游冥府的西班牙，

伊比利亚、凯尔特、迦太基人和罗马的西班牙，

斯堪的纳维亚血统的

剽悍的西哥特人的西班牙，

他们曾经解读但又忘却

乌尔斐拉斯[1]主教的经书，

伊斯兰、神秘哲学、

灵魂黑夜派的西班牙，

宗教裁判法官的西班牙，

他们不幸而充当了刽子手，

但也有可能成为殉道者，

长期冒险的西班牙，

探明了海洋的秘密，

征服了残忍的帝国，

直到这里布宜诺斯艾利斯，

一九六四年七月的一个傍晚，

另一把奔放的吉他的西班牙，

---

1 Urfilas（311—382），西哥特阿里乌斯教派主教，曾把《圣经·新约》译成哥特文。

不似我们卑微的吉他，

庭院深深的西班牙，

虔诚的石砌大教堂和圣殿的西班牙，

诚实而友好热情的西班牙，

血气之勇的西班牙，

我们可以移情别恋，

可以像忘掉自己的过去那样

把你忘掉，

因为你不可分割地在我们中间，

仿佛成了我们血液中的惯例。

在我祖先阿塞韦多和苏亚雷斯家族，

西班牙，

江河、刀剑和世世代代的母亲，

永不停息，不可回避。

挽　　歌

啊，博尔赫斯的命运，

他曾航行在地球好几个海洋，

或者说，名称不同的唯一孤僻的海洋，

他曾居住在爱丁堡、苏黎世、

两个都叫科尔多瓦的城市、

以及哥伦比亚和得克萨斯，

经过世代沧桑，他归来了，

回到他祖先古老的土地，

回到安达卢西亚、葡萄牙，以及

撒克逊人和丹麦人流血战斗的伯爵领地，

他在伦敦恬静的红砖迷宫里徘徊，

在无数镜子里照出自己的衰老，

他徒劳地寻找大理石雕塑的目光，

查看石版画、百科全书、地图册，

他见过人们常见的事物：

死亡、笨拙的黎明、平原和迷人的星辰，

除了布宜诺斯艾利斯一个姑娘的脸之外，

他什么或者几乎什么都没有看到，

他不希望那张脸再记得他。

啊，博尔赫斯的命运，也许不比你的命运更奇特。

波哥大，一九六三年

153

亚 当 被 逐

是否真有伊甸园，或者只是一个梦？

我在朦胧的光线下款款自问，

如果说今天潦倒的亚当曾是主人，

那几乎成了一种安慰。

那只是我梦见的上帝一个魔法的欺骗。

那个阳光明媚的乐园

如今在记忆中已经模糊不清，

但是我知道它确有其事，并且永存，

尽管不为我而设。艰苦的人间

以及该隐、亚伯和他们的子孙

世代绵延的战斗是对我的惩罚。

尽管如此，有过爱情，

有过幸福，接触过伊甸园，

哪怕只有一天，也是极乐。

致一枚钱币

我从蒙得维的亚起航的那晚风大浪急。

转过塞罗山时,

我在最高一层甲板上扔出一枚钱币,

寒光一闪,在浊水中淹没,

时间和黑暗卷走了发光的物体。

我感到自己干了一件不可挽回的事,

在地球的历史上增添了两串

不断的、平行的、几乎无限的东西:

一是忧虑、爱和变迁组成的我的命运,

另一是那个金属圆片,

被水带到无底深渊

或者遥远的海洋，在那里

撒克逊人和维京人的遗骸仍受到侵蚀。

我梦中或不眠的每一时刻

总是同不知名的钱币的另一时刻印证。

有时候我感到后悔，

有时候我感到嫉妒，

嫉妒你像我们一样，

处于时间和它的迷宫中间而不自知。

关于天赐的诗（另一首）

我要对神圣的因果迷宫

表示感激之情，

由于多种多样的创造物

形成了这个奇妙的宇宙，

由于理性永远梦想着

一幅迷宫的蓝图，

由于海伦的美貌和尤利西斯的坚韧，

由于爱心让我们

像神看人那样看待别人，

由于坚硬的钻石和柔顺的水，

由于水晶宫殿般精确的代数学，

由于西里西亚的安杰勒斯[1]神秘的钱币，

由于似乎破解了宇宙奥秘的叔本华，

由于火的耀眼光辉，

任何人看了都会产生古老的惊愕，

由于桃花心木、雪松和紫檀，

由于面包和盐，

由于玫瑰的神秘，

它提供了色彩而没有看见，

由于一九五五年的某些前夕和白天，

由于那些艰苦的赶牲口人，

他们在平原上催促牛群和黎明，

由于蒙得维的亚的早晨，

由于友谊的艺术，

由于苏格拉底最后的时日，

由于垂暮时一个十字架上的人

对另一个十字架上的人的言语，

---

1 Angelus Silesius（1624—1677），波兰神秘主义诗人。

由于长达一千零一夜

的伊斯兰的梦，

由于地狱、

起净化作用的火塔

和天国重霄的另一个梦，

由于在伦敦街道上

同天使对话的斯维登堡，

由于集于我一身的

源远流长的隐秘河流，

由于几百年前我在诺森布里亚用的语言，

由于撒克逊人的剑和竖琴，

由于像闪光的沙漠似的海洋，

我们所不了解的许多事物，

以及维京人的墓志铭，

由于英格兰的语言音乐，

由于日耳曼的语言音乐，

由于诗歌中光芒四射的黄金，

由于史诗般的冬季，

由于我没有读过的一本书的名字：《上帝借法兰克人之手完成的业绩》，

由于那鸟一般天真的魏尔兰，

由于水晶棱镜和青铜的沉重，

由于老虎毛皮的条纹，

由于旧金山的高楼和曼哈顿岛，

由于得克萨斯的早晨，

由于编纂《道德使徒书》的那个塞维利亚人[1]，

作者不愿扬名，所以我们不清楚到底是谁，

由于科尔多瓦的塞内加和卢坎[2]，

他们早在西班牙语形成之前

就创造了全部西班牙文学，

由于几何学的奇妙的棋局，

由于芝诺的乌龟悖论和罗伊斯的地图，

---

1 《致法比乌斯的道德使徒书》是西班牙一部由三行诗组成的长诗，作者可能是安德列斯·费尔南德斯·安达拉达、弗朗西斯科·莱奥加或者罗德里科·卡罗。

2 古罗马修辞学家大塞内加和他的儿子、哲学家小塞内加都生于西班牙的科尔多瓦。《法萨利亚》的作者卢坎是小塞内加的侄子，也生于科尔多瓦。

由于桉树的药香，

由于假装睿智的语言，

由于废除或修改过去的遗忘，

由于像镜子一样将我复制

和确认的惯例，

由于给我们以开端幻觉的早晨，

由于夜晚及其黑暗和星象，

由于别人的品德和幸福，

由于从忍冬花中感到的祖国，

或者写诗的惠特曼和阿西西的方济各，

由于诗歌的源泉永不枯竭，

同全部创造物浑然一体，

虽然因人而异，

但永无终极，

由于弗朗西斯·哈斯拉姆，

因为老而不死而请子女原谅，

由于梦前的几分钟，

由于梦和死亡，

那两种隐秘的宝藏，

由于我没有提到的亲切的礼物，

由于时间的神秘形式——音乐。

一九六六年写的颂歌

祖国不是个别的人物。

不是那个高耸在黎明的广场

勒住青铜战马的骑士，

不是那些双目凝视的大理石雕塑，

不是那些把战火的灰烬

撒播在美洲土地上的英雄，

不是留下诗篇或业绩的骚客壮士，

也不是那些给后世留下典范的完人。

祖国不是个别的人物。

任何象征代表不了祖国。

祖国不是个别的人物。

古往今来的时间

满载着战役、刀剑和动乱，

缓慢兴起的城镇

把朝阳和落日连成一片，

失去光泽的镜子

照出的面庞正在衰老，

无名的痛苦持续到拂晓，

蛛网般的雨丝在花园飘摇——

这一切都不是祖国的象征。

朋友们，祖国是永不休止的行动，

正如永不休止的世界。

（倘若那个永恒的旁观者

不再想到我们，哪怕是片刻，

银白迅疾的闪电

就会把我们击穿。）

祖国不是个别的人物。

可是我们都不应当辜负

那些骑士立下的古老誓言，

要成为他们当时还不知晓的人，阿根廷人，

成为他们可能成为的人，

正由于他们在古老的土地上宣了誓。

我们是那些男子汉的未来，

是那些死者的安慰；

我们的职责是继承

我们应当维护的那些影子

遗留给我们的光荣重任。

祖国不是个别的人物，而是我们全体。

让那些纯洁奇妙的火焰

在你我胸中燃烧不熄。

梦

如果梦像人们所说那样是间歇，

是心灵的纯粹的休息，

那么你被猛然弄醒时，

为什么会感到怅然若失？

为什么起得太早会情绪低落？

时辰夺走了我们珍贵的礼物，

它对我们如此亲切，

只有清醒染成梦的昏睡可以解释。

而那些梦很有可能

是黑暗所珍藏的残缺反映，

在一个不知名的永恒世界

被白天的镜子加以扭曲。

今夜在模糊的梦中，

在你墙的另一侧，你将是谁？

胡　宁

我是我，但也是一个死去的人，

另一个和我同一血统、同一姓氏的人；

我是个流浪的绅士，

我在沙漠中抵挡了长矛的入侵。

我回到了胡宁，这地方我从未来过，

回到了你的胡宁，博尔赫斯祖父。

最后的影子或者灰烬，你听到了吗？

或者你在铜的梦中不理睬这残缺的声音？

在我的想象里你神情严肃，带些忧郁。

有谁能告诉我你是什么模样，你是谁？

一九六六年，胡宁

李将军[*]的一名士兵
（一八六二年）

在一条不知名的小河旁边，

水清见底，他被一颗枪弹击中。

脸朝下倒地不起。（那是真事，

不止一个人的命运和他的相似。）

松林的针叶在金色空气中颤动。

耐心的蚂蚁爬上漠然的面孔。

太阳冉冉升起，普照大地。

许多事物已变得面目全非。

变化永无尽头，直到某天，

那时候我将为你歌唱，

但是没有恸哭声伴随，

你早像死人那样倒下。

没有纪念你的大理石碑；

六尺黄土是你默默的光辉。

---

* Robert Edward Lee（1807—1870），美国南北战争期间的南军统帅。

海　洋

早在梦寐（或者恐怖）编出

神话或者宇宙起源学之前，

早在时间铸成日子之前，

海洋，终古常新的海洋，已经存在。

海洋是谁？那狂暴古老的家伙是谁？

它侵蚀着陆地的支柱，

是许多海洋中的一个，

是深渊，光辉，偶然和风。

瞅着它的人将首次看见它，

永远如此。基本的东西除了

留下惊奇之外，还有

美丽的傍晚、月亮、火焰和篝火。

海洋是谁，我又是谁？

我将在末日后的那天得到解答。

一六四九年的一个早晨

查理[1]在人们中间行进。

他左顾右盼。推开了

押送人员的搀扶。

他已经不需要说谎。

他知道今天面对的是死亡，不是遗忘，

他知道他是国王。等待他的是死刑；

早晨难以忍受但很真切。

他没有恐惧的感觉。作为老练的赌徒，

他对什么都无动于衷。

他喝尽了生命之酒；在武装人员之中

他成了真正的孤家寡人。

他觉得断头台并不有损于他的声誉。

法官们不是上帝。他微笑额首示意。

这种场面他不是第一次经历。

1　Charles I of England（1600—1649），英国和爱尔兰国王，暴虐无道，1649
　　年 1 月 30 日以暴君、叛国者、杀人犯和人民公敌的罪名被送上断头台。

致一位撒克逊诗人

诺森布里亚的皑皑白雪

曾留下但又忘了你的足迹，

忧郁的兄弟，我们一起

经过多少夕照余晖。

你在漫长的阴影里

慢慢推敲海上利剑的隐喻、

松林里的恐惧

与白天俱来的孤寂。

哪里才能找到你的名字和面貌？

那些保存在古老遗忘里的事物。

我永远想象不出

你在茫茫大地上的情况。

你走遍了天涯路；

如今只剩下铿锵的诗。

布宜诺斯艾利斯

以前每当我要把你寻找，我总是到

你与夕阳和平原相接的边缘，

到那保存着旧时的马鞭草

和素馨花清香的铁栅栏。

你存在于巴勒莫的记忆，

在经常发生斗殴、

动辄拔刀相见的往昔的神话，

在带有把手和圆圈

毫无用处的镏金青铜拴马环。

薄暮时分，夕阳西斜，

我在南区的庭院，

在逐渐模糊的影子里感到了你。

如今你在我身体里，你是我朦胧的命运，

那些感觉至死才会消失。

布宜诺斯艾利斯（另一首）

这座城市现在像是一幅平面图，

记载了我的挫折和屈辱；

我曾从那扇门里眺望夕阳，

在那座大理石像前面苦苦等待。

在这里，模糊的昨天和清晰的今天

给了我人类命运的通常遭遇；

我在这里的步履

构成了一座庞大的迷宫。

在这里，灰蒙蒙的下午

等待着早上欠它的果实；

在这里，我的影子像一缕青烟，

将消失在同样模糊的最终影子里。

联系我们的不是爱而是恐惧；

也许正由于这原因，我才如此爱你。

致 儿 子

生养你的人不是我，是那些死者。

是我的父亲、祖父和他们的前辈；

是已经成为神话的太古时代

从亚当和沙漠里的该隐和亚伯以来，

设计了漫长的爱的迷宫，

一直绵延到未来的这一天

那些有血有肉的人，

现在通过我生养了你。

我感到了他们的众多。其中有我们，

我们之中有你和你将生养的儿子。

以后的儿子和亚当的儿子。

我也是他们中间的一个。

永恒属于时间的范畴，

因此也是匆匆过客。

匕　　首

献给玛加丽塔·本赫

抽屉里有把匕首。

十九世纪末期西班牙托莱多锻造的匕首；路易斯·梅利安·拉菲努斯从乌拉圭带来，送给了我的父亲；埃瓦里斯托·卡列戈有一次拿在手里。

看到它的人都会把它拿在手里，把玩一会儿；长远以来，人们显然在寻找它；一看到它就赶紧握住那柄在等待的把手；温顺而坚韧的刀身插进鞘里严丝合缝。

匕首却另有所求。

它不仅仅是一件金属构造的物品；人们设计并制作了它，

目的十分明确；在某种意义上可以说它是永恒的，匕首昨晚在塔夸伦博杀过一个人，以前杀过恺撒。它要杀戮，要制造突然的流血事件。

匕首同草稿和信件一起，躺在书桌的一个抽屉里，无休无止地做着它单纯的老虎梦，它一被掌握就兴奋起来，因为金属顿时有了生气，金属每接触到杀人者就有预感，匕首是人们为杀人者制造的。

有时候，我感到悲哀。多么坚韧，多么坚定的信念，多么冷漠或者无辜的高傲，岁月白白流逝。

死去的痞子

他们仍旧支撑着

七月大道的集市，

那些模糊的影子和别的影子

或另一头狼，饥饿，争斗不止。

郊区的边缘地带，

最后的阳光成为黄色，

他们受了致命伤或已死去，

回到他们的婆娘和匕首那里。

他们活在不可置信的传说里，

在走路的姿态，在吉他的弹奏，

在奇特的容貌，在口哨声，

在平淡的事物和暧昧的名声里。

在栽有葡萄藤的亲切庭院里，

人们拨弄吉他时，他们栩栩如生。

JORGE LUIS BORGES
El otro, el mismo

图字：09-2010-605 号

Jorge Luis
Borges

Para las seis cuerdas

Elogio de la sombra

为六弦琴而作
影子的颂歌

[阿根廷] 豪尔赫·路易斯·博尔赫斯 著

林之木　王永年 译

上海译文出版社

目　录

为六弦琴而作

影子的颂歌

为六弦琴而作 *

* 本诗集由林之木译。

序　言

　　阅读任何一部作品都需要某种合作乃至于合谋。在读《浮士德》[1] 的时候，我们应该认可一个高乔人能够理解一部用他所不懂的语言唱出的歌剧的情节；在读《马丁·菲耶罗》的时候，我们应该认可一连串为表述政治意图而与当事者毫无关系的空话和牢骚，认可歌手精心设计的表达方式。

　　至于出自拙笔的这些歌谣，读者应该通过想象有一个人坐在自家的门槛上或者是在商店里怀抱吉他边弹边唱的情景来补上没法听到的音乐。手指拨动着琴弦，唱词的内容也就远不及那节奏重要了。

　　我有意避免了"探戈歌词"的那种哀哀戚戚的感伤

情调，以及会使朴素的民歌显得做作的生搬硬套的俚语
鄙词。

依我看，这几首诗也就不再需要任何别的说明了。

豪·路·博尔赫斯

一九六五年六月，布宜诺斯艾利斯

---

1 阿根廷诗人埃斯塔尼斯劳·德尔坎伯（1834—1880）的诗剧，为阿根廷三大
高乔史诗之一。作者于1866年看过歌德的《浮士德》演出后有感而作。作品
假一个高乔人之口，表达了高乔人的思想感情和人生观。

关于两兄弟的歌谣

弹起吉他把歌唱，

唱唱刀光闪闪亮，

唱唱摸牌、抓子儿[1]，

唱唱跑马、发酒狂，

唱唱布拉瓦海滨，

唱唱牧道事无常。

一件往事堪称奇，

傻子也会有兴趣，

命运总难遂人愿，

谁都不会有疑义；

今夜我已有预感，

当从南方来说起。

恭请诸位听仔细，

伊韦拉氏两兄弟，

调情斗殴是里手，

逞能冒险数第一，

刀客队中真豪杰，

如今沉埋在地底。

狂傲不好贪心恶，

常常会使人堕落；

为人不可太好胜，

时时好胜惹殃祸：

弟弟凶蛮尤为甚，

杀人更比哥哥多。

1　一种用羊的蹄骨等为器具的赌博游戏。

哥哥胡安不服气，
心有不甘生妒忌，
忍让终有到头时，
于是设下狠毒计，
就在海滨布拉瓦，
一枪送他归了西。

沉着冷静不慌忙，
将他放到铁轨上，
火车可以造现场：
列车驶过人头失，
恰如事先所设想。

故事到此已讲完，
没有避讳没夸张：
亚伯还在受残害，
该隐仍然活世上。

他们如今都到哪里去了

升起又落下，落下再升起，
这已是太阳的运行规律，
就像昨天一样，院子里面
有一轮昏黄的月亮游弋，
然而，那永不停息的时光
对一切全都要打上印记：
勇敢的人已经不再有了，
而且没有留下踪影可觅。

曾经有人前去解救异邦，
曾经有人到遥远的南疆

去迎击印第安人的矛锋，
他们如今都在什么地方？
还有那些列着队伍开赴
沙场去厮杀征战的青壮？
还有那些在别的国家的
革命中出生入死的儿郎？

"不必感伤。在未来的岁月，
人们也必将把我们纪念，
在他们的心中，我们也会
变得威猛无比、奋勇当先。
贪鄙小人变得慷慨豪爽，
怯懦之徒变得果敢剽悍：
死亡是一种灵验的处方，
最能将人们的面目装点。"

穆拉尼亚曾在北方滋扰，
伊韦拉之流在南部为祸，

或是刀兵相加枉杀无辜，
或是荒郊野地频频出没，
他们确曾在这片土地上，
英勇不屈地顽强生活过，
未被非人的境遇所吓倒，
可是如今又何处是下落？

那么顽强有了什么用处？
那么潇洒有了什么结果？
时光将他们化作了乌有，
泥土将他们掩埋并吞没。
胡安·穆拉尼亚早就已经
忘记了怎样驾马和驭车，
我不知道莫雷拉死在了
洛沃斯或者是在纳瓦罗。

"不必感伤。在未来的岁月……"

关于哈辛托·奇克拉纳的歌谣

我还记得，是在巴尔瓦内拉，
很久很久以前的一天夜里，
有人于无意之中说出来了
哈辛托·奇克拉纳那个名字。

同时提起的还有别的什么，
就像一个街角和一把尖刀，
岁月流逝没有能够让我们
把混战和刀影从眼前抹掉。

我也说不清到底什么原因，

那个名字一直在心里萦回，
我倒是非常愿意弄个明白，
那人究竟都有过什么作为。

我总觉得他高大而又完美，
有着宽厚善良的谦和心地，
遇事能忍而不会轻易吼叫，
必要时却肯不把生命吝惜。

他来到这世界上走了一遭，
肯定是坦坦荡荡充满自信，
无论是在情场还是在战场，
大概都没有能超过他的人。

巴尔瓦内拉钟楼林林总总，
俯瞰着一处处果园和庭院；
在那个普普通通的街角上
发生的死亡事件实属偶然。

我看不清人们的眉眼模样，
只见到路灯洒下一片昏黄，
人影蹿动疯狂地厮打殴斗，
还有那毒蛇般的刀光闪亮。

也许就在那一个关键时刻，
当利刃伤及了躯体的时候，
他的脑袋里面曾经闪现过
男子汉不该有怕死的念头。

只有上帝才能真正地知道，
那人到底属于哪一种类型；
此刻我为诸位讲述的一切
不过是那名字蕴涵的事情。

世事纷繁纵有千头与万端，
无怨又无悔的可能只一件：
临终之际回顾人生的时候，

应该无畏的当口未曾胆颤。

骁勇从来都理当受到称赞，
希望绝对不会落空成缥渺，
这就是为什么我会唱起了
关于奇克拉纳的传奇歌谣。

关于堂尼卡诺尔·帕雷德斯的歌谣

弹起吉他的琴弦，

恭请诸位听仔细，

我要给你们说说

帕雷德斯的事迹。

我觉得他还没死，

甚至也未染病疾，

在我心里他健在，

在巴勒莫的领地。

一把胡须已灰白，

目光炯炯有神气，
就在胸口的旁边，
暗藏着一柄凶器。

尖刀夺走命一条，
对此不愿再提及，
事出有因说不清，
只缘跑马和扯皮。

确切说来是争地。
九十年代上世纪，
人们蛮横少理性，
他为霸主更骄逸。

满头银丝硬且直，
浑身上下牛皮衣；
肩披一件大斗篷，
金戒大得没法比。

手下多有亡命徒，

穆拉尼亚是其一，

苏亚雷斯更骁勇，

外号叫作智利鸡。

恶人相聚难相处，

时常会有祸端起，

全靠他来吼一声，

或用鞭子将事息。

顺利时候心绪好，

遇上倒霉也不急；

"肥皂厂里不跌倒，

趔趄总是难回避。"

胡宁那边故事多，

阿德拉处差不离，

他能弹着六弦琴，

桩桩件件说端倪。

如今他已命归西，
巴勒莫地处偏僻，
虽以荒蛮出了名，
却也没人再记起。

他已死去我要问：
天堂没有骏马骑，
没有鲜花和聚赌，
你可如何度生计？

北方有把刀

在马尔多纳河的流水
悄无声息经过的地方，
在可怜的瞎子卡列戈
曾经唱过的灰暗街巷，

有处栽着葡萄的院落，
院边有座荒废的旧房，
人们曾从半掩的门后，
听到里面的琴声悠扬。

屋子里边有一个木箱，

箱里的东西已被遗忘，
但是却会有一把尖刀
在箱底泛着逼人寒光。

刀的主人就是智利佬
塞维里奥·苏亚雷斯，
牌桌上面或其他场合，
他都表现不凡有本事。

年幼孩童多半都淘气，
肯定会去偷偷地寻找
并用指肚轻轻地试试
那刀的锋刃是否卷了。

那刀不知有过多少次
曾经嵌进人类的肌肤，
现如今孤零零遭冷落，
默受灰尘如手的轻抚。

太阳的金光一片灿烂，

透过那明晃的玻璃窗，

岁月和墙壁阻碍不了，

刀啊，我看到你的闪亮。

微不足道的小人物

我来唱唱一位小老乡，
他就住在三首街[1]区上，
那里的名声不是太好，
他既是主人又是装潢。

他的衣着有模又有样，
他的言谈作势又拿腔；
黑色的软帽、黑色衣裤，
皮鞋颜色也是黑又亮。

他只要如猫似的一跳，

就像是手电筒的光耀，

能让聪明人忍俊不禁，

脸上绽出一丝儿微笑。

他能歌善舞又会嬉闹，

是华人是混血说不好，

如今称作公寓的妓院

人人都当他是个活宝。

他实实在在是个好人，

能让阴沉的妓女开心，

他的种种调笑的举动，

总能博得她们的欢心。

根据当地的一致传闻，

他跟死神签下了协定，

---

1 布宜诺斯艾利斯街名，在巴勒莫以西，一译三执政街。该市行政上并无三首街区，此处泛指巴勒莫以西的几个市区。

不论是走到什么地方，
总是遇到倒霉的事情。

在泰晤士或三首街区，
他挨了子弹一命呜呼，
于是就只好就近迁居，
成了"贱民庄园"的住户。

关于黑人的歌谣

满怀着激情将喉咙放开，
就好像是要把鲜花歌颂，
今天我要向诸位先生们
讲一讲有色人种的事情。

那些英国佬和荷兰商贩
把他们当成是黑色象牙，
经过几个月的海上航行，
运到这里作为货物卸下。

就在雷蒂罗那一带地方，

曾经有过一个奴隶市场；

其中许多条件相当不错，

成交价格自然也就高昂。

他们像无知的孩子一样

忘记了狮子遍野的故乡，

这里的习俗和亲切人情

使他们变得像土生土长。

一个五月天的明媚清晨 [1]，

骤然间祖国凭空而诞生，

当时的高乔人士兵只会

骑马在沙场上奔突驰骋。

有人提出来这样的主张：

黑人既不蠢笨也非无关；

---

1 指 1910 年 5 月 25 日。当时，布宜诺斯艾利斯居民集会反对西班牙殖民统治，
   成立了第一个政府委员会。

于是很快就组建成功了

一支混血和黑人的军团。

这支吃尽了辛苦的队伍，

按序列编号成了第六旅，

阿斯卡苏比称赞他们说：

"勇猛得赛过了英国雄鸡。"

正是那支有色人的部队

开赴到了另一岸[1]的前线，

索莱尔[2]发出了一声号令，

在塞里托[3]就把威风尽显。

马丁·菲耶罗曾杀过黑人[4]，

1　指现今的乌拉圭。

2　Miguel Estanislao Soler（1783—1849），阿根廷独立战争期间的将军。

3　现今乌拉圭首都蒙得维的亚附近的一个高地。南美洲独立战争期间，阿根廷军队曾于1812年在该处重挫西班牙殖民军。

4　何塞·埃尔南德斯长诗《马丁·菲耶罗》第一部第七节叙及马丁·菲耶罗与一个黑人决斗并将之杀死。

虽然只有一人送了性命，
却好似殃及了整个种群。
我倒听说有人为国尽忠。

在夕阳西下的黄昏时分，
我常见到一个黝黑面庞：
时光无情地烙下了印记，
沉静但又显出几分忧伤。

黑人全都去到了哪里的
骄阳明灿鼓声隆的天堂？
岁月就是忘海里的涌涛，
早已经将他们尽数涤荡。

为东岸人 * 唱的歌谣

我是布市[1]的歌手，
却要开口唱东岸，
缅怀那里的黄昏，
追思那里的木棉。

东岸情调有特色，
我今如此来归结：
如同这边一个样，
又有些微小差别。

许多事情已遥远，

只能用歌来称赞；

小楼带着观景台，

广场铺有蓝瓷砖。

旭日喷薄出海面，

首先照亮你那边，

山顶灯塔失光辉，

沙滩海浪露欢颜。

不能不提贩牛人，

满身尘土苦奔波，

嘴里嚼着黑烟叶，

在帕索·德尔莫利诺。

有河名叫乌拉圭，

站在岸边心潮翻，

---

* 指乌拉圭河东岸（即今乌拉圭东岸共和国）的居民。

1 指布宜诺斯艾利斯。

曾经有过一逃犯，
揪着马尾抵对岸。

更有一事两相通，
豪舞探戈同时兴：
胡宁家家人喜爱，
耶尔瓦尔也流行。

两边历史有一比，
就像绳股相扭结：
都是写于马背上，
虽然光荣却带血。

还有剽悍高乔人，
骁勇无比善征战，
驰骋连绵大草场，
奔突崎岖埃多山。

岁月蚀损仇家剑，
有谁能够说得清：
拉米雷斯曾握过？
阿蒂加斯曾使用？

天下无处非战场，
挥戈鏖战如弟兄；
卡甘查的冤游魂
可以出来做证明。

肩并肩或面对面，
我们曾经多少战；
你进我退无数次，
我进你退又几番！

有人未死却被忘，
无悔无怨度残年；
有人颈上留伤痕，

疤长直跨两耳间。

犹有驯马强中手，
烈驹俯首任驱遣，
银饰银钉闪闪亮，
为使鞍辔增光灿。

商陆树下唱歌谣，
古有埃尔南德斯
派桑杜城扬了名，
我今效尤来尝试。

我用歌谣诉心愿，
只求岁月弥边界：
虽然两边都竖旗，
毕竟颜色没区别[1]。

_____

1　指阿根廷和乌拉圭两国都以蓝白两色为国旗的基本颜色。

关于阿博诺斯的歌谣

有人已经命断归了天，

有人已经走近黄泉边，

有人却在浑浑噩噩中

糊里糊涂不紧也不慢。

阿博诺斯用口哨吹着

恩特雷里奥斯[1]的小调，

两只眼睛从帽檐底下

凝注着清晨时的街道。

一八九〇年的这一天，

天色不过是刚刚透明，

在雷蒂罗洼地那一带，

没人不知道他的大名。

多少女人同他有瓜葛，

多少夜晚豪赌到天亮，

多少次与人刀兵相见，

有外来过客也有同乡。

不止一个赌棍或无赖，

都已立誓雪耻与讨债，

就在城南的一个街角，

早有利刃在把他等待。

那一天天色仍然朦胧，

突然间飞出三把利剑

1　阿根廷东部省份。

对准着他的身上刺去，
他也只好尽力地迎战。

锋刃扎进了他的胸膛，
脸上未露丝毫的恐慌；
阿博诺斯默默地死了，
就好似满不在乎一样。

他的事迹编成了歌谣，
我想他心里一定欣喜；
时光倒也是非常奇妙，
擅长忘却又惯于铭记。

关于曼努埃尔·弗洛雷斯的歌谣

弗洛雷斯就要死了，

这件事情并不稀奇；

死亡本是一个习俗，

人们知道怎样处理。

生命可是那么永恒、

那么柔蜜而又甘美，

让我对生命说再见，

心里还真不是滋味。

曙光照见我的手掌，

我将手上脉络察看，

一阵惊异袭上心头，
仿佛全都与我无关。

将有四粒子弹飞来，
子弹过后就是宁静；
巫师墨林[1]已然说过：
死亡就是曾经出生。

这双眼睛一生之中
究竟见过多少事情！
待到基督裁判过后，
又会看到什么情景？

弗洛雷斯就要死了，
这件事情并不稀奇；
死亡本是一个习俗，
人们知道怎样处理。

1　Merlin，中世纪亚瑟王传奇中的巫师和贤人。

关于百灵的歌谣

塞万多·卡尔多索是名字，
百灵先生只不过是个绰号；
岁月本来可以将一切抹去，
但是却不会将这个人忘掉。

他并非属于那些精明者流，
不擅于使用带扳机的武器；
他一生都只是固执地偏爱
让那刀剑狂舞的精湛技艺。

蒙铁尔山是他出没的地方，

曾无数次在那儿待到天亮，
当然是偎依在女人的怀里，
只是她曾被占有又遭遗忘。

他最喜欢使用的随身兵刃
就是一把挂于鞍架的弯刀，
人与刀就像是融为了一体，
时时刻刻相随相伴在一道。

坐在屋檐下面的阴凉地里，
或是在葡萄园的一个角落，
他的那双曾经杀过人的手
也能够抚弄琴弦奏出欢歌。

他眼睛里面那凝滞的寒光，
能让最为奸诈之徒也慑服，
从而失去搏击反抗的力量。
看他厮杀真可谓莫大幸福！

然而事后想起凶狠的劈刺

以及刀落血涌的骇人情景，

心中该是另有一番滋味儿，

不会再去为这种机遇庆幸。

丛莽和搏斗耗尽了他一生，

他从来都坦然地直面相迎。

他活着只是为杀人和逃亡，

他活着就好像是一场噩梦。

据说，到头来还是一个女人

竟然将他的性命最后葬送。

我们每一个人，或迟和或早，

都会死于自酿的苦果之中。

影子的颂歌 [*]

序　言

　　当初我没有料到，我这相当长的一生居然致力于文学、讲课、赋闲、神聊、探讨我所不了解的语文学、研究布宜诺斯艾利斯神秘的习俗，以及那门不无狂妄地称为玄学的困惑。我这辈子不缺朋友，这一点是最重要的。我自问没有一个敌人，即使有的话，他们从没有让我知道。事实上，我们除了所爱的人之外，谁都不能伤我们的心。如今，我痴活了七十岁（惠特曼也说过同样的话）的时候，印行了我的第五本诗集。

　　卡洛斯·弗里亚斯建议我借这个集子的前言阐述一下我的美学观点。我的孤陋和意愿不能接受这个建议。我并没有什么美学观点。长期实践让我学会了一些技巧：避免同义词，因为同义词使人联想到虚假的差别；避免西班牙语汇、阿根廷方言语词、古语和新语词；宁用常用词而不故作惊人之语；在小说里插进一些偶然事件，因为当今的读者要求这样做；假装有点含糊，因为即使现实很精确，记忆却不然；叙述事实时仿佛对事实一无所知（这一点我是从吉卜林的作品和冰岛萨迦里学来的）；记住以前的惯例并非金科玉律，会遭到时间的淘汰。这些技巧或习惯当然算不上美学。此外，我不信什么美学原则。一般说来，它们只是一些无用的抽象概念；因每个作家而异，甚至因每篇作品而异，除了作为暂时的激励或工具以外，不可能是别的。

前面说过，这是我的第五本诗集。读者有理由猜测和别的集子相比，它好不了多少，也差不到哪里去。除了无奈的读者已经预见到的镜子、迷宫和剑之外，增添了两个新的主题：老年和伦理观。大家知道，伦理观是我心仪已久的、一个文学方面的朋友——罗伯特·路易斯·斯蒂文森——一向关注的问题。我偏爱信奉新教的国家，胜过具有天主教传统的国家，原因之一就在于它们维护伦理观。弥尔顿主张在他的学园里教孩子们物理、数学、天文学和自然科学；约翰逊博士在十八世纪中叶指出："谨慎和公正是适用于任何时代和任何地点的优点和美德；我们永远是伦理学者，偶尔才是几何学者。"

这个集子里，散文和诗歌形式并存，我认为并没有什么不协调。我不妨援引一些著名的先例：波伊提乌[1]的《哲学的慰藉》、乔叟的《坎特伯雷故事》、《一千零一夜》；我认为那些分歧有其偶然性，希望读者把这个集子当作诗歌来看。一本书本身并不是美学事实，只是众多的客体之一；只有写书或者读书的时候才产生美学事实。常有人断言，自由体诗无非是印刷表象；我觉得这句话里有个潜在的错误。除了节奏之外，自由体诗的印刷形式能告诉读者，他将要得到的是诗情，而不是知识或论证。我也曾欣羡《圣经·诗篇》或者沃尔特·惠特曼的磅礴气势；随着岁月的流逝，我不无悲哀地发现自己只限于交替运用一些古典格律：亚历山大诗体、十一音节诗、七音节诗。

在某些米隆加里，我怀有敬意地试图模仿阿斯卡苏比和

---

1 Boethius（约470—524），罗马哲学家。阿尔弗雷德大帝、乔叟和伊丽莎白女王都翻译过他写的《哲学的慰藉》一书。

民谣的绚丽和豪迈。

诗歌的神秘程度不下于世界上别的事物。如有满意之作不能沾沾自喜，因为佳句本天成，妙笔偶得之；只有失误才属于我们。我希望读者在这个集子里能找到一些值得一记的篇章；在这个世界上，美是共同的财富。

豪·路·博尔赫斯

一九六九年六月二十四日，布宜诺斯艾利斯

《约翰福音》第一章第十四节

这一页的谜的费解之处

不下于我的圣书，

也不下于无知的人们

口口相传的说数，

他们以为谜出自一个平常人，

而不是圣灵不可捉摸的镜子的反映。

我是现在、过去和将来，

再度迁就了语言——

连续的时间和标志。

同孩子玩耍的人

觉得亲近和神秘；

我愿意同我的孩子玩耍。

和他们一起，我感到温柔和惊异。

由于神奇的作用，

我奇怪地娩出腹中。

我身不由己，为形骸

和谦恭的灵魂所禁锢。

我体会了记忆

——永不相同的钱币。

我体会了希望和恐惧

——没有把握的未来的两种面目。

我经历了不眠、入睡、梦境、

无知、肉欲、

理智的笨拙的迷宫、

人们的友谊、

狗的神秘的依恋。

我得到过爱戴、理解、赞扬，

被钉在十字架上。我喝干了苦酒。

我亲眼看到从未见过的景象：

夜晚和它的星辰。

我经历了顺溜、粗糙、崎岖不平，

我尝过蜜和苹果的滋味，

焦渴的喉咙里水的感觉，

手掌里金属的重量，

人的声音，草地上的脚步声，

加利利[1]雨水的气息，

高处鸟的鸣声。

我也尝到了苦涩。

我把这篇文字托付给任何一个人；

它绝不是我想说的东西，

但永远是他的反映。

这些符号来自我的永恒。

写诗的是另一个，不是他今天的代笔人。

明天我将是虎群中的一只虎，

将在它的丛林中传道，

---

1 《圣经》地名，耶稣传教地。

51

或者将是亚洲的一株大树。

有时我深情地怀念

那间木工房里的气味。

赫拉克利特

第二个黄昏。

深入睡梦的夜晚。

净化和遗忘。

第一个黄昏。

曾是黎明的早晨。

曾是早晨的白天。

将成为疲惫的下午的众多的白天。

第二个黄昏。

时间的另一个习惯——夜晚。

净化和遗忘。

第一个黄昏……

静悄悄的黎明，

希腊人在黎明时的焦虑。

未来、现在和过去

有什么内在联系？

恒河流过的这条

是什么河道？

源头难以想象这条河是什么河流？

卷走神话和剑的这条

是什么河流？

即使入睡也无济于事。

它在梦中、在沙漠、在地窖里依然流动。

河流卷走了我，我就是那条河。

构成我的是不稳定的材料，是神秘的时间。

源头也许就在我这里。

日子也许从我的影子里涌现，

虚幻而不可避免。

剑　　桥

新英格兰和早晨。

我在克雷吉拐弯。

我想道（以前也曾想过）

克雷吉这个名称是苏格兰文，

克雷吉的词源是凯尔特语。

我想道（以前也曾想过）

这个冬天包含着

别人留诸文字的以往的冬天，

道路事先已经确定，

我们都属于爱或者火。

白雪、早晨和红墙

也许是幸福的模样，

但我来自别的城市，

那里的色彩比较黯淡，

那里的傍晚有个妇女

在庭院里浇花草。

我抬眼眺望无处不在的蓝天。

远处应是朗费罗[1]笔下的树林

和梦幻般缓缓流动的小河。

街上阒无一人，但不是星期日。

也不是星期一，

给我们开始一切的幻觉的日子。

不是星期二，

红色行星掌管的日子[2]。

1　Henry Wadsworth Longfellow（1807—1882），美国诗人，1836 至 1854 年在
哈佛大学任教，是新英格兰文化中心剑桥文学界的重要人物，创作了《伊凡
吉林》、《海华沙之歌》等长篇叙事诗。诗人在环境幽静的克雷吉居住四十余
年直至去世。

2　从地球上观察，火星颜色发红。星期二的拉丁文为 Martis dies，意为火星日，
罗马神话中的马尔斯（Mars）是战神。

不是星期三，

迷宫之神的日子 [1]，

也是北欧神话里的奥丁神。

不是星期四，

已经准备让位于星期日的日子。

不是星期五 [2]，

掌管它的女神在森林里

让情人们的肉体纠缠在一起。

不是星期六。

它不在后面的时间里，

而在记忆的幽灵般的王国。

正如梦中那样，

高大的门后一无所有，

甚至没有空虚。

---

1 星期三的拉丁文为 Mercurii dies，意为水星日，也就是罗马神话中交通之神
墨丘利（Mercurio）的日子。

2 星期五的拉丁文是 Veneris dies，意为金星日，也就是罗马神话中爱神维纳斯
（Venus）的日子。

正如梦中那样，

瞅着我们的面庞后面一无所有。

没有正面的反面，

只有一面的钱币。

来去匆匆的时间留给我们的财富

就是那些微不足道的东西。

我们是自己的记忆，

是那个形式易变的虚幻的博物馆，

是那堆破碎的镜子。

新英格兰，一九六七年

我梦中的景象已经改变；

如今是红砖房子的侧面，

雅致的青铜色的树叶，

纯洁的冬天和暖人的柴火。

正如第七日[1]，世界上很美妙，

黄昏时，有些东西似乎不那么好，

放肆而又有些伤感，

那是《圣经》和战争的古老声息。

很快就要下雪了（人们这么说），

美国在每一个角落里等待着我，

但傍晚时我却感到

今天过得那么慢，昨日又那么短。

布宜诺斯艾利斯，我仍在你的街角行走

不知道什么原因，也不知道什么时候。

一九六七年，剑桥

---

1 《圣经·旧约·创世记》第二章第二节："到第七日，神造物的工已经完毕，就在第七日歇了他一切的工，安息了。"

詹姆斯·乔伊斯 [*]

人的一天包含着所有的时间，
从混沌初开难以想象的那天，
一位可怕的上帝
预先确定了所有日子和苦难，
直到时间的无所不在的河流
返回它永恒的源头，
熄灭在现在、将来、昨天，
那就是目前的我。
黎明和夜晚之间是部宇宙史。
从夜晚开始，我看到脚下
希伯来人走过的道路、

被毁的迦太基、地狱和光荣。

主啊，请给我勇气和欢愉，

让我攀登这一天的顶峰。

一九六八年，剑桥

---

* 乔伊斯的代表作《尤利西斯》描写了主人公布卢姆、其妻莫莉和青年学生德
迪勒斯三人一昼夜的经历。

永久的礼物

一位画家曾许诺为我们画一幅作品。

如今我在新英格兰听说他已去世。和往常一样，我感到理解浮生若梦时的悲哀。我想着已经失去的人和画。

（只有神才能许诺，因为他们是永存的。）

我想着预先确定的地方，可那里没有画幅。

我又想：假如画挂在那里，无非是多了一件东西；家里一件虚饰或者习以为常的东西；现在它却是无限的、不断的、能具有任何形状和任何色彩，不受任何约束。

它以某种方式存在。像一支乐曲那样存在和发展，陪伴我到永远。谢谢你，豪尔赫·拉尔科[1]。

（人也能许诺，因为许诺之中有永存。）

1　Jorge Larco（1897—1967），阿根廷印象派画家。

一九二八年五月二十日

他现在像神一样不会受到伤害。

世上什么都伤害不了他：女人的绝情、痨病、写诗的焦虑、他已经不需要用词句描摹的苍白的月亮。

他在椴树下彳亍而行；望着栏杆和门户，但不是为了把它们记住。

他知道还有几个夜晚，还有几个早晨。

他行事有严格规律。做一些特定的动作，在预定的街角穿过马路，触摸一株树或者铁栅，为的是让将来像过去一样不可逆转。

他按那种方式行事，为的是让他盼望而又害怕的事情必然成为一系列事情的终点。

他走在第四十九街；他想今后再也不会走进哪一扇侧门。

他已经和许多朋友告了别，但没有引起怀疑。

他不知第二天会不会下雨，这件事他永远不会知道了。

他遇到一个熟人，说了一句玩笑话。他知道这件事将会成为人们一段时期内的议论。

现在他像死去的人那样不会再受到伤害。

他在预定的时刻踏上大理石梯级。（这件事将成为别人的回忆。）

他走进盥洗室；水很容易冲洗掉黑白方格图案的地面上的血迹。镜子在等着他。

他抚平了头发，整了整领结（他一向讲究修饰，这也是年轻诗人的常情），试图想象镜子里在动作的是另一个人，而作为替身的他却在模仿。做出最后一个动作时，他的手并不颤抖。他顺从地、着魔似的已经把手枪抵住太阳穴。

我相信，事情就是这么发生的。

迷　宫

永远找不到门。你在里面，

城堡包罗着整个宇宙，

既无正面，也无反面，

没有外墙，也没有秘密的中心。

你趑趄前行，脚下的路

执拗地岔到另一条，

再执拗地岔到另一条，

你休想找到尽头。你的命运已经铁定，

正如裁判你的人那样毫不容情。

你不必提防公牛的阻截，

那个牛头人身的怪物

给错综复杂的石砌迷宫

增添了许多恐怖。

根本不存在。你不必等待。

即使在昏暗中也没有猛兽。

迷宫（另一首）

宙斯无法帮我解脱

困住我的石块网罗。

我忘了自己也曾为人；

继续在可憎的石墙里逡巡，

那就是我注定的命运。

随着岁月的侵蚀，笔直的通道

弯成隐秘的圆圈，

矮墙坼裂出罅隙。

我在苍白的尘土上

辨认出可怕的足迹。

傍晚空中传来凄凉的吼叫，

或者吼叫的回声。

我知道阴影中还有一个。

他的命运是耗尽

构成这个地狱的漫长孤寂，

渴望我的鲜血，吞噬我的死亡。

我们两个在相互寻找。

但愿这是最后一天的等待。

里卡多·吉拉尔德斯[*]

谁都忘不了你的温文尔雅；

善良真诚，出自内心，

集中体现了你的心灵。

清如水，明如镜。

也忘不了你的飘逸洒脱，

清癯而又坚毅的面容，

荣誉和死亡的光亮。

向吉他倾诉衷情的手。

仿佛在镜子里的梦

（你是现实，我是你的映像）

我看见你和我们在金塔纳絮语。

你就在那里，神异而凋谢。

里卡多，昨天的开阔田野，

马驹的黎明，现在都属于你。

*　Ricardo Güiraldes（1886—1927），阿根廷诗人、小说家。代表作《堂塞贡多·松勃拉》描写潘帕斯草原生活和高乔人的高尚品德。20 年代初期曾与博尔赫斯等主持《船头》杂志的编辑工作。

人种志学者

我是在得克萨斯州听到那件事的，但事情发生在另一个州。这里只有一个主人公，除非所有的故事都有成千上万的、有看得见和看不见的、活着的和死去的主人公。我记得他名叫弗雷德·默多克。他像美国人那样身材高大；既不白皙也不黝黑，轮廓分明，寡言少语。他身上毫无特殊之处，甚至没有年轻人常有的那种故作自命不凡的神气。他生性谦逊，既不怀疑书本，也不怀疑写书的人。他正处于那种不知天高地厚的年龄，心眼活泛，只要有机会，对什么都感兴趣，都想研究研究：无论是波斯人的神秘主义或者匈牙利人的无从查考的起源，从军冒险或者代数学，洁身自好或者放纵狂欢。上大学时，有人劝他研究土著语言。西部某些部族仍保留着不传外人的仪式；他的导师是一个上了年纪的人，建议他去土著居民保留地生活一个时期，观察他们的仪式，探索巫师透露给新来者的秘密。回来后，他可以写一篇论文，由学院当局印刷出版。默多克当即表示同意。他有一个前辈死于边境战争；前辈的这一古老的分歧如今成了纽带。毫无疑问，他预见到等待着他的困难；他必须设法让红种人接纳他，把他当成他们中间的一员。他开始了漫长的冒险。他在草原里待了两年多，有时住土坯房屋，有时露宿，日出而作，日落而息，后来做梦时用的都不是父辈的语言。他逐渐习惯了难以下咽的食物，穿着奇形怪状的衣服，忘了以前的朋友和城市生活，思维方式也不符合以前的逻辑。最初几个月，他把学到的东西偷偷地记在小本子里，后来又全部销毁，也许怕别人起疑，也许他已经不需要记录了。经过一个时期的精神和肉体的训练以后，祭师吩咐他记住每次做的梦，天亮时向祭师汇报。他发现每逢满月之夜总是梦见野牛。他向师父汇报了这些重复的梦；师父便把秘笈传给了他。一天早晨，默多克不辞而别。

他初到草原时常常怀念城市，回到城市后又开始怀念草原的傍晚。他走进导师的办公室，告诉导师说他知道了秘密，但决定不泄漏。

"你是不是发过誓要保密？"导师问道。

"不是那个原因，"默多克说，"我在那个遥远的地方学到的东西无法说。"

"难道英语难以表达？"对方问。

"绝对不是，先生。我掌握了秘密，能用一百种不同的、甚至相互矛盾的方式加以阐明。我不知道如何向您解释，那个秘密十分宝贵，我现在觉得我们的科学与它简直无法比较。"

他歇了片刻，补充说：

"此外，引导我掌握那个秘密的道路的价值是秘密本身无法比拟的。那些道路要亲自去经历。"

导师冷冷地说：

"我可以把你的决定告诉校务委员会。你打算到印第安人中间去生活吗？"

默多克回答：

"不。我也许不会回草原去了。那里的人教会我的东西足以应付任何地方和任何情况。"

谈话内容基本是这些。

弗雷德结了婚，又离了婚，目前是耶鲁大学的一名图书管理员。

致某影子，一九四〇年

英格兰，休让日耳曼野猪和意大利鬣狗
亵渎你神圣的土地。
莎士比亚的岛国，愿你的儿子们拯救你
和你的光荣的影子。
我在这里，遥远的海洋彼岸，
向它们召唤，
它们从不计其数的昔日纷至沓来，
有的头戴峨冠和铁盔，
有的手持《圣经》、钢剑、船桨、
铁锚和弓箭。
在利于修辞和魔法的深夜，

它们在我头上盘旋，

我寻找最朦胧、最飘忽的影子，

终于发现了：啊，朋友，

居心叵测的欧陆磨刀霍霍，

正如在你受难和悲歌的时期，

准备侵犯你的英格兰。

军队在海上、陆地和空中结集。

德·昆西，你再做梦吧。

编织出梦魇之网，

作为防御你岛国的堡垒。

让心怀仇恨的人

在时间的迷宫里永无休止地徘徊。

让夜晚漫长得像是世纪、时代、金字塔，

让武器和面庞成为尘埃。

让我们从那些使你做噩梦的、

难以解释的建筑得到拯救，

夜晚的兄弟，吸食鸦片的人，

已成为迷宫和塔楼的扭曲的时间之父，

不会被遗忘的语言之父，

未曾谋面的朋友，

超越深不可测的海洋和死亡，

你是否听到我？

物　　品

手杖，钱币，钥匙链，

应手而开的锁，过时的摘记

（我来日无多，不会再去翻阅），

纸牌和棋盘，

夹着一朵揉碎的紫罗兰的书，

那是一个美好傍晚的纪念，

肯定难以忘怀，但已经忘却，

一面红色的西方镜子，

幻想中的朝霞如火如荼。

锉刀，门槛，地图，酒杯，钉子，

多少物品像是默默无语的奴隶，

盲目而悄悄地为我们效力！

它们的存在超过我们的遗忘；

永远不会知道我们已经离去。

《鲁拜集》[*]

让我的声音重现波斯人的韵律，
想起时间是梦幻泡影的交集，
人生一场，宛如一枕黄粱，
任凭隐秘的梦者摆布播弄。

再次断定火即是灰烬，
肉体即是尘土，
江河缓慢而又匆匆离我而去，
它们是你我短暂生命的形象。

再次断定艰难竖起的高碑，

只是过眼烟云，镜花水月，

同永恒者不可思议的荣光相比，

世纪仿佛是须臾即逝的瞬间。

再次注意到金黄的夜莺，

在夜籁响亮的顶点

引吭高歌只此一回，

吝啬星辰不肯施舍它们的宝藏。

让月亮回到你笔下的诗歌，

正如在苍茫薄暮回到你的花园。

那个花园里的同一轮明月

却无从寻觅你的踪影。

在傍晚幽婉的月光下，

---

* 波斯诗人、哲学家、天文学家奥玛尔·海亚姆（Omar Khayyám，1048—1122）写过二三百首类似中国绝句的四行诗，但生前并不以诗著名，1859年，英国作家菲茨杰拉德把他的四行诗译为英文，以《鲁拜集》为名出版，海亚姆才闻名欧美。

地下蓄水池是你谦逊的榜样，

它那如镜的水面

反映出些许永恒的形象。

回来吧，波斯人的月亮

和荒凉黄昏的朦胧金光。

今日之日不可留。你已登鬼录。

你是面庞已成尘埃里的一个。

佩德罗·萨尔瓦多雷斯

献给胡安·默奇森

　　我想把我们历史上最奇特、最悲惨的事件之一用文字记载下来，也许前人从没有这么做过。我认为最好是叙述时不加评论，不添枝加叶，不作任何没有根据的猜测。

　　主角是一个男人、一个女人和一个独裁者巨大的阴影。男人名叫佩德罗·萨尔瓦多雷斯；卡塞罗斯战役[1]之后几天或几星期，我的祖父阿塞韦多亲眼见过此人。佩德罗·萨尔瓦多雷斯同一般人或许并无区别，不过他的遭遇和他所处的时代使他成为绝无仅有的例子。据我们所知，他在乡间有注产业，是中央集权派。他妻子娘家姓普拉内斯；两口子住在苏伊帕查街，离教堂街不远。出事的房屋和别的房屋没有什么区别：临街的大门、门厅、栅门、居室和几个天井。一八四二年的一天深夜，泥地街上传来沉闷的马蹄声，越来越响，夹杂着骑手们的吆喝。这一次，玉米棒子党[2]不仅仅是顺便路过。随着吆喝而来的是反复的撞击声，强徒们撞破了大门。此时，萨尔瓦多雷斯拖开餐厅的桌子，掀起地毯，躲进了地下室。妻子把桌子搬回原处。玉米棒子党闯了进来；打算把萨尔瓦多雷斯带走。妻子说他早已逃到蒙得维的亚去了。强徒们不信她的话；用马鞭子抽打她，把天蓝色的餐具砸得稀巴烂，搜遍所有的房间，就是没有想到掀开地毯。他们折腾到半夜才离去，骂骂咧咧地说是还要来。

佩德罗·萨尔瓦多雷斯的故事从这里才算真正开始。他在地下室住了整整九年。尽管我们常想：年月由日子组成，日子由钟点组成，九年是个抽象的期限，是个难以想象的数

1　卡塞罗斯是阿根廷布宜诺斯艾利斯省的一个城镇，1852 年 2 月 3 日，乌尔基萨将军在此附近击败独裁者罗萨斯的军队。
2　阿根廷罗萨斯独裁时期人们对联邦党人民复兴协会的蔑称，因其标志上有玉米穗图案。

目，这个故事还是骇人听闻的。我猜想，他在眼睛努力辨认的黑暗里，什么都不想，甚至不去想他的仇恨和危险处境。他干蹲在地下室。上面那个对他已经无缘的世界会传来一些回声：他妻子的熟悉的脚步声，水桶在井栏的碰击声，天井里的大雨声。此外，每天都可能是他的末日。

妻子怕仆人举报，陆续辞退了他们。她对亲戚们说萨尔瓦多雷斯在乌拉圭。她替军队缝缝补补，挣些钱养活两人。几年中，她生了两个孩子；亲戚们唾弃她，说孩子是野种。独裁者垮台后，他们跪在地上请求她原谅。

佩德罗·萨尔瓦多雷斯究竟是怎么一回事呢？把他禁闭起来的是不是恐惧、爱情、可及而不可望的布宜诺斯艾利斯，以及终于养成的习惯？他妻子为了不让他离她而去，告诉他一些不确实的阴谋与胜利的消息。他也许是个懦夫，他妻子心中有数，只是因为忠于他而不对他明说而已。他在地下室里没有烛光，不能看书消遣，或许也想到了这一点。黑暗使他整天陷于迷梦。最初他梦到月黑风高，钢剑直逼咽喉，梦到空旷的街道，梦到平原。几年后，他已没有能力逃亡，梦到的是地下室。起初他是一个受到追捕、受到威胁的人；后来我们就说不清楚了，也许是一头守在巢穴里的温顺的野兽，也许是一个隐秘的神。

这一切持续到一八五二年夏罗萨斯仓皇出走的那天。那时候，那个暗藏的人才来到光天化日之下；我祖父同他谈过话。他长得虚胖，脸色苍白得像蜡，说话老是压低嗓音。他被充公的乡间产业始终没有发还；据说他贫困而死。

正如一切事物一样，佩德罗·萨尔瓦多雷斯的遭遇仿佛是我们即将领悟的某件事情的象征。

致 以 色 列

以色列，谁能告诉我，

你存在于我血液的古老河流

构成了复杂的迷宫？谁能告诉我，

我的血和你的血流过什么地方？

没关系。我知道你在圣书里，

那部书包罗了几千年的时间，

记载了赤子亚当的历史，

以及耶稣的事迹和苦难。

你在那部书里，它是镜子

照出了每一张俯视它的脸，

也是上帝艰巨复杂的镜子，

从中可以看到他可怕的容颜。

你好，以色列，你满怀战斗激情

守卫着上帝的堡垒。

以　色　列

受到禁锢、被魔法镇住的人，

注定要成为蛇的人

守护着卑鄙的黄金，

注定要成为夏洛克的人，

俯视着世界、

知道自己曾在天国的人，

被剜去双目的老人

终于推倒庙宇的柱子[1]，

注定要成为面具的脸庞，

我行我素的斯宾诺莎、

闪族始祖[2]和神秘哲学家，

是圣书的人，

身处深渊、

赞美天国正义的嘴巴，

在山上同上帝对话的

检察官或牙医师，

注定要遭到嘲弄、

遭到憎恶的人——犹太人，

遭到石砸、火焚、

在毒气室里窒息而死的人，

坚持要成为不朽的、

现在又投入战斗的人，

在胜利的强光下

像正午的狮子那么俊美。

1　这里指《圣经》故事中以色列力大无比的英雄参孙，参孙一再打败非利士人，后
非利士人收买了妓女大利拉，骗得参孙大力的秘密，将其制服，剜去双目，关在
监里推磨。非利士人祭神时把参孙提到大厅侮弄取乐，参孙抱住大厅的两根柱子，
推倒房屋，与三千非利士人同归于尽。事见《圣经·旧约·士师记》13—16章。

2　闪是《圣经》中建造方舟、逃过四十天洪水之灾、保存了地球物种的挪亚的
三个儿子之一。闪族子孙包括古代希伯来人、亚述人、腓尼基人、阿拉伯人、
巴比伦人等，今特指犹太人。

一九六八年六月

在金色的下午，

或者在可能象征

金色下午的宁静中，

那人整理着

摆在书架上的书籍，

触摸着羊皮纸、皮面、布面，

感到预期的习惯

和建立秩序

带来的愉悦。

斯蒂文森和另一位苏格兰人，

安德鲁·兰[1]，神奇地在这里

恢复了被海洋和死亡

打断的娓娓讨论，

与维吉尔为邻

当然不会使雷耶斯不高兴。

（整理藏书

等于是默默无闻地

进行文艺批评。）

那人已经失明，

他知道自己不可能

辨读他摆弄的美丽的书本，

书本也不可能帮他写出

与别的书本平起平坐的书本，

但他在或许是金色的下午，

在奇特的命运面前露出笑容，

找到了那些心爱的旧物

给他带来的特殊的幸福感觉。

1　Andrew Lang（1844—1912），苏格兰学者、诗人，荷马史诗的译者。

书籍保管人

那里有花园、庙宇和庙宇的考证，

乐谱和词源，

八卦的六十四爻，

上苍给人们的唯一智慧——礼仪，

有那位皇帝的尊严，

世界是他的镜子，

反映了他的宁静，

以致田野结出果实，

江河不会泛滥，

独角兽受伤归来标志着终结，

隐秘的永恒法则，

世界的和谐；

我守护的塔楼里的书籍

包含那一切或者它们的记忆。

鞑靼人骑着长鬃小马

从北方进犯；

天子派去征讨的军队

被他们消灭殆尽，

他们燃起连天兵火，

嗜杀成性，不分良莠，

杀死锁在门口看守的奴隶，

奸淫妇女，然后弃若敝屣，

他们向南方挺进，

像猛兽一样没有理性，

像刀一样残忍。

在犹豫不决的黎明，

我父亲的父亲抢救了那些书籍。

把它们藏在我目前所在的塔楼，

我回忆着别人的日子，

与我无关的那些古老的日子。

我没有日子的概念。

书架很高，不是我的年岁所能及。

几里格的尘土和梦幻包围着塔楼。

我何必欺骗自己？

事实是我根本不识字，

但是对一个饱经沧桑、

看到城市沦为荒漠的人来说，

想象和过去的事物已无差别，

想到这里，我觉得宽慰。

有什么能阻止我梦想：

有朝一日我能破译智慧，

用勤奋的手画出那些符号？

我姓向。我是书籍保管人，

那些书或许是硕果仅存，

因为我们对帝国

和天子一无所知。

这里有高高的书架，

近在咫尺而又远在天际，

像星辰一样隐秘而又可见。

这里有花园、庙宇。

高　乔　人

　　谁会告诉他们，他们的祖先由海路来到；谁会告诉他们，海洋是什么模样。

　　他们是白人的混血儿后代，但被白人瞧不起；他们是红种人的混血儿后代，但红种人把他们看成是仇敌。

　　许多人可能从未听到高乔这个名称；即使听到，也可能把它当作侮辱。

　　他们学会了星辰的道路，空气和飞鸟的习惯，南方云彩和月晕的预兆。

　　他们是牧牛人，能驾驭驯服不久的野马，善于使用套索，打烙印，赶牲口；有的是亡命徒，后来成了骑警；有的成了民间歌手。

他们不提高嗓门，悠闲地为人弹唱，不知东方之既白。

也有猎豹的雇工；他们用斗篷护住左臂，右手握刀，捅进扑上来的野兽的肚皮。

慢条斯理地聊天，吸饮马黛茶，玩纸牌，是他们消磨时间的方式。

不同于别的乡下人，他们善于嘲弄。

他们受穷受苦，但洁白无瑕。得到款待就会受宠若惊。

星期六晚上，惹是生非的白酒使他们失去理智。

他们糊里糊涂地杀人或者死去。

除了某些迷信之外，他们没有信仰；但艰难的生活使他们学会了崇拜勇气。

城里人创造了他们的方言和比喻粗野的诗歌。

他们显然不喜欢冒险，但有时随马帮走得很远，战争使他们走得更远。

历史上他们没有头面人物。他们只是洛佩斯、拉米雷斯、阿蒂加斯、基罗加、布斯托斯、佩德罗·坎贝尔、罗萨斯、乌尔基萨、指使人暗杀乌尔基萨的那个里卡多·洛佩斯·霍尔丹、佩尼亚洛萨和萨拉维亚的部下。

他们不为祖国那种抽象的概念牺牲，但能为一个偶然的主人、怒火或者挑唆犯险而送命。

他们的骨灰湮没在美洲遥远的地区，在他们毫不了解其历史的共和国，在今天已经出名的战场。

他们一生仿佛在梦中度过，不知道自己是何人何物。

也许我们的命运和他们的相同。

阿 塞 韦 多

我祖父辈的土地，

阿塞韦多的姓保存至今，

没有界定的土地，

我简直无法想象。

我上了年纪，但还未见过

我先辈骑在马背上看到的

那些寥廓的尘土飞扬的故土，

开阔的道路，它们的傍晚和黎明。

到处都有平原。在衣阿华州，

在南方，在希伯来人的地方，

在基督踩过的加利利的柳树林，

我都见过。

我没有失去。它们属于我。

我在遗忘中，在偶然的愿望中拥有。

呼唤乔伊斯

我们分散在不同的城市，

熙熙攘攘而又形单影只，

扮演第一个亚当的角色，

给各种事物起各种名字。

长夜将尽，

接近黎明，

我们寻找词句（我记忆犹新）

用来表达月亮、死亡、早晨，

以及人们的其他习惯。

我们曾是意象派、立体派，

以及轻信的大学所崇尚的

秘密社团和派别。

我们发明了没有标点的段落，

没有大写字母的单词，

以及亚历山大城图书管理人

排成鸽子形状的诗节。

灰烬由我们一手造成，

熊熊大火是我们的信仰。

与此同时，

你在流亡的城市，

（可憎的流亡

是你自己选择的工具，）

铸造你艺术的武器，

建立你艰巨的迷宫，

无限小而又无穷大，

卑微得令人惊奇，

比历史更纷纭复杂。

我们没有见到你迷宫中央

牛头人身怪或者玫瑰花，

也许就已死去，

但是记忆有它的护身符，

它的维吉尔的回声，

因此在夜晚的街道上

萦绕着你辉煌的地狱，

你的韵律和比喻，

你影子的黄金。

如果世上还剩一个勇敢的人，

我们的怯懦又有何妨；

如果时间还有自以为幸福的人，

悲哀又有什么关系，

这个迷惘的一代是模糊的反映，

如果你的书为它开脱，

迷惘又有何妨。

我即他人。我是你固执的严格

所拯救的一切人。

我是你不认识而又拯救的那些人。

以色列，一九六九年

几百年来散居各地

在不信基督教的城市，在犹太人区，

在草原西部，在梦里，

像敛聚伤心的财宝那样敛聚怀念，

那些在幼发拉底河畔向往着你，

耶路撒冷，巴比伦人的怀念，

我担心以色列有那种怀念之情，

以居心叵测的温柔

在窥视方向。

除了那种怀念，

除了在变化多端的时间形式里

拯救你神奇的古书，你的礼拜仪式，

你同上帝的形影相吊之外，

你又是什么，以色列？

并非如此。最古老的民族

也最年轻。

你打动人们的不是花园，

黄金和你的厌烦，

而是你的艰辛，最后的土地。

以色列默默地告诉他们：

忘掉你是谁吧。

忘掉抛弃你的另一个人。

忘掉你曾在那里

度过下午和早晨的土地，

你能给土地的只是怀念。

忘掉你父辈的语言，学会天国的语言吧。

你将成为以色列人，成为战士。

你将在沼泽和沙漠上建立祖国。

你的从未谋面的兄弟将和你一起干活。

我们向你许诺：

你在战斗中将有一席之地。

《骑士、死神与魔鬼》的两种解释

一

在兽形装饰的头盔下面，

严厉的容貌像护剑一般残忍。

在劫后狼藉不堪的树林里，

骑士沉着地坐在马上。

一群丑恶的东西把他团团围住：

奴颜媚骨的魔鬼，

纠缠不清的蜥蜴，

拿着沙漏的白发老人。

铁盔铁甲的骑士，见到你的人

都知道你没有半点虚伪，

你英勇无畏，

命令和轻蔑是你的本分。

不容置疑，你不会辱没

日耳曼人、魔鬼和死亡。

二

路有两条。一条是那个铁盔铁甲、

高傲的人，信仰坚定，

在世界的茫茫丛林里策马前行，

不顾魔鬼和死神的

嘲弄和凝固的舞蹈。

另一条比较短，是我的道路。

在哪个朦胧的夜晚或者过时的早晨，

我的眼睛发现了虚幻的史诗，

丢勒永久的梦想，

寻觅我、窥视我、找到我的英雄

和他的一群阴影？

那个蛇发虬结的白色老人

规劝的是我，不是那个勇士。

沙漏计量的是我流逝的时间，

不是他永恒的现在。

我将成为灰烬和黑暗；

达到我生命的终点；你却不然，

你，手持长剑的骑士，

只要人们存在，

你将在丛林里行进。

沉着、虚幻、永恒。

布宜诺斯艾利斯

布宜诺斯艾利斯是什么?

是疲倦而幸福的人在美洲战斗归来的五月广场[1]。

是我们在飞机上望到的灯火的迷宫,飞机下面是屋顶、人行道、庭院、宁静的事物。

是拉雷科莱塔执行枪决的大墙,我的一个先辈就在那里死去。

是胡宁街的一株大树,它给了我们阴凉而我们却不知。

是两旁房屋低矮的长街,它使西区变了模样。

是南码头,"土星号"和"宇宙号"从那里启航。

是金塔纳路,我的失明的父亲在那里失声痛哭,因为他看到了旧时的星辰。

是一扇有门牌号的大门，我在那里面的黑暗中一动不动躺了十天十夜，但记忆中那些日日夜夜只是瞬间。

是一座沉重的金属骑士塑像，随着太阳位置变化，从高处投下一连串周而复始的影子。

是雨中同一座骑士塑像。

是秘鲁街的一个角落，胡利奥·塞萨尔·达沃韦在那里对我说，人所能犯的最大罪恶是生一个儿子，让他遭受这种可怕的生活。

是埃尔维拉·德阿尔韦亚尔，他在笔记本上细心地创作一部长篇小说，开头写的是字，最后是难以辨认的笔画。

是诺拉的手，她在画一个女友的面孔，也是天使的面孔。

是一把经历过战争的剑，与其说它是武器，不如说它是记忆。

是一个退色的标记，或者磨损的银版照相，已经事过境迁。

是我们同一个女人分手和一个女人离我们而去的日子。

1　布宜诺斯艾利斯最大的广场，位于该市东部，其东侧为总统府玫瑰宫。

是玻利瓦尔街[1]的一个拱门，从那里可以望见图书馆。

是图书馆的房间，一九五七年我们在那里悟出了撒克逊人艰深的语言，勇敢和悲惨的语言。

是隔壁的房间，保罗·格鲁萨克在那里去世。

是照出我父亲面孔的最后的镜子。

是基督的面庞，我在慈悲圣母教堂的中殿里见它已被砸碎，散落尘埃。

是南区的一座房屋，我妻子[2]和我在那里翻译惠特曼的诗歌，但愿这首诗里有他伟大声音的回响。

是卢贡内斯，他在火车里望着窗外消逝的景色，心想如今已不必用文字把它们固定下来，因为这是他最后一次旅行。

是九月十一日广场夜晚阒无一人的角落，已经去世的马塞多尼奥·费尔南德斯向我解释死亡只是假象。

我不想写下去了；这些事物个人色彩太重，太就事论事，代表不了布宜诺斯艾利斯。

布宜诺斯艾利斯是我从未到过的另一条街，是街区和最

1　玻利瓦尔街南北走向，与国立图书馆所在的、东西走向的墨西哥街交叉。
2　指埃尔萨·阿斯泰特·米连，1967年与博尔赫斯结婚，1970年离婚。

深的庭院的隐秘中心，是门脸掩盖的东西，是我的敌人（假如我有敌人的话），是不喜欢我的诗歌的人（我自己也不喜欢），是我们可能进去过但已经忘记的小书店，是为我们演奏而我们不熟悉的米隆加舞曲，是已经消失和将要出现的东西，是后来的、陌生的、次要的，既不是你的也不是我的城区，是我们不了解而又喜爱的东西。

经外福音书片断

3. 精神贫乏的人是不幸的，因为地下的事物将是目前
   地上的事物。

4. 哭泣的人是不幸的，因为他已经有了可怜的哭泣习惯。

5. 知道受苦并不是荣耀的人有福了。

6. 要成为人上人，光吃得苦中苦是不够的。

7. 不坚持认为自己有理的人是幸福的，因为谁都没有
   理，或者大家都有理。

8. 饶恕别人和饶恕自己的人有福了。

9. 温顺的人是幸福的，因为在不和前面他们从不迁就。

10. 不饥渴慕义的人有福了，因为他们知道我们的命运，
    不论如何不幸或令人怜悯，都是偶然现象，是不可

探知的。

11. 仁慈的人有福了，因为他们的幸福在于行善，而不在于企盼奖赏。

12. 心地洁白的人有福了，因为他们见到了上帝。

13. 为了正义而遭到迫害的人有福了，因为正义比他们的人生境遇更重要。

14. 谁都不是世上的盐；在生命的某一时刻，谁都不是人间精英。

15. 即使没有人看见，也点亮灯盏吧。上帝将会看到。

16. 没有不可违反的戒律，包括我所说的和先知们说过的。

17. 出于正义，或者出于他认为是正义而杀人的人是无罪的。

18. 人的所作所为既不值得下地狱也不值得上天国。

19. 不要恨你的敌人，因为一有了恨，你在某种意义上就成了奴隶。你的恨永远不会比你的平常心好。

20. 如果你的右手冒犯了你，饶恕它吧；你的肉体和灵魂都是你自己，要划一条分界线是困难的或者不可能的。

24. 不要夸大真理崇拜；一天之内，谁都合情合理地说过多次谎话。

25. 不要发誓，因为任何誓言都是装腔作势。

26. 要反抗恶，但不要惊怒。谁打了你的右脸，你可以转过左脸给他，只要不是出于恐惧。

27. 我不谈报复或饶恕；遗忘是唯一的报复和唯一的饶恕。

28. 善待你的敌人可以成为义举，做起来并不困难；但爱你的敌人是天使的行为，不是凡人所能做到的。

29. 善待你的敌人是满足你的虚荣心的最好办法。

30. 不要在世上积攒财宝，因为财宝是好逸恶劳的根源，而好逸恶劳会带来悲哀和烦恼。

31. 要相信别人是清白的，或者会是清白的；若非如此，错不在你。

32. 上帝比人慷慨，他用另一种尺度来衡量人。

33. 把圣物给狗，把珍珠丢在猪前；重要的是给予。

34. 为寻找的愉快而寻找，不要为找到之后的愉快而寻找。

39. 祸福无门，唯人自召。

40. 勿以果实判断树，勿以行为判断人；树和人都可能更坏或更好。

41. 磐石上的建筑是没有的，所有建筑的根基都在沙上，我们的责任是建筑时要把沙当成磐石。

47. 穷不怨尤，富不骄横，那种人是幸福的。

48. 勇敢的人、以一样的心情接受失败和胜利的人是幸福的。

49. 记住维吉尔或基督的话的人是幸福的，因为他们的话会给你的生活带来光明。

50. 被爱的人、爱的人、可以不要爱的人都是幸福的。

51. 幸福的人是幸福的。

传　　说

　　亚伯死后，亚伯和该隐二人又见面了。他们在沙漠里行走，老远就互相辨认出来，因为两人身材都很高大。兄弟二人席地而坐，升起一堆篝火，吃着东西。和日暮黄昏感到劳累的人一样，他们都不做声。天际出现一颗还没有起名字的星辰。在火光辉映下，该隐看到亚伯额头被石块砸破的伤痕，刚拿到嘴边的面包掉了下来，他请求亚伯宽恕他的罪行。

　　亚伯回答说：

　　"是你杀了我，还是我杀了你？我记不清了；眼前我们待在一起，和以前一样。"

　　"现在我知道你确实宽恕了我，"该隐说，"因为忘怀意味着原谅。我也要试图忘怀。"

亚伯缓缓说道：

"正是这样。只要内疚不止，罪责就继续存在。"

祈　祷

　　我的嘴曾用我熟悉的两种语言千百次地说过祈祷文，以后也会再说，但我对它只是一知半解。今天，一九六九年七月一日早晨，我想试着说一遍我自己创意而非传统的祈祷。我知道这是一件要求超乎常人的真诚才能做到的工作。首先，我显然不能提出要求。要求我的视力不衰退是痴心妄想；我知道千千万万眼睛明亮的人并不特别幸福、正直、明智。时间的进程是因果联系，因此要求任何恩惠，哪怕是微不足道的恩惠，也就等于要求打断那铁的联系中的因果环节，要求打乱时间的进程。谁都没有指望这种奇迹的资格。我不能请求宽恕我的过错；宽恕是别人的行为，只有我才能拯救自己。宽恕能净化被伤害的人，而不是伤害者，宽恕同伤害者几乎毫不相干。实际上，我意志的自由也许并不存在，但我可以给予，或者在幻想中给予。我可以给予我所没有的勇气；我可以给予与我无缘的希望；我能激起人们学习我自己不太明了的东西的愿望。我希望人们把我当作朋友而不是诗人留在他们记忆之中；希望有谁吟诵邓巴[1]、弗罗斯特[2]或者那个午夜看到淌血的树，看到十字架的人的诗句，想到第一次是从我嘴里听到那诗句的。此外，我什么都不在意；我希望早早被人忘掉。我们不了解宇宙的安排，但是知道清晰的推论和公正的行为将有助于这些不为我们所知的安排。

我愿彻底死去；我望同我的伙伴——我的躯体——一起死去。

---

1 Paul Laurence Dunbar（1872—1906），美国黑人诗人，著有《低微生活抒情》等诗集。
2 Robert Frost（1874—1963），美国诗人，他的诗往往以描写新英格兰的自然风光和风土人情开始，进入哲理境界，有"新英格兰农民诗人"之称，在1924、1931、1937、1943 这四个年度里，四次获得普利策奖。

他的结局与开始 *

经过临终的痛苦之后，他孑然一身，带着落寞、怅惘和局外人的心情昏昏睡去。他醒来时，周围仍是日常的琐事和环境；他暗忖道，前晚的事不能想得太多，精神顿时一振，不慌不忙地穿好衣服。他在办公室凑合着完成了该做的工作，只觉得像是重复某些烦人的、已经做过的事情，感到有些不快。他仿佛注意到别人老是避开他的目光；也许他们知道他已经死了。那晚他开始做噩梦；梦见什么一点也记不清了，只害怕梦境再次显现。恐惧最终占了上风；横插在他和他想写的稿纸和想看的书之间。字母推推搡搡，挤在一起；一些面庞，一些熟悉的面庞，开始变得模糊不清；人和事纷纷离他而去。他仿佛突然发了狠心似的，他的思想死死地依附着那些变化不定的形象。

尽管看来奇怪，他对真相从没有怀疑；他突然恍然大悟。他明白自己不可能记住梦中见到的形状颜色和听到的声音，那不是梦；是他的现实状况，超越阒寂、视觉，因而超越记忆的现实。他从死去的一刻开始，不停地在毫无意义的形象的旋涡里挣扎，现在的状况更使他惶惑。他听到的人声只是回音；一张张脸都是面具；他的手指成了影子，当然模糊虚幻，但仍亲切熟悉。

他隐隐约约觉得，他应该把这些东西抛到身后；如今他属于这个新的世界，远离过去，远离现在和将来。这个世界逐渐包围了他。他经受了许多痛苦，穿过绝望和荒凉的地区。那些漫游简直难以忍受，因为它们贯穿了他以前所有的感觉、回忆和希望。全部恐怖崭新锃亮地展现在他眼前。他当之无愧地蒙受了天恩，从他死去的一刻开始，他一直在天上。

---

* 标题原文为英文。

读　　者

别人可以为他们写的东西炫耀；

我只为我读过的书自豪。

我成不了语文学家，

我没有弄明白名词变格、

动词式、字母变换，

硬化成"特"的"德"，

以及"格"和"克"的对应，

但是我一生怀有对语言的激情。

充实我夜晚的是维吉尔的作品；

学过和忘了拉丁文是一种拥有，

因为遗忘是记忆的一种形式，

是它模糊的地下室，

是钱币秘密的另一面。

当那些亲切而模糊的形象，

那些书页和面庞

在我眼前消失的时候，

我开始学习

我的先辈们用来歌颂

剑和孤寂的铁的语言，

如今，斯诺里·斯图鲁松，

你的声音

跨越了七个世纪，

从世界的尽头

来到了我的身边。

年轻人读书有精确的课程，

他们追求精确的知识；

我到了这种年纪，

来日无多，

做任何事都是强弩之末。

我吃不透北方古老的语言，

我热切的手探索不到西古尔德的宝藏；

我着手的工作无穷无尽，

将陪伴我到生命的终结，

它的神秘程度不下于宇宙，

我只是末学后进。

影子的颂歌

老年（这是人们起的名称）

也许是我们的幸福时光。

动物已经或者快要死去。

人仍旧活着，还有灵魂。

我周围的东西隐隐发光，

还不是漆黑一片。

布宜诺斯艾利斯，

以前分散为许多郊区，

向无边的平原伸延，

现在重新成为拉雷科莱塔，雷蒂罗，

九月十一日广场的凌乱街道，

和我们仍叫作南区的

老旧破败的房屋。

我一生遇到的事物太多；阿布德拉的

德谟克利特[1]自剜双目，

以便更好地思考；

时间是我的德谟克利特。

我的昏暗发展缓慢，并不痛苦；

顺着斜坡缓缓流动

和永恒相仿佛。

我看不清朋友们的面庞，

妇女们仍是多年前的容貌，

街道可能变了模样，

书页模糊一片。

这一切原应使我惊骇，

但却是回归，让我感到亲切。

世上多少代的书本中间，

我读过的十分有限，

1　Democritus（约前460—前357），古希腊哲学家，因嘲笑世人的愚蠢和虚荣，有"嘲笑的哲学家"之称。据说他自剜双目，以便专心思考。

我仍在记忆里阅读，

一边默读，一边琢磨，

东西南北的道路汇合，

把我带到我隐秘的中心。

那些道路是回声，是步伐，

是女人、男人、痛苦、新生，

白天黑夜，

幻想梦境，

昨天的每一个极小的瞬间，

世界所有的昨天，

丹麦人的钢剑和波斯人的弯刀，

死者的动作，

分享的爱，语言，

爱默生，雪，种种事物。

现在我可以把它们统统忘掉。

我到达了我的中心，

我的代数，我的密码，

我的镜子。

我马上就会知道自己是谁。

JORGE LUIS BORGES

Para las seis cuerdas

Elogio de la sombra

图字: 09-2010-605 号

Jorge Luis
Borges

El oro de los tigres

老虎的金黄

[阿根廷] 豪尔赫·路易斯·博尔赫斯 著

林之木 译

上海译文出版社

目　录

序　言

　　我们不能对一个上苍已经使之年届七旬的老人抱有很大的希望，他不过是熟练地掌握了某些技巧，偶尔有一点儿小的变化，而更多的则是老调重弹。为了避免或者至少是弥补这一缺欠，我也许有些过分热衷于信手拈来的各种题目。比喻随意，行文自由或者打破了十四行诗的约束。混沌初开的时候，人们都很茫然，听命于不可抗拒的自然规律，事物很可能就不存在有诗意和没有诗意的分别。一切都有点儿神奇。托尔[1]还不是雷神，而是雷和神。

　　对于一个真正的诗人来说，生命的每一个瞬间、每一件事情都应该是富有诗意的，因为其本质就是如此。据我所知，至今还没有一个人达到了那么高的境界。勃朗宁和布莱克比别的任何人都更接近于做到了这一点；惠特曼有过这种意愿，但是，他那刻意的罗列并非总能脱尽冷漠清单的痕迹。

我不相信文学流派，认为那都不过是把教学内容进行简化的方式。不过，如果要我说出我的诗歌源自于何处，我可能会说是源自于现代主义那一使许多西班牙语国家文学面貌一新，并且甚至波及到了西班牙本土的伟大解放运动。我曾不止一次地同孤傲的莱奥波尔多·卢贡内斯交往，他常常会改变话题谈起"我的朋友和导师鲁文·达里奥[2]"。（此外，我觉得，我们应该强调我们的语言的共性，而不是其地方特色。）

---

1 Thor，日耳曼语词汇，意为"雷霆"，是早期日耳曼民族共有的神，蓄有红胡须，力大无穷，对人类仁慈友善，与害人的巨人族不共戴天。
2 Rubén Darío（1867—1916），尼加拉瓜诗人，西班牙语美洲国家现代主义文学运动的领袖。

我的读者可能会注意到某些篇章里的哲学倾向。小时候，有一次，父亲借助于棋盘（记得那是一块松木板）向我讲述了阿喀琉斯和乌龟进行的赛跑。从那时候起，我就有了这种偏爱。

　　至于本集中可能会表现出来的影响……首先是我喜欢的作家（我已经提到了罗伯特·勃朗宁），其次是我读过和引用过的作家，再其次是我没有读过却熟知的作家。语言是一种传统、一种感受现实的方式，而不是各种印象的大杂烩。

豪·路·博尔赫斯

一九七二年，布宜诺斯艾利斯

帖　木　儿[*]
（1336—1405）

我的王国属于这个世界。

狱卒、监牢和利剑

执行着我不说二遍的指令。

我随便说出的话语就是铁的法律。

就连在其遥远的国度

从未听到过我的名字的人们

也心甘情愿地任由我随意驱使。

我不过是草原上的牧工，

却把战旗插到了波斯波利斯[1]，

也曾在恒河及奥克苏斯河[2]里

饮过座下那燥渴的铁骑。

在我出生的刹那瞬间，

有一把利剑从天而落，

我现在是、永远都是那把利剑。

我制服了罗马人和埃及人，

我带领着剽悍的鞑靼士兵

踏遍了茫茫的俄罗斯大地，

我堆起了骷髅的高塔，

我将少数不肯臣服我的权威的君王

捆绑在了我的战车的辕下，

我将始传于混沌初开之前的

经典之经典《古兰经》

---

* 我可怜的帖木儿已于 16 世纪末读到了克里斯托弗·马洛所写大悲剧和某种历史课本。——原注
Christopher Marlowe（1564—1593），英国诗人和剧作家，所作《帖木儿》（上、下两卷）是英国最早的悲剧之一，叙述的是西徐亚牧羊人帖木儿赢得波斯王冠、击败土耳其王、征服大马士革、战胜埃及苏丹、派兵非洲和侵占巴比伦的故事。
1 古代伊朗阿契美尼德王朝的都城，公元前 330 年被马其顿亚历山大大帝征服。
2 今流经阿富汗、土库曼斯坦和乌兹别克斯坦的阿姆河的旧称。

投入到了阿勒波[1]的烈焰之中。

我，红色的帖木儿，

曾经把埃及那纯洁得像山顶积雪一样的

白美人塞诺克拉特拥在怀里。

我记得那络绎的满载驮队

和弥漫沙漠的滚滚尘埃，

也记得浓烟笼罩的城池

和酒馆里那忽闪的汽灯。

我无所不知、无所不能。

一部尚未写就的不祥著作

断言我将像凡人一样死去，

说我在那惨淡的最后时刻

下令让弓箭手冲着邪恶的天空

将铁矢钢镞一齐发射

并用黑色旗幡将苍穹遮蔽，

让这世界上的人全都知道

---

1 叙利亚北部重要城市。

所有的神明已经尽数殒殁。

我就是那众神。让别的神祇

借助相书、罗经和星盘去验明

自己的身份。我是所有的星辰。

在那晨光熹微的时分，我常常自问：

我为什么从来都没有走出这殿堂、

为什么不能领受

喧嚣的东方的膜拜祭祝？

有时候，我会梦见奴仆、狂徒

放肆地用手将帖木儿玷污

并要他安心睡觉、要他别忘了

每天晚上都必须

把镇静和缄口的药片吞服。

我寻找佩刀，却不知放在了何处。

我去照镜子，看到的却是别人的面孔。

所以，我砸了镜子并受到了惩罚。

为什么我没有亲临刑场？

为什么我没有看到利斧和头颅？

利斧和头颅令我不安，可是，

如果帖木儿反对，任何事情都不可能发生。

他也许爱的正是利斧和头颅却不自知。

我是帖木儿。我统治着西方

和美好的东方，然而……

剑

格拉姆、杜伦达、鸠约斯、埃克斯卡利伯[1]。

它们昔日的战绩随着诗歌的流传而得以播扬，

这诗歌就成了它们在人世间的唯一纪念。

它们的威名飘遍了整个世界的北国与南疆。

如今已经化作尘埃不复存在了的刚健手臂

拥有过的剽悍力量仍然残留在剑柄之上，

它们的挥舞劈刺曾经使或钢或铜的刃口

全都沾染上了亚当苗裔的新鲜血浆。

我在这里列数了遥远年代的利剑的功业，

它们的主人无不曾经斩杀过毒蛇和君王。

世界上还有着另外一种类型的锋刃利剑，

它们就悬挂在墙壁上伸手可及的地方。

剑啊，请允许我用你一展自己的技艺，

我呀，还未曾有过把握你的荣幸时光。

---

1 均为欧洲历史传说中的圣剑名称。

短 歌[*]

一

高高山顶上
整个花园像月亮。
金色的月亮。
黑暗中你的一吻
比什么都更温馨。

二

夜幕已降临，

小鸟隐去了身影，

也不再啁啾。

你在花园里徜徉。

你肯定有所追思。

三

别人的酒杯，

那剑也曾经属于

另外一个人，

屋外面的明月啊，

难道说这还不够？

---

* 我想把每行分别为五个、七个、五个、七个、七个音节的诗体引入我们的语言。天知道这些习作在东方人听起来会是一种什么效果。原体不押韵。——原注
短歌是日本的一种五句三十一音节的诗体。

四

凭借着月光，
黑纹的金色老虎
在察看爪子。
它已经不再记得
黎明时分杀过人。

五

凄雨潇潇下，
滴落在大理石上，
大地好悲凉。
人生岁月不哀戚，
还有梦境与黎明。

六

我没有倒下，
像我的前辈那样
在沙场捐躯。
在这空寞的长夜，
我在推敲着诗句。

小诗十三首

一位东方诗人

足足一百个春秋里我凝注着
你朦胧的轮廓。
足足一百个春秋里我瞩望着
你架在岛上的长虹。
足足一百个春秋里我的嘴巴
一直都未曾开启。

大　漠

这是没有时间概念的场所，

月亮也是黄沙的颜色。

此刻，恰恰就是在此刻，

梅陶罗河[1]及特拉法尔加海角[2]的人们在死去。

雨

这雨也洒落在了

昔日的哪一天、迦太基的哪一些庭院？

1　意大利中部的河流，曾是公元前 207 年罗马人大胜迦太基人的战场。
2　西班牙靠近直布罗陀海峡的海角，1805 年英国海军曾在此大败法国和西班牙海军。

阿斯忒里俄斯 [1]

收成为我的人民提供食粮，

清水注满池塘。

石径交会在我的身上。

还有什么可以抱怨？

日暮黄昏的时候，

牛头让我觉得有点儿沉重难当。

一位小诗人

终极的目标是被人遗忘，

我早就实现了这一梦想。

---

1 Asterius，希腊神话中的克里特国王。他娶了被宙斯化作白牛劫掳到克里特
生有两个儿子的欧罗巴为妻，并收养了她同宙斯生的儿子。

《创世记》第四章第八节 [1]

事情发生在第一片荒原。

双臂投出了一块巨大的石头。

没有喊声，只有鲜血。

开天辟地头一回出现了死亡。

我已经不记得肇事的是亚伯还是该隐。

诺森伯里亚，公元九〇〇年

但愿野狼能在天亮之前将他吃掉，

利剑是最近便的通道。

---

1 《圣经·旧约·创世记》的这一节是："该隐与他兄弟亚伯说话，二人正在田间；该隐起来打他兄弟亚伯，把他杀了。"

米格尔·德·塞万提斯

祸星和福星

曾经主宰过我生命的夜空。

多亏福星的保佑，

我才有幸得进那让我梦见吉诃德的牢笼。

西　　方

小巷的尽头连着西方。

那是草原的起点。

那是死亡的开端。

雷蒂罗庄园

时光在院子里下着无子的棋。

树枝的飒飒划破了夜的宁寂。

屋子外面，辽阔的原野

制造出了漫漫尘雾和梦境奇迹。

你我相对成双影，共同抄录

赫拉克利特和乔答摩[1]两个幽魂口授的机密。

囚　　徒

一把锉刀。

第一道沉重的铁门。

总有一天我会获得自由。

麦　克　白

我们的作为有着自己的轨迹，

那轨迹却不知所终。

我杀死自己的国王，

为使莎士比亚演绎成戏剧。

1　佛祖释迦牟尼的姓氏。

永恒之物

环绕着大海并成为大海的蟒蛇，

伊阿宋[1]划动的船桨，西古尔德的新铸宝剑。

只有不受时光局限的事物

才能在时光中长生久传。

---

1 Jason，希腊神话中的忒萨利亚王子，曾乘阿尔戈号船去喀尔科斯觅取金羊毛。

苏莎娜·邦巴尔

黄昏时分，她挺拔、高傲而矜持地
穿过无瑕的花园并且恰好置身在
那花园和亭亭玉影为我们营造的
清醇不再的刹那间静谧光晕之中。
此刻她的英姿就在我的眼前，然而，
我却仿佛见到她现身在迦勒底人
那乌尔城很久很久以前的某个黄昏，
仿佛见到她正飘然地款款移步
缘着已经化作无法计数的地球尘埃的
石砌的巍峨庙堂的台阶缓缓走下，
仿佛见到她正在悉心地解读着

另一方天空的星辰组成的莫测文字，

仿佛见到她正在英格兰赏嗅着玫瑰。

她显形于每一处有乐声回荡的地方，

在蔚蓝的天空，在希腊人的诗中，

在我们那困扰着她的孤寂里面，

在如同镜子一般的清泉底部，

在时光的碑上，在利剑的锋刃，

在那凭以眺望晚霞与花园的

平台的谐和恬静的幽深气息里。

而在那诸多的神话与脸谱背后，

潜藏着的是一颗孤独的心。

一九七〇年十一月三日，布宜诺斯艾利斯

致约翰·济慈

（1795—1821）

就像人人都有过幸运和灾殃，

从生命的初始直至英年夭亡，

那震撼人心的至善至美

就一直潜伏在你的周遭身旁。

那美伴随着伦敦的晨曦朝霞，

显现在神话辞典的页面字行，

见于平凡的赠品、普通的音容，

出自芳妮·布劳恩[1]芳唇的馨香。

孜孜不倦、激情满怀的济慈啊，

岁月的流逝在掩没你的光辉，

匆匆而去的诗人啊，高贵的夜莺

和希腊的神坛将使你盛名永垂。

你是熊熊烈焰。你是伟大光荣。

你没有变成可怕记忆中的死灰。

1　Fanny Brawne（1800—1865），济慈的恋人。

阿隆索·吉哈诺的梦

他懵懵懂懂地一惊而醒，

出离了刀光和旷野的梦境；

他抬起手来摸了摸下巴，

不知道是否受伤或死于非命。

在月下发过毒誓的巫师们

是否还会继续紧逼不肯放松？

一切都是虚幻。只有些微寒意。

只有一点儿风烛残年的病痛。

他不过是塞万提斯的梦中产物。

堂吉诃德又是他在做着的梦。

连环的梦境使他们犯起了糊涂，

很久以前的事情此刻又在发生。

吉哈诺睡在床上梦见了一场战斗：

勒班陀波涛汹涌、火炮声隆。

致一位恺撒

夜幕为幽灵和蛆虫营造了
骚扰死者的合宜时机，
你的占卜官们徒然地
将开阔的星空划分成为区域。
他们连夜翻检了死牛的脏腑，
却未能得到任何启迪；
今晨的阳光白白地
让卫士的宝剑发出寒气。
你的咽喉正在宫中
惊惧地等待着匕首斫击。
你的号角所及的帝国疆土

已经感到灾殃和战火的紧逼。

你的山岭的巨大恐怖

惊扰了那金装黑纹的老虎。

瞎　　子

致马里亚娜·格罗多纳

一

他已经被逐出了斑斓的世界：

人们的面孔还是从前的模样，

附近的街道变得遥远朦胧，

昔日的深邃苍穹也不再辉煌。

书籍也只是记忆中的样子，

而记忆又是忘却的一种形式，

保留的只是外形不是内容，

至多不过是简简单单的标题。

地面上到处都是坎坷的陷阱，

每一步都可能踏空失足。

时光不再有晨昏的区别，

我成了似睡似醒的迟缓囚徒。

长夜漫漫。孤苦伶仃。

我当用诗营造自己乏味的疆土。

二

自从在那葡萄葱郁、雨水丰盈的

九九年我来到这人世间，

记忆中倏忽而逝的细琐岁月，

渐次从我的眼底摸去了尘世的外观。

日夜的交替流转磨蚀了

人们的身影和亲友的容颜；

我那枯竭了的眼睛枉然地

搜寻着看不见的书架、看不见的报刊。

蓝和红如今变得一样的迷离，

成为了两个完全没用的字眼。

眼前的镜子只是一片灰蒙。在花园里，

我只能嗅到黑暗中的黑色玫瑰的香甜，

朋友们啊，如今一切物体全都模糊浑黄，

我所能够见到的不过是连绵的梦魇。

关于他的失明 *

我已无缘再见隐隐现现的繁星，

无缘再见掠过如今神秘莫测的蓝天的飞鸟，

无缘再见别人用字母

编排组合起来的文章书报，

无缘再见我那浑浊的眼睛

分辨不出轮廓的庄重大理石墙壁，

无缘再见隐去形体的玫瑰，

无缘再见悄无声息的赤金和艳红的绚丽；

然而，《一千零一夜》仍在为我的长夜里

展示着大海的壮阔和朝霞的灿烂，

我依然能够听到诗人沃尔特·惠特曼

在把月光下的生灵咏赞，

我还没有失去忘却的纯洁天赋，

我虽然并不祈求但却期待着爱侣相伴。

寻　　觅

在历经了三代之后，

我回到了属于自己的先辈

阿塞韦多家族的田园。

在这方方正正的白色旧屋里，

在旧屋的两条回廊的阴凉下，

在不断伸长的柱影间，

在时起时伏的鸟鸣声中，

在倾落屋顶的雨帘上，

在模糊不清的镜子前，

在曾经属于他们而如今

不知不觉地变成我的身影、声响里面

我茫然地寻觅着他们的踪迹渊源。

我观察过那阻挡住了

来自沙漠的攻击矛头的铁栅，

观察过那被雷电劈开了的棕榈、

阿伯丁[1]种的黑色公牛、黄昏的景色、

他们从未见过的麻黄树。

这里曾经有过剑光和凶险，

有过严酷的禁令、壮举义行；

拥有千顷土地的庄园主们

曾经威武地从马背上

统治过这片无边无际的田野。

佩德罗·帕斯夸尔、米格尔、胡达斯·塔德奥……

谁能告诉我：在那一夜的屋顶下，

越过岁月和尘埃的阻隔，

突破记忆的封堵，

我在梦中，他们在阴间，

我们可曾神秘地相聚融合？

---

1 英国苏格兰东北部海滨城市。

失 去 了 的

我的生活，本该幸福却未能幸福的生活，
或者，本该挥剑执盾却未能挥剑执盾
另创一番轰轰烈烈的悲壮事业的生活，
如今留下来的到底都有些什么？
我的那些已经没有踪迹可觅了的
波斯或挪威籍祖辈又都在什么地方？
让自己不变成瞎子的机缘、船锚和大海、
忘掉自己是什么人的可能该到哪儿去寻找？
按照文学作品的一向说法，
纯净的夜晚总是将没有文采的辛劳白昼
交托给冥顽的农夫，

可是，现在是否还存在有这样的夜晚？

我也思念那曾经等待过我、

也许还在等待着我的女伴。

坟　　地 *

某条街上有一扇坚固的大门，

门铃赫然醒目、门牌清清真真，

有着一种失去了的乐园的样子，

然而，傍晚时分却对我禁闭幽深。

在一天的操劳结束之后，

多么渴望能有一个我期待的声音

在日暮的昏暗和温馨夜色的

宁静之中等待着我的降临。

事实并非如此。我的命运已经注定：

时光虚缈，记忆杂乱不清，

对文学超出了情理的痴迷，

到头来难免一死，不愿也不行。

我只希望得到那块石碑。我只希望

镌下两个抽象的日期和被人遗忘。

<hr />

* 标题原文为英文 H.O.（Head Office 的缩写，意为"总部"），此处当为借用。

《一个医生的宗教信仰》， 一六四三年 *

保佑我吧，主啊。(这个称呼

并没有特别的指谓，只不过是

我于黄昏时分的惶惑之中

勉强写出的这篇习作里的普通名词。)

保佑我能够战胜自己。蒙田、布朗

和不知哪个西班牙人都曾这样祈请。

我的这双已经失去光明的眼睛里面

还保留着些许曾经见过的美景。

保佑我吧，主啊，让我能够战胜

化作石碑、被人遗忘的强烈欲望，

保佑我，让我不再是原来的我、

不再拥有那已经无可挽回的举止模样。

不是要你保佑我抵御利剑或带血的矛尖，

只求你别让我再受希望的诱骗。

---

* 标题原文为拉丁文。《一个医生的宗教信仰》是英国医生、作家托马斯·布朗
  （Thomas Browne，1605—1682）的日记体沉思录，主要谈论上帝、自然和
  人的奥秘，作者自称是"针对自己的私下练习"，1643 年正式出版后在英国
  引起轰动，其拉丁文译本很快在欧洲流传开来，随后还被译成荷兰文和法文。

一九七一年

两个人到月球上周游了一番。

随后还会有人步其后尘。

对他们那真而似假的幸运经历，

语言和艺术的狂想与杜撰可能描述？

那些惠特曼的子孙怀着巨大的恐惧

和冒险的惊喜踏上了月亮的荒原，

早在亚当出世之前，那个圣洁的星体

就已经在运行而且一直未曾停息。

恩底弥翁[1]在其山林中的恋情、

半鹰半马怪、我一向信以为真的

威尔斯[2]那奇妙的球面都得到了证实。

这个不凡的业绩为人类所共有，

在当今的世界上，没有一个人

不更为勇敢和更加幸福。

那些神奇的朋友们实现了一个壮举，

仅仅是这一个简简单单的事实

就已经让亘古不变的时日焕发生机。

天上那被人们满怀着未偿的愿望

苦苦瞩望的永恒而唯一的月亮

将成为纪念他们的伟业的丰碑。

1　Endymion，希腊神话中月亮女神塞勒涅迷恋的俊美牧羊青年。

2　Herbert George Wells（1866—1946），英国作家，写过登月的科幻小说。

咏　物

落在了书架的里面、

被别的书籍遮掩、

无声的尘埃夜以继日地

将之沉埋的书籍。

英吉利的海域封存于

漆黑而柔软的渊底的西顿[1]船锚。

空荡的房间里

那照不出任何人影的镜子。

我们随时随地

修剪下来的指甲碎屑。

莎士比亚幻化成的莫解灰尘。

云彩的聚散变化。

孩子们的万花筒中

暗藏的镜片偶然合成的

转瞬即逝的谐和图案。

亘古第一舟阿尔戈号的船桨。

慵懒而无情的浪涛

冲刷掉的沙滩脚印。

夜深人静之时

灯光熄灭后

透纳[2]的作品的斑斓色彩。

精细的世界地图的背面。

金字塔里羽纱般的蛛网。

冷漠的岩石和好奇的手。

黎明前做起的、天亮时

又忘却了的梦境。

如今只剩下尚未被悠悠岁月

---

1 黎巴嫩地中海边的古城。
2 Joseph Mallord William Turner（1775—1851），英国浪漫主义风景画大师。

蚀损的些许千古诗句的

芬斯堡英雄业绩 [1] 的始末。

印在吸墨纸上的反向字母。

潜在塘底的乌龟。

不可能存在的物体。独角兽的

另外一只角。三合一的灵性。

三角的圆盘。伊利亚人 [2] 的

悬滞于空中的箭矢

得以射中目标的那一捉不住的瞬间。

贝克凯尔 [3] 诗中的鲜花。

时光阻遏了的钟摆。

奥丁 [4] 钉到树上的钢钎。

---

1 《贝奥武甫》中描绘的战役。
2 指古希腊伊利亚学派的芝诺(Zeno of Elea,约前490—约前430),他提出过"飞矢不动"的悖论。
3 Gustavo Adolfo Bécquer (1836—1870),西班牙浪漫主义后期的诗人、散文作家。
4 Odin,北欧神话中的主神。从远古时起,奥丁就是战神,又是大魔法师、英雄的保护神。其形象是美髯飘逸的独目老人,据说,另一只眼睛被他用以换取了智慧。

切口没有裁开的页面上的文字。

以某种永恒的方式

轰鸣不止并成为天机组成部分的

胡宁之战的马蹄的回声。

萨缅托留在人行道上的影子。

牧人在山野听到的呼唤。

沙漠里的白骨。

射杀了弗朗西斯科·博尔赫斯的子弹。

壁毯的背后。除了贝克莱的上帝

没有任何人看得见的物体。

威　　胁

　　爱情来了。我必须躲避或者逃跑。

　　爱情牢狱的围墙在增高，就像是在噩梦中一般。那美丽的面具变了花样，但是万变不离其宗。写诗著文，模棱的渊博，学习剽悍的北方民族用以讴歌大海和武功的词语，沉稳的友情，图书馆里的一排排书架，日常的用物，各种生活习惯，恒久的母爱，前辈的军人风采，没有尽时的长夜，梦里的感觉，所有这一切护身法宝能对我有什么用处？

　　与你结伴还是不与你结伴，这是我生命的关键抉择。

　　瓦罐已经在井台上磕破，人已经随着鸟叫离开了被窝，扒着窗口偷望的人们已经隐去了身影，然而，伴随着黑暗而来的却并不就是平静。

爱情来了，我已经知道了：听到你的声音时，我感受到了那份激动与轻松、期待与回忆以及对接踵而来的事情的恐惧。

这就是充满着神话、充满着小小的无益魅力的爱情。

有一个我不敢涉足的角落。

我已经陷入了千军万马、乌合暴民的重重的包围之中。

（这个房间是一个虚幻的空间，她并没有发现。）

一个女人的名字让我无法隐藏。

一个女人使我浑身疼痛。

普 洛 透 斯

奥德修斯率领着的众多船工
还没有将酒色的大海荡平，
我在猜测着名叫普洛透斯的老人
所能幻化的种种捉摸不定的身形。
他放牧着海洋中的生灵种群，
拥有着预知未来的奇特功能；
他极力隐匿着自己知道的天机，
编造出荒诞的神谕混淆视听。
不堪忍受人们的追逼和烦扰，
他于是就变成狮子或烈火熊熊，
有时也会佯装岸边遮阳的大树

或者化为一颗水珠融入水中。

你啊，既是自己又是别的许多人，

不必为埃及的普洛透斯感到吃惊。

再谈普洛透斯

他是以海兽为身形的神明，

玄秘的沙滩是他的住处，

对偏爱昨天和往事的记忆，

他生而无缘，不知为何物。

普洛透斯另有一番苦衷，

而且还是相当的伤神，

他能够预知未来的事情：

永闭的门、特洛伊人和亚该亚人 [1]。

一旦被人发现并且遭到困扰，

他就幻化成为狂风或者火堆，

有时也会变作金虎或者花豹，

甚而至于以水的形式藏匿于水。

你同他有着许多相似的地方：

昨天已逝、明日难测。然而，应当……

1　古希腊人的统称。

雅努斯胸像的独白

人们在或开或关一扇门的时候，
无不想起守门的双面神明。
我的目光直抵茫茫汪洋的边际，
也包容着坚实大地的险域佳境。
我的两张面孔凝注着过去与未来。
我阅尽了一成不变的干戈纷争，
更有那有人本该荡除却未能荡除
并且永远不可能荡除的祸殃不平。
我缺少的是两只应该有的手臂，
而且还是由岩石雕琢而成形。
我无法确切地知道眼前的景象

属于将来还是很久以前就已发生。

我看到了自己的无奈：残断的躯体

和两张永远都无缘相见的面孔。

高 乔 人

他生长在大草原的某个角落，
那草原开阔、原始、几乎莫测，
黑脖子公牛虽然刚猛强健，
却逃不脱他手中紧拉着的套索。

他曾同印第安人和哥特佬[1]厮杀抗争，
他曾在赌博场上丧命流血，
他曾为并不知道的祖国献身牺牲，
就这样渐渐地、渐渐地失去了一切。

他如今变成了岁月和大地的尘埃，

没有留下姓氏，名声却没有被忘记。

他有过各种迥然不同的身份，

如今只有文学作品还在不断提及。

他曾是逃犯、军士和匪徒，

他曾穿越过崇山和危崖，

他追随过乌尔基萨和里韦拉[2]，

不加分别。是他杀了拉普里达。

上帝总是躲在离他们很远的地方，

他们信奉的从来都是武器和勇敢，

这古老的信念不讲究宽容和报答，

为了这信念，赴死夺命只在一瞬间。

在那飘泊无定的军旅生涯之中，

1　南美洲独立战争期间对西班牙殖民者的蔑称。
2　José Fructuoso Rivera y Toscana（1784—1854），乌拉圭军人、政治活动家，
　　先后于 1830—1834 年、1838—1843 年及 1853—1854 年三次任总统。

他为捍卫旗帜的颜色而献出生命，
然而，他却未曾有过任何希求，
哪怕是那如同空话和灰烬的虚名。

他本来就平庸无奇，蜗居陋室，
在永恒的幽暗中做梦、品茶，
一直到那遥远的东方天际
显现出大漠黎明时分的彩霞。

他从来都未曾说过：我是高乔人。
他注定不会去想象别人的乐与苦。
在临终的时刻，同我们一样，
也是那么无知，也是那么孤独。

黑　　豹

在那无比坚固的铁栅后面，
豹子将一遍遍地往来逡巡，
这被囚禁的不幸黑色珍宝
并不知道那就是自己的命运。
现有和将有的同类成千上万，
唯有它的境遇最为悲惨，
它只能在自己的洞穴里
反复勾画一个长生的阿喀琉斯
在阿喀琉斯的梦里画出的直线。
它不知道还有草原和大山，
不知道马鹿那颤动着的脏腑

能够消解自己的饥渴烈焰。

世界再斑斓也是徒然无用。

每个生灵的祸福早就已经注定。

你

在这人世间，只诞生过一个人，只死过了一个人。

说别的纯属统计数字，实在多余。

就像是汇集雨水的气味和前天夜里你的梦境一样没有意义。

那个人就是尤利西斯、亚伯、该隐、那布下星斗的始祖、那修建第一座金字塔的人、《易经》卦象的记录者、在亨吉斯特[1]的剑上用北欧古字母镌下铭文的铁匠、弓箭手埃伊纳尔·坦巴尔斯克尔维尔[2]、路易斯·德·莱昂、孕育出了塞缪尔·约翰逊的书商[3]、伏尔泰的园丁、站在比格尔号船头的达尔文、毒气室里的一个犹太人，以及，还活着的你和我。

只有一个人死在了伊利昂[4]、梅陶罗河、黑斯廷斯[5]、奥斯特利茨[6]、特拉法尔加、葛底斯堡[7]。

只有一个人死在了医院、船上、荒山僻野、弥漫着温馨和爱情的卧室。

只有一个人看见了辽远的曙色。

只有一个人嘴里体验到了水的清凉、果味和肉香。

我讲的是那独一无二的人，讲的是我自己，讲的是永远都生活在孤独中的人。

　　　　　　　　　　　　　　　　　　　诺曼，俄克拉何马

1　Hengist，相传为公元 5 世纪第一批迁入不列颠的盎格鲁-撒克逊人的领袖。据称他最初到不列颠是为了协助国王与皮克特人作战（446—454）。

2　冰岛诗人、史学家斯图鲁松（Snorri Sturluson，约 1178—1241）所著《挪威王列传》中的弓箭手。

3　英国诗人、评论家、散文作家塞缪尔·约翰逊（Samuel Johnson，1709—1784）的父亲是个书商。

4　古城特洛伊的别称。

5　英格兰城市，1066 年诺曼底威廉公爵率诺曼人在此大败英格兰国王哈罗德，从而确立了统治地位。

6　摩拉维亚的村镇（现在捷克境内布尔诺附近），1805 年拿破仑在此大败反法同盟的俄奥联军。

7　美国城市，南北战争期间，1863 年北军在此大败南军，使战局发生转折。

量 之 歌

我在想着布满孤寂而迷茫的亮光的

清纯而又悄无声息的天空，

那爱默生可能曾经于无数个夜晚

站在康科德[1]的雪原寒风中瞩望过的天空。

这里的星辰过分地密集。

这里的人也过分地集中。

无数世代的飞鸟与昆虫、

满身都是花斑的豹子与毒蛇、

交错着盘绕缠结的树枝、

咖啡林、沙原和茵茵碧草

自古以来就统治着黎明的曙色

并织造起细密而无益的迷宫。

我们脚下踩死的每一只蚂蚁

也许都是上帝的唯一杰作，

都是上帝为执行其制约神奇世界

所必需的精确法规的组成部分。

如果不是这样，整个宇宙

就将成为一个错误、变作一团混乱。

乌檀和积水那平展如镜的表面，

梦中那光怪陆离的奇妙幻境，

苔藓地衣，水里游鱼，石珊瑚，

时间长河中的龟阵鳖群，

仅存一个黄昏的萤火虫，

南美杉那庄严肃穆的王国，

夜色无法抹掉的书册上的

一行行规整的文字，

这一切，我分辨不清，但是，无疑不比我

1　美国马萨诸塞州城市，爱默生 1834 年以后的定居地。

更少个性、更少费解之处。

我不敢妄评麻风病和天狼星座。

一九七〇年，圣保罗

卫　兵

亮光照了进来，我蓦然清醒；他就在那儿。

他开口对我说出了自己的名字，那就是（已经可以想象）
　我的名字。

我重又变成为了奴隶，在这十年里，这种情况有过不下
　七次。

他将他的记忆强加给了我。

他将日常的琐事、做人的秉性强加给了我。

我成了他的老看护，他强迫我为他洗脚。

他透过镜子、桌面和店铺的玻璃窥视着我。

这个或那个女人拒绝过他，我应该分担他的痛苦。

此刻，他在向我口授着这首诗，而我却一点儿都不喜欢。

他要求我糊里糊涂地学习那难学的盎格鲁-撒克逊语。

他使我把一些死去了的军人当成崇拜的偶像，而我却连一句话也不可能跟他们交谈。

在最后一阶楼梯上，我感觉到了他就在我的身边。

他与我同行、和我同声。

我对他恨之入骨。

我高兴地发现他几乎已经双目失明。

我身处一间圆形的囚室，环状的墙壁越缩越紧。

我们互不欺骗对方，但是却又都在说谎。

我们之间相互了解得太深，形影不离的兄弟啊。

你在喝我杯中的水、在咬我手中的面包。

自戕者的大门正开着，不过，神学家们断言：我将在另一个王国的无边黑暗中等待着我自己。

致　德　语

我注定要使用卡斯蒂利亚的语言[1]，

弗朗西斯科·德·克维多的号角；

然而，在那悠缓流逝的夜色之中，

另一些更亲切的乐音在我心底回荡。

有的——啊，那莎士比亚和《圣经》的语言——

是我从先辈那里直接继承而来，

另一些则是慷慨的机遇的馈赠，

不过，你啊，甜美的德意志语言，

却是我独自的选择和刻意的追寻。

通过刻苦钻研和学习语法条文，

通过无穷无尽的词形变化，

通过永远都不能确切释义的词典，

我终于得以逐渐地接近了你。

我说过自己的夜晚全被维吉尔占据，

不过，我本来也完全可以说

将那些时光给了荷尔德林 [2] 和安杰勒斯 [3]，

海涅让我听到了他至美的歌吟；

歌德向我展示了那尽管迟暮

但同时却又宽厚而恩爱的恋情；

凯勒 [4] 则描摹下了一只手放到

爱着自己的人的手中的玫瑰，

而那人已经死去，不会知道玫瑰是白是红。

你啊，德意志民族的语言，

你就是你自己的最为完美的杰作：

你是复合词语、开口元音

和能够转述希腊人的雕琢诗句

以及你那森林中和夜幕下的声息的辅音

共同编织而成的可爱法宝。

我曾经拥有过你。如今，在这龙钟之年，

我觉得你像代数和月亮一样遥远。

致那忧伤的人

昔日的一切依然完好如故：

撒克逊人的利剑和战绩，

拉厄耳忒斯[1]的儿子

流放期间到过的海域和岛屿，

波斯人的金色月亮，

无数哲学和历史的园地，

记忆那阴森的金色光泽，

深夜里飘散着的素馨香气。

那一切全都失去了意义。

你默默地搜寻着的诗句、

你梦里的涛涌或如锦夜色中

忘却了黎明的星辰都救不了你。

你所关注的只是一个女人，

那女人与别人一样，却又迥异。

---

1 Laertes，希腊神话中的英雄奥德修斯的父亲。在他等待儿子归来期间，雅典娜神奇地使之返老还童。

大　　海

大海。年轻的大海。尤利西斯的
和被伊斯兰教的人们
以海上辛伯达的名字播扬四方的
那另一位尤利西斯的大海。
傲然伫立船头的红发埃里克[1]的
翻腾着灰色波涛的大海，
那位在果阿的沼泽里写诗
赞颂和哀悼祖国的绅士[2]的大海。
特拉法尔加的大海。英格兰
在漫长历史进程中讴歌过的大海，
那在日常的实战演习中

染上了光荣鲜血的大海。

在宁静的早晨冲刷着

无边沙滩的汹涌不息的大海。

1　Erik Thorvaldsson（约950—10 03），俗称红发埃里克，挪威探险家，欧洲人在格陵兰的第一个居民点的创建者。
2　指葡萄牙诗人卡蒙斯（Luís de Camões，约1524—1580）。

致匈牙利的第一位诗人

今日之日对你实在是过分遥远，
就连能透过闪烁的星辰和死牛的脏腑
把不可知的未来预测的占卜师
也都没有可能做出任何估计推算，
兄弟和幽灵啊，如今无需吹灰之力
我就能在百科辞书里找到你的名字，
知道哪些条河流曾经映照过
你如今踪迹尽失、化作了尘埃的容颜，
知道哪些君王、哪些偶像、哪些武士、
你那永恒的匈牙利的哪一道光辉
给了你唱出第一支歌的灵感。

漫漫的长夜和无边的大海、

多少个世纪的演化变迁、

不同的气候、国度和血缘将我们断隔，

然而，对语言的神秘痴情、

对韵律与意象的追索

却莫名地将我们紧密相连。

就好像是伊利亚的弓箭手，

在一个空寞的黄昏，我孤身独处，

任由思念这无谓的矢镞无限制地飞去，

飞向那茫茫的黑暗终极。

我的呼唤不可能企及的前辈啊，

你和我注定永远都不能相聚。

对于你，我甚至都算不上是一个回声；

对于我自己，我是一种渴望和奥秘、

是一个充满神奇与恐怖的岛屿，

也许每一个人都是这个样子，

就像在另一片星空下生活过的你。

人 之 初

我就像是混沌初开时的部落民，

躺在岩穴里属于自己的那个角落，

努力想要潜入梦境那浑浊的水中。

被乱箭射伤了的各种凶禽猛兽，

就好像是游移不定的幢幢鬼影，

使黑暗充满了令人悚然的气氛。

我在此之前已经得到了某种承诺，

也许是一个誓言的执行和实现，

也许是怨敌横死于山林旷野，

也许是情爱，也许是魔石一片。

我错过了时机。被无数世纪蚀损了的

记忆只记得那个夜晚及随后的清晨。

我满怀着焦虑与渴望。突然间，

我听到了兽群狂奔着穿过黎明时

发出的那连绵不绝的嘈杂喧嚣。

栎树枝挽成的弓、锋利无比的箭，

我都弃置未用，只是奔跑着去到了

岩穴尽头那洞开着的缺口旁边。

我终于见到了。好似一片烧红了的火炭，

无数的犄角高耸，脊背如同小山，

黑鬃飘散，怒瞪着的眼睛乌亮滚圆。

数目难计，不知道有几千几万。

那是野牛，我说道。我的嘴巴

从来都未曾提及过这个名字，

但却觉得它们只能属于这一族类。

在见到黎明时分的野牛之前，

我仿佛从来就未曾有过眼睛，

仿佛是个瞎子或者死人。

它们从晨曦中涌出。它们就是晨曦。

我不希望那像天上的星辰一般冷漠的，

由天铸的野性、冥顽和威猛

汇聚在一起形成的洪流

遭到任何人的阻截与亵渎。

它们将一只挡住去路的狗踏在了脚下，

即使是人，也会遭到同样的命运。

随后，我将会用赭石和朱砂

在岩穴的洞顶描绘出它们的影像。

它们是主宰牺牲和荣耀的神祇。

我可是没有提起阿尔塔米拉洞窟[1]的名字。

我的生与死有过许许多多的形式。

1　西班牙北部桑坦德市西的一处洞穴，以保留有优美的史前绘画与雕刻而闻名于世。洞窟内鲜艳的红、黑、紫三色壁画画的主要是野牛，形象逼真生动。

引　　诱

基罗加将军自己走向了死亡，

他接受了杀手桑托斯·佩雷斯的邀请；

而在桑托斯·佩雷斯的背后，

潜藏着罗萨斯那只巴勒莫的蜘蛛。

作为最大的懦夫，罗萨斯非常清楚，

在所有的人当中，勇猛刚烈者

最多疏漏也最为脆弱。

胡安·法昆多·基罗加威猛无比，

以至缺少理智。这样的一个事实

足以激起罗萨斯的嫉恨。

他决心将之除掉。他反复思索犹疑，

终于找到了理想的武器：

那就是利用他对冒险的渴求与向往。

基罗加要出发去北方。几乎就在他登船的时候，

罗萨斯亲自对他发出了警告：

到处都在传说，洛佩斯正在策划

将他置于死地。他还好言劝说：

没有卫队，切不可贸然登程。

他还自告奋勇，愿意为他提供保护。

法昆多微微一笑。他不需要保镖。

他自己足以应付。于是，战船吱嘎地

逐渐将一处处村寨抛到了身后。

连绵的暴雨、浓雾、污泥、潮水

为航行增添了诸多艰辛麻烦。

他们终于望见了科尔多瓦城。

那里的人们把他们当成是幽灵显现。

人们以为他们早就已经离开了人间。

前一天晚上，整个科尔多瓦全都看到

桑托斯·佩雷斯在分发刀剑。

那队骑兵共有三十条山里的壮汉。

萨缅托后来写道：从未见过

这么明目张胆地策划一桩罪行。

胡安·法昆多·基罗加面不改色。

他继续北进。在圣地亚哥—德尔埃斯特罗，

他纵情于豪赌与心爱的冒险。

从黄昏到曙光初现的期间，

他或输或赢成百上千的金元。

风声越来越紧。他突然决定返航

并且立即下达了行动的命令。

在那荒无人烟的旷野山林，

他们重新踏上了险恶的征程。

在一个叫作水眼的地方，

客栈老板提醒他注意：

奉命杀他的那队人马

刚刚打那儿经过，

此刻正在什么地方等着。

一个都不能放走，这就是命令。

队长桑托斯·佩雷斯这么说。

法昆多丝毫没有惊慌退缩。

敢于加害于基罗加的人

还没有出生，他的回答掷地有声。

随行的人们面色苍白、沉默无言。

夜幕突然降临，只有那位

对自己冥冥中的神明深信不疑的

事主和强者没有失眠。天亮了。

他们不可能再次见到熹微的晨光。

这个已经被一再讲过的故事

到底有了个什么样的结局？

战船重又朝着雅科谷的方向驶去。

一八九一年

几乎没等我看清，他就已经消失。

笔挺的黑色衣服非常得体，

窄窄的额头和稀疏的胡须，

脖子上系着根普通的宽领带，

他走在黄昏时分的人群之中，

仿佛心事重重、旁若无人。

在彼德拉斯大街¹的角上，

他要了杯巴西蔗酒。一切如常。

有人同他道别。他未做回应。

他眼睛里闪耀着积淀的仇恨。

他又走过了一个街区，一曲民谣

飘出一座院落飞进他的耳朵。

那类吉他曲调总是让人心烦意躁,

他却跟着那节奏摇头晃脑,自己还不知道。

他抬起手来举到胸前,摸了摸

藏在背心下面的锋利匕首。

他要去讨还一笔陈债。很快就会结清。

他又走了几步,随即就戛然止步。

他看到门洞里有一朵刺蓟花。

他听见水桶落入池塘的响动、

听见一个熟得不能再熟的声音。

他推了一下那本来就开着的门,

仿佛人家已经在等待着他的光临。

今天夜里,他也许就会变成鬼魂。

----

1 布宜诺斯艾利斯市东南街名。

一九二九年

从前，太阳早早地就会照到

那对着最后一进天井的房间；

如今，旁边的高楼遮住了光线，

然而，在朦胧的黑暗中，

卑微的房客从天一亮就已经睡醒。

他小心翼翼地不出任何声响，

默默地喝茶、静静地等待，

不想惊扰隔壁屋子里的人。

又一个无所事事的日子，与往常一样。

胃里还是那平日的溃疡灼痛。

我的生活里不会再有女人了，他想。

朋友们令他生厌。自己肯定

也不讨别人喜欢，这是他的推测。

他们谈论弓箭手、绘画之类他不懂的事情。

他没有留意时间，不慌不忙地

站了起来，故意磨磨蹭蹭地刮了脸。

总得想法儿消磨光阴。

镜子里映出来的脸上

仍然保留着他从前的镇定。

我们比自己的容貌老得还快，

他想，可是，那眼角、那变成

灰色的胡须、那嘴巴仍然如故。

他拿起帽子，走出房间。在门厅里，

他看到了一张打开着的报纸。

他浏览了大字标题：

几乎只是听到过名字的国家里的内阁危机。

接着，他注意到了前一天的日期。

他松了一口气，没有必要再读下去。

外面，晨曦重又唤起了

他对有个新的开始的一贯期望，

重又送来了商贩叫卖的声浪。

他本来就无所用心，不过是茫然地

走街串巷，企图在人流中消匿。

他欣然地望着一幢幢新起的楼宇，

某种东西，也许是南风，令他欢畅。

他穿过如今改为科尔多瓦的里韦拉大街，

已经不再记得，很多年前，他对那里

曾经尽量趋避。他又走了两三个街区。

他认出了一溜长长的栅栏、

铁铸阳台的圆形围杆、

栽满碎玻璃碴子的矮墙。

仅此而已。一切全都事过境迁。

他在道牙子上绊了一下，差点儿跌倒。

孩子们发出了哄笑。他没去理睬。

此刻，他有意地放慢了脚步。

他突然停了下来。发生了什么事情。

如今变成为冷饮店的地方，

从前可是一家叫作菲古拉的商场。

（时间几乎过了半个世纪。）

就在那儿，一个从未见过面的滑头

把牌摸到十五点 [1]，赢得他非常之惨。

他怀疑那家伙做了手脚。

他不想多费唇舌，只是干巴巴地说道：

我如数照付，分文不少，

不过，然后咱们到街上去见个分晓。

那人欣然地接受了挑战：

赌技不行，刀法未必就好。

天上没有一颗星星。贝纳维德斯

递过去了自己的腰刀。格斗非常激烈。

在他的记忆中，不过是短短的一瞬，

只见凝滞的刀光一闪，接着就是一阵混乱，

对手带着长长的致命刀伤倒在地上。

为防有变，随后他又补了一刀。

1　一种牌戏。

他听到了人倒刀落的声响。

直到这时，他才感到自己的手腕受伤

并且还看见了血在流淌。

直到这时，他才从嗓子眼里

骂出了一句粗话，尽情发泄出了

心底的狂喜、愤怒与惊慌。

那么多年了，他终于找回

作为男子汉、作为勇者的幸福，

或者，至少是，在逝去了的岁月里，

曾经有过一回的那种感觉。

诺　　言

　　那是在普林格莱斯大街，伊西德罗·洛萨诺大夫给我讲了这个故事。他讲得非常简洁，我知道他以前曾经讲过，而且，看得出来，还是讲过了许多次，增加或者改动任何一个细节都会严重破坏叙述的谐和。

　　"事情就发生在这儿，时间大约是在一九二几年。我刚刚从布宜诺斯艾利斯学成归来。一天夜里，医院派人来叫我。我很不情愿地从床上爬了起来穿好了衣服，然后穿过空无一人的广场。在值班室里，欧德罗·里韦拉大夫对我说，委员会的一个坏蛋克莱门特·加雷，肚子上挨了一刀。我们为他做了检查。现在我已经见怪不怪了，可是，那会儿，看到一个人肠子翻在外面还真有点儿心里发颤。那人紧闭着双眼、

93

呼吸艰难。里韦拉大夫对我说道：

"'我说，年轻的同事，已经无能为力了。就让这个混蛋去等死吧。'

"我回答他说，既然半夜两点多钟把我叫了来，我就要尽力抢救。里韦拉耸了耸肩膀。我把肠子洗净放回了腹腔，然后缝合了伤口。那家伙连哼都没有哼一声。

"第二天我去看他。那人没死。他看了看我，握住我的手，对我说道：

"'对您，由衷感谢；对里韦拉，照价付钱。'

"从那以后，我每年过生日的时候都会收到一只羊羔。大概是从四十岁起吧，就再也没有收到那份礼物了。"

惊 人 之 举

莫隆的一位村民对我讲述了这件事情：

"谁都不太清楚莫里坦和帕尔多·里瓦罗拉怎么结下了仇，而且那仇还深得不得了。他们俩都属于保守党，我觉得，他们之间的交往是在委员会里开始的。对莫里坦，我已经完全不记得了，因为，他死的时候，我年纪还很小。据说，他祖籍是恩特雷里奥斯省。帕尔多比他多活了许多年。此人不是什么头面人物，甚至连个边儿也沾不上，但却有着那么一种架势。他个头不高，颇为敦实，衣着非常考究。两个人哪个都不是省油的灯，不过，里瓦罗拉更有心计，后来发生的事情确实也证明了这一点。他早就对莫里坦恨之入骨，只是表现得极为谨慎。在这一点上，我倒是赞成。杀人要坐牢，那么干可就太蠢了。帕尔多对自己的计划做了十分周密的安排。

"那是一个星期天的下午七点钟。广场上有很多人。里瓦罗拉像平时一样，悠然地混迹于人流之中。他穿着一身黑色的衣服，上装领口的扣眼里还插着一枝康乃馨。他由侄女陪着。突然，他蹲到地上，两只胳膊像翅膀似的上下扇动，嘴里还学起了鸡叫。人们惊讶地为他闪出了地方。一位有头有脸的人物竟然会变成了这副模样，而且是在整个莫隆的众目睽睽之下，在一个星期天里！他就这样一直扇动着胳膊、咯咯地叫着行进了半个街区，然后一转身朝莫里坦的家拐了过去。他推开铁门，纵身一跃闯到了院子当中。街上挤满了人。莫里坦闻声走了出来。他一看到死对头正朝自己扑了过来，就想退回到屋子里去，可是，一颗子弹打中了他，紧接着又挨了一枪。两名警察架走了里瓦罗拉。他死命地挣扎着，却没有停止学鸡叫。

"一个月之后，他被放了出来。法医说他突然精神失常。村里的人不是全都看见他的样子就跟鸡一模一样了吗？"

四 个 时 代

　　一共是四个故事。第一个，也是最古老的故事，讲的是一座一些勇敢的人进攻和保卫着的坚固城池。保卫者们知道那座城市必将遭到兵燹的劫难，而他们的奋战于事无补；而攻方的名将阿喀琉斯也明白自己注定要在胜利之前死去。岁月的流逝逐渐为这个故事增加了神奇的色彩。据说，千军万马为之丧生的特洛伊的海伦是一朵美丽的云彩、一个影子；据说，希腊人借以藏身的空腹大木马也是纯属子虚乌有。荷马说不定并不是头一个讲述这一故事的人。我记得有人在十四世纪留下了这么一句诗：The borgh brittened and brent to brondes and askes[1]。但丁·加布里埃尔·罗塞蒂[2]可能会认为特洛伊的命运早在帕里斯[3]爱上海伦的那一瞬间就已经决定了，而叶芝[4]

却可能把时间确定在丽达[5]同神化成的天鹅拥抱在一起的那一刹那。

另一个同第一个有关，是一个关于回归的故事。那是尤利西斯在险象环生的大海和邪祟遍地的岛屿漂泊、滞留了十年之久以后回到自己的祖国伊萨卡的故事，是北方诸神看到被毁了的家园重又从大海中再现苍翠与光艳并且找到了丢失在草地上的、从前玩过的象棋棋子的故事。

第三个是关于追求的故事。在这个故事里面，我们可以看到旧有形体的变异。伊阿宋和金羊毛；波斯人那三十只穿越高山和大海并看到了它们的上帝西摩格[6]的飞鸟，其实那上

1　这句英文诗的意思是"城堡破碎并化作了大火与灰烬"，引自优秀的头韵体诗《高文爵士和绿衣骑士》（*Sir Gawain and the Green Knight*）。这首诗收在撒克逊语古乐府中。——原注

2　Dante Gabriel Rossetti（1828—1882），英国诗人、画家。

3　Paris，希腊神话中特洛伊的王子。在他出生之前，他母亲曾梦见自己生下了一个火炬，这火炬点燃了特洛伊城，所以他在出生后被丢弃在山上，由一只母熊奶大。长大成人后，他身材俊美、膂力过人，后来因为诱拐海伦而引发了特洛伊战争。

4　叶芝作有名诗《丽达与天鹅》。

5　Leda，希腊神话中的海中仙女，斯巴达王廷达瑞俄斯的妻子。一天，在她洗澡的时候，宙斯变作天鹅投入她怀中。她随后产下两只蛋，从其中的一只里面生出了海伦。

6　Simurgh，传说中栖居于沙特阿拉伯的卡夫山中的大鹏。

帝就是它们自己和它们全体。从前，凡事都会有一个完满的结局。有人终于偷得了金苹果树的禁果[1]，有人终于夺走了格里亚尔杯[2]。如今，任何追求都将注定要以失败而告终。埃哈伯船长[3]找到了鲸鱼，但是那鲸鱼却使他死于非命；詹姆斯[4]和卡夫卡笔下的英雄们所期望的也只能是失败而已。我们的勇气和信心少得可怜，所谓的完满结局[5]只不过是人为的设计罢了。我们不能指望天堂，但是却可以相信地狱。

最后一个是关于神灵牺牲的故事。弗里吉亚的阿提斯[6]自残自戕；献祭给奥丁的奥丁，自己献祭给自己，在树上挂了整整九夜，而且还身带矛伤；基督被罗马人自己钉上了十字架。

一共是四个故事。我们在有生之年还将继续讲述这些故事，不过会经过改动。

---

1 希腊神话中黄昏三女神赫斯珀里得斯的果园里由毒龙守护着的金苹果树的果实，希腊英雄赫拉克勒斯在巨人阿特拉斯的帮助下将之窃走。
2 耶稣最后的晚餐中用过的酒杯。
3 美国作家梅尔维尔（Herman Melville，1819—1891）的长篇小说《白鲸》中的捕鲸船船长。
4 指美国小说家亨利·詹姆斯（Henry James，1843—1916）。
5 原文为英文。
6 Attis，源自古代小亚细亚弗里吉亚地区众神之母赛比利（又译库柏勒）的配偶，后来传至罗马帝国，主司草木，以自戕又复生象征草木的枯荣。

佩德罗·恩里克斯·乌雷尼亚的梦

佩德罗·恩里克斯·乌雷尼亚于一九四六年的某一天黎明时分所做的梦，奇怪得很，没有影像，只有慢条斯理的讲话声。那声音不是他的，但却很像他的。在那时间很短的梦中，尽管话题有些哀戚，语气倒是冷漠而平淡。不过，他知道自己睡在卧室里、妻子就在身边。黑暗中，那梦对他说道：

"大约是在几天前的夜里，在科尔多瓦大街的一个角落，你曾经同博尔赫斯讨论过塞维利亚无名氏的呼唤：啊，死神，*你悄悄地来吧，你总是驾着飞矢悄然而至*。你们怀疑那是对某一句拉丁文的刻意模仿，因为那类抄袭符合某个时代的习俗，而在那个时代里，完全不存在我们现有的那种经济考虑大于文学目的的剽窃观念。你们未曾怀疑、也不可能怀疑的是那句话的预言意味。再过几个小时，你将匆匆地赶往宪法广场火车站的最后一个月台，到拉普拉塔大学去讲课。你登上火车，将皮包放到行李架上，然后拣个靠着窗口的座位坐了下去。有人会同你搭讪。我不知道那人叫什么名字，但却看到了他的模样。你没有理睬他，因为你已经死了。你已经像平时一样同妻子和女儿道过别了。你将不会记得这个梦，因为，为了让事情成真，你必须忘掉一切。

宫　殿

　　那宫殿之大并非没有止境。

　　院墙、空地、花园、迷宫、台阶、坛圃、栏杆、门洞、巷道、庭园、方院、回廊、路口、水塘、前厅、后堂、卧室、书房、阁楼、监牢、囚笼和坟场，虽然多得如同恒河的沙粒，那数字终究会有一个极限。以楼宇为界，向西铺开的是铁器营、木工坊、牲口棚、造船厂和奴隶房。

　　任何人都只能涉足那座宫殿的一个极小的部分。有人甚至只到过地下的厅堂。我们可能见到过某些面孔、听到某些声音和话语，但是，我们所能接触的极其有限。有限却又美好。在石碑上镌下、在生死簿上登记日期则是我们死后的事情；一旦死了，议论也好、欲望也好、名声也好，全都与我们无关。我知道自己还没有死呐。

亨吉斯特需要人手
（公元四四九年）

亨吉斯特需要人手。

人们将会从海角天涯、从烟雾弥漫的茅舍、从穷乡僻壤、从虎狼出没凶险无比的密林深处蜂拥而至。

农夫将会放下犁杖，渔民将会丢弃鱼网。

他们将会抛妻弃子，因为男人知道自己在任何地方夜里都可以找到女人、都可以生儿育女。

雇佣兵亨吉斯特需要人手。

他需要人手去开发那个还不叫英吉利的岛屿。

追随他的人必须顺从而又残忍。

他们知道他在男人的事业上总是奋勇当先。

他们知道他有一次忘记了应该报仇、人们给了他一把出鞘的剑、那把剑做了他该做的事情。

他们将用桨划着没有罗盘、没有桅杆的船穿越大海。

他们将随身带着剑和盾、野猪状的头盔、让庄稼繁育的法术、朦胧的宇宙观念、关于匈奴人和哥特人的传说。

他们将夺地封疆，但却绝对不会进入罗马人丢下的城市，因为，对他们那蛮族的头脑来说，城市未免过于复杂。

亨吉斯特需要他们冲锋陷阵、烧杀抢掠、腐化堕落和被人遗忘。

亨吉斯特需要他们（他自己并不知道）缔造最强大的帝国、让莎士比亚和惠特曼放声高歌、让纳尔逊[1]的舰队辖制大海、让亚当和夏娃手牵着手默默地离开他们丢失了的乐园。

亨吉斯特需要他们（他自己并不知道）让我能写下这些文字。

1　Horatio Nelson（1758—1805），英国海军统帅。1805 年 10 月，他指挥英国舰队在特拉法尔加大败法国和西班牙海军，巩固了英国在海上的霸权地位。

仇 人 轶 事

逃避和等待了那么多年之后，这一次仇人终于来到了我的家里。我从窗口看到他艰难地顺着崎岖的山路攀缘而上。他拄着拐杖。在他的手里，那笨重的拐杖只能是根棍子，而不可能变成武器。我勉强地听到了期待中的微弱敲门声。我不无留恋地看了看自己的手稿、写了一半的文章和尽管不懂希腊文却破例放在手头的那本阿尔米多鲁斯[1]关于梦的著作。这一天又算白搭了，我想。我手忙脚乱地用钥匙开了门。我深怕他会跌倒，可是他却摇摇晃晃地走了几步，接着丢掉了手杖（那手杖立即消失得无影无踪），最后竟跌跌撞撞地倒在了我的床上。我曾经多次忧心忡忡地想象过他的模样，但是，只是到了那会儿才注意到他的样子很像林肯晚年的画像，就跟亲兄弟一样。当时大约是下午四点来钟。

为了让他能够听清我要说的话，我俯下身去对他说道：

"我还以为只有自己会老呐，其实别人也一样。咱们终于在这儿见面了，从前的事情已经毫无意义。"

在我讲话的时候，他解开了外套的扣子。他的右手放在上衣的口袋里面。有一件什么东西正指着我，我发觉那是一支手枪。

于是，他铿锵有声地对我说道：

"为了能够踏进您的家门，我不得不装出一副可怜兮兮的样子。现在您已经逃不出我的手心了，我可不是一个有什么恻隐之心的人。"

我想说点儿什么。我并非孔武威壮，只有言辞能够救我一命。我终于说道：

"很久以前，我确实伤害过一个孩子，不过，您已经不再是那个孩子，我也不再是那个不知轻重的人了。再说，报复和宽恕一样，都是面子上的事情，都是荒唐可笑的。"

---

1 Artemidorus，公元 2 世纪古希腊占卜家，著有《解梦》。

"正是由于我不再是那个孩子了，"他反驳我说，"所以才必须杀了您。这不是报复，而是讨回公道。您的辩白，博尔赫斯，只是因为害怕而耍的花招，想让我别杀了您。您已经别无选择了。"

　　"我还有一个办法，"我回答道。

　　"什么办法？"

　　"醒过来呀。"

　　我真的醒了。

致 冰 岛

我的躯体及身影

到过这美丽地球的许多地方，

其中最遥远也最亲切的是你，

世界的尽头啊，冰岛，

你这舟楫、耕犁和船桨、

晾晒着的鱼网、

从黎明起就溢满朦胧天空的

那奇特而凝滞的昏暗光线、

追踪已经消失了的

海盗帆影的劲风的国度。

你是一块圣地，你曾是

日耳曼民族的备忘录并挽救了

他们关于铁铸森林和林中的狼、

关于连鬼神也都闻风丧胆的

用死人指甲堆造的战舰的神话。

冰岛啊，自从那天早晨

父亲交给了当时还是孩子而至今仍然活着的我

一部《伏尔松萨迦》，

我就一直对你魂牵梦绕。

此刻，我虽然已经双目失明，

却还在借助词典缓慢地探讨着它的内容。

当躯体不胜心灵的重负的时候，

在火势已弱、已经变成灰烬之后，

开始耐着性子学做一件不见结果的事情

其实倒也非常不错。

于是，我就选择了你的语言，

那涵盖了一个半球的陆地和海洋、

曾经传播到过拜占庭

和美洲的荒蛮角落的北方拉丁文。

我知道自己不可能掌握，但是，

我期待的是那不期的收获，

而不是明知不可企及的成果。

那些悉心研究星辰或级数的人们

也许有的正是这样一种感觉……

只是出于爱，那愚蠢的爱啊，冰岛。

致 镜 子

不倦的镜子啊，你为什么那么执着？
神秘的兄弟啊，你为什么要重复
我的手的每一个细微的动作？
你为什么会成为黑暗中突显的光幅？
你就是希腊人所说的另一个自我，
你时时刻刻都在暗中窥探监视。
你透过飘忽的水面和坚硬的玻璃
将我跟踪，尽管我已经成了瞎子。
我看不见你，但却知道你的存在，
这事实本身使你变得更加可怖；
你是敢于倍增代表我们的自身

和我们的命运之物的数目的魔物。

在我死去之后，你会将另一个人复制，

随后是又一个、又一个、又一个……

致 一 只 猫

镜子并不是更为沉寂悄然，
飘忽的晨曦也非踪影难觅；
月光下，你就好像是那花豹，
我们只能从远处看到你的形迹。
受到莫名的天条的制约，
我们只能枉然地将你寻找；
你比恒河及彩霞还要遥远，
你注定孤独、注定玄奥。
你的脊梁可以任由我的手
缓抚轻摩。早在很久以前，
从那已经无从追忆的时候起，

你就接受了我真心的爱怜。

你活着，却属于另一个时代。

你是一个梦境般的封闭世界的主宰。

东　兰　辛

白天和夜晚

杂错着（交织着）[1] 回忆与焦虑：

焦虑是希望的一种形式，

回忆是我们为那顽固的忘却的疏漏所取的名字。

我一生都是那有着两个面孔的雅努斯，

望着日落，也望着晨曦；

我今天只想赞美你啊，可望的未来之期。

《圣经》描述过的和回荡着斧斫之声的地区，

我瞋目却不可能看到的树木，

卷带着我看不到的飞鸟的徐风，

渐入梦境乃至祖国的依依寒夜，

随着时间的推移而会逐渐熟悉的电灯开关和转门，

我会说一句"这又是一天"的醒来时分，

我的手将会触摸到的书籍，

将会只剩下声音的男女朋友，

我能看得到的唯一颜色晚霞的浑黄，

我歌唱所有的这一切以及

对布宜诺斯艾利斯的那些没有给过我幸福、

我在那里也不可能得到幸福的地方的

令人肝肠寸断的回忆。

东兰辛啊，我在傍晚的时候将你的霞彩赞颂，

我知道自己的话语可能非常精到确当，

但是，细究起来却又并不尽然，

因为现实是捉摸不到的，

因为语言只是一系列僵死的符号。

1　原文为英文。

密歇根、印第安纳、威斯康星、得克萨斯、加利福尼亚、亚利

　桑那，

我将努力将这些地方歌唱。

一九七二年三月九日

致 丛 林 狼

在多少个世纪里面，四处旷野的
漫漫沙原没有一个地方未曾领教
你无以计数的践踏和灰色狐狼、
贪婪鬣狗般的呜咽嚎叫。
在多少个世纪里面？这么说不对。
狼啊，时间倏忽而逝，与你无关；
你活得真诚干净，你活得投入，
我们的生活却愚蠢得不胜其烦。
你那曾经是近乎于想象中的长吠
在亚利桑那的荒漠里面回响，
在那里，到处都是沃野荒原，

在那里，你那消失了的孤吠重又激荡。

你曾经是我一夜的象征，

但愿这首哀歌成为你模糊的画像。

一 个 明 天

我已经年届七旬、

双目失明，

谁能发发善心

让我摆脱龙钟的老态，

摆脱如同一排排明镜般

千篇一律的日子，

摆脱礼数、拘囿和说教，

摆脱不断签发

以供尘封的名册，

摆脱充作记忆的书籍，

让我能够得到也许是作为阿根廷人

注定该得到的那充满生机的净土，

能够得到塞缪尔·约翰逊崇尚的

机缘和永恒探索

以及冒险的满足。

我曾经为自己没能成为像一八七四年去世的弗朗

西斯科·博尔赫斯

或者像要求学生热爱而自己却并不相信的心理学

　的父亲[1]

那样的人

而感到愧疚和羞辱，

我将忘掉给了我一定名声的文字，

我将成为奥斯汀人、爱丁堡人和西班牙人，

我将到我心目中的西方去寻找黎明。

祖国啊，你属于我，但只是在那永不磨灭的记忆

　里面，

而不是在以日为计的瞬息之中。

1　博尔赫斯的父亲豪尔赫·吉列尔莫·博尔赫斯是律师和心理学教师。

老虎的金黄

那威猛剽悍的孟加拉虎
从未曾想过眼前的铁栅
竟会是囚禁自己的牢房，
待到日暮黄昏的时候，
我还将无数次地看到它在那里
循着不可更改的路径往来奔忙。
此后还会有别的老虎，
那就是布莱克的火虎；
此后还会有别的金黄，
那就是宙斯幻化的可爱金属，

那就是九夜戒指 [1]：

每过九夜就衍生九个、每个再九个，

永远都不会有终结之数。

随着岁月的流转，

其他的绚丽色彩渐渐将我遗忘，

现如今只剩下了

模糊的光亮、错杂的暗影

以及那初始的金黄。

啊，夕阳的彩霞，啊，老虎的毛皮，

啊，神话和史诗的光泽，

啊，还有你的头发那更为迷人的金色，

我这双手多么渴望着去抚摩。

一九七二年，东兰辛

1　关于九夜戒指，有兴趣的读者可以参阅《小埃达》的第 49 章。戒指的名称是
　德劳普尼尔。——原注

JORGE LUIS BORGES

El oro de los tigres

图字：09-2010-605号

Jorge Luis
Borges

La rosa profunda

深沉的玫瑰

〔阿根廷〕豪尔赫·路易斯·博尔赫斯 著

王永年 译

上海译文出版社

题注：本诗集略去已收入《老虎的金黄》的《剑》、《小诗十三首》、《阿隆索·吉
　　哈诺的梦》、《致一位恺撒》、《瞎子》、《普洛透斯》、《再谈普洛透斯》、《雅
　　努斯胸像的独白》、《黑豹》和《一个明天》诸篇。

目 录

序　言

　　激发诗人灵感的缪斯的浪漫主义是古典诗人信奉的理论；诗歌作为智力活动的古典理论，是一位浪漫主义诗人埃德加·爱伦·坡在一八四六年前后提出来的。这一事实相当矛盾。除了个别孤立的、从梦中得到灵感的例子——比德提到的牧人之梦，柯尔律治的著名的梦——之外，两种理论显然都有其真实的成分，只不过分属诗歌进程的不同阶段而已（至于缪斯这个词，我们应该理解为希伯来人和弥尔顿所说的"灵魂"和我们可悲的神话称之为"下意识"的东西）。就我个人而言，那一进程多少是不变的。我首先看到一个仿佛是远处岛屿似的形式，后来演绎成一个短篇小说或者一首诗。我看到的是结尾和开头，而不是中间部分。如果吉星高照，这一部分逐渐明朗。我不止一次在暗中摸索，有时不得不从原路退回。我尽可能地少去干预作品的演变。我不希望作品被自己的见解所左右，我们的见解是最微不足道的东西。加工订货的艺术是天真的想法，因为谁都不知道执行的结果如何。吉卜林承认作家可以构思一则寓言，但不可能深入它的寓意。作家忠于的应该是他的想象，而不是一个假设"现实"的短暂的情景。

文学从诗歌出发，也许要经过几百年之后才能辨明散文的可能性。盎格鲁－撒克逊人历时四百年才留下一些值得赞扬的诗歌和勉强称得上是清晰的散文。语言本是魔法的符号，后来遭到时间的变本加厉的耗损。诗人的使命就是恢复——即使是部分恢复——它原来具有、如今已经泯没的优点。诗歌的任务有二：一是传达精确的事实，二是像近在咫尺的大海一样给我们实际的触动。有维吉尔的诗句为证：

悲从中来，泫然泪下。

还有梅瑞狄斯的诗句：

炉火逐渐熄灭之际，

我们才探索和星辰的联系。

或者卢贡内斯的这句亚历山大体诗，他的西班牙语颇有
拉丁古风：

芸芸众生，饱经忧患沧桑。

这些诗句在记忆中继续着它们变化不定的道路。

我多年从事文学，但没有什么美学原则。我们已经受到
习惯的自然限制，何必再添加理论的限制呢？理论好像政治
或宗教信仰一样，无非是因人而异的刺激。惠特曼写的诗不
用韵脚，自有他的道理；换了雨果，这种情况就难以想象了。

我读校样时，不太愉快地发现这个集子里有一些我平时
没有的为失明而怨天尤人的情绪。失明是封闭状态，但也是
解放，是有利于创作的孤寂，是钥匙和代数学。

豪·路·博尔赫斯

一九七五年六月，布宜诺斯艾利斯

我

颇骨、隐秘的心、

看不见的血的道路、

梦的隧道、普洛透斯、

脏腑、后颈、骨架。

我就是这些东西。难以置信,

我也是一把剑的回忆,

是弥散成金黄的孤寂的夕阳、

阴影和空虚的缅想。

我是从港口看船头的人;

我是时间耗损的有限的书本,

有限的插图;

我是羡慕死者的人。

更奇怪的是我成了

在屋子里雕砌文字的人。

宇 宙 起 源

不是混沌，不是黑暗。

黑暗需要眼睛才能看见，

声音和寂静需要耳朵分辨，

镜子要形象充斥才能反映。

不是空间，不是时间。

甚至不是预先考虑一切的神，

是他设置了第一个

无限夜晚之前的万籁俱寂。

不可捉摸的赫拉克利特的长河，

它神秘的过程没有让

过去流向未来，

遗忘流向遗忘。

有的苦恼。有的恳求。

现在。宇宙的历史之后。

梦

午夜的钟特别慷慨,

给了充裕的时间,

我比尤利西斯的水手们航行得更远,

驶向梦的境界,

超越人类记忆的彼岸。

我在那里撷取的一鳞半爪,

连我自己也难以理解:

形态简单的草叶,

异乎寻常的动物,

与死者的对话,

实为面具的脸庞。

远古文字的语句，

和白天听到的无法相比，

有时候引起巨大的恐惧。

我将是众人，或许谁也不是，

我将是另一个人而不自知，

那人瞅着另一个梦——我的不眠。

含着淡泊的微笑凝目审视。

勃朗宁决意成为诗人

在伦敦这些红砖墙的迷宫里面，

我发现我作出的选择

是人们最奇特的行业，

除非所有的行业都有它的奇特。

正如炼金术士

从游移不定的水银里

寻找点铁成金的哲人石，

我努力使普通的字句

——赌棍做了暗记的纸牌、百姓的钱币——

产生魔法似的效应，

正如托尔的神灵和轰响，

雷电和祈祷。

我要用今天的语言

道出永恒的事物；

努力不辜负

拜伦的伟大回声。

我生自尘土，归为尘土。

假如有个女人和我分享爱情，

我的诗句将直上九重天庭；

假如有个女人蔑视我的爱情，

我将把我的悲哀化为音乐，

一直回响在时间的长河。

后半辈子我将努力忘掉自己。

我将成为自己看不清的面庞，

成为接受神圣使命、

充当叛徒的犹大，

成为泥沼里的卡利班¹，

1　莎士比亚悲剧《暴风雨》中的人物，是魔鬼和女巫所生的畸形儿子、普罗斯彼罗的奴隶。勃朗宁在《岛上的自然神学》一诗里表达了卡利班对上帝和宇宙的粗浅认识。

我将像雇佣兵那样死去，

既无畏惧，又无信仰，

成为波利克拉特斯[1]，

惊恐地看到命运归还的指环，

我将成为恨我的朋友。

波斯人将给我夜莺，罗马给我宝剑。

面具、痛苦、复活，

拆散和编织我的命运，

有朝一日我将成为罗伯特·勃朗宁。

---

1 Polycrates（活动时期为公元前 6 世纪），古希腊爱琴海萨摩斯岛暴君，在位四十年事事遂心，为了避免天忌，他把最珍贵的指环投入海中，但在渔人进贡的鱼腹里发现那枚指环，预感到上天不接受他的祭献，厄运即将降临。公元前 522 年，奥隆特斯攻占萨摩斯岛，他被钉在十字架上。

清　单

要搭一张梯子才能上去。梯子缺了一档。

阁楼里堆满了杂物，

我们能找到什么？

一股潮味。

夕辉从熨衣室透进。

天花板的横梁很低，地板已经朽坏。

谁都不敢下脚。

有一张散了架的行军床。

一些没用的工具。

死去的人用过的轮椅。

灯具的底座。

巴拉圭吊床，流苏残缺不全。

鞍具和文件。

阿帕里西奥·萨拉维亚[1]参谋部的一张图片。

一个老式的烧炭熨斗。

停摆的挂钟，钟摆损坏。

镀金剥落的镜框，衬布不知去向。

一个硬纸板棋盘，棋子不全。

只剩两条腿的火盆。

一个皮箱。

一本发霉的《殉道书》，

作者是福克斯[2]，用花体字印刷。

一帧不知谁人的照片。

一张虎皮，毛板斑秃。

不知开哪扇门的一把钥匙。

---

1 Aparicio Saravia（1856—1904），乌拉圭将军、政治家，1897—1904 年间民族革命领袖之一。
2 John Foxe（1516—1587），英国殉教史学者，用拉丁文撰写了英国宗教迫害史和宗教改革家传记，自己译成英文，1563 年出版，书名《最近这些灾难日子里的行传与丰碑》，俗称《殉道书》。

楼里堆满了杂物，

我们能找到什么？

我树起这块碑，纪念遗忘和遗忘的事物，

和杂物混在一起，肯定不及青铜持久。

野　牛

庞然大物，咄咄逼人，无法辨认，

暗红的毛色像刚熄灭不久的火烬，

它在不知疲倦的荒山野岭

横空出世，岿然独行。

它昂起披着钢毛的颈背。

在这头古代公牛的愠怒里，

我看到了西部的印第安族

和阿尔塔米拉[1]的被遗忘的人。

我想野牛没有人类的时间概念，

记忆是它虚幻的镜子。

它的进展史易变而徒然，

时间同它毫无干系。

不受时间限制，不可计数，等于零，

它是最后也是第一头野牛。

1　西班牙北部桑坦德市西的一处洞穴，以保留有优美的史前绘画与雕刻而闻名于世。洞窟内鲜艳的红、黑、紫三色壁画画的主要是野牛，形象逼真生动。

自　杀　者

夜晚的星辰将会一颗不剩。

夜晚本身也将消失踪影。

我将离开人间，

整个无法忍受的世界与我同行。

我将抹掉金字塔、勋章、

大陆和面庞。

我将抹掉过去的积淀。

我将使历史灰飞烟灭，尘埃落定。

我瞅着最后的落日。

听到最后的鸟鸣。

我什么也没有留给后人。

夜　莺

维吉尔和波斯诗人笔下的夜莺，

你充满神话的歌声，

在昼夜不息的浩渺的莱茵河

或者英格兰的哪个隐秘的夜晚

传到我无知的耳畔，

消失在我的漫漫长夜中间？

我也许从未听到过你歌唱，

但是你我的生活相系，不可分离。

你在一本谜语书里

象征流浪的精灵。

水手管你叫作森林里的塞壬[1]，

你在朱丽叶的夜晚、

在复杂的拉丁篇章、

在犹太和日耳曼

另一个夜莺的松林里歌唱，

那是喜欢嘲笑的、激情和悲哀的海涅。

济慈总是把你的歌声传达给世人。

世界各地的人们

替你起了种种美丽的名字，

没有一个不和你的音乐相称，夜莺。

波斯人在梦中听到你，

为你心醉神迷。

你把胸口紧贴在刺上，

流尽最后的鲜血，

染红了你对之歌唱的玫瑰[2]。

1　Siren，希腊神话中人身鸟足的女妖，住在地中海小岛上，常以美妙的歌声引诱航海者触礁毁灭。

2　英国唯美主义作家王尔德的《快乐王子集》里有一篇童话，写的是诗人要找一枝红玫瑰送给他心爱的姑娘，但夏日已尽，花园里只剩白玫瑰，夜莺为了成人之美，把胸口紧贴在玫瑰刺上，用自己的鲜血染红了玫瑰。

我在空濛的下午不懈地仿效，

沙漠和海洋的夜莺，

你在记忆、兴奋和童话里

在爱情中燃烧，在歌声中死去。

我 这 个 人

徒劳的观察者在默默的镜子里

注视着自己的映像，

或者兄弟的身躯（反正一样），

我知道自己的徒劳不亚于他。

沉默的朋友，我这个人知道，

无论什么报复或宽恕

都比不上遗忘更有效。一位神道

给了人类消除憎恨的奇特诀窍。

我这个人尽管浪迹天涯，

却没有辨明时间的迷宫，

简单而又错综，艰辛而又不同，

个人和众人的迷宫。

我这个人什么都不是，不是战斗的剑。

我只是回声、遗忘、空虚。

小 诗 两 首[*]

埃·爱伦·坡

我梦过的梦。深井和钟摆。
芸芸众生中的人。利热亚¹……
但还有这另一个人。

间　谍

在众目睽睽的战斗中，
别的人为祖国献出生命，
大理石碑记载着他们的姓名。

我在我憎恨的城市里隐姓埋名

我言不由衷。

背弃了自己的荣誉，

出卖把我当成朋友的人，

我收买人们的良知，

对祖国的名字表示厌恶，

甘心忍受遗臭万年的骂名。

---

* 标题原为《小诗十五首》，共有 15 首诗，其中 13 首已收入 1972 年出版的
　《老虎的金黄》，此处从略，只保留两首。

1 美国作家埃德加·爱伦·坡同名短篇小说的女主人公，是讲故事人的前妻，
　因旧情未了，将现任妻子缠死后，借尸还魂。

西蒙·卡瓦哈尔

一八九〇年前后，在安特洛一带，

我父亲同他有过接触，也许交谈过，

言语不多，说了些什么已经忘记。

他只给人一个印象：

黧黑的左手背

有兽爪留下的伤疤。

牧场上各有各的工作：

一个是驯马师，另一个赶牲口，

他是个套马的好手，

西蒙·卡瓦哈尔是猎虎人。

假如有虎掠夺牲畜栏，

或者听到它在黑暗里吼叫，

卡瓦哈尔便上山搜寻。

他带着刀子和犬群。

终于在密林中同虎遭遇。

他嗾使猎犬上前。

黄色毛皮的猛兽朝人扑来。

他把斗篷缠在左前臂，

充当护盾和诱饵。

猛兽暴露出白色的肚腹。

感到钢刃插进它身体直至死亡。

致命的决斗无有穷期。

杀死的总是那个不朽的猛兽。

它的命运也是我的命运，

只不过我们的虎不断改变形状

有时叫憎，有时叫爱，或者意外。

不　可　知

月亮不知道她的恬静皎洁，

甚至不知道自己是月亮；

沙砾不了解自己是沙砾。

任何事物都不了解它独特的模样。

象牙的棋子和摆弄它们的手，

和抽象的棋艺都毫无关系。

人们欢少悲多的命运

也许是冥冥中某个主宰的工具，

这些事我们不得而知；

把他叫作上帝并不解决问题，

恐惧、疑虑和有头无尾的祈祷，

都是白费气力，徒劳无益。

哪一张弓射出我这支箭？

目标又是哪一座高山之巅？

布鲁南堡，公元九三七年 [*]

你身边空无一人。

昨晚我在战斗中杀了一个人。

他勇敢高大，显然有安拉夫的血统。

钢剑刺进胸口，稍稍偏左。

他颓然倒地，成了吃食，

乌鸦的吃食。

你再也等不到他了，我未曾见过的女人。

在黄色的洋面上，

逃逸的船只没有带上他。

黎明时分，

你在梦中伸手找他。

你的床铺寒冷。

昨晚我在布鲁南堡杀了一个人。

＊　韦塞克斯的国王们战胜了爱尔兰的安拉夫（奥拉夫）率领的苏格兰、丹麦和
　　不列颠联军，这首诗是一个撒克逊人的自白，其中有丁尼生翻译过的、极为
　　出色的颂歌的韵味。——原注

失 明 的 人

我瞅着镜子里的那张脸时，

不知道瞅着我的是谁的脸；

我不知道谁是那反映出来的老人，

带着早已疲惫的愠怒，默不作声。

我在幽暗中用手摸索

我不可见的容貌。一个闪念。

我隐隐约约看到了你的头发：

灰白的、甚至仍带金黄色的头发。

我再说一遍：我失去的只是

事物虚假的表象。

给我安慰的是弥尔顿，是勇敢，

我仍想着玫瑰和语言，

我想如果我能看到自己的脸，

在这个奇异的下午我也许会知道自己是谁。

一九七二年

我担心未来（已趋于消逝）

会是一条深邃的甬道，

两边尽是模糊、无用、衰败的镜子，

重复着虚幻的映像，

在入梦前的昏暗中，

我祈求我不知名的神灵，

在我有生之年给我一些人或事的启示。

他们做到了。给我的是祖国。

我的先辈为了祖国遭到长期放逐，

忍受贫困、饥饿，仍坚持战斗，

如今壮丽的冒险又在面前。

我不是我曾用诗句歌颂的那些

万古流芳的保护的阴影。

我已失明。年届七旬；

我不是东岸的弗朗西斯科·博尔赫斯，

他胸部受了两处枪伤，

躺在恶臭的野战医院，

在呻吟的伤病员中间死去，

但是今天遭到亵渎的祖国

希望我用语法学者的秃笔，

摆脱琐碎的学院气息，

代替剑的事业，

汇集轰轰烈烈的英雄业绩，

取得我的一席地位。我正在这么做。

挽 歌 [*]

三张十分古老的脸庞使我难以入眠：

一张是同克劳狄谈话的俄刻阿诺斯 [1]

另一张是暴戾恣睢的北海神，

每天黎明和黄昏胡乱地挥舞着钢剑，

第三张是死亡，它的别名是

不分昼夜地咬啮着我的时间。

千百年历史的沉重包袱

仿佛是个人的过错，

压得我喘不过气。

我想着那艘高傲的船

把丹麦王朝的始祖

许尔德的遗骸送归大海；

我想着高大的狼，它用蛇做缰绳，

把英俊的死去的神的白色

给了那条焚毁的船；

我想着横行大洋的海盗，

他们的血肉之躯

在海洋的重压下化为齑粉；

我想着航海者

漂流北方时望见的坟墓。

我想着我自己完美的死亡，

没有骨灰瓮，没有眼泪。

我们的全部往日 *

我想知道我的过去属于谁。

我是他们中间的哪一个？

是那个写过一些拉丁六韵步诗句

已被岁月抹去的日内瓦少年？

是那个在父亲的书房里

寻找地图的精确曲度

和凶猛的虎豹形状，

耽于幻想的孩子？

还是那个推开房门的孩子？

屋里一个人即将死去，

孩子在大白天

吻了那人临终的脸。

我是那些今非昔比的人，

我是黄昏时分那些迷惘的人。

流放者（一九七七年）

有人走在伊萨卡[1]的小路上，

对他的国王已经毫无印象，

国王在特洛伊征战多年；

有人想着继承的田地、

儿子和新铸的犁，

也许感到心满意足。

我，尤利西斯，在世界尽头，

我下过冥王的宫殿，见过底比斯人

提瑞西阿斯[2]的鬼魂，

他解脱了蛇对赫拉克勒斯[3]的纠缠，

赫拉克勒斯在草原上杀了狮子的幽灵，

同时又在诸神居住的奥林匹斯山。

今天有人在玻利瓦尔和智利，

可能很幸福，也可能不。

谁能告诉我就是他。

---

1 希腊神话中奥德修斯（罗马神话中称为尤利西斯）的家乡。

2 Tiresias，希腊神话中的底比斯人，无意中看到雅典娜女神沐浴，雅典娜一怒之下用水泼瞎了他的眼睛，又后悔自己的孟浪，便给了他听懂鸟语和占卜的本领，以及一根帮助他认路的拐杖。

3 Hercules，由希腊神话中宙斯和安菲特律翁之妻阿尔墨涅所生。出生时，宙斯的妻子赫拉出于忌妒，派两条毒蛇去害他，不料被他掐死。赫拉克勒斯少年时在客戎山上牧羊，杀死过一头狮子，剥下狮子皮当衣服。

为纪念安赫利卡而作

这个不幸而渺小的死亡

会带走多少可能的生命!

命运会把多少可能的生命

付诸记忆或者遗忘!

我辞世时，消亡的只是过去;

这朵花在无知流水中飘零，

随之破灭的是未来，

星辰摧毁的不可限量的未来。

我和她一样会死于

命运没有为我安排的无数结局;

我的阴魂始终正视着祖国，

将寻找祖国陈旧的神话。

一方朴素的大理石保留她的纪念，

历史在我们前面延伸，毫无顾念。

镜　　子

你为什么坚持，永不停息的镜子？

你为什么重复，神秘的兄弟，

我的手的最细微的动作？

为什么在暗处突然反射？

你是希腊哲人所说的另一个我，

一向在暗中监视。

在光滑的水面或坚实的玻璃上

你寻找着我，即使失明也难躲。

我看不见你，但知道你存在，

这件事增添了我对你的恐惧，

你居然成倍增加那些构成并且包括

我们的事物的数目，这事未免离奇。

你死去时将会复制另一个，

然后是另一个，另一个，另一个……

我 的 书

我的书（它们不知道有我这个人）

是我不可分割的一部分，如同这张脸

有着灰白鬓发和灰色的眼，

我在镜子里徒劳地寻找，

只能用手触摸。

我想到那些书页里

有些表达我思想的基本词句，

甚至是我自己写的，

它们却不知道我是谁，

想到这里不免有点伤心。

这样也许更好。死者的声音

将永远向我诉说。

护 身 符

一部斯诺里的冰岛《埃达》，丹麦印刷的初版本[1]。

五卷叔本华的著作。

两卷查普曼[2]翻译的《奥德赛》。

一把曾经转战沙漠的宝剑。

我曾祖父从利马带回的马黛茶罐，底座有盘绕的蛇形装饰。

一个水晶三棱镜。

几帧褪色的银版照片。

塞西莉亚·因赫涅罗斯给我的一个木制地球仪，

    那原是她父亲的东西。

一根曲柄手杖，曾伴我走遍美洲平原，

    哥伦比亚和得克萨斯。

几个装证书的金属圆筒。

一套博士袍和博士帽。

萨阿韦德拉·法哈多[3]的皮面精装的《从政之道》，

　　带着皮子的气味。

一个早晨的回忆。

维吉尔和弗罗斯特的诗句。

马塞多尼奥·费尔南德斯的声音。

几个人的爱或者对话。

这一切肯定都是护身符，但不能抵御我不知名的黑暗，

　　我不知名的黑暗。

1　布林约尔夫·斯韦恩松 1643 年发现的旧《埃达》，或称诗体《埃达》；一是新
　　《埃达》，或称散文《埃达》，由冰岛诗人斯诺里·斯图鲁松在 13 世纪初期写
　　成，是旧《埃达》的诠释性著作。
2　George Chapman (1559—1634)，英国诗人、学者，从 1598 年起翻译荷马
　　史诗，历时二十余年方完成，根据伊丽莎白女王时代的观点作了增添，甚至
　　改写，译文得到兰姆、柯尔律治等人的赞扬。
3　Diego de Saavedra Fajardo (1584—1648)，西班牙外交家、作家，作品有历
　　史学论著《从政之道，或基督教君主的理想》等。

目 击 者

那人在梦中看到了巨人，

正是在布列塔尼梦见的情景，

他决心干一番英雄事业，

两腿一夹，马刺猛踢洛西南特[1]。

灰不溜秋的人朝前冲去，

风车翼吱呀作声随风转动，

瘦马翻滚倒地；长枪断成两截，

成了无用的废物。

全身披挂的人躺在地上动弹不得；

邻居的孩子见他落马，

却不知道冒险的结局，

也不知道命运将带他去西印度国。

他消失在另一个平原的远处，

据说那只是风车的一个梦。

1　堂吉诃德坐骑的名字，在西班牙文中意为"瘦马"。

梦　魇

梦深处仍是梦。我每夜都希望消失

在为我洗尽白日的阴暗的水中，

但是在我们溶入虚无之前，

在那些纯净的水下面，

委琐的惊异在灰色的时刻搏动。

可能是一面镜子映出我变了样的面孔，

可能是一座有增无已的牢笼般的迷宫。

可能是一个花园。但始终是梦魇。

那种恐怖不是人间所有。不可名状的东西

从神话和云雾缭绕的昨日向我袭来；

可憎的形象留在眼底，迟迟不去，

侮辱了黑暗，也侮辱了不眠之夜。

当我的肉体静止、灵魂孤寂的时候，

我身上为什么绽开这朵荒唐的玫瑰？

东　　方

维吉尔用手摩挲

图案精致、色彩绚丽、

清新如水的织物，

骆驼商队经过遥远的时间和沙漠

把它运到维吉尔所在的罗马。

它将在农事诗句中长期传诵。

今天的丝绸。他以前从未见过。

一天傍晚，罗马法官下令，

把一个犹太人钉上十字架，

犹太人手脚被黑钉子穿透，溘然死去，

但是地球上世世代代的人们

不会忘记流血、祈祷

和小山冈上三个最后的人。

我知道有一本神奇的书，

用六道虚实相间的线条组成六十四爻，

占卜我们清醒和睡梦的命运。

多么奇妙的消磨时间的创造！

我知道恒河和东方以远的地区，

鞑靼王管辖的流沙河和金鱼，

还有把瞬间、回声、狂喜

凝固在几个音节里的俳句；

我知道那个黄铜瓶里

禁锢的一缕烟的妖魔，

以及他在黑暗中作出的许诺。

啊，蕴藏着不可思议的事物的心灵！

首先看到星辰的迦勒底。

首先看到葡萄牙大船的果阿。

我知道克莱武[1]的胜利以及后来的自杀。

1　Robert Clive（1725—1774），英国将军，用各种手段使印度和孟加拉沦为英国殖民地，1767 年回英国后遭到猛烈指责，自杀身亡。

吉姆和他的喇嘛朋友

始终探索拯救他们的道路。

茶的清香，檀香的馥郁。

科尔多瓦和阿克萨的清真寺，

还有老虎，像晚香玉一样精致。

这就是我的东方。是我的花园，

对你的回忆使我透不过气。

白　　鹿

我今天清晨梦见的白鹿

来自苍翠英国的哪个乡村民谣，

来自哪本波斯书的插图，

和我们往昔夜晚白日的神秘区域？

只有一秒钟的工夫。我见它穿过草原，

消失在虚幻的金黄色的下午。

轻灵的生物，只有一个侧面的鹿，

构成它的是些许记忆，些许遗忘。

支配这个奇特世界的神灵，

让我梦见你，但不容我成为你的主人；

在遥远未来的一个拐角，

我或许会再梦见你，梦中的白鹿。

我也是一个转瞬即逝的梦，

比梦中的草原和白鹿多几天时间。

永久的玫瑰 *

致苏莎娜·邦巴尔

伊斯兰历五百年，

波斯从寺院的尖塔上

眺望来自沙漠的长枪的侵犯，

内沙布尔的阿塔尔[1] 瞅着一朵玫瑰，

仿佛在沉思，而不是祷告，

他默不出声地对玫瑰说：

——我手里是你的模糊的球体。

时间使我们两个都衰老，并不知道

今天下午，我们在这个败落的花园里。

你在空气中轻灵湿润。

你一阵阵的芳香

向我衰老的面庞升腾，

那个孩子在梦中的画面里

或者早晨在这个花园里隐约看见你，

但是我比他远就感知你的存在。

你的颜色可能像阳光那么洁白，

或者像月亮那么金灿，

像胜利的剑那么橙黄坚实。

我是盲人，什么都不知道，但我预见到

道路不止一条。每一件事物

同时又是无数事物。

你是上帝展示在我失明的眼睛前的音乐、

天穹、宫殿、江河、天使、

深沉的玫瑰，隐秘而没有穷期。

---

* 标题原文为英文。
1 Farid od-Dīn Aṭṭār（约1142—约1220），波斯神秘主义诗人。

Jorge Luis
Borges

La moneda de hierro

铁币

[阿根廷] 豪尔赫·路易斯·博尔赫斯 著

林之木 译

上海译文出版社

目 录

序　言

　　一位作家，在活了整整七十年之后，即使再笨，也已经明白了某些事情。首先是自己的局限。他比较有把握地知道什么事情可为和——无疑更为重要——什么事情不可为。这一事实，也许令人扫兴，既适用于一代人，也适用于一个人。我认为我们这个时代产生不出来品达体颂歌、广引博征的历史小说或者诗体辩护词；我认为，也许近于天真，我们还没有完全开发变幻万千的十四行体和赫赫有名的惠特曼自由体诗的无限表现力。我还认为，抽象美学是一种虚幻的梦想、漫长的晚间聚会的愉快话题或者激励和困扰的源泉。如果抽象美学是单一的，艺术也就是单一的了。事实并非如此，所以我们才可以同时欣赏雨果和维吉尔、罗伯特·勃朗宁和斯温伯恩[1]、斯堪的纳维亚和波斯的作家及诗人。撒克逊人的粗犷音乐和象征主义的缠绵曲调同样让我们心荡神怡。每一件事物，不管是多么短暂和轻微，都会给我们一种特别的美感。每一个词汇，尽管已经存在了多少个世纪，却仍然能够开始一个新的篇章和对未来产生影响。

至于我本人……我知道，这个于整个一九七六年的过程中在东兰辛的荒凉校园里和回到祖国之后偶然命笔杂凑起来的集子，就其价值而言，和以前出过的相比，不会有大的突破也不会更为逊色。这一大家都能接受的保守估计使我有了一种无需承担责任的轻松感。我有时候写得很随意，因为人们对我的看法不取决于我的诗文而是取决于对我所有的各种各样但却相当准确的印象。我会记下梦中听到的模糊话语并取名为《一个梦》[2]。我会将一首关于斯宾诺莎的诗重写并且很可能改得很糟。最后，我会沉醉于先辈的信念和那另一个为自己的晚景增彩的发现：英格兰和冰岛的日耳曼渊源。

我没有枉生于一八九九年。我的习惯可以追溯到那个世

1　Algernon Charles Swinburne（1837—1909），英国诗人、评论家。
2　原文为德文。

纪乃至以前，而且我还力图不要忘记自己那遥远和已经变得模糊了的祖先。在序言里是可以讲真话的。我一向怯于讲话，但却喜欢倾听别人的言谈。我忘不了父亲、马塞多尼奥·费尔南德斯、阿方索·雷耶斯和拉斐尔·坎西诺斯－阿森斯的真知灼见。我知道自己在政治方面根本没有发言权，不过，也许人们能够原谅我说一句：我不相信民主，那是一种对统计学的亵渎。

豪·路·博尔赫斯

一九七六年七月二十七日，布宜诺斯艾利斯

不能再现的往事的哀歌

我多么怀念

那一条两侧竖立着矮墙的土路

和在旷野中的一个平常的日子、

一个没有日期的日子里

遮蔽了初显的晨曦的

那位魁伟的骑士

（身披长大而破旧的斗篷）。

我多么怀念

并不知道自己将以博尔赫斯为姓氏的母亲

在圣伊雷内庄园

瞩望旭日升起时的情景。

我多么怀念

曾经参加塞佩塔的战斗 [1]

和看到埃斯塔尼斯劳·德尔坎伯

迎着第一颗子弹走去时的

那种豪壮的从容。

我多么怀念

父亲每天夜里

在临睡之前

而最后一次

是在一九三八年二月十四日

推开的秘密别墅的那扇大门。

我多么怀念

亨吉斯特率领的舰队

从丹麦的一处海滨起锚

前去征服

当时还没有称作英格兰的岛屿的壮观场面。

1　指阿根廷独立后，联邦派和集权派于 1820 年发生在塞佩塔地区的战争。

我多么怀念

（我曾经拥有、后来又丢失了的）

透纳那片如同乐曲一般

宏大的金瓦。

我多么怀念

作为陪审官

面对那位在喝下毒药之后的那天下午

当蓝色的死神

正缘着已经冰冷了的双脚爬升的时候

还在镇定自若地

援引神话与推理

探讨不朽问题的苏格拉底[1]。

我多么怀念

你说你爱我、

我欣喜和幸福得

直到天明都未能成眠的日子。

1　苏格拉底于公元前 399 年被法庭以"不敬神"的罪名判处死刑，遂服毒。

苏亚雷斯 *上校

那刚毅而忧郁的面庞

在晨曦中显得镇定而昂扬。

一只狗从人行道上一闪而过。

黑夜已经过去，天还没有大亮。

苏亚雷斯望着村落及其周围田野、

一处处庄园、一片片牧场、

牲口贩子们踩出的小道、

恒久的大地的宁静风光。

我从幻觉中看到了你啊，

年轻的军人，你就是曾经主宰

那场发生在胡宁、改变了

人们的命运的战役的英雄。

那微带哀伤的高大身影

仍然伫立在辽阔南国的某处旷野之中。

---

* 指博尔赫斯的曾外祖父伊西多罗·苏亚雷斯。

梦　魇

我梦见了一位古代的君王。

他头戴铁盔、目中无光。

这种形象如今已经无处可觅。

威武的佩剑永伴身边，像忠实的狗一样。

我不知道是诺森布里亚还是挪威，

只知道他的国土在北疆。

浓密的红髯直抵胸口。

那天神的眼睛未曾对我瞩望。

这个灰色的威严人物

让我感受到了他的经历与忧伤，

他出自哪一面已经模糊了的镜子、

哪一艘曾经转战四海的军舰之上？

我知道他伫立在那里梦见了我并把我审视。

日光驱散了黑夜。他却没有退避躲藏。

前　夕

不可计数的沙粒，

奔腾不息的江川，

比影子还轻盈的飞雪，

一片树叶的微阴，

静谧的海岸，转瞬消泯的泡沫，

野牛及无回的箭矢的故道，

一处又一处天地，

稻田和薄雾，

山岭，沉寂的矿藏，

奥里诺科河[1]，土、水、风、火

汇成的错综游戏，

温顺禽兽出没的广阔地域，

这一切将会从我的手中将你的手抽走，

不过，此外还有黑夜、黎明、白昼……

1　南美洲主要河流之一，主要流域在委内瑞拉境内。

东兰辛的一把钥匙

致胡蒂丝·马查多

我是一个打磨得光洁的钢件。

参差的边缘并非随意铺展。

我被串在钥匙环上

躲在柜斗里闷头酣眠。

有一把锁头在把我等待，

只有一把。铁皮和玻璃制成的门板。

就在那坚实门扉的另外一侧，

隐藏着实实在在的家室空间。

昏暗中，高大而空荡的镜子

守护着日夜的交替循环、

先辈留下的遗像

以及照片上依稀可寻的昨天。

我总有机会推开那牢固的大门，

让那锁头不再成为阻拦。

祖国的哀歌

黎明呈现出一片铁灰而并非金灿。

那黎明属于一个港口和一片沙原、

为数有限的显赫家族与权贵、

跨越昔日与今天的基本开阔空间。

随后就是同哥特佬们的战争。

到处都是英勇拼杀和胜利呼唤。

巴西[1]和暴君[2]。一部兵荒马乱的历史。

无所不为而又无所不用的极端手段。

周年纪念的红色日期，

大理石的富丽，耸立的高碑，

空泛的议论，长篇的演讲，

百年和百五十年的庆祝会，

这一切不过是一团旧焰留下的

些许微不足道的余火轻灰。

1 巴西于 1822 年脱离葡萄牙，佩德罗一世建立了巴西帝国，实行独裁统治并在
  1825 年发动了对阿根廷的战争。
2 指罗萨斯，他从 1829 年任布宜诺斯艾利斯省长起开始独裁统治直至 1852 年
  被推翻。

伊拉里奥·阿斯卡苏比

（1807—1875）

曾经有过那么一个幸福的时代。

人们以同样的欢愉激情

面对爱情的到来和沙场的召唤。

亵渎情感的恶魔还没有将人民的名义盗用。

那如今已被摧残了的黎明年月，

正是阿斯卡苏比生活和战斗的时期，

他为高乔人唱出了一首首颂歌，

称赞他们只需一声号令就肯为国捐躯。

他代表了大众。既是领唱也是合声，

他是时光长河里的普洛透斯：

在蔚蓝的蒙得维的亚，他是士兵；

在加利福尼亚，他曾经将黄金寻觅。

他是宝剑在清晨的欢快闪烁。

如今，我们只是茫茫黑夜而已。

一九七五年

墨　西　哥

竟会有那么多事情完全一样！骑士与平川、

尚武的传统、白银与桃花心木家具、

用以为卧室增加温馨的安息香

以及由拉丁语衍生而成的西班牙语。

竟会有那么多事情截然不同！死去了的凶神

编织起来的充满着血腥的神话、

使荒漠变得恐怖阴森的仙人掌

以及对黎明前的黑暗的衷情。

又有那么多事情万古不变！没人理会的

轻柔月光洒满地面的庭院、

纳赫拉[1]诗里被人遗忘了的零落紫罗兰、

回涌到沙滩上的波涛的冲击连绵。

人在临终之时袒卧在床上

静候着死神的莅临。他要的是真正的死亡。

1　Manuel Gutiérrez Nájera（1859—1895），墨西哥诗人。

秘　　鲁

无边的世界蕴涵着种种事物，

我们只能模糊地了解其中的极少数。

忘却和机遇使我们无缘尽知。

我小时候知道的秘鲁只是普雷斯科特[1]的著述。

当然，还有悬吊在马鞍架上的

那锃光雪亮的银盘、

雕有蜿蜒蛇纹的银质茶具、

血腥战斗中的长矛挥闪。

后来就是晚霞笼罩的海滨、

庭院、栅栏和喷泉的幽秘、

埃古伦[2]笔下的轻柔诗句、

山顶上的庞然古代石城遗迹[3]。

我活着，只是一个在黑暗胁迫下的影子；

我将死去，但却不可能尽览无尽的家事。

1 William Hickling Prescott（1796—1859），美国历史学家，主要研究西班牙历史，在拉丁美洲历史方面著有《墨西哥史》和《秘鲁征服史》等。
2 José María Eguren（1874—1942），秘鲁后现代派诗人。
3 指秘鲁中部安第斯山中的古代印加人的要塞城市马丘比丘的遗址。

致曼努埃尔·穆希卡·莱内斯 [*]

伊萨克·卢里亚 [1] 公然宣告：永恒的《圣经》

有多少个读者就会有多少种解释。

每一种解释都自然成理无可挑剔，

取决于读者情况、版本和阅读时机。

你对祖国的诠释恢弘而光艳，

犹如白昼的光焰照亮我混沌的迷茫，

那称赞将《颂歌》嘲弄。（我对祖国的概念

不过是对愚蛮的刀剑和昔日的勇敢的向往。）

忽而是《赞歌》发出的豪迈震荡，

忽而又是那几乎冲决诗歌框架束缚的

属于你的未来新王国的民众

及其奔腾流泄的欢乐与忧伤。

曼努埃尔·穆希卡·莱内斯啊，你和我

曾经拥有过一个祖国（记得吗？），却又将它沦丧。

一九七四年

---

* Manuel Mujica Láinez（1910—1984），阿根廷作家。

1 Issac Luria（1534—1572），犹太教喀巴拉派思想家，曾提出新的创世说。

宗教裁判所的法官

我本该是殉教者，却成了刽子手。

我用火陶冶了人们的心灵。

为了能让自己的灵魂得救，

我祷告、自赎、哭泣和苦行。

在熊熊的烈焰中，我们看到了

出自我嘴里的判决命令：

净化的火堆和痛苦扭曲的身躯，

恶臭、嚎叫和垂死的拼争。

如今我死了，忘记了呻吟的人们，

但是，我知道，这见不得人的内疚

是旧罪之外重又犯下的新罪，

岁月的长风强似怨尤与悔恨，

旧我和新罪都将被席卷而去。

我终于涤清了心头的污秽。

征 服 者

我的名字是卡夫雷拉和卡尔瓦哈尔[1]。

我历尽了沧桑，尝遍了酸辛。

多少次我死了以后又得以复生。

我是楷模。而他们，不过是凡人。

我是十字架和西班牙的游击战士。

在那块异教大陆人迹未至的地方，

我频频地点起了战争的火焰。

是我最先涉足于巴西的蛮荒。

我的剽悍让蛮族闻风丧胆，

然而，我不是为基督、不是为国王、

也不是为耀眼的黄金拼死征战。

美丽的宝剑和狂暴的搏杀

才是我建功立业的力量源泉。

别的无关紧要。我曾经活得勇敢。

———————————

1　Jerónimo Luis Cabrera（1528—1574），Francisco de Carvajal（1464—1548），
均为西班牙在美洲的远征军的军人。

赫尔曼·梅尔维尔

他一直处在先辈的大海的包围之中，
正是那些撒克逊人给那大海取下了
"鲸鱼之路"的名字，将鲸鱼及其
漫游的大海这两个庞然大物
紧紧地联系在了一起。
那大海永远都属于他。
早在他的眼睛看到远海的惊涛之前，
他就透过《圣经》那另一片大海
或者各种画面
将那大海渴望和拥有。
成年后，他投身于地球的

所有洋面海域和没完没了的航行，

看到了利维坦 [1]

染红的鱼叉和缤纷的海滩，

熟悉了夜晚与黎明的气味，

习惯了潜伏着危难的天际，

感受了成为勇敢者的幸福

和最后见到伊萨卡的欣喜。

作为大海的征服者，他也曾

在作为山峦根基的大地上落脚，

在那里，一个不受时光的影响

而沉睡的罗盘标出了一条朦胧的轨迹。

在果园的浓荫庇护下，

梅尔维尔在新英格兰度过黄昏，

但大海却是他的归宿。

深不可测的大海以及风暴

和对白色的厌恶

————————————

1　Leviathan，犹太教神话中的怪兽，或为鲸，或为鳄，或为蛇。

成为受了伤的"皮阔德号"[1]船长的耻辱。

那是一本大书。那是蓝色的普洛透斯。

---

1 《白鲸》中捕鲸船的名字。

天　真

每一个黎明都会营造出

足以改变最为冥顽的命运的奇迹。

人类的脚掌已经在月球上留下了印痕，

执著的追求消除了岁月与里程的距离。

蓝天上明显地潜伏着蔽日的梦魇。

地球上所有的每一件东西

都同时是自己、是反衬或者竟属虚幻。

我只对平凡的事物感到惊异。

我奇怪一把钥匙居然能够打开一扇门，

我奇怪自己的手居然确实无疑，

我奇怪希腊人的伊利亚疾矢

居然没能射中不可企及的目的。
我奇怪锋利的宝剑居然会美、
奇怪玫瑰居然会有玫瑰的香气。

月　亮

致玛丽亚·儿玉

那金灿的地方实在凄凉。

高悬夜空的月亮

并不是当初亚当见到过的情形。

人们无数世纪的凝注使它积满了泪水。

看吧。它就是你的明镜。

约翰内斯·勃拉姆斯

我只是一个不速之客，贸然闯入了

你慷慨留给后世的百花园，

却曾不自量力地妄想

把你的提琴送向蓝天的乐音歌赞。

如今我已打消了这一念头。

人们通常吹嘘的艺术猥琐不堪，

怎能将你的威名提及。

称颂你的人必须清白而又勇敢。

我是怯懦之辈，注定没有作为。

讴歌你那慈爱的心中

如火似水般至纯至真的欢情

实属不能原宥的大胆冒犯。

我只能调动那污秽的词语

表述无谓的声响和空泛的概念；

你是那奔流不息的长河大川，

无欲无求，无悔无怨。

终　　结

年迈的儿子，没有来历的人，

本该已经死去了的孤儿，

徒然地将那空荡的房屋占据。

（那房屋曾为两人共有而如今成了陈迹。

现在又变作两人的相聚之地。）命运艰辛，

那悲伤的老人在茫然地

把曾经属于自己的声音寻觅。

奇迹也许不会比死亡更为令人惊异。

我们命中经历过的种种事情

不同凡响却又平淡无奇，

那像大地一般无边无际的揪心记忆

将会无休止地萦绕在他的心里。
上帝或者机缘或者空蒙啊，求求你
还给我那不灭的形象而不是忘记。

致　父　亲

你希望能够死得彻彻底底，

包括伟大的心灵和肉体。

你希望走进另一片黑暗的时候，

不会发出怯懦和痛楚的哀泣。

我们看到你平静地离去，

就像当年你的父亲面对着弹雨。

血腥的战神未曾借给你翅膀，

死神却在渐渐地剪断生命的丝缕。

我们看到你面带微笑漠然与世长辞，

并不指望在另一个世界里有所发现，

不过，说不定你的影子早已经

看到了希腊的柏拉图梦想过的、

你曾经不厌其烦地反复对我讲过的典范。

没人会知道石碑预示着的是什么样的明天。

剑 的 命 运

那另外一位博尔赫斯的宝剑

已经不再记得自己的战绩:

奥里维[1] 对蓝色的蒙得维的亚的长期围困,

浩荡的大军,卡塞罗斯战役[2]

那渴望已久却又轻易取得的胜利,

错综复杂的巴拉圭,时光,

射中他的躯体的两颗子弹,

被鲜血染红了的河水,

恩特雷里奥斯的流寇,

三边地区的最高长官,

荒漠里的战马与长枪,

圣卡洛斯和胡宁，最后的冲击……

上帝让它大放异彩，而它却麻木不仁。

上帝让它有过可歌可泣的经历。它却毫无生气。

它像草木一般无声无息，

根本就不再记得那强悍的手臂和战斗、

不记得那精心雕琢过的把柄、

不记得那为了祖国而崩损了的锋刃。

它只不过是博物馆的橱窗

遗忘了的展品中的一件、

只不过是一个象征、一种过去了的辉煌、

一件弯形利器，已经没人再去注意。

也许我的无知与别人无异。

1　Manuel Ceferino Oribe（1792—1857），乌拉圭民族主义战士，第二任总统
　　（1835—1838），后移居阿根廷，得到罗萨斯的器重。1842年率领阿根廷军队
　　重返乌拉圭，围困蒙得维的亚达数年之久。

2　指1852年阿根廷独裁者罗萨斯的军队在卡塞罗斯被乌尔基萨打败，罗萨斯随
　　即逃亡并客死英国。

愧　疚

我犯了一个人所能犯的最大过错。

我未曾能够得到幸福。

但愿那无情的忘却冰川

将我裹挟而去、让我踪影全无。

我的父母将我孕育，指望着

我能有一个壮烈而美好的人生，

历经土、水、风、火的洗礼。

我辜负了他们的苦心，

他们的殷切希望没能实现。

我的心思全部用于了艺术，

编造着毫无意义的作品。

他们给了我胆识。我却没有成为勇敢的人。

生而不幸的阴影不肯弃我而消散，

一直在我的身边与我相伴。

公元九九一年 *

　　几乎所有的人都以为是急剧变化的战局将他们逼进了松林。他们一共是十个或十二个人，时值黄昏。这些原本种地打鱼、吃尽人间辛苦和早就疲惫不堪了的人们如今成了战士。他们对别人的和自身的痛楚都已经麻木。伍尔弗雷德肩上中了一镖，在离松林几步远的地方一命呜呼了。没人为朋友的不幸动情，谁都没有回头去看上一眼。直到躲进浓密的树阴下之后，大家才颓然倒下，不过并没有放下手中的盾牌和弓弩。艾丹坐在地上打破了沉默。他讲得慢条斯理，就像是自言自语。

　　"比尔特诺斯，咱们的老爷，已经不在了。现在，我年纪最大，很可能也是体力最强的人。我不知道还能活多久，不过，我看那时间不会长过从早晨到现在。钟声把我吵醒的时候，沃费思还在睡着。我岁数大了，觉轻。我从门口看到了水寇（就是那些海盗）的条帆，他们已经抛锚靠岸了。我们备好了庄园里的马匹，跟着比尔特诺斯走了出来。我们当着敌人的面分发了武器，很多人的手头一次学会持盾握剑。海盗的来使从河对岸提出要我们给他们一批金镯子，咱们老爷回答说，他只有古传的宝剑。两军之间横着一条涨了潮的河。对交战，我们是又怕又想，因为是在所难免啦。沃费思待在我的右边，差点儿让挪威人的箭给射中。"

沃费思心有余悸地打断他：

"爸，是你用盾挡掉了。"

---

* 这是马尔登战役的日子。在英格兰，这次战役之所以出名是得益于那首记述了其过程的叙事歌谣。埃塞克斯的民兵被奥拉夫·特吕格瓦松的北欧海盗所打败。他们在毫无希望的情况下先后战死，因为他们的指挥官已经阵亡，为了荣誉，他们不能偷生。在那首篇幅很短的史诗里面，与当时风行的讽喻风气截然不同，有许多极具特色的描述，这些描述为后来的冰岛"萨迦"的技巧开了先河。我把诗人想象成为撒克逊人的头领的儿子，正是这位头领命令自己的儿子不能死，从而救了他一命并使那次战役的情况得以流传了下来。——原注
马尔登战役见于一首描写东撒克逊人与北欧海盗的一场冲突的古英语英雄诗篇。作品的首尾已佚，只残存 325 行。埃塞克斯是英格兰东部的一个郡。奥拉夫·特吕格瓦松（约 964—约 1000），即挪威国王奥拉夫一世。

艾丹接着说道：

"我们这边有三个人守着桥。水寇们提出让我们允许他们涉水过河。比尔特诺斯答应了。他之所以这么做，我觉得，是因为他很想较量一下，并且也想用我们心中的信念去震慑那帮异教徒。敌人高举着盾牌过了河集结在岸边的草地上。接着双方就交起手来。"

人们认真地听着。他们回味着艾丹提到的每一件事情，仿佛只是到了这会儿，当有人用嘴讲出来了之后，才恍然大悟。他们从一大早起就在为英格兰、为他们未来的辽阔帝国而战斗了，但是自己却还不知道。沃费思很了解自己的父亲，他怀疑那不紧不慢的演说有别的用意。

他接着说道：

"有几个人当了逃兵，他们将遭到人民的唾骂。咱们这些还活着的人中，没人没有杀过挪威佬。比尔特诺斯死的时候没有祈求上帝饶恕自己的罪孽，他知道人人都没有过错。他感谢上帝让他在人间度过了幸福的岁月，特别是能有这最后的一天、能够战死沙场。我们有幸亲眼看到了他倒下以及其他许多人死在了这场轰轰烈烈的战斗之中和他们的非凡表现。

我知道怎么死才最值得。咱们抄近道，赶在海盗们的前面抢占村庄。然后，埋伏在道路的两侧，用箭射他们。经过长时间的拼杀，大家都已经筋疲力尽了。我把你们带到这儿来，就是为了喘口气。"

这时候，他已经站了起来。他像所有的撒克逊人一样，坚定而高大。

"然后怎么办，艾丹？"他们当中最年轻的一个问道。

"然后，他们会杀了我们。老爷死了，咱们没有理由再活下去。今天早晨是他领着咱们战斗，现在由我来指挥。我可不容许出现胆小鬼。这就是我要说的。"

人们全都站了起来。有人忍不住发出了"哎哟、哎哟"的叫声。

"咱们一共是十个人，艾丹。"那个年轻人说道。

"是九个。沃费思，儿子，我现在在跟你讲话。我要你做的事情并不简单。你必须独自离开我们。你要退出战斗，要让人们永远记住今天这个日子。只有你能够做到这一点。你是歌手、是诗人。"

沃费思跪到了地上。这是他父亲头一次提到他的诗歌。

他气急败坏地说道：

"爸，难道你想让人们像对待那些可耻逃兵一样骂自己的儿子是胆小鬼吗？"

艾丹反驳道：

"你已经证明了自己不是胆小鬼。我们将用生命来报答老爷，你要让他的名字万古流传。"

他转过身去对其他人说道：

"现在咱们就冲出树林。箭用完了以后，咱们就举起盾牌，用剑拼。"

沃费思看着他们消失在了暮色和树影之中，不过，他的嘴里已经涌出了诗句。

埃伊纳尔·坦巴尔斯克尔维尔

《挪威王列传》第一章第一百一十七行

奥丁也好、红髯托尔也好、白皮肤的基督也好……

名字及其代表的神祇并没有多大的重要；

做人的唯一要领就是要坚强勇敢，

人中豪杰埃伊纳尔就掌握了这一诀窍。

他是挪威首屈一指的弓箭手，

同时又偏爱上好的宝剑、

精于对战舰的督导。

他在世的时候，为我们留下了一句名言，

所有的文选无不援引称道。

那是一次杀声震天的海战。

败局已定，难再扭转，

只待撞船沉入大海，

最后一箭折断了他的弓弦。

国王问他是什么在背后发出断裂的响声，

埃伊纳尔·坦巴尔斯克尔维尔答道：

是挪威，陛下，断送在了你的手中。

几个世纪之后，有人发掘出了

发生在冰岛的这个故事。我如今再次复述，

却远离着那片海域、那种情愫。

冰 岛 黎 明

这就是冰岛的黎明。

这黎明始于那里的神话及白皮肤的基督出现之前。

这黎明将孕育出豺狼

和那成为了大海的毒蛇。

岁月与这黎明无关。

这黎明已经孕育过豺狼

和那成为了大海的毒蛇。

这黎明已经看到了

人们用死人指甲堆造起的战舰起航。

这黎明是黑暗的结晶,

能够照出没有颜面的上帝的形容。

这黎明比大海还要沉重、

比九天还要高耸。

这黎明是一道悬浮的大墙。

这就是冰岛的黎明。

奥拉乌斯·马格努斯 [*]
（1490—1558）

这是没有背叛罗马的神学家

奥拉乌斯·马格努斯的著作，

他的时代的北方已经改信了

约翰·威克里夫 [1]、胡斯 [2] 和路德 [3] 的学说。

在自己的故土没有了立身之地，

他就到意大利的晚霞中去寻求解脱，

在此期间他写下了自己民族的历史，

将确曾发生过的事件与神话糅合。

有一次，只有一次，我将那本书拿在了手里。

岁月的流逝丝毫没有磨蚀

那古籍的羊皮封面、

那用斜体排印的文字、

那钢版制作的精美插图、

他渊博的学识。只有时光的印迹。

没人读过、没人留意的史籍啊，

一天夜里，你以永恒之物的完美状态

汇入了赫拉克利特的长流水中，

那水还在继续将我裹挟卷带。

---

* Olaus Magnus（1490—1557），瑞典天主教大主教、历史学家，著有《北方民族史》。原标题中生卒年月有误。

1 John Wycliffe（约 1330—1384），英国神学家、哲学家，宗教改革先驱。

2 Jan Hus（约 1372—1415），捷克宗教改革家，用捷克文翻译了《圣经》。

3 Martin Luther（1483—1546），德国宗教改革家，基督教新教创始人。

回　声

被哈姆雷特的剑刺伤，

一位丹麦的国王

死在了自己的石筑宫殿里面，

那宫殿对着他的海盗出没的汪洋。

记忆和忘却编织出了

另一位死去了的国君及其鬼魂的传奇。

语言大师萨克索 [1] 将那故事

收录进了自己的《丹麦人的业绩》。

几个世纪之后，国王又在丹麦死了一次，

与此同时，受到神奇力量的驱使，

他死在了伦敦城郊的一个戏台上。

威廉·莎士比亚梦见了他的生与死。

就像是机体的生机，

就像是曙光的晶莹，

就像是月相的盈亏圆缺，

国王的死无止无休。再现于莎士比亚的梦中。

人们还将继续梦见那死亡，

那死亡是时光的一个程序，

是某些永恒的形和物

在预定的时刻履行的仪式。

---

1 Saxo Grammaticus（约 12 世纪中期至 13 世纪初），丹麦历史学家，所著《丹麦人的业绩》为丹麦第一部重要史籍。

几 首 小 诗

《创世记》第九章第十三节 [1]

上帝的彩虹横贯太空

并对我们发出了祝福。

纯净的长虹蕴涵着对未来的祝愿,

我的爱也在那里等待着显露。

《马太福音》第二十七章第九节 [2]

那枚钱币落到了我的掌心之中。

尽管很轻,我却没有能够接牢,

让它落到了地上。一切都是白费。

还差二十九枚，有人这样说道。

奥里维的士兵

琴弓在他苍老的手里

横着触到了紧绷着的钢弦。

声音停止了。那人不记得

自己曾经做过同样的事情。

---

1 《圣经·旧约》的这一节是"我把虹放在云彩中，这就可作我与地立约的记号了"。
2 《圣经·新约》的这一节是"这就应了先知耶利米的话，说：'他们用那三十块钱，就是被估定之人的价钱，是以色列人中所估定的'"。

巴鲁克·斯宾诺莎

晚霞如同金色的薄雾

照亮了窗户。厚厚的手稿

已经在那里堆放有年。

有人在幽暗中把上帝塑造。

人孕育了上帝。那是一个

眼神忧郁、皮肤黝黑的犹太佬；

时光载着他流转

就好像一片树叶在河面上漂摇。

这有何妨。魔法师初衷不改，

用精密的几何原理拼凑出上帝的容貌；

他执著地拔高上帝的形象，

不顾疾病的困扰、饥馑的煎熬。

他向上帝献出了最为慷慨的情与爱，

那情与爱并不指望得到回报。

拟首位君王的说教

未来同样不可改变，

就跟严酷的昨天一样。

时光是一本书，

没有什么事情不是不可解读的

永恒文字的无声篇章。

离家出走的人已经回来。

我们的生活就是待走和走过的征程。

没有什么有去无回。没有什么会将我们抛弃。

你不该泄气认输，奴隶的牢狱一团漆黑，

注定的天数像铁铸的一般牢固，

然而，在你坟墓的某个角落

难免不会有个豁口、有个疏忽，

路途如同离弦之箭一去不返，

不过，上帝总是透过缝隙在关注。

一　个　梦[*]

三个人全都清楚。

她是卡夫卡的伴侣。

卡夫卡梦中的产物。

三个人全都清楚。

他是卡夫卡的朋友。

卡夫卡梦中的产物。

女人对那朋友说道：

我要你今天夜里爱我。

三个人全都清楚。

那人回答她说：如果那么做，

卡夫卡就会不再梦见咱们。

其中的一个发现了那件事情。

世界上不再有别的生灵。

卡夫卡想道：

现在他们俩走了，只剩下了我一个人。

我将不再梦见我自己。

---

* 标题原文为德文。

胡安·克里索斯托莫·拉菲努尔[*]
（1797—1824）

洛克¹的著作，一层层搁板，

阳光洒满棋盘格状平整的庭院，

手在缓缓写下这样的诗句：

素雅的白花香百合向桂枝礼赞。

在那日暮黄昏的时分，

我常常回味起幢幢黑影的�动、

看到闪烁的剑光和无情的厮杀，

而同您在一起，拉菲努尔，却截然不同。

我看到您和父亲

长时间地探讨关于哲学的命题、

批驳那种关于死后

还会有长生的歪理。

我躲在那本来就虚幻的镜子背后,

想象着您在为这篇诗稿磨砺。

---

* Juan Crisóstomo Lafinur (1797—1824),阿根廷诗人,曾做过哲学教师。

1 John Locke (1632—1704),英国哲学家。

赫拉克利特

赫拉克利特在以弗所[1]的
黄昏中信步走去。
他于无意中走到了
一条不知所终、不知名字、
静静流淌着的河边。
那里有一尊雅努斯的石像和几株杨树。
他俯身对着流水凝望，
心有所感，想出了一句
人们世世代代都不会忘记的
格言。于是，他高声说道：
谁都不可能两次涉足一条河里的
同一水流之中。他收住了脚步。

以近似于极大恐惧的惊异

发觉自己也是一条河、也是流水。

他想回归到那天的清晨以及

此前的夜晚和黄昏。但却不能。

他重复了一遍那句格言。

他看到这句话清楚地

印在了后世的伯内特[2]的书页上。

赫拉克利特不懂希腊文。

门神雅努斯是拉丁人的神。

赫拉克利特没有过去也没有现在。

他只是一个纯粹的梦中产物,

源自于红柏河边的一个凡夫、

一个为了不去思念布宜诺斯艾利斯、

不去思念至爱亲朋

而刻意拼凑诗句的人。一个落寞的人。

一九七六年,东兰辛

1　希腊爱奥尼亚城市,故址在土耳其伊兹密尔省塞尔柱村附近。
2　Gilbert Burnet（1643—1715）,英国作家。

漏　　壶

漏壶的最后一滴液珠不会是水，

而是蜜。我们将看到

它闪着光亮融进黑暗里，

但却将包容着什么人或什么物

赐给赤身亚当的最佳赠礼：

相互的情爱和你的芬芳，

理解，哪怕是自以为是的

理解宇宙的努力，

维吉尔寻得妙句的那一片刻，

解渴救饥的饮食，

空中飘飞的纤纤雪花，

在搁板的灰尘之中

摸索到要找的书籍，

刀剑在战斗中的欢舞，

大海对英格兰的肆意冲击，

寂静过后听到

向往的乐音的欣喜，

一件美好而又不记得了的往事，倦意，

沉睡让我们忘掉一切的瞬息。

你不是别人

你怯懦地祈助的

别人的著作救不了你；

你不是别人，此刻你正身处

自己的脚步编织起的迷宫的中心之地。

耶稣或者苏格拉底

所经历的磨难救不了你，

就连日暮时分在花园里圆寂的

佛法无边的悉达多也于你无益。

你手写的文字、口出的言辞

都像尘埃一般分文不值。

命运之神没有怜悯之心，

上帝的长夜没有尽期。

你的肉体只是时光、不停流逝的时光。

你不过是每一个孤独的瞬息。

文　字

致苏莎娜·邦巴尔

一九一五年前后，我在日内瓦的一家博物馆的庭院里看到过一口铸有汉字的大钟。一九七六年，我写了这首诗：

深藏着奥秘，孤独无依，我知道
自己可能是茫茫黑夜中轰鸣的祈祷
或者囊括了整整一生或仅仅一夕的
酸甜苦辣滋味的警句格言
或者你已经熟悉了的庄周之梦

或者一个平庸的日子或一个比喻

或者如今只剩空名的泱泱皇帝

或者整个寰宇或者你那不为人知的名字

或者那个你曾经倾尽全力

日夜探究而终未解破的谜。

我可以是一切。请让我待在黑暗之中。

铁　币

这是一块铁币。我们借用它的
正反两面来找出一个答案，
回答那个没人问过的老问题：
一个男人为什么需要女人的爱？
看吧。那铁币的上面镌刻的是
洪荒承托着的四重青天
以及不停运转着的冷漠星辰。
年轻的父亲亚当和葱郁的乐园。
黄昏与清晨。寄寓于每个生灵的神。
你的影子就潜藏在那座纯净的迷宫。
那铁币也是一面神奇的镜子，

让我们重新再来投掷一遍。

它的背面无人、无物、黑暗、迷茫。那就是你。

铁铸的正面和反面发出同一个回声。

你的双手和舌头是不可靠的见证。

上帝是指环中间那捉摸不到的窟窿。

无喜无怨。另有所司：那就是忘却。

你遭人诟病，为什么得不到器重？

我们应该从别人的缺欠中寻找自己的缺欠。

我们应该从别人的长处中看到自己的长处。

JORGE LUIS BORGES

La moneda de hierro

图字：09-2010-605 号

Jorge Luis
Borges

Historia de la noche

夜晚的故事

[阿根廷] 豪尔赫·路易斯·博尔赫斯 著

王永年 译

上海译文出版社

目 录

题　　词

　　为了地图册上的蓝海和世上的大洋。为了泰晤士河、罗讷河和阿尔诺河。为了一种铁的语言的词根。为了波罗的海海岬上的一堆篝火，helmum behongen[1]。为了高举着盾牌、横渡清澈河流的挪威人。为了我看不见的一条挪威船。为了阿尔辛的一块古老的石头。为了奇特的天鹅岛。为了曼哈顿的一只猫。为了吉姆和他的喇嘛[2]。为了日本武士傲慢的罪孽。为了一幅天堂的壁画。为了我们没有听到的一段和弦，为了我们不熟悉的诗句（诗句多如沙数），为了未被探索的宇宙。为了纪念莱昂诺尔·阿塞韦多。为了威尼斯的玻璃器皿和晨昏。

　　为了今后的你，为了我也许不懂的你。

为了这一切不同的事物，正如斯宾诺莎所预感的那样，这一切也许只是一件无限事物的表象和侧面，我把这本书呈献给你，玛丽亚·儿玉。

豪·路·博尔赫斯

一九七七年八月二十三日，布宜诺斯艾利斯

---

1 引自《贝奥武甫》第 3139 行，在盎格鲁 – 撒克逊语中意为"饰有头盔"。
　　——原注
2 吉卜林 1901 年出版的长篇小说《吉姆》的主人公吉姆是个爱尔兰孤儿，流落在拉合尔，跟随一位西藏喇嘛漫游印度，后被其父亲生前的团队发现，送去上学，学校放假时仍回拉合尔找喇嘛。他对印度情况的了解帮助了英国情报组织。

亚历山大城[*]，公元六四一年[**]

混沌初开，亚当看到黑夜和白天，

以及他自己的手的形状，

人们就有了种种杜撰，

把围绕地球的一切和他们的梦想，

记载在岩石、金属和羊皮纸上。

这里是他们的成果：图书馆。

据说它储藏的书卷

数目之多超过了天上的星辰

和大漠的沙粒。

即使焚膏继晷，看瞎了眼睛，

也难以博览穷尽。

3

这里有逝去岁月的回忆，

英雄人物，刀光剑影，

有简洁的代数学符号，

有探索星球的学问，

星球的运行左右着人们的命运，

有药草和象牙护身符的功效，

有柔情缠绵的诗句，

有解释上帝迷宫的神学，

有从泥土里寻找金子的炼金术，

以及偶像崇拜者的幻想。

不信基督的人说，把它付之一炬，

历史便将荡然无存，他们错矣。

无数的书籍将从

---

* 亚历山大城有埃及国王托勒密建立的著名图书馆，藏书70万卷，曾遭恺撒的
军队破坏，641年又遭伊斯兰教史上第二任哈里发奥玛尔（586—644）焚毁。
奥玛尔声称《古兰经》里已有人类需要的全部知识，经里没有记载的知识则
是有害的，因此图书馆毫无用处。

** 难以置信的是奥玛尔提到了赫拉克勒斯的英雄事迹。我不知道是否应该指出这
是作者的设想。真正的日期是1976年，不是伊斯兰教的第一世纪。——原注

人类夜以继日的勤奋中产生。

即使所有的书一本不剩，

他们还会写出每一页、每一行、

大力神的每一项事迹和爱情、

每一文稿的每一个教训。

伊斯兰教历的第一个世纪，

我，奥玛尔，波斯人的国君，

把伊斯兰教强加于全世界，

我命令我的士兵们

烧毁那个大图书馆，

但它并没有消失。

赞美不眠的上帝

和他的使徒穆罕默德。

阿尔罕布拉 *

黑沙中间的小溪

水声淙淙赏心悦目，

大理石圆柱细润如玉，

手掌的感觉让人愉悦，

流水在柠檬树丛中

形成精致的迷宫，

塞赫尔 [1] 的音乐舒扬清越，

美好的爱，虔诚的祈祷

献给孤独的神道，

茉莉的清香让人们心旷神怡。

面对林立的长矛，

再坚韧的弯刀亦属徒劳，

不可能成为最好。

你将同甜蜜告别

宫殿的钥匙已不可及，

异教的十字架将抹去新月，

你现在看到的将是最后的傍晚。

一九七六年，格拉纳达

---

* 信奉伊斯兰教的摩尔人 13 世纪统治西班牙时期在格拉纳达建立的王宫，外观平淡无奇，进入正门后豁然开朗，建筑式样丰富多彩，装饰华丽，庭院雅致，令人叹为观止。

1 西班牙摩尔人的诗歌体。

《一千零一夜》的比喻

第一个比喻是河流。

大水浩渺。有生命的镜子

保存着亲切的奇迹,

原属伊斯兰,今天属于你我。

无所不能的护身符

也是个奴隶,听人摆布;

铜瓶里的精灵

被博学的封铅禁锢;

国王发了毒誓,

让他每夜的王后死于剑下,

孤苦无告的月亮;

用灰擦洗的双手；

辛伯达的航行，

渴望冒险，历尽艰辛，

没有受到神的惩罚；那盏神灯；

罗德里戈[1]看到种种征兆：

侵占西班牙的是阿拉伯人；

会下棋的猴子透露，

它原本是人，为妖法所苦；

害麻风病的国王；庞大的驼队；

在磁石山的引力下船舶撞碎；

酋长和羚羊；流体的世界

像浮云一样变幻着形状，

被命运或偶然性随意支配，

命运和偶然性本无差别；

可能是天使的乞丐，

还有那个名叫芝麻的岩洞。

---

1 日耳曼人的一支西哥特人曾入侵西班牙，410 年建立王国，711 年被穆斯林打
　败，罗德里戈是最后一位西哥特国王。

第二个比喻是地毯的图案，

呈现在眼前的是驳杂的色彩和线条，

看来似乎偶然，教人眼花缭乱，

其实它自有秘密的规律。

正如另一个梦——宇宙，

组成《一千零一夜》的

是监护的数字和习惯：

七个兄弟和七次航行，

三位民事法官

和望着千夜之夜的人的三个愿望，

在多情少女的披肩黑发里，

情人看到了三个夜晚的总和，

三位大臣和三次惩罚，

除此以外，还有上帝的数字：

始于一，归于一。

第三个比喻是梦，

阿拉伯人和波斯人

梦见隐秘的东方大门

或者已成灰烬的花果园，

人们还会做同样的梦，

直到他们生命的终结。

正如伊利亚派学者的悖论，

一个梦化为另一个，生生不息，

进行着无用的交织，

织成了无用的迷宫。

书中有书。王后并不知晓，

她讲给国王听的

是两人早已遗忘的故事。

先前的魔法使他们神魂颠倒，

连自己是谁都不知道。他们仍在梦中。

第四个比喻是时间的地图——

没有界定的领域，

逐渐增长的黑影、

不断消蚀的大理石

和世代更替的步伐。

一切的一切。声音和回响，

两面神看到的两个不同方向，

白银和红金的世界，

以及星辰不眠的长夜。

阿拉伯人说

谁都看不完《一千零一夜》。

它就是时间，从不入睡。

白天逝去，它仍在看书，

山鲁佐德仍向你讲她的故事。

某　人

　　巴尔赫·内沙布尔，亚历山大城；名字无关紧要。我们不妨设想一个集市，一家酒馆，一个瞭望塔高耸、戒备森严的庭院，一条反映着一代又一代人的面庞的河流。我们不妨设想一个灰头土面的花园，因为附近就是沙漠。人们围成一圈，中间有个人在讲话。我们无法辨认（王国很多，世纪很多）模糊的缠头巾、炯炯有神的眼睛、青黄色的皮肤和语惊四座的刺耳的声音。我们人数太多；他也看不清我们。他讲的是第一位酋长和羚羊，以及那个自称为海洋辛伯达的尤利西斯的故事。

　　那人边说边打手势。他不知道（别人也不知道）他属于那位戴牛角头盔的亚历山大召来排遣夜晚闲暇的游唱歌手的一类人。他不知道（也永远不会知道）他给了我们恩惠。他以为自己是替少数人讲故事，挣几个小钱，但在过去遗忘的日子里编了《一千零一夜》。

音　乐　盒

日本音乐。

滴漏里悭吝地流出

缓慢的蜜滴或者无形的黄金，

在时间过程中重复一个模式，

永恒而脆弱，神秘而清晰。

我担心每一滴之后不会再有。

是昨日的回返。它遥远的将来

是从哪个庙宇、

山中哪个小花园、

不知名的大海前的守望、

羞涩的忧伤、

失去又找回的傍晚

来到我身边？

我不知道。这无关紧要。我就是那音乐。

我希望如此。我在消逝。

虎

　　大家瞅着它在坚固的栅栏那面来回逡巡，蕴含着无穷的力量，俊美而不幸。那天早晨在巴勒莫的虎，东方虎，布莱克、雨果和希尔汗的虎，古往今来的虎，也是标准型的虎，因为就它而言，个体代表了整个物种。我们认为它残忍而美丽。一个名叫诺拉[1]的女孩说：虎是为了爱而存在的。

---

[1] 博尔赫斯的妹妹。

狮

它没有虎的辉煌的节律，

没有豹的天生的斑点，

没有猫的隐秘。在猫科动物中，

它最少猫科的特征，

但始终激起人们的想象。

金纹章和诗句里的狮子，

伊斯兰庭院和《福音书》中的狮子，

雨果的广袤世界里的狮子，

迈锡尼[1]城门上的狮子，

迦太基的被折磨死的狮子。

在丢勒震撼人心的铜版画[2]里，

参孙强有力的手把它撕成碎片。

神秘的狮身人面像有它的一半，

在黑影幢幢的洞穴里守着窖金的

狮身鹰头兽也有它的一半。

它是莎士比亚的象征之一。

人们把它雕刻在山头，

把它的形象绣在旗帜上，

用它为众人之上的国王加冕。

弥尔顿昏暗的眼睛

看它第五天冒出泥土，

张开两只前爪，

仰起轩昂的头。

它在迦勒底的轮子上闪闪发光，

神话将它大肆宣扬。

像狗一样的动物

吃着雌兽为它叼来的猎物。

---

1 古希腊城市，城门有石狮子浮雕，遗迹至今犹存。
2 指丢勒的名作《骑士、死神与魔鬼》。

恩底弥翁在拉特莫斯山 *

我睡在山顶，希腊的夜晚

高处寒冷，岁月磨损了

我俊美的身躯，半人半马怪

放慢了奔驰的脚步，

窥视我的梦境。

我喜欢睡眠，

好在梦中逃避记忆，

把我们的负担卸去，

不再是人间的我们。

狄安娜，月亮女神，

见我睡在山岭，

徐徐降临到我怀抱，

火红夜晚的黄金和爱情。

我紧闭凡俗的眼睛，

不敢看那明丽的容貌

被我凡俗的嘴唇亵渎。

我吸入月亮的香泽，

她不断地呼唤我的名字。

啊，明丽的面颊和我偎依，

啊，爱情和夜晚的湍流，

啊，人的亲吻和弓的紧绷，

我不知道我的艳遇持续多久；

有些东西无法计量。

正如纷繁的花簇和漫天的雪片。

人们躲着我。为月亮所爱的人

使他们觉得害怕。

---

* Endymion，希腊神话中俊美的牧羊青年，夜间在拉特莫斯山上露宿，月亮女神塞勒涅（即罗马神话中的狄安娜）怜其寒冷，下来吻他，睡在他身边。牧羊人为梦境所迷，祈求主神宙斯让他永远睡在山上，永葆青春。

岁月流逝。不眠之夜，

我也感到忧虑。

我自问山上那金色的混乱，

真有其事，或者只是梦幻。

我一再告诉自己，昨天的记忆

和梦本无区别，

可是无法把自己说服。

我孤独地踏遍人间道路，

但始终在灵感的夜晚

寻找宙斯的女儿，那冷漠的月亮。

评 注 一 则

经过二十年的艰难困苦和离奇的冒险之后，拉厄耳忒斯之子尤利西斯回到了他的家乡伊萨卡。他用剑和弓报了应报的仇。佩涅洛佩十分惊怕，见面不敢相认，为了考验尤利西斯，她提到一个只有他们两人知道的秘密：他们的婚床，那张床无人能挪动，因为制作床的橄榄木已经在地上生了根。这就是《奥德赛》第二十三卷叙述的故事。

荷马深知讲述故事应该用转弯抹角的手法。以神话作为天然语言的希腊人也知道这一诀窍。生根的婚床的寓言是一种比喻。王后看到陌生人的眼神，在她的爱中发现尤利西斯的爱时，就知道他是国王。

我连尘埃都不是

我不愿意做现在的我。

悭吝的命运给了我十七世纪，

卡斯蒂利亚的尘埃和惯例，

重复的事物，带来今天的早晨

给了我们明日的前夕，

神甫和理发师的谈话，

时间留下的孤寂，

以及一个混混噩噩的侄女。

我已经上了年纪。

偶然翻到的书页

向我揭示了阿马迪斯和乌尔甘达[1]，

他们一直在找我，我却不熟悉。

我卖掉土地，买进书籍，

书里完整地记叙了业绩：

圣杯承接的

是圣子为了拯救我们而流的人血，

默罕穆德的黄金偶像，

武器，雉堞，旗帆，

以及魔法的操作。

信奉基督的骑士们转辗南北

踏遍世上的王国，

用剑伸张正义，

维护遭到凌辱的荣誉。

但愿上帝派遣使者

为我们的时代恢复高尚的行为。

我在梦中看到了那情景。

1　均为西班牙骑士小说《阿马迪斯·德·高拉》中的人物，该书 15 世纪时已流
传，1508 年萨拉戈萨印行的版本认为作者是罗德里格斯·德·蒙塔尔伏。塞
万提斯曾赞扬小说主人公阿马迪斯是“完美的骑士”、“忠诚的情人”、“纯洁
而有诗意”。

我形影相吊，有时切身感到。

我还不知道他的名字。我，吉哈诺，

将成为那位勇士。我将实现梦想。

这座古老的房屋里有一面皮盾、

一把托莱多刀、

一杆长枪和真正的书籍，

对我的手臂作了胜利的承诺。

我的手臂？我看不到自己的脸

在镜子里没有反映。

我连尘埃都不是。我是个梦，

在梦中和清醒时，

织出我的父兄塞万提斯，

他曾在勒班陀海上作战，

懂点拉丁文和少许阿拉伯文……

为了让我梦见另一个，他常青的记忆

将成为人们生活的一部分，

我祈求上帝说：

我的梦想者，请继续梦见我。

冰　　岛

太平洋上的冰岛，你的存在

是所有人的幸运。

白雪无言，海水翻腾，

冰岛的黑夜

笼罩不眠和熟睡的人们。

冰岛的白天像巴德尔 [1] 一样

朝气蓬勃，但不能永葆青春。

隐秘的岛屿，冷峻的玫瑰，

你唤起了日耳曼的回忆，

为我们抢救了

它泯没的神话：

一个指环化为九个，

铁的丛林里狼群出没，

将吞噬月亮和太阳，

某人或某物用死人的指甲

筑造了船舶。

冰岛的火山口蓄势待发，

畜栏阒寂无声。

冰岛的下午静止不动，

体魄强健的人民

发现过一个大陆，今天是

水手、船夫和教区牧师。

岛上的马匹鬃毛飞扬，

繁衍在熔岩和草场，

岛上的水流满是钱币

和无穷的希望。

1　Baldr，斯堪的纳维亚神话中奥丁和弗里加的儿子，光明之神，出生时弗里加宣布任何东西伤害不了她的儿子，但忘了提槲寄生，巴德尔的情敌霍德尔得悉这一秘密后用一根槲寄生枝杀死了他。

剑和如尼文的冰岛，

笼罩冰岛的记忆

却不是怀旧的情绪。

贡纳尔·托尔吉尔松
（1816—1879）

时间的记忆

充满了刀剑和船舶，

帝国的灰烬，

六韵步诗句的吟诵，

剽悍高大的战马，

呐喊声和莎士比亚。

我要回味的是那一次

你在冰岛给我的亲吻。

一　本　书

它仅仅是众多事物中的一件，

但也是武器。一六〇四年，

它在英格兰铸造，

被赋予了一个梦想。

包含声音、愤怒、夜晚和猩红。

我把它放在手掌上端详。

谁说它还包含地狱：

掌管寿命的长胡子的女巫，

执行黑暗法律的匕首，

你将瘐死其中的空气稀薄的城堡，

也能使海洋被血染红的纤纤小手，

刀剑和厮杀的呼喊。

在那安静的搁板上的一本书里，
沉睡着无声的混乱。
沉睡并在等待。

游　　戏

他们互不瞅着对方。两人在昏暗中表情严肃，默然无语。

他握住她的左手，把象牙指环和银指环摘下又戴上。

然后又握住她的右手，把两只银指环和一只镶宝石的金指环摘下又戴上。

她交替伸出左右手。

这样过了片刻。手指交叉，手掌相贴。

仿佛害怕搞错似的，他们缓慢而细心地玩着游戏。

他们并不知道，为了将来在某个具体的地方发生某件具体的事情，那游戏是必不可少的。

陌生人的米隆加

故事大同小异，

总有相似之处；

布宜诺斯艾利斯

和东岸郊野都这么传说。

打交道的人总是两个，

一个本地人，一个来自外地；

时间总是在下午。

长庚星已经出现。

他们素未谋面，

以后也不会相见；
他们的争端不是财产，
也不是女人的青睐。

陌生人听说
当地有位好汉。
专程前来领教，
在人们中间寻找。

他的邀请合乎礼数，
没有吵闹也没有威胁；
两人心领神会，走了出去，
免得惊动酒店。

两人已经出手，
刀影血光搅成一团，
一个人已经倒地，
快要断气，但没有呻吟。

那天下午他们初次见面。
以后不会再见；
驱使他们的不是贪婪，
也不是女人的爱情。

刀法娴熟或体格强健，
都不是决定因素；
丧命的那个总是
自己找死的人。

那些人生在世上，
只为了那类较量；
他们的面目已经消失，
他们的姓名也将泯灭。

命 中 注 定

　　两条交叉的街道之一可能是安第斯街或圣胡安街或贝尔梅霍街。在那凝滞不动的傍晚，埃塞基耶尔·塔瓦雷斯在等待。他站在不招眼的街角上，监视着半个街区以外的那个大杂院半开的大门。他没有不耐烦，不过有时走到对面的行人道，进了那家冷清的杂货店，同一个店员给他同样的不辣喉咙的杜松子酒，他付了几枚铜币，然后回到原先的位置。他知道，要不了多久钦戈就会出来，那个夺走了他的马蒂尔德的钦戈。他右手伸进上衣，摸摸插在腰带上的匕首把柄。他早就不想那女人了；心思全在那男人身上。他感到落后街区的寒碜模样：带栅栏的窗户、屋顶平台、砖铺地或泥土的庭院。他并不知道他周围的布宜诺斯艾利斯已像一株疯长的植物那样唰唰窜了上去。他没有看到（不允许他看）新建的房屋和笨重的公共汽车。人们进进出出，他却不知道。他也不知道自己在受罚。他被仇恨压倒了。

今天，一九七七年六月十三日，那个好勇斗狠的、已经死去的埃塞基耶尔·塔瓦雷斯注定要回到一八九〇年的几分钟，他在一个永恒的傍晚用右手手指抚摸着一把不可能存在的匕首。

布宜诺斯艾利斯，一八九九年

水池。池底的龟[1]。

院子上空

给孩子带来幻想的星辰。

祖传的银器

在乌木上的反映。

时间消逝，开始什么都没有发生。

在沙漠里叱咤风云的马刀。

一位死去的军人威严的脸庞。

潮湿的门厅。古老的住宅。

原归奴隶们的院子

覆盖着葡萄藤的浓阴。

巡夜人在人行道上吹着口哨。

分币在扑满里沉睡。

只有可怜的平民百姓

在寻找忘却和挽歌。

---

1 图库曼大街 840 号博尔赫斯故居院内有一贮水池，池中有一石龟。

马

　　一开始就在等待的平原。最远的几株桃子树那头，水边有一匹大白马，眼神惺忪，仿佛控制了早晨的景色。弯弓似的脖子，飘拂的鬃毛和尾巴像是一幅波斯版画。遒劲有力，由长长的弧线组成。我想起乔叟的诗行：a very horsely horse（一匹神骏的好马）[1]。没有与之对比的标识，它又不在近处，但是知道它肯定很高大。

　　已经到了中午，什么都没有。

　　眼前现在只有那匹马，然而有些明显的东西，因为它也是马其顿亚历山大大帝梦中的马。

1　我必须纠正一行引文。乔叟（《侍从的故事》，194）写的是：Therwith so horsly, and so quik of yë（和一匹真马无异，那眼睛转动敏捷）。——原注
　　这句译文引自方重译《坎特伯雷故事》。

铜　版　画

我一开锁，看到那幅铜版画，

画里的鞑靼人骑着马，

用套索把草原狼捕捉，

我为什么又会感到旧时的惊讶？

那只凶兽不停地挣扎。

骑手凝视着它。

我记得那是一本书的插画，

颜色和文字已经淡漠。

有时候记忆让我害怕。

它的岩洞和宫殿藏有那么多事物，

（这是圣奥古斯丁说的话），

包括地狱和天国。

你最平凡最微不足道的白天

和你夜里的任何梦魇，

打入地狱就已足够；

天国应该容纳仁人的爱，

干渴喉咙里水的清凉感，

理智和理智的运用，

不变的乌木的光滑，

或者维吉尔的金子。

可能发生的事情 *

我想着那些可能而没有发生的事情。

比德没有写的撒克逊神话专论。

但丁修改了《神曲》最后一行诗句时，

隐约看到的不可思议的作品。

没有那个十字架和毒芹¹的下午的历史。

没有美貌的海伦的历史。

人们没有借以看到月亮的眼睛。

奠定南方胜利的葛底斯堡²三天鏖战。

不是我们共享的爱情。

北欧海盗无意建立的辽阔帝国。

没有轮子或没有玫瑰的世界。

约翰·多恩[3]对莎士比亚的评价。

独角兽的另一只角。

同时在两地的爱尔兰神话鸟。

我未曾有的儿子。

---

* 标题原文为英文。
1 指耶稣被钉上十字架和古希腊哲学家苏格拉底被迫服毒芹自杀的故事。
2 1863 年 7 月 1 日至 3 日，美国南北战争期间，北军在宾夕法尼亚州葛底斯堡
   鏖战三天，打败了南军。
3 John Donne（1572—1631），英国诗人，"玄学派诗歌"的代表，早期写爱情
   诗歌和讽刺诗歌，晚年写宗教诗、布道文等，美国作家海明威的小说《丧钟
   为谁而鸣》书名即引自多恩的布道文。

恋　人

月亮、象牙、乐器、玫瑰、

灯盏和丢勒的线条，

九个数字和变化不定的零，

我应该装作相信确有那些东西。

我应该装作相信从前确有

波斯波利斯和罗马，

铁器世纪所摧毁的雉堞，

一颗细微的沙子确定了它们的命运。

我应该装作相信

史诗中的武器和篝火，

以及侵蚀陆地支柱的

沉重的海洋。

我应该相信还有别的。其实都不可信。

只有你实实在在。你是我的不幸

和我的大幸，纯真而无穷无尽。

戈·奥·毕尔格 *

我现在还不明白，

为什么毕尔格的遭遇

（百科全书上有他的生卒年月）

使我如此感动，

他所在的城市

位于平原的一条河畔，

岸边长的是棕榈，不是松树。

他像所有的人一样，

说过谎话也信过谎话，

受过蒙骗也辜负过别人，

他多次受到爱情的折磨，

长夜难眠之后，

看到的是灰暗的黎明，

但是他向往莎士比亚伟大的声音

（还有别人）和布雷斯劳的

西里西亚的安杰勒斯的声音；

他装作漫不经心，

按照他时代的风格，

揣摩一些诗句。

他知道现在不是别的，

只是过去的转瞬即逝的微粒，

我们由遗忘构成：

那种智慧毫无用处，

有如斯宾诺莎的推论

或者恐惧的魔术。

停滞不动的河畔城市里，

一位神死后的两千来年后

---

* Gottfried August Bürger（1747—1794），德国抒情诗人，著有《歌谣集》等。

（我谈的是古老的历史），

毕尔格寂寂一身，

正在揣摩一些诗句。

等　　待

啊，我焦急等待的人，

在响起急促的铃声，

打开门，你进来之前，

世界上还得完成

一连串具体的事情。

谁都无法计算那种纷乱，

镜子里倍增的映像，

拖长而又回归的黑影，

分散而又汇合的脚步。

（在我的胸膛里，血的时钟

在衡量等待的吓人的时间。）

在你来到之前，

修士要梦见一个船锚，

苏门答腊要死去一只老虎，

婆罗洲要死去九个人。

镜　　子

我从小就害怕

镜子把我照出另一张脸，

或者一张没有个性的面具，

它肯定会掩盖难以忍受的东西。

我还害怕镜子沉默的时间

逸出人们惯常钟点的轨迹，

在它虚构的模糊的空间

容纳新的物体、形状和颜色。

（我没有对任何人说；孩子总是胆怯。）

现在我害怕镜子里

是我灵魂的真正面目，

他已受到阴影和过错的伤害，

上帝看到，人们或许也看到。

致 法 兰 西

城堡的山墙上刻有这些文字：

你进来前早已在此地，

你离去时不会知道你将留下。

这则寓言的作者是狄德罗[1]。

这里有我的许多时日。

别的喜好和广泛的涉猎

曾使我偏离，

但我从没有不在法兰西，

当我在布宜诺斯艾利斯某地愉快地

响应死神的召唤时，我仍将到法兰西。

我不说黄昏和月夜；我说魏尔兰。

我不说海洋和宇宙起源；我说雨果的名字。

我不说友谊；而说蒙田。

我不说火，只说圣女贞德，

我回想起的黑暗并没有削弱

一连串美好的事物。

巴斯塔多的行吟诗人

唱着《罗兰之歌》投身战斗，

他没有看到结局，

但预感到了胜利，

你以什么诗句进入我的生活？

坚强的声音流传了许多世纪，

所有的剑都是杜伦达。

---

1 Denis Diderot（1713—1784），法国哲学家、作家，长期主持《百科全书》
编辑工作。

曼努埃尔·佩罗

你慷慨地给予

真诚的友谊。你是好兄弟,

我们患难的时候,

对你完全可以信赖,

或者什么都不说,让你猜测

自尊心不愿吐露的事情,

你热爱丰富多彩的世界,

人们奇特的性格之谜,

沉思的烟草的蓝雾,

直到凌晨的交谈,

纹章学的抽象的象棋,

有阿拉伯图案的纸牌，

鲜果和野禽的美味，

提神解困的咖啡

和欢聚庆贺的葡萄酒。

我见过，雨果的一句诗使你着迷。

怀旧是你灵魂的习惯。

你喜欢生活在遗忘的世界，

在南区或者巴勒莫的街角

刀客们的神话里，或者

在你无缘目睹的地方：

成熟的法兰西，

来复枪和黎明的美洲。

在广阔的早晨，你专心创作

终古常新的故事，

用我们昔日英勇的事迹

冲淡今天的苦涩。

这首诗不是挽歌。

我没有按修辞的要求

提到泪水和大理石。

窗外天色已晚。

我们只是平铺直叙

谈着一位亲爱的朋友，

他不能死去。他也没有死去。

我 就 是 我 *

我忘了自己的名字。我不是博尔赫斯。

(博尔赫斯在维尔德半岛死于枪弹之下),

我不是向往战争的阿塞韦多,

不是埋头看书

或者早晨接受死亡的我的父亲,

不是远离诺森布里亚、

解读《圣经》的哈斯拉姆,

不是手持长矛冲锋陷阵的苏亚雷斯。

我几乎不是那些错综复杂的影子

所投下的影子。

我是他们的回忆,但我也是另一个。

那人像但丁和所有的人一样

到过奇异的天国

和许多必经的地狱。

我是我自己看不见的躯体和面庞。

我是残阳将尽，那个听天由命的人，

用与众稍有不同的方式

摆弄卡斯蒂利亚语的词句，

叙说寓言故事，

穷尽所谓的文学。

我翻阅百科全书，

皓首穷经，锲而不舍，

我幽居在满是书籍的屋子，

书里的文字对我是茫然一片，

我在昏暗中揣摩推敲

以前在罗讷河畔学的六韵步诗，

我想用费德罗和维吉尔的笔法，

＊ 标题原文为英文。

保存逃离愤怒的火与水的世界。

逝去的景象困扰着我。

我是马格德堡或如尼文字

或西里西亚的安杰勒斯的对句

突然的回忆。

除了回忆幸福的时光，

我得不到别的慰藉。

有时候我得到了不该有的幸福。

我知道我只是一个回声，

希望无牵无挂地死去。

我也许是梦中的你。

这就是我。正如莎士比亚所说[1]。

---

1 莎士比亚喜剧《皆大欢喜》中的人物帕罗勒斯在第四幕第三场遭到贬黜后说："我不再是队长了 / 但我仍可以像队长那样 / 吃、喝、睡得舒舒服服 / 我之所以能活下去 / 正因为我就是我。"
英国小说家斯威夫特去世前精神失常，独自在屋子里走来走去，不停地说："我就是我。"——原注

星　期　六

空荡荡的宅子里一个盲人

徘徊在几个有限的方向，

他摸着延伸的墙壁

和二道门上的玻璃，

心爱的书籍已无缘翻阅，

只能抚摸毛糙的书脊，

祖传的银器黯淡无光，

他摸着水龙头和墙上的装饰线脚，

以及一些不知面值的钱币和钥匙。

他孤身一人，看不到镜子里的映像。

他来回踯躅。用手触摸

书架第一块搁板的边缘。

他不由自主地躺在孤独的床上，

觉得在垂暮之年

没完没了所做的一切

都服从他所不明白的游戏规则，

由一位无法解释的神支配。

他大声背诵经典著作的片段，

推敲动词和形容词的变化，

不管好歹，写下了这首诗。

原　　因

潮起潮落，世代交替。

日复一日，永远没有第一。

亚当喉咙里水的清新感觉。

井然有序的天堂。

辨认黑暗的眼睛。

黎明时狼的爱情。

语言。六步韵诗。镜子。

通天塔和狂妄自大。

数不尽的恒河沙粒。

庄子和他梦见的蝴蝶[1]。

岛上的金苹果[2]。

流动迷宫的通路。

佩涅洛佩永远织不完的麻布[3]。

斯多葛派的时间循环。

死者口中含的钱币。

天平上剑的重量。

滴漏里的每一滴水。

鹰、古罗马日历和军团。

法萨利亚早晨的恺撒[4]。

十字架洒在地下的影子。

波斯人的象棋和代数学。

---

1 《庄子·齐物论》:"昔者庄周梦为胡蝶,栩栩然胡蝶也;自喻适志与,不知周也;俄然觉,则蘧蘧然周也。"

2 希腊神话中的珀琉斯与忒提斯结婚时,掌管争执的女神厄里斯带来一只金苹果,上有"属于最美者"字样。参加婚宴的天后赫拉、智慧女神雅典娜和爱神维纳斯都自以为最美,应得金苹果,争执不下,请特洛伊王子帕里斯公断,并分别以荣誉、富贵和美女私许帕里斯。帕里斯愿得美女,把金苹果判给维纳斯,后来得到她的帮助,诱走斯巴达国王的妻子海伦,引起特洛伊战争。

3 荷马史诗《奥德赛》中特洛伊战争期间,奥德修斯之妻佩涅洛佩在家乡伊萨卡遭到求婚的贵族们纠缠,便宣称织完手头的麻布后考虑选一求婚者,她白天纺织,夜间拆掉,拖延到奥德修斯归来,将求婚者统统杀死。

4 公元前48年,恺撒在法萨利亚被庞培击败,不久后,罗马历8月9日,恺撒以半数兵力在法萨利亚出奇制胜。事见古罗马诗人卢坎的史诗《法萨利亚》。

长途移民的路线。

武力征服的王国。

无休无止的罗盘。开阔的海洋。

钟表在记忆中的回声。

被利斧斩首的国王。

变成遍野白骨的军队。

丹麦夜莺的歌唱。

书法家一丝不苟的笔触。

自杀者在镜子里的映像。

骗子的纸牌。引起垂涎的黄金。

沙漠里云的形状。

万花筒里的每一个图案。

每次的悔恨和泪水。

我们要携手同行，

这一切都必不可少。

亚当是你的灰烬

宝剑会像葡萄串一样剥落。

水晶不比岩石更脆弱。

事物都逃不脱消亡的命运。

铁会成锈。声只是回音。

年轻的父亲亚当是你的灰烬。

最后的乐园是最初的那个。

夜莺和品达无非是声音。

朝霞是夕阳的反映。

迈锡尼人只剩黄金面具。

巍峨的城墙留下凄凉的废墟。

乌尔基萨[1]只是刀下冤魂。

镜子照出的不是昨日的面庞。

一夜的时光已将它耗损。

微妙的时间把我们塑造。

赫拉克利特的寓言里

流水不腐、火焰变幻,

能成为它们何等幸运,

如今在这停滞的漫漫长日,

我觉得无依无靠而持久。

---

1 Justo José de Urquiza（1801—1870）, 1852 年打败独裁者罗萨斯, 1854—1860 年
任总统, 退休后遭暗杀。

夜晚的故事

人们世代相传，

确立了夜晚的概念。

最初它只是漆黑一团和睡眠，

扎伤光脚板的荆棘，

以及对豺狼的恐惧。

我们永远不会知道

谁创造了那个词，

来指昏晨之间的那段黑暗；

我们永远不会知道

她从哪个世纪开始

代表繁星点点的空间。

别人编造出神话。

说美惠三女神是她的女儿，

专司人们寿命的长短，

人们向她祭献黑羊

和报晨的雄鸡。

迦勒底人给了她十二座房屋，

哲学家芝诺给了她无数世界。

拉丁六韵步诗

和帕斯卡的畏惧塑造了她。

路易斯·德·莱昂[1] 在她的领域

看到了自己震撼的灵魂。

如今我们发现她

像陈酒一般回味无穷，

观看她的人无不感到眩晕，

时间赋予她永恒。

没有了精细的工具——眼睛，

不禁认为她并不存在。

1　Luis de León（1527—1591），西班牙诗人、散文作家，奥古斯丁会修士，萨
　　拉曼卡大学神学教授，主张进行宗教改革，受到宗教裁判和监禁。著名的诗
　　作有《隐居生活》、《宁静夜》等。

后　记

　　任何一件事——一个评论、一次告别、一次邂逅、纸牌的一个有趣的阿拉伯图案——都能激起美感。诗人的使命是用寓言或者韵律反映这种亲切的情感。他掌握的材料——语言——如同斯蒂文森所说，很不适当，甚至到了可笑的程度。依靠那些陈旧的词句——弗朗西斯·培根的名言——和教科书上的修辞技巧，能有什么作为？乍看起来，似乎没有或者很少。然而，斯蒂文森的一页文字或者塞内加的一行诗足以说明这种事并非完全不可能的。为了避免争论，我选择了一些过去的例子；让读者寻找其他的、也许更直接的幸福，从而得到莫大的乐趣。

　　一本诗集无非是一系列魔术手法。一个功力有限的魔术师靠他有限的手段尽力而为之。不适当的含义、错误的韵律、细微的意义差别都可能搞砸他的把戏。怀特海[1]宣称十全十美的词典是不可能的：这意味着每一事物都应该有一个对应的词。我们是摸着石头过河。世界千变万化，语言一成不变。

在我出版的所有书籍中，这本诗集最能表明我的内心世界。它提到许多书，还涉及内心世界的发现者蒙田。包括罗伯特·伯顿，他写的《忧郁的解剖》——文学史中最具个人特色的作品——可以说是一部丰盈的诗文摘录汇编，没有深厚的功底和广泛的阅读是不可能写出的。正如某些城市和某些人物一样，书籍使我流连忘返，相见恨晚。请容我重复说，我父亲的藏书是我一生最重要的东西。事实上我从未离开过它们，正如阿隆索·吉哈诺从未离开过他的藏书一样。

豪·路·博尔赫斯

一九七七年十月七日，布宜诺斯艾利斯

---

1 Alfred North Whitehead（1861—1947），英国数学家、哲学家，与罗素合著《数学原理》，有神秘主义倾向，著有《科学与近代世界》等。

JORGE LUIS BORGES

Historia de la noche

图字：09-2010-605号

天数

［阿根廷］豪尔赫·路易斯·博尔赫斯 著

林之木 译

上海译文出版社

目 录

题　　词

　　世界或岁月的本身就是由一系列说不清的事情组成的，其中，为一本书题词，理所当然，也并非一件易事。题词被认为是一种付出、一种赠予。除了出于善心施舍给穷人的不图回报的钱币之外，一切赠予都是相互的。施赠者并没有失去赠品。给予和接受是一码事。

　　同世界上的所有的举动一样，为一本书题词是一件奇妙的事情，也可以说是以一种最惬意、最动情的方式提及一个人的名字。玛丽亚·儿玉，我现在要提到的就是您的名字。多少个清晨，多少处海域，多少座东方和西方的园林，多少遍维吉尔。

豪·路·博尔赫斯

一九八一年五月十七日，布宜诺斯艾利斯

序　言

　　文学创作可以教会我们免犯错误而不是有所发现。文学创作能够揭示我们的无能、我们的严重局限。经过这么多年的实践，我终于明白自己创造不出优美韵律、奇巧比喻、惊人感叹，也写不出结构精巧或者长篇大论的文章。我只能写点通常所谓的文人诗。语言几乎就是一种矛盾。智能（头脑）通过抽象概念进行思索，诗歌（梦境）是用形象、神话或者寓言来组构。文人诗应该将这两种过程很好地糅合在一起。柏拉图在其对话中就是这么做的，弗朗西斯·培根在列举部族、市场、洞窟和剧场假象的时候也是如此。这一体裁的大师，在我看来，当属爱默生；勃朗宁和弗罗斯特，乌纳穆诺以及据说还有保尔·瓦莱里，也都曾尝试过，而且分别取得了不错的效果。

纯属文字游戏式的诗歌典范是海梅斯·弗莱雷[1]下面的这一节诗作：

> 想象中的那美丽的鸽子啊，
> 你使初燃的情火热烈而白炽；
> 你是光明、音乐和鲜花的精灵啊，
> 想象中的那美丽的鸽子。

什么内容都没有，但是，从韵律的角度来看，又说出了一切。

文人诗，可以举爱伦·坡背诵得出来的路易斯·德·莱昂那首自由体诗为例：

> 我愿独自生活，
> 我愿尽享苍天的赐予，

1　Ricardo Jaimes Freyre（1868—1933），玻利维亚现代派诗人。

孤处、无侣，

没有爱，没有妒，

没有恨，没有希望，没有疑虑。

没有任何形象。没有一个漂亮字眼，只有那个"侣"字似乎不是个抽象的概念。

这个集子里的文字追求的是一种中间的形式，当然，对其效果，显然，不无怀疑。

豪·路·博尔赫斯

一九八一年四月二十九日，布宜诺斯艾利斯

龙　　达[*]

伊斯兰教曾经意味着

夷平西方及东方的利剑

和浩荡大军在尘世的喧嚣

和一种启示及一种戒律

和偶像的毁灭

和万物对一位孤独的

凶神的崇奉

和玫瑰花及苏菲派教徒的美酒

和押韵的古兰经文

和波涛翻腾的河川

和沙原的无休絮语

和代数学那另外一种语言

和《一千零一夜》那悠远的花园

和理论过亚里士多德的人们

和掠国毁城的帖木儿及奥玛尔，

如今，在这儿，在龙达，

在失明的迷茫中，

只有庭院的深深沉寂、

素馨的闲适

和那早已阻断了沙漠往事的

清幽流水声。

---

* 西班牙安达卢西亚地区马拉加省城市，9 至 15 世纪曾被摩尔人占据。

书 的 作 用

　　书房里有过一本阿拉伯文书。那本书是一个老兵[1]在托莱多的一个市场上买到的，但是，东方学者却只是通过西班牙文本才了解到了它的存在。那是一本奇妙的书，以预言的方式记述了一个人[2]从五十岁直到一六一四年去世这整个期间的作为与言论。

　　没人可能再见到那本书了，因为它已经毁于第六章[3]里讲到的，由一位神甫和那人的朋友剃头匠吩咐点起的著名大火之中。

　　那人藏有过那本书。他虽然从来没有读过，但却有着同阿拉伯原作者的设想完全一样的遭遇，而且，那遭遇还将永远继续演绎下去，因为他的英勇业绩已经融入了世界各族人民的宏大记忆之中了。

　　这一虚构难道会比由一个上帝设计的伊斯兰教的宿命或者那赋予我们选择下地狱的可怕权利的天意更为荒唐吗？

1　指西班牙作家塞万提斯。
2　指塞万提斯的名著《堂吉诃德》的主人公阿隆索·吉哈诺。
3　指《堂吉诃德》的第六章。

笛 卡 儿

我是地球上唯一的人，而且很可能没有任何土地、人，
乃至于神能够将我欺骗。

也许是某位神明让我承受时光那漫漫梦幻的熬煎。

我梦见过月亮以及我那看到月亮的双眼。

我梦见过混沌初开第一天的黄昏与黎明。

我梦见过迦太基[1]和毁灭了迦太基的军团。

我梦见过卢坎。

我梦见过髑髅地的山冈和罗马的十字架。

我梦见过几何学。

我梦见过点、线、面、体。

我梦见过黄、蓝、红。

我梦见过自己羸弱的童年。

我梦见过地图、王国和曙色中的葬礼。

我梦见过难以想象的痛苦。

我梦见过自己的宝剑。

我梦见过波希米亚的伊丽莎白[2]。

我梦见过怀疑和确信。

我梦见过明媚的昨天。

也许我未曾有过过去，也许我没有出生过。

也许我梦见做过梦。

我觉得有点儿冷、有点儿怕。

多瑙河上笼罩着夜色。

我将继续梦见笛卡儿以及他的先辈们的信念。

1　古代名城，相传由腓尼基人建于公元前 814 年，曾经一度非常繁荣，但 439
年遭到汪达尔人蹂躏，705 年又被阿拉伯人占领，遂一蹶不振。

2　指匈牙利公主伊丽莎白（Elizabeth of Hungary，1207—1231）。在丈夫于第
六次十字军东征期间的 1227 年死于瘟疫之后，她倾心于慈善活动，留下很多
传说。

两座教堂[*]

在阿尔马格罗区南面的图书馆[1]里，

咱们曾经一起度过呆板乏味的时光，

一起按照布鲁塞尔十进制法[2]

没完没了地对图书进行分理；

你曾经告诉给我一个奇特的愿望，

说你想要写出一首长诗，

那诗的每一行、每一节

都具有远方的沙特尔[3]教堂

（你的肉眼从来都没有见过）

那样的布局和规模，

有唱经处、有大殿、

有穹隆、有祭坛、有尖塔。

如今，斯基亚沃啊，你已经死了。

你一定带着虔诚的笑容

从虚幻的天上看到了

那真实的石砌教堂

和你藏在心底的文字圣殿，

你总该知道

法国人历经几代竖立起来的建筑

和你想象中的殿堂

都是一个不可思议的模式的

应时和难以持久的翻版。

---

* 我以为，哲学和神学是虚构文化的两种类型。两种优秀的类型。事实上，相对于巴鲁克·斯宾诺莎或典型的柏拉图式人物的具有无限属性的无限物质而言，山鲁佐德或隐身人的夜晚又是个什么样子呢？对前者，我在《流逝或存在》以及《贝珀》等诗中有所涉及。我顺便想起了中国的某些学派曾经争论过是否存在椅子和竹椅的模式，亦即"理"。有兴趣的读者可以参阅冯友兰的《中国哲学简史》（麦克米伦出版社，1948）。——原注

1 博尔赫斯当时供职的米格尔·卡内市立图书馆，坐落在阿尔马格罗区南面的卡洛斯·卡尔沃大街。

2 一种图书分类法，即以三位数表示图书的主要分类、以小数点后的数字表示次要分类的方法。

3 法国厄尔-卢瓦省省会，市内圣母大教堂的主体部分建于 13 世纪，建造历时达三十年之久。

贝　　珀[*]

那孤居独处的白猫

端详着自己映在镜子里的映像，

它不可能知道

从未在家里见到过的

那团白毛和那双金眼就是自己的模样。

又有谁能够告诉它：

盯着它的那另一只猫不过是镜子的映像？

我在想：那两只神形化一的猫，

镜子里的和有血有肉的，

都是一个永恒物种为时光留下的幻象。

如今也变成了虚影的普罗提诺 ¹

在其《九章集》中下了这样的断语。

我们人类又是

哪个天堂生成之前的亚当、

哪位不可探知的神明的破碎镜子？

───────────

* 博尔赫斯的宠猫。
1 Plotinus（约205—约270），古希腊哲学家，新柏拉图主义创始人，五十四篇
　著述由其学生汇编为六卷，每卷九章，名《九章集》。

写在购得一部百科全书之时

这就是布罗克豪斯[1]的浩繁百科全书，

这就是那一本本厚重卷帙和地图册，

这就是德国的敬业精神，

这就是新柏拉图主义和诺斯替教派[2]的名人，

这就是第一位亚当和不来梅的亚当，

这就是老虎和鞑靼人，

这就是精致的印刷和大海的蔚蓝，

这就是时光的记忆和时光的迷宫，

这就是谬误和真理，

这就是比任何个人的知识都更为广博的杂合物，

这就是长期辛苦的结果。

这里还有看不见东西的眼睛、颤抖不已的双手、无法
阅读的书籍、

瞎子眼前的朦胧黑影、渐觉远去的墙壁。

然而，这里也有着一种新的秩序：

这旧时留下的建筑、

一种吸引力和一种现实、

那贯注于对我们漠然又不相关的器物的

神秘的眷恋情意。

1　Friedrich Arnold Brockhaus（1772—1823），德国百科全书编辑和出版者，由
　　他主编的德文百科全书以条目简短内容充实著称。该百科全书初版于1811
　　年，第15版（1928—1935）共20卷，1966年经彻底修订和重印的第17版
　　第一卷于1966年出版，名字亦改作《布罗克豪斯百科全书》。
2　一种融合多种信仰，把神学和哲学结合起来的秘传宗教。公元1至3世纪在
　　地中海东部各地流传。

那 个 人 *

啊，岁月流转，徒然地

冲蚀着南半球的

一位小诗人的生平足迹，

命运或者星宿给了他

一个没有留下子嗣的身躯

和漆黑牢狱般的失明境遇

和濒临死亡的龙钟年纪

和没人比得上的声誉

和觅句作诗的习惯

和对百科辞书

及精美的手绘地图

及纤巧牙雕的一贯偏爱

和对拉丁文的缠绵怀念

和对爱丁堡及日内瓦的断续回忆

和忘却日期和人名的陋习

和对多彩的东方民族

并不认可的东方的崇拜

和预示缥缈希望的黄昏

和对词源的过分痴迷

和撒克逊语言的尖刻

和总是给我们带来惊喜的月亮

和布宜诺斯艾利斯那恶癖、

葡萄及清水

及墨西哥甜饮可可的甘美

和些许金钱

和一个于某个与那么多同往常一样的黄昏

只能陪伴这些诗句的沙漏。

----

* 几乎同其他所有各篇一样，这首诗中充斥着随意的罗列。关于这种沃尔特·惠特曼曾经熟练运用过的表现形式，我只能说，貌似混沌一片、杂乱无章，其实另成一体、自有其序。——原注

《传道书》第一章第九节 [*]

如果我的手掠过额头，

如果我抚弄书脊，

如果我翻阅《夜书》，

如果我打开第三道门锁，

如果我在门槛上迟疑耽搁，

如果难忍的疼痛让我畏缩，

如果我想到时间机器的运转，

如果我想到绣有独角兽[1]的壁毯，

如果我改变睡姿，

如果我记起一句诗文，

这是在注定了的人生旅途中

重复已经做过无数次的事情。

我不可能有新的作为，

我一遍遍地演绎着同一个寓言，

我重写着已经重写过的诗句，

我复述着别人说过的话语，

白天或者茫茫黑夜的同一时刻

我都有着同样的感觉。

每天夜里做着同样的噩梦，

每天夜里都感受到迷宫的困锁。

我是一面静止的镜子的倦怠

或者一座博物馆里的尘埃。

我只是在把一件不喜欢的事情等待，

那是一件赠品、一块乌金，

也就是死亡那个纯真的女孩

（西班牙语允许这样的比喻）。

---

* 有人认为这段内容暗指毕达哥拉斯的追随者们提出的轮回说。我觉得那种观念不符合希伯来人的思维习惯。——原注

《圣经·旧约》的这一节是"已有的事，后必再有；已行的事，后必再行。日光之下，并无新事"。

1 神话动物，形似马或小羊，额头长有一只独角。在基督教文化中，独角兽常被比作基督，说他长有一只拯救人类的角。

两种形式的失眠

什么是失眠？

这个问题有点儿文气；至于答案，我再清楚不过了。

失眠是在夜深人静的时候满怀恐惧地计数那恼人的凄楚钟声，是徒然地希冀着让呼吸平和，是身体的猛烈翻动，是紧紧地闭上眼睛，是一种近似于发烧的状态而且当然并不清醒，是默诵多年以前读过的文章的片断，是知道别人熟睡的时候自己不该独醒，是渴望进入梦境而又不能成眠，是对活着和还将继续活下去的恐惧，是懵懵懂懂地熬到天明。

什么是长寿？

长寿是依托着功能正在衰竭的躯体活着，是以十年为单位而不是按秒针的跳动来计算的失眠，是大海和金字塔、古老的图书馆和连续更迭的朝代、亚当见到过的每一道曙光的重负，是并非不知道自己摆脱不了自己的肉体、自己的声音、自己的名字、对往事的不断回忆、自己没有掌握的西班牙语、对自己不懂的拉丁文的痴迷、想死而又死不了的心情、活着和还将继续活下去的现实。

修道院 *

从法兰西王国的某个地方

运来的玻璃和石材

在曼哈顿岛 [1] 建起了

这些幽深的修道院。

这不是无端的想象。

这是对一种乡情的真诚纪念。

一位美国人告诉我们,

我们可以随意付钱,

因为这座建筑没有用处,

我们掏出来的钱财

将会化作金币或者青烟。

这修道场所阴森可怖，

胜过了吉萨金字塔²

或者克诺索斯³的迷宫，

因为它同时也是梦幻。

我们听到了泉水丁冬，

可是那清泉却在橙园里

或者竟是《阿斯拉人》⁴的歌声。

我们听到了拉丁民族的呼唤，

可是那呼唤

发自伊斯兰教逼近时的阿基坦⁵。

我们在壁毯上看到了

那被判极刑的独角兽的

死亡与复活，

因为在这里

时光没有固定的顺序。

待到莱弗·埃里克松 [1] 望见美洲沙滩的时候，

我手中现在的桂枝将会绽出鲜花。

我感到有些头晕。

我不习惯于永生。

1　Leif Eriksson，10 世纪的挪威航海家，红头发埃里克之子。

一则神奇故事的注解

     在威斯康星或得克萨斯或亚拉巴马，孩子们常常玩打仗，两边分别代表着北方和南方。我知道（人人都知道），失败有一种辉煌胜利所没有的尊严，不过，我也想象得到，那种玩了一个多世纪并且也不止在一块大陆玩的游戏，总有一天会玩出让时间倒退或者如同皮埃特罗·达米亚诺[1]所说的修正过去的奇妙把戏。

     如果这种情况真的发生，如果在漫长的游戏过程中南方打败了北方，今天将会回到昨天，李的人马就会于一八六三年七月初在葛底斯堡大获全胜，多恩的手就会写完他那首关于一个灵魂轮回的诗，老态龙钟的绅士阿隆索·吉哈诺就会得到杜尔西内娅的爱情，黑斯廷斯[2]的八千撒克逊人就会像曾经打败过挪威人那样战胜诺曼底人，而毕达哥拉斯也就不会在阿尔戈斯³的一扇大门上认出自己还是欧福耳玻斯时用过的盾牌。

---

1 Pietro Damiano（1007—1072），意大利红衣主教。
2 诺曼底公爵于 1066 年 10 月在黑斯廷斯大败英格兰国王哈罗德二世，从而确立了他对英格兰的统治。
3 古希腊城邦，在伯罗奔尼撒地区。

结　　语

人生在世行程有限，

你该走的步数已经走完，

我是说你死了。我也弃绝人寰。

我确切地记得

那不期而别的夜晚，如今却在想：

一九二几年的时候，

曾经有过两个少年，

他们是柏拉图的信徒，

曾经在南半球夜空下的长街间、

在帕雷德斯的琴声中、

在街谈巷议和殴斗事件里面

或者迎着杳无人迹的曙色

将布宜诺斯艾利斯的真谛寻觅，

如今，他们可否安然？

勤学好读的弗朗西斯科·路易斯啊，

你这在克维多的事业上、

在对吟诗作赋的痴迷中的兄弟，

你这比喻那一古老手法的发掘者

（当时我们全都如此），

但愿你能不期而然地同我一起

共度这空寞的黄昏，

但愿你能帮我推敲诗句。

布宜诺斯艾利斯

我出生在另一个也叫布宜诺斯艾利斯的城市。

我记得院门合页的吱嘎声。

我记得令人怀念的素馨花和水池。

我记得那个原来鲜红、后来变成粉色的标记。

我记得背风向阳的角落和中午的小憩。

我记得有两把曾经在沙漠里扬威逞雄的宝剑交叉而悬。

我记得瓦斯灯和拿着棍子的人。

我记得那豪爽的时代、记得那些不宣而至的人们。

我记得那把带剑的手杖。

我记得自己亲眼见过和父母讲过的事情。

我记得待在九月十一日地区糖果店的角落里的马塞多尼奥。

我记得九月十一日地区上的那些从内地来的马车。

我记得图库曼大街上的菲古拉商场。

（埃斯塔尼斯劳·德尔坎伯就死在了那个转弯处。）

我记得自己从未能进去过的、奴隶们居住的第三重院落。

我也记得阿莱姆[1]在一辆锁着门的车里自戕的枪声。

在那个将我遗弃了的布宜诺斯艾利斯里我可能是个陌路之人。

我知道只有失去了的乐园才是人们可以自由进出的场所。

一个几乎同我一样、一个没有读过这段文字的人

可能会对那水泥的高塔和石雕的方尖碑[2]慨叹不已。

1　Leandro Nicéforo Alem（1841—1896），阿根廷政治家，1874 年革命的主要
　　策动者之一，后因对政治失望而自杀。
2　指布宜诺斯艾利斯七月九日大道上的独立纪念碑。

考　　验

就在那扇门的另外一侧，

一个男人颓然地倒了下去。

他所崇奉的古怪神明叫作三、二、一，

今天夜里他将徒然祈祷

并且相信自己不会有死亡之期。

此刻，他预感到了死亡的临近，

知道自己不过是个坐着的生灵而已。

兄弟啊，你就是那个男人。

让我们感谢每一次相聚，然后将一切忘记。

赞　　歌

今天早晨

空气中弥漫着天堂的玫瑰

那令人难以置信的香气。

在幼发拉底河的岸边，

亚当发现了流水的清凉。

天上落下一阵金雨，

那是宙斯的爱怜。

一条鱼露出了海面，

阿格里真托的一位人物[1]

将会记起曾经就是那条鱼。

在那名字将会叫作阿尔塔米拉的洞窟里面，

一只不见容颜的手

绘出了成为野牛脊背的曲线。

维吉尔的手缓缓地抚摩着

驼队和海船

从黄帝的国度

运来的绸缎。

第一只夜莺在匈牙利发出清唱。

耶稣在钱币上看到了恺撒的头像。

毕达哥拉斯告诉他的同胞

时光的轨迹是圆圈。

在大洋中间的一个岛上,

银色的猎犬在追逐金色的麋鹿。

人们在一个铁砧上锻造

西古尔德将要使用的宝剑。

惠特曼在曼哈顿高歌。

荷马在七个城市里降生。

1 指古希腊哲学家恩培多克勒(Empedocles,约前490—前430),生于西西里
古城阿格里真托,他曾说自己是"一条露出海面的无声的鱼"。

一位少女刚刚逮住了

白色的独角兽。

整个历史如同浪涛的回转，

那些往事之所以再现，

因为一个女人亲吻了你的脸。

幸　　福

拥抱一个女人的是亚当。那女人就是夏娃。

一切都是开天辟地的第一次。

我看到天上有一个白色的物体。听说那是月亮，可是，一个名称和一段神话对我又有什么意义。

我对树木怀有某种畏惧。树木是那么美丽。

温顺的禽兽走过来等待我的呼唤。

图书馆里的书籍不见字迹。只有我将它们打开，那字迹才能显现。

翻开地图，我会看到苏门答腊的形状。

于黑暗中划燃火柴的人在制造火焰。

镜子里潜藏着另一个自己。

望着大海就等于看到了英国。

读到李利恩克龙的诗就是参加战斗。

我梦见过迦太基和毁灭了迦太基的军团。

我梦见过宝剑和天平。

应该歌颂那没有拥有者和被拥有者但却两相情愿的爱情。

应该赞美让我们梦见我们可以创造地狱的噩梦。

步入江川就是走进恒河。

望着沙漏就能看到一个帝国的覆没。

把玩匕首就预示着恺撒的暴亡。

沉睡的时候人人都一样。

我在沙漠上见到了刚刚雕成的年轻的斯芬克斯。

阳光下没有任何古老的事物。

一切都是开天辟地第一次，不过是一种永恒的形式。

读我的诗句就是在把这诗句创造。

哀　歌

他流下了几滴眼泪。没人看到，

就连镜子也不知晓。

无需怀疑，那眼泪

是在为一切值得痛惜的事情哀悼：

他未曾见过的海伦的姿容，

岁月那不可逆转的波涛，

耶稣那钉在罗马十字架上的手臂，

迦太基的残迹荒草，

匈牙利人和波斯人的夜莺，

片刻的幸福和烦恼，

讴歌过武功的

纯洁而柔美的维吉尔，

每个新奇的黄昏

以及将化为晚景的黎明的

彩云的变幻飞飘。

在布宜诺斯艾利斯城，

一个孤独、深情、苍老的人，

刚刚躲在屋子里面

为万般世事呜咽。

布　莱　克

那无意中在你手里散发出幽香的玫瑰

现在可能会在什么地方？

不在颜色，因为花没有眼睛，

不在那绵绵的芳菲，

也不在瓣片的分量。

这一切只是些许弥散的回响。

真正的玫瑰非常遥远。

可能是一块柱石或一次战役

或一片天使聚居的天空

或一个神秘而又必需的无限境地

或一个我们看不到的神祇的欢欣

或另一块苍穹里的银色星系

或一个没有玫瑰形状的

硕大无朋的物体。

诗　　人

赫拉克利特啊，我们就是你说的长河。

我们就是时光。它那不可更改的流逝

冲走了猛狮和高山、

泪浸的爱情、享乐的余烬、

无尽的奢望、

大串化作了尘埃的帝国的名字、

希腊和罗马诗人的作品、

黎明时分的幽暗海洋、

那作为死亡预演的梦境、

兵刃和武士、历史陈迹、

雅努斯那两张互不相识的面孔、

棋子在棋盘上

搭建起来的象牙迷宫、

麦克白

那可以染红大海的血手、

钟表在黑暗中的悄然运行、

持续地映在另一面镜子之中

而无人顾及的镜子、

钢版插图、花体文字、

放在柜子里的硫条、

失眠时的沉重轰鸣、

曙光与黄昏及彩霞、

回声、退浪、细沙、地衣、梦想。

我只是这些偶然生成

又因无聊而被提及的物象。

尽管双目失明又加体弱多病,

我还必须用这些物象写出这首不会蚀损的诗

并且（作为责任）求得自救。

过去的日子 *

我是同时又不是新教牧师

以及那以自己无法估量的沙漠尘埃

对抗哥特佬和长矛兵们的

南部美洲战士们的嫡传子孙。

我真正的血缘却是

仍然在耳边回响的

父亲那吟诵斯温伯恩的诗篇的声音

以及那些翻阅、翻阅而未曾读过、

却让我感到满足的厚厚书册。

我就是先哲们灌输给我的一切。

机缘或命运，两个名称代表着

我们不能掌握的同一个奥秘，

是它们给了我不同的祖国：

布宜诺斯艾利斯、只有过一夜之缘的奈良、

日内瓦、两个科尔多瓦[1]、冰岛……

我是一场孤独的幽梦，在那梦中，

我忘掉了或者试图忘掉自己。

我是黎明和黄昏、

昔日的清晨、第一次见到的大海

或那轮没有维吉尔和伽利略的

冷漠皓月的奴仆。

我是自己漫漫人生的每一个片刻、

每一个不能成眠的焦躁夜晚、

每一次离别和每一次前夕。

我是房间里的那幅

我这双如今已经失明的眼睛

清楚见过的版画

---

* 标题原文为英文。
1 指阿根廷的科尔多瓦和西班牙的科尔多瓦。

《骑士、死神与魔鬼》的错误印象。

我就是那曾经见过

而且死后还将继续凝注着沙漠的另一个人。

我是一面镜子、一个回声。

我是墓志铭。

天　机

水龙头在第二重院落里

发出有节奏的滴答声,

就像恺撒的死亡,这是注定了的事情。

水龙头和恺撒都在天机之中,

那天机涵盖了无始无终的圆圈、

腓尼基人的船锚、

我的死期

和被遗忘了的费马大定理[1]。

冷静的人们

将那铁定的天机

看作是凤凰能从中死而复生的火焰。

那是以因为干、以果为枝的

参天大树；

它的叶片之间隐藏着罗马和迦勒底

以及雅努斯的两张面孔看到的一切。

寰宇是它的一个名字。

从来没有人见过寰宇是什么，

没有人能够成为别的什么东西。

1　法国数学家、微分学创始人费马（Pierre de Fermat，1601—1665）提出的假
　　设，亦称"费马猜想"。近年已被证明。

胡安·穆拉尼亚的歌谣

我很可能在某个街角

早就曾同他擦肩而过。

我还是孩子，他已成年。

他的身世，我从未听说。

不知为什么那位前辈

总在我的祈祷中出现。

我知道自己注定要让

人们把穆拉尼亚纪念。

他这人只有一个长处。

有人却连一个都没有。
他是个最为勇敢的人,
经天的日月见证已久。

他待人一向彬彬有礼。
他从不喜欢逞能斗狠,
一旦到了必要的时候,
他又一定会兵必血刃。

每逢遇上竞选的场合,
对主子比狗都要忠诚。
他的情意却被人忘记,
接连着坐牢终生受穷。

即使将他与别人捆缚,
他也能进行殊死搏击;
面对纷纷而来的枪弹,
他也不过是挥刀迎敌。

卡列戈曾经将他讴歌，

现在我再次把他提起。

在这大限到来的时刻，

应该想想别人的遭际。

安德雷斯·阿尔莫亚[*]

岁月使他学会了一些瓜拉尼语，一旦需要，竟然也能派上用场，不过，翻译起来并非不费力气。

士兵们都能够接受他，不过，有些人（不是所有的）总觉得他身上有某种特别之处，仿佛他是异教徒、靠不住或者竟是个坏人。

他不喜欢人们的这种感觉，但是，更讨厌新兵对他表现出来的兴趣。

他不是酒鬼，不过，星期六倒是经常喝醉。

他有饮茶的习惯，这一习惯在一定程度上能够消除寂寞。

他不讨女人喜欢，也不去找女人。

他同多洛雷丝生了个儿子。关于儿子，已经多年没有任何消息了，因为，他和那些穷苦百姓一样，不会写信。

他不善言谈，但却总是要讲那次从胡宁到圣卡洛斯的长途行军；每次讲起来，用的字眼全都一样。他之所以用同样的字眼，也许是因为只记得那些字眼而忘掉了事情本身。

他没有床铺，每天睡在鞍垫上，却从来没有做过噩梦。

他良心清白，从来都只是执行命令。

他深得上司信任。

他是行刑刽子。

他已经不记得看到过多少次沙漠的黎明。

他已经不记得砍断过多少人的脖子，但却永远忘不了那头一回以及当时的草原景色。

他永远都不会被提升。他不应引人注意。

在原籍的时候，他是驯马好手。如今，他虽然已经驾驭不了生马，不过，却爱马并且也懂马。

他是一个印第安人的朋友。

---

* 读者应该设想他的故事发生在 19 世纪 70 年代的布宜诺斯艾利斯省。——原注

第 三 个 人 *

我要把这首诗

（权且借用这个称呼）

献给前天夜里同我擦肩而过、

跟亚里士多德一样神秘的那第三个人。

星期六我走出了家门。

夜色中人流熙攘，

肯定会有那第三个人，

就像有过第四个和第一个一样。

我不知道我们是否曾经看到了对方，

他走向巴拉圭大街，我取道科尔多瓦 ¹ 方向。

这几句话几乎画出了他的模样，

我却永远都不可能知道他的名字。

我知道他会有某种嗜好，

我知道他曾经瞩望过月亮。

不是没有可能他已经死了。

他也许会读到我此刻正在写着的诗句，

却不可能知道我在把他提及。

在那不可预测的未来，

我们可能成为对手而互相尊重

或者成为朋友而互相爱慕。

我做了一件无可挽回的事情，

我确立了一种关系。

在这同《一千零一夜》的描述

如出一辙的

平庸无奇的世界上，

没有一个举动

———————————

* 这首以世上生灵间的潜在联系为主题的诗基本上和题为《漆手杖》的那篇一样。——原注

1 此处指街名。

不冒变成邪术的危险，

没有一件事情

不成为一根无尽链条的开端。

我在想：这几行无谓的文字，

什么样的影响不会产生？

对现在的追思

恰在那一时刻，那人想道：

我将会不惜一切代价

换取能在冰岛凝滞的明灿阳光下

陪伴在你身边的幸福、

换取就像共享音乐

或者一种果香一样

共享现在的幸福。

恰在那一时刻，

那人就在冰岛、就在她的身边。

极　　点

那些期待你胆怯的人们留下的文字

肯定不会使你得救；

你不是别人，此刻你只是

你自己的足迹布下的迷阵的中心。

耶稣或苏格拉底的磨难

以及暮色黄昏时分

在花园中圆寂的佛法无边的悉达多

也挽救不了你的性命。

你亲手写下的文章、亲口说出的话语

也只能是飞絮浮尘。

天意之中没有怜悯，

上帝的暗夜漫无边际。

你的存在就是光明，不停流逝的光明。

你是那每一个孤独的瞬息。

诗 两 首

正 面

你在睡着。这会儿醒了。

明灿的清晨带来了初始的憧憬。

你早已忘却了维吉尔。那儿就是他的诗歌作品。

我为你带来了许多东西。

希腊人的四大根基：土、水、火、气。

一个女人的名字。

月亮的亲和。

地图的淡雅色泽。

具有陶冶净化功能的忘却。

挑挑拣拣并再次发现的记忆。

让我们觉得自己不会死去的习惯。

标记捉摸不到的时光的表盘和时针。

檀香的芬芳。

被我们不无虚荣地称之为形而上学的疑虑。

你的手期望抓取的手杖柄。

葡萄和蜂蜜的滋味。

反　　面

想起一个睡着的人

是一件普通而常见

却又让人心灵震颤的事情。

想起一个睡着的人

就是将自己那没有晨昏的

光阴世界的无边囚禁

强加给别人，

就是向其表明

自己是囿于一个将其公之于世的名字、

囿于往昔累积的人或物，

就是骚扰他的永恒，

就是让他承受世纪和星辰的重负，

就是为岁月再造

一个往事难忘的乞丐，

就是亵渎忘川的清流。

天　使

但愿人们不要愧对

那自从让太阳和星辰为之震撼的爱情

将他孕育成人

直到雷声在号角中轰鸣的

最后时辰

都在用剑护卫着自己的天使。

但愿人们不要将那天使带进糜烂的妓院、

专横笼罩着的宫殿、

放浪不羁的酒馆。

但愿人们不要屈尊乞怜、

将眼泪轻弹、

怀抱妄想、

因为怯懦而犹疑退缩、

像演戏一样作假蒙骗；

那天使一直都在看着他的举动。

但愿人们能够切记自己永远不会孤单。

无论是在光天化日之下还是在黑暗的笼罩中，

那不息的镜子都在见证；

不要让泪滴将那镜面玷染。

上帝啊，在这阳寿将尽之时，

但愿我不会让那天使蒙羞受辱。

睡　　眠

黑夜向我们行使起自己的神奇使命。

它将宇宙化解，

让盘根错节的

因因果果

在时光那无底旋涡中泯灭。

黑夜希望今天晚上你会忘掉

自己的名字、自己的前辈及其血统、

每一句话和每一滴眼泪、

几何学家的虚点、

线、面、棱锥、正方体、

圆柱、球面、大海、波涛、

你那贴在枕头上的面颊、

新被单的清爽、花园、

帝国、恺撒们和莎士比亚

以及那最难割舍的心爱的一切。

真是有趣，一粒药片竟能够

将整个世界抹去并制造出一片混乱。

一　个　梦

在伊朗的一个荒无人烟的地方有一座不是很高、无门也无窗的石塔。在那唯一的（泥土地面的圆形的）禅房里有一张木头桌子和一个板凳。在那间圆形的禅房里有一个样子像我的人在用一种我不懂的文字写着一首诗说一个人在另一间圆形的禅房里写着一首诗说一个人在另一间圆形的禅房里……就这样没完没了地延续下去，谁也读不到被囚禁的人们写下的东西。

《地狱篇》第五章第一百二十九行 *

他们丢弃了那本书，因为已经

知道自己成了书中的人物。

（他们还将被写进另一部顶尖作品，

不过，那对他们又有什么意义？）

此刻，他们是保罗和弗朗切斯卡，

并非分享同一个寓言的趣味的

两个朋友。

他们以惊异的喜悦凝目互望。

他们没有用手互相触摸。

他们有了唯一的宝贵发现，

他们找到了对方。

他们没有背叛马拉泰斯塔，

因为背叛需要有个第三者，

而世界上只有他们两个。

他们是保罗和弗朗切斯卡，

他们也就是那女王及其情人、

就是自从那个亚当和他的夏娃

在天堂的草地上相爱以来

曾经有过的所有情侣。

一本书、一场梦使他们明白

自己只是被人在不列颠的土地上

梦见过的梦中的人物。

还有另一部著作

将让本身就是梦的人物梦见他们。

---

* 但丁《神曲》这一章讲述的是拉文纳公国奎多·德·波伦塔大公的女儿弗朗
切斯卡和保罗的恋爱故事。出于对公国利益的考虑，弗朗切斯卡嫁给了绰号
"跛子"的马拉泰斯塔，后与马拉泰斯塔的弟弟、绰号"美男子"的保罗相
爱。马拉泰斯塔发现后，将他们杀死。在《神曲》中，他们俩的灵魂附着在
一起随风飘荡。

流逝或存在

那莱茵河可在天上流淌？莱茵河

可有一个变成模式的固定形状

不受时光那另一条莱茵河的影响

停留和长存于永恒的现在

并成为在我口授这篇诗作的时候

在德国不息奔流的莱茵河的根基？

柏拉图的追随者们这样推测，

而奥卡姆 [1] 却并不同意。

他曾说过：莱茵（这个名字

来源于 rinan，也就是奔流）

不过是人们随意送给那自古以来

从连绵的冰峰泄向海滨的

水流的一个称谓罢了。

可能真是这样。让别人去判定吧。

我再说一遍，难道我只不过是

那爱过、唱过、看到过并

体验过惊惧和希望的

一连串的白天和黑夜？

或者，还有另外一个隐秘的我、

我曾经到那贪婪的镜子里

去寻找过那如今已消失了的幻象的我？

也许，只有待到死了以后

我才能知道自己只是一个名字还是真的存在过。

---

1 William of Ockham（约 1285—1347），英国哲学家、辩论家，晚期经院哲学的唯名论的创立者。

名　　望

见到过布宜诺斯艾利斯的发展，发展与衰落。

记得泥土的庭院和葡萄藤、门厅和水池。

继承了英语，研究过撒克逊语。

喜欢德语，留恋拉丁语。

在巴勒莫同一位旧时的杀人犯做过交谈。

痴迷于象棋和素馨花、老虎和六音步诗。

用马塞多尼奥·费尔南德斯的语气朗诵过他的作品。

了解形而上学的那些著名疑点。

颂扬过宝剑，却又从理性上热爱和平。

并不觊觎任何海岛。

未曾跨出过自己的图书馆的大门。

只是阿隆索・吉哈诺而没有胆量去做堂吉诃德。

向比自己博学的人传授自己并不掌握的知识。

欣羡月亮的光华和保尔・魏尔兰的品德。

拼凑出过十一音节的诗作。

重新讲述那些古老的故事。

用当今的语言整理了那五六个比喻。

曾经拒收贿赂。

是日内瓦、蒙得维的亚、奥斯汀和（像所有人一样）罗马的公民。

推崇康拉德。

是那个谁也说不清的东西：阿根廷人。

是瞎子。

所有这一切没有一件有什么特别，但是，加在一起却给了我以连我自己都还没有弄懂的名望。

正 直 的 人

一个像伏尔泰希望的那样栽花种草的人。

感谢人世间有音乐的人。

欣喜地发现了一个词语的来源的人。

在城南的一家咖啡馆里默默下棋的两个职员。

在思索用色和造型的陶工。

在诵读某首颂歌的最后诗节的女人和男人。

抚摩睡着了的动物的人。

为别人或者愿意为别人对自己的伤害辩解的人。

感谢人世间出了个斯蒂文森的人。

宁愿别人有理的人。

所有这些人，他们互不相识，却在拯救世界。

帮　　凶

如果处我以极刑，我就是那十字架和铁钉。

如果赐我以药酒，我就是那毒芹。

如果要将我欺骗，我就是那谎言。

如果要将我焚烧，我就是那地狱。

我应该赞美和感谢时光的每一个瞬息。

我的食粮就是世间的万物。

我承受着宇宙、屈辱、欢乐的全部重负。

我应该为损害我的一切辩解。

我的幸与不幸无关紧要。

我是诗人。

间　　谍

有人在火热的战斗中

为祖国献出了生命，

大理石碑镌刻下了他们的英名。

我却默默地在自己仇视的城市里游荡。

我为祖国做了另外的事情。

我失去了廉耻，

背弃了把自己当作朋友的人们，

拖人下水出卖良心，

憎恶祖国的称谓。

我自认是个卑鄙小人。

沙　　漠

在走进沙漠之前，

士兵们在水坑里痛饮了一番。

希罗克洛斯[1]将自己的罐子里的水

泼到了地上并且宣言：

如果我们必须步入沙漠，

我现在就已经身处沙漠中间。

如果我们必须忍受干渴，

那就让干渴现在就将我熬煎。

这是一个比喻。

在我坠入地狱之前，

神的侍从们让我见到了一枝玫瑰。

在这黑暗的王国里面，

那玫瑰一直让我心碎。

一个女人将一个男人抛弃，

他们假设了一次最后的约会。

那男人说道：

如果我必定要独处，

我现在就已经形只影单。

如果我必定要忍受干渴，

那就让干渴现在就将我熬煎。

这又是一个比喻。

在这人世之上，

没有一个人有做那个男人的勇气。

1　Hierocles（活动时期430年左右），新柏拉图主义哲学家，曾随希腊哲学家普
　　卢塔克学习，后定居亚历山大城。

漆 手 杖

　　玛丽亚·儿玉发现了那根手杖。它漂亮而结实，却又轻得出奇。谁见了都会注意，注意了就不会忘记。

　　我看着那根手杖，觉得它是那个筑起了长城、开创了一片神奇天地的无限古老的帝国的一部分。

　　我看着那根手杖，想起了那位梦见自己变成了蝴蝶、醒来之后却不知道自己是梦见变成蝴蝶的人还是梦见变成人的蝴蝶的庄周。

　　我看着那根手杖，想起了那位修裁竹竿并将其一端弯成恰好可以让我用右手把握的曲柄的工匠。

　　我不知道那工匠活着还是死了。

　　我不知道他信奉道家还是佛教，不知道他是否翻查六十四式的卦书。

　　我们永远都不会谋面。

　　他消失在九亿三千万人之中。

　　然而，我们之间却有着某种联系。

　　不是不可能早就有人设计好了这种联系。

　　不是不可能世界需要这种联系。

致 岛 屿

美丽的英格兰啊，我该怎样将你称呼？

颂歌的华丽与夸张

不符合你的羞怯拘谨，

显然我不该尝试使用。

我不去谈论你的海域，那就是所有的大洋，

我也不提，亲爱的岛屿啊，

那强迫你向别人挑战的帝制。

我只是小声地列举几个象征：

如今已经变成梦的卡罗尔的梦的

红色国王的梦爱丽丝，

茶水和甜点的芳香，

花园中的迷宫，

日晷，

柯尔律治没有见过

却言之凿凿的

那位向往（可又从来未对人承认自己向往）

东方及荒凉冰原的人物，

至今依然的雨声，

飘落在脸上的雪片，

塞缪尔·约翰逊的雕像的投影，

尽管没人能够听到

但却仍然在回荡的竖琴余音，

照出过弥尔顿那茫然目光的

镜子的玻璃，

罗盘那恒久的摆动，

《殉道书》，

一部《圣经》的最后几页

提及的有关神秘世代的记述，

大理石下的尘埃，

曙色的悄然升起。

这里只有你和我，我心中的岛屿。

没人能够听到咱们的絮语。

在这黄昏后黎明前的时刻，

咱们默默地将这共同珍爱的一切回忆。

围　　棋

今天，一九七八年九月九日，

我的掌心攥着一颗小小的圆子，

这样的圆子共有三百六十一颗，

是一种东方的弈术所必需，

那如同摆布星宿的游戏叫围棋。

那是一种比最古老的文字还要古老的发明，

棋盘就好像宇宙的图形，

黑白交错的变幻

足以耗尽千秋生命。

人们可以对之痴迷，

就好像坠入爱河与欢情。

今天，一九七八年九月九日，

我本来就对好多事物无知无识，

这会儿再次感到困惑，

我要感谢诸路神祇，

他们让我得见这处迷宫，

尽管我永远都不能探知其中的奥秘。

神　　道 *

在我们沉浸于不幸之中的时候，

偶然注意到或想起的

微不足道的小事

会让我们在一瞬间忘情：

果品的幽香，清水的甘凉，

梦中再现的面孔，

十一月初放的素馨，

罗盘的永恒指向，

一本以为已经丢失了的书籍，

突然想起的诗句，

能够为我们打开房门的钥匙，

一条街道的名字，

一张地图的彩色，

不经意发现的一个词语的来源，

锉过的指甲的光洁，

我们执意要想起的日期，

默数夜半的十二下钟响，

身上突发的剧痛。

神道的神祇共有八百万，

他们悄然地巡行于天地之间。

那些小小的神明时常会将我们光顾，

光顾而后又倏忽不见。

---

* 日本固有的宗教神道教的简称。

外　乡　客

神龛上供着一把剑。

我身为神社的二祀官，却从未见过。

别的寺庙敬奉的是铜镜或石头 [1]。

那些器物被当成神体因为曾属奇绝罕见。

我讲话非常坦率：在各种教派里面，神道最不足道。

最不足道，却最为古老。

有关文献是那么久远，以至于连字迹都几乎难以分辨 [2]。

一只麋鹿或者一滴露珠都可能具有神性。

神道昭示我们行事为人要以善为本。

神道并不宣扬人在营造自己的羯磨 [3]。

神道不以惩罚来恐吓，也不用奖掖来收买。

信奉神道的人可以接受佛陀或者耶稣的说教。

神道尊天皇、敬死者。

神道认为人死后变成神保佑亲人。

神道认为树死后变成神保佑树。

神道认为盐、水和音乐可以净化心灵。

神道认为神祇的数目多不胜数。

今天上午，一位秘鲁的老诗人前来造访。他是个瞎子。

我们分享了院子里的花香、土地的潮气、鸟的啼啭、神的启迪。

我通过翻译尽量向他解释了我们的教义。

不知道他是否明白了其中的道理。

西方人的脸上像是戴着面具，让人看不到他们的心底。

他说，回到秘鲁之后，他将把我们的谈话写进诗里。

我不知道他是否真的会写。

我不知道我们是否还能再聚。

1　此处指的是神道教的主神天照大神赐予其后代的三件神器：八尺镜、天丛云剑和八坂琼曲玉。神社的本殿里供奉的神体（象征神的物品）通常是神镜、丛云剑或其他物件。神体均经精心包裹并置于容器之中，禁止启视。只有大祀官可以到达本殿的最深处。
2　指分别成书于 712 年和 722 年的神道经典《古事纪》和《日本书纪》。
3　佛教用语，梵语 karma 的音译，意为“业”。

俳句十七首

一

黄昏和大山
对我说过些什么。
我已经忘记。

二

漫漫的长夜
此刻只是变成了
一缕缕香气。

三

在天亮之前
那被我忘掉的梦
是真还是假?

四

琴弦已悄寂。
悠扬乐声倾诉了
我心中感受。

五

园中的杏树
唤起了我的欣喜。
我联想到你。

六

在冥冥之中，
书籍、图片和钥匙
伴我生与死。

七

自从那一天，
我没有再移动过
枰上的棋子。

八

在漫漫荒漠，
曙光也一样绚丽。
知之者有人。

九

闲置的宝剑
梦着自己的战绩。
我另有所梦。

十

人已经死了。
胡须却毫不知晓。
指甲还在长。

十一

正是这只手
曾经抚摩过一次
你如丝秀发。

十二

在屋檐底下，
镜子照得出来的
只是那明月。

十三

在月亮光下，
变得修长的影子
孤独而无伴。

十四

将熄的火焰
或者流萤的闪亮
可是个王国？

十五

新月悬夜空。
在另外一处门口，
她也在凝望。

十六

啁啾起远处。
夜莺却并不知道
在把你安慰。

十七

那苍老的手
还在为了被忘却
把诗句书写。

日　　本

透过罗素的著述，我了解了集的理论。这集论 [1] 提出并探讨一个长生不老的人即使毕其无限的年华也数不清楚的庞然大数，在那个想象中的王国里，用希伯来字母来代表数字 [2]。那个复杂的迷宫容不得我去涉足。

透过定义、公理、命题和推论，我了解了斯宾诺莎的无限样态的实体。这个实体具有无数的属性，其中包括了空间与时间。这样一来，如果我们说出或想到了一个词汇，与此同时就会在无数不可思议的领域里发生无数件事情。那个复杂的迷宫容不得我去涉足。

透过像魏尔兰一样偏爱色调而不是色泽的山峦，透过含蓄而不夸张的文字，透过水与石同等重要的庭园，透过从未见过真虎的人画出的堪称惟妙惟肖的老虎，透过功名之途"武士道"，透过对剑的情怀，透过桥式、晨景和神社，透过低沉得几乎听不到的音乐，透过悄声细语的人群，日本啊，我了解了你的概貌。那个复杂的迷宫……

一八七〇年左右，草原印第安人去到了胡宁要塞。他们从未见过门、铜质门钹和窗户。对他们来说，那些东西就像我们眼中的曼哈顿一样新鲜，所以看了摸、摸了看，然后就又重新返回了自己的荒原。

1　原文为德文。集论，亦称集合论，是研究"集"的运算及其性质的数学分支。
2　指用希伯来文二十二个字母中的前十个依次代表数字 1 至 10，随后的八个依次代表 20 至 90，最后四个分别代表 100、200、300 和 400 的体系。

天　　数

自从那个如今已经无法追回的夜晚，

或者，从你那朦胧的双眼

于黄昏乍始的时分平生头一次

在一处花园或庭院得识月亮的容颜，

那皓月就怀着默默情意

（维吉尔大概是这么说的）与你为伴。

永远都会这样吗？我知道，

总有一天会有人坦白地告诉你：

你将再也见不到那轮明月，

天数有定，谁也不能改变，

你已经到了限定的终极。

即使打开世界上的所有窗户

也于事无补。晚了。你再也找不到月亮的踪迹。

我们活着，一次又一次地

看到又忘却夜幕下的那甜蜜景观。

应该好好珍惜。这可是最后的机缘。

JORGE LUIS BORGES
La cifra

图字：09-2010-605 号

Jorge Luis
Borges

Atlas

地图册

[阿根廷] 豪尔赫·路易斯·博尔赫斯 著

王永年 译

上海译文出版社

题注：本书原文题名为 Atlas（阿特拉斯）。阿特拉斯是希腊神话中的巨人，普罗米修斯的兄弟，因反对宙斯，被罚去托天。在古代西方最早的地图册封面上绘着阿特拉斯托持天体的形象，因此称地图册为阿特拉斯。本集单行本原是作者和玛丽亚·儿玉游历各地的照片集，由作者配诗；收入原版《博尔赫斯全集》时，原编者删去图片，只保留文字。

目 录

序　　言

在我印象中，首先提出动机多样化的是斯图尔特·米尔[1]；本书当然不是地图册，就本书而言，我可以指出两个显而易见的动机。第一个是阿尔贝托·吉里。玛丽亚·儿玉和我愉快地生活在世期间，我们游历和欣赏了许多地区，拍了不少照片，带出了相应的文字说明。第二个动机是恩里克·佩佐尼，他见到了那些照片；吉里提出可以把它们汇编成书，内容虽然纷繁，却有奇趣。于是，有了这个集子。它不是一系列附有照片的说明文字，或者一系列用文字解释的照片。每个题目都独立成章，既有形象，又有文字。发现前所未知的事物不是辛伯达、红头发埃里克或者哥白尼的专业，人人都是发现者。开始先发现苦、咸、凹陷、光滑、粗糙、彩虹的七色和字母表上的二十几个字母；接着发现面庞、地图、动物、天体；最后发现怀疑、信仰和几乎完全能确定的自己的无知。

玛丽亚·儿玉和我一起惊喜地发现了各各不同、独一无二的声音、语言、晨昏、城市、花园和人们。希望这些篇章成为仍将继续的漫长而奇妙历程的纪念。

豪·路·博尔赫斯

---

1 John Stuart Mill（1806—1873），旧译穆勒，英国哲学家、经济学家，著有《论自由》、《代议制民主》、《功利主义》等，他写的《逻辑体系》（1843）首次用经济理论联系社会实际。

高 卢 * 女 神

　　当罗马推进到这些最后的土地和它的没有界定并且或许没有尽头的淡水海，当恺撒和罗马这两个响亮崇高的名字到达这里的时候，烧焦的木雕女神已经存在了。他们按照帝国的漠不关心的方式把她称作狄安娜或者密涅瓦，因为帝国不是传教士，喜欢兼并被战胜的神祇，用自己的名称加以识别。以前她在严格的等级制度中占有一席之地，是一个神祇的女儿和另一个神祇的母亲，人们把她同春天的妩媚和战争的恐怖联系起来。如今一个博物馆收藏并展出那个奇特的东西。

　　她没有给我们带来神话传说，没有她自己的话语，只有现今已经埋葬的几代人的沉默的呼喊。她是件破损而神圣的东西，任我们漫无边际的想象不负责任地添枝加叶。我们永远不会听到膜拜她的人的祈求，也永远不知道仪式是什么模样。

＊　阿尔卑斯山脉两侧的古代地理名称，相当于现在的意大利北部和法国地区。

图　　腾

据波菲利记载，亚历山大城的普罗提诺拒绝人们为他画像，说他无非是自己的纯精神原型的影子，画的肖像便成了影子的影子。

几世纪后，帕斯卡重新发掘出那个反绘画艺术的论点。我们在本书中看到的形象[1]是一尊加拿大偶像的摹本的照片，也可以说是影子的影子的影子。它的原件（我们姑且这么称呼）耸立在雷蒂罗第三车站的后面，无人祭祀。那是加拿大政府的一件官方礼物。加拿大不在乎用那种野蛮的形象来代表国家。南美国家的政府却不敢冒险把一尊无名和粗陋的塑像送人。

我们了解这些情况，然而当我们念及沙漠里的一个图腾，一个默默地需要神话、部落、祈求甚至牺牲的图腾，不禁浮想联翩。我们对它的礼拜仪式一无所知；所以只能在朦胧的晨昏梦想它。

---

1 博尔赫斯指的是有插图的初版《地图册》里本文的插图。——原编者注

恺　　撒

匕首把他撂倒在这里。

这里是一个惨死的人，

一个名叫恺撒的人。

火山口开在他金属般的躯体。

昨天曾被用于争取荣耀，

开创历史，完成大业，

充分享受生活的欢乐，

今天强大的机体遭到阻挠。

那位英明的皇帝

曾经放弃桂冠，

指挥过战役和舰队，

遭到人们的礼赞和妒忌。

这里也是一个后来者，

他巨大的影子将整个世界笼罩。

爱 尔 兰

往昔浓重的影子不让我用历史的眼光审视，或者惬意地
审视爱尔兰。那些影子叫作埃里金纳[1]，对他说来，我们的全
部历史是上帝的一个大梦，最后我们仍归于上帝；剧本《回
归梅杜塞拉》[2]和雨果那首题为《阴影巨嘴的启示》[3]的名诗
表达了同样的主张；那些影子也叫作乔治·贝克莱，贝克莱
认为上帝纤悉无遗地梦见了我们的一切，他一旦醒来，天地
就消失得无影无踪；那些影子又叫作奥斯卡·王尔德，此人
时乖命蹇，潦倒而死，但留下的作品却像黎明和水一样美好
清新。我想起惠灵顿，他在滑铁卢之役后觉得胜利的可怕程
度不低于失败。我想起两位杰出的巴罗克诗人，叶芝和乔伊
斯，他们无论运用散文或诗歌形式都为了创造美这同一目的。

我想到乔治·穆尔[4]，他在《致敬与告别》中创造了一种新的文学体裁，体裁本身并不重要，重要的是它给予人们的愉悦之感。在两三个丰富多彩的日子里，我能看到的东西很少，回忆的东西很多，而那些巨大的影子布满了我的回忆。

其中最生动的是圆塔，我眼睛看不见，但能用手触摸，那里的修士们在艰难的岁月里为我们保全了希腊文和拉丁文，也就是说保全了文化，做了一件大好事。对我说来，爱尔兰这个国家的人民基本上都是好人，天生的基督徒，具有永远做爱尔兰人的奇特的激情。

我走在《尤利西斯》里的居民们走过的并且继续在走的街道上。

1　John Scotus Eriugena（810—877），爱尔兰新柏拉图主义哲学家、神学家，祖先是苏格兰人，著有《论自然分化》，主张上帝与自然的融合。

2　爱尔兰作家萧伯纳 1921 年写的一部喜剧，写人类的完美化和通过科学方法延长生命。用幻想手法讽刺当时和未来的英国社会。

3　雨果 1856 年的诗集《静观集》中一首探索宇宙人生的哲理诗。

4　George Moore（1852—1933），爱尔兰小说家、诗人，著有唯美主义诗歌《情欲之花》、散文诗传奇《爱洛绮斯和阿贝拉》等；三部曲《敬礼与告别》用闲谈式笔法追忆他在爱尔兰的生活和交游，书名 Ave atque vale 为拉丁文，借用罗马抒情诗人卡图卢斯在其兄墓前致的悼词，ave 和 vale 分别是第一和第三部的标题。

狼

在最后的昏暗里，

灰狼悄悄在河边留下足迹；

这条无名的河为你的喉咙解渴，

混浊的水面映不出星光。

这个夜晚，

形单影只的狼

寻找伴侣，觉得寒冷。

它是英格兰最后的一头狼。

奥丁和托尔早已知道。

一位国王在他高大的石屋

决定消灭所有的狼。

置你于死地的武器已经铸成。

撒克逊狼，你枉活在世上。

你凭凶残不足以生存。你是最后一头。

再过一千年，一个老人

将在美洲梦见你。

未来的那个梦帮不了你的忙。

今天人们在丛林里搜寻你的足迹，

将你围追堵截，

最后昏暗里的悄悄的灰狼。

伊斯坦布尔

迦太基是遭到诬蔑的文化的最明显的例子，除了它的毫不容情的敌人们的不实之词外，我们对它一无所知，福楼拜也不可能知道。土耳其就不可能遭到相似的情况。我们想到一个凶残的国家；那种概念可以追溯到十字军时期[1]，十字军东征是历史上最凶残、最少受到谴责的行动。我们想到基督教的仇恨，这种仇恨也许不下于伊斯兰教的仇恨，而且达到同样狂热的程度。在西方，奥斯曼人缺少一个伟大的土耳其名字。我们听说的只有显赫的苏莱曼[2]（和萨拉丁的一鳞半爪[3]）。

经过三天逗留之后，我对土耳其能有什么了解？我看到一个极其美丽的城市、博斯普鲁斯海峡、金角湾和黑海入海口，海滩上曾发现刻有古代斯堪的纳维亚的如尼文字的岩石。我听到一种悦耳的语言，和德语相似，但柔和得多。众多不同的民族的幽灵在这里游荡；我想象中拜占庭皇帝的卫队是由斯堪的纳维亚人组成，黑斯廷斯战役后从英格兰逃亡的撒克逊人加入了他们的行列。毫无疑问，我们应该回到土耳其，重新发现它。

1　1096 至 1270 年间，欧洲封建贵族以收复圣城耶路撒冷、弘扬基督教的名义，组织十字军，对土耳其人和撒拉逊人进行了八次战争。

2　Süleyman the Magnificent（约 1496—1566），著名的土耳其国王，在位时大力提倡发展文化艺术和科学。

3　Saladin（1138—1193），埃及和叙利亚苏丹，第三次十字军东征时攻占耶路撒冷，被伊斯兰世界奉为英雄。

礼　　物

你得到了不可见的音乐，

那是时间的特点，在时间中休止；

你得到了悲剧的美质，

你得到了爱情，可怕的事物。

你得以知道

世上的美人中间只有一位，

能在下午辨清月亮

以及和月亮一起的星辰。

你得到了恶名，

顺从地审视刀剑的罪行

迦太基的废墟，

东西方难解难分的战役。

你得到了语言，骗人的东西，

你得到了肉体，无非是一堆黏土，

你得到淫秽的噩梦，

以及在镜子里瞅着我们的另一个人。

时间敛聚的书籍里

给了你几页篇幅；

还有时间长河没有冲刷掉的

伊利亚的悖论。

名字像一把剑，

把文字付诸行动的那一位，

给了你人类之爱的骄傲的血液，

（这是一个希腊哲人的比喻。）

你还得到了别的东西和他们的名字：

正方体、金字塔、球体、

数不清的沙粒、木头

和一个让你混迹人间的躯体。

你无愧地品味了每一天；

这就是你的历史，也是我的。

威 尼 斯

　　峻峭的岩石，源起山巅的河流，河水和亚得里亚海水的汇合，历史和地理的偶然和必然，挟带下来的泥沙，岛屿的逐渐形成，近在咫尺的希腊，鱼群，人们的迁移，阿摩里卡[1]和波罗的海的战争，草泥糊墙的茅屋，纵横交错的运河网，远古的狼，达尔马提亚[2]海盗的骚扰，精致的红陶器皿，平顶房屋，大理石，阿提拉[3]的骑兵和长矛，身无长物的渔民，伦巴第人，东西方交汇点之一，如今已被遗忘的几代人的日日夜夜，这一切都有一段故事传说。我们还记得威尼斯共和国最高行政长官每年在牛身人面兽木雕船头扔下的金指环，在昏暗或黢黑的水里形成时间长链的不明确的环节。不应忘记孜孜不倦地寻找阿斯彭遗稿[4]的人、不应忘记丹多洛[5]、卡尔帕乔⁶、彼特拉克、夏洛克⁷、拜伦、贝波⁸、罗斯金⁹、马塞尔·普鲁斯特。记忆里还有耸立在广袤平原两端的船长青铜像，几百年来他们遥遥相对，望而不见。

吉本指出，古老的威尼斯共和国的独立归功于剑，但靠笔证明。帕斯卡说，河流是行走的道路；威尼斯的运河则是忧郁的平底船行走的道路，平底船和忧郁的提琴相似，它们柔和的线条让人联想到音乐。

我曾写过一篇《威尼斯的玻璃和黄昏》。在我看来，黄昏和威尼斯几乎是同义词，但我们的黄昏失去了光线，害怕黑暗，而威尼斯的黄昏却是美妙永恒的，既没有过去，也没有未来。

1　古代高卢地区，相当于现在法国的布列塔尼。
2　濒亚得里亚海的克罗地亚地区。
3　Attila（432—453），匈奴国王，曾率军横扫欧亚两洲，战败后死于多瑙河畔。
4　美国小说家亨利·詹姆斯1888年出版的中篇小说《阿斯彭文稿》中的情节。
5　Enrico Dandolo（约1108—1205），威尼斯共和国执政官。
6　Vittore Carpaccio（约1455—约1525），威尼斯画家。
7　莎士比亚喜剧《威尼斯商人》中的人物。
8　英国浪漫主义诗人拜伦1818年发表的长诗《贝波》的主人公，贝波是威尼斯贵妇劳拉的丈夫，被俘沦为海盗，后回国与劳拉团聚。
9　John Ruskin（1819—1900），英国作家，1840年因病在意大利休养时，搜集资料从事著述，著有《威尼斯之石》等有关艺术问题的作品。

博利尼抄道

我们的时代有了左轮手枪、来复枪和神秘的原子武器，我们的时代发生了生灵涂炭的两次世界大战、越南战争和黎巴嫩战争，我们对十九世纪末期里瓦达维亚医院附近秘密发生的小型斗殴却产生了怀旧之情。墓地后面和监狱黄墙中间的地段曾被叫作"火地"；据说那个地区的人选了这条抄道进行动刀子的决斗。决斗可能发生过一次，后来传说有许多次。没有证人，但也许有个警察好奇地观看匕首你来我往的挥舞。裹住左手前臂的斗篷充当护盾；匕首寻找对方的腹部或胸部；假如决斗双方都是好手，这场厮杀可能持续很长时间。

不管怎样，想到外面还有遗留下来的低矮的房屋，还有今天已经少见的大杂院和那种寒酸的神话的兴许是虚假的影子，晚上待在这座高大敞亮的房子里总是相当惬意的。

波塞冬神殿

我觉得以前没有海神，正如没有太阳神一样；海神和太阳神这两个概念同原始人类的思维方式是格格不入的。有海洋和波塞冬[1]，波塞冬也是海洋。很久以后，出现了神谱和荷马，按照塞缪尔·巴特勒[2]的说法，荷马把后来的神话编进了《伊利亚特》的喜剧间奏曲。时间和历代的战争带走了神的外貌，但留下了海洋——他的另一个形象。

我的妹妹常说，小孩们先于基督教。古希腊人也是如此，尽管他们有穹隆屋顶的教堂和圣像。此外，他们的宗教与其说是纪律，不如说是一组梦，其中的神可能不如克尔。波塞冬神殿建于公元前五世纪，也就是说，哲学家们怀疑一切的时代。

世上没有不神秘的事物，但是某些特定的事物比另一些事物的神秘性更为明显。例如海洋、黄颜色、老人的眼睛和音乐。

1　Poseidon，希腊神话中的海洋之神。

2　Samuel Butler（1835—1902），英国作家，著有乌托邦小说《埃瑞洪》和《重游埃瑞洪》、讽刺小说《众生之路》等，写过《〈奥德赛〉的女作者》一文，论证《奥德赛》的作者是一位妇女。

开　　端

　　两个希腊人在谈话：也许是苏格拉底和巴门尼德。

　　我们最好永远也不知道他们的名字；这一来，历史就更神秘，更平静了。

　　对话的主题是抽象的。有时候他们提到神话，其实两人不再相信神话。

　　他们列举的理由可能错误百出，达不到目的。

　　他们没有展开争论。谁都不希望说服对方，也不希望被说服，谁都不想获胜，也不想失败。

　　唯有在一件事上他们是一致的；他们知道讨论是达到真理的并非不可能的道路。

　　他们思考或者试图思考，不受神话和比喻的束缚。

我们永远不会知道他们的名字。

我们不认识的两个人在希腊某地的这次谈话是历史的首要事实。

他们忘了祈祷和魔法。

气　球　旅　行

　　正如梦境和天使所展示的，飞翔是人类基本的渴望之一。我还没有升腾的经历，并且没有理由设想我在有生之年能有体验的机会。乘飞机的感受显然不能同飞翔相比。封闭在一个玻璃和金属的整洁环境里的感觉同鸟类和天使的飞翔不一样。空中机务人员介绍氧气面罩、安全带、侧舷紧急出口和办不到的空中杂技等等吓人的预言，不是（也不可能是）吉祥之兆。云层遮蔽阻断了陆地和海洋。航程几乎让人腻烦。气球却不一样，它给我们一种和风拂面、与飞鸟为伍、亲自参与的真正飞翔的感觉。如果谁从没有见过红色，我用圣约翰的血色月亮或者狂怒来比喻是徒劳的；如果谁没有感受过乘气球旅行的幸福，我很难向他解释。我认为"幸福"两个字再恰当不过了；三十来天前，玛丽亚·儿玉和我在加利福尼亚时，我们去到纳帕山谷一个简朴的机构。大概是凌晨四五点钟；我们知道天快亮了。一辆卡车带着装有悬篮的拖车，把我们送到平原上一个更远的地方。他们卸下长方形的柳条和木制的悬篮，费劲地从大帆布袋里取出气球，把它摊开在地上，用鼓风机吹那个尼龙布做的玩意儿，成了一个倒置的梨子形状，像是我们儿时在百科词典看到的图片里那样，气球徐徐膨胀，达到了一幢多层楼房的高度和体积。悬篮没有侧门或舷梯；他们不得不把我抬起来，越过边缘进入悬篮。我们一共五个人，驾驶员时不时朝那个凹形的气球里鼓吹热空气。我们扶着篮框站着。天色逐渐明亮；我们像天使或飞鸟似的置身高空，田野和葡萄园在我们脚下展开。

空间十分开阔，悠闲的风像缓缓的流水那样带着我们飘荡，抚摩着我们的额头、面颊和后颈。我认为我们都有一种几乎是肉体的幸福感。我说"几乎"是因为单纯肉体的幸福感和痛苦是不存在的，它们总夹杂着以前的经历、当前的境况、惊异和其他意识。这次为时一个半小时的航行也是在十九世纪那个失去的乐园里游历。乘着蒙戈尔菲耶[1]设想的气球旅行好像是重新浏览爱伦·坡、儒勒·凡尔纳和威尔斯的篇章。它让人联想起住在月球内部的月球人，他们乘着和我们相似的气球从一条巷道到另一条巷道，根本不会晕眩。

---

1 指法国的约瑟夫-米歇尔·蒙戈尔菲耶（Joseph-Michel Montgolfier，1740—1810）和雅克-艾蒂安·蒙戈尔菲耶（Jacques-Etienne Montgolfier，1745—1799）兄弟，热气球的发明者，1783 年 6 月 4 日他们制作的世界上第一个热气球在法国阿诺奈不载人飞行了约十分钟。

德　国　梦

今天早上，我做了一个梦，醒来不知所措，后来才逐渐理出头绪。

你的父母生育了你。在沙漠的那一边有盖满灰尘的教室，或者仓库似的场所，里面是一排排并行的破旧的黑板，长度有好几里。仓库的确切数目不清楚，但肯定很多很多。每个仓库里有十九排黑板，黑板上用粉笔写满了单词和阿拉伯数字。每间教室都有日本式的金属滑门，已经锈迹斑斑。粉笔字从黑板左边以一个单词开始。下面是另一个单词，严格按照百科词典的字母顺序先后排列。比如说，第一个词是 Aachen（亚琛），一座德国城市的名字。下面紧接着的第二个词是 Aar（阿勒），伯尔尼的河流名；排在第三位的是 Aarón（亚伦），《圣经》中利未族长的名字。再下面是 abracadabra（驱病符或咒语）和 Abraxas（刻有神秘字样的护身符）。那些词后面分别记有你一生中看到、听到、记起或者念出那个词的确切次数。有一个不确定但肯定不是无限的数字，代表你从呱呱坠地开始到寿终正寝为止念出莎士比亚或者开普勒的名字的次数。远端一间教室里最后一块黑板上写着 Zwitter，德文的这个词意思是"雌雄同体"或"两性人"，下面的数字表示你命中注定要看到蒙得维的亚城的次数，这个数满了以后，你还能活下去。注定你要念某一句六韵步诗的次数满了以后，你也能活下去。但是，注定你心跳的次数满了以后，你就得死去。

发生这一切时，粉笔写的字母和数字并不马上消失（你一生中每时每刻都有人涂改或者抹掉一个数字）。其中道理我们永远闹不明白。

雅　　典

　　我到雅典的第一天，第一个早晨就做了这个梦。我面前的长搁板上有一排书。一套《大不列颠百科全书》，我失去的乐园之一。我随便抽出一卷，寻找柯尔律治的名字；条目有结尾但没有开头。然后我寻找"克里特岛"条目；也是有尾无头。我接着寻找"象棋"条目。那时梦境突变。在一个有许多人围观的阶梯剧场的高台上，我和我父亲下棋，他又是虚假的阿尔塔薛西斯[1]，此人耳朵被割掉，他众多的妃嫔之一在他睡觉时轻轻抚摩他脑袋，发现了这个秘密，后来被杀。我移动了一个棋子；对手没有动子，但施展了魔术，抹掉了我一个子。这种情况反复出现了几次。

我醒了，心想：我身在希腊，这里的事物如果和我梦见的百科全书里的条目不同，都有开端的话，一切已经开始了。

———————

1　Artaxerxes，公元前 5 世纪至前 1 世纪几任波斯国王的名字，此处所指不详。

日 内 瓦

　　在世上所有的城市中，在一个浪迹天涯的人一直寻找而有幸遇到的各个亲切的地方中，日内瓦是我认为最适合于幸福的城市。从一九一四年开始，日内瓦让我接触到法语、拉丁语、德语、表现主义、叔本华、佛教教义、道教教义、康拉德、拉夫卡迪奥·赫恩[1]，以及对布宜诺斯艾利斯的怀念。日内瓦也让我感受到爱情、友谊、屈辱和自杀的诱惑。回忆中的一切，包括不幸，都是美好的。这些理由都属于个人范畴；我不妨说一个带有普遍性的理由。日内瓦和别的城市不同，它不强调自己的特色。巴黎始终意识到自己是巴黎，自尊的伦敦知道自己是伦敦，日内瓦却几乎不知道自己是日内瓦。加尔文[2]、卢梭[3]、阿米耶尔[4]、费迪南·霍德勒[5]的巨大影子笼罩在这里，但是谁都不向游客唠叨。日内瓦同日本有点相似，它不断自我更新，却不抛弃过去。老城区的山地小巷、教堂和喷泉池依然存在，可是也有大城市的书店、西方和东方的商业。

我知道我总要回日内瓦的，也许是在肉体死亡以后。

1　Lafcadio Hearn（1850—1904），1895年起又名小泉八云，他在都柏林长大，移居美国，曾将日本的文化与文学介绍给西方。

2　John Calvin（1509—1564），法国宗教改革家，1533年被迫离开巴黎，在日内瓦成立新教总部。

3　卢梭于1712年生于日内瓦。

4　Henri Frédéric Amiel（1821—1881），瑞士学者，他的《内心日记》成为自传方面的经典著作。

5　Ferdinand Hodler（1853—1918），瑞士画家，作品有民族特色。

石头和智利

我仿佛经过这里许多回。

次数已经记不清楚。

逝去的早晨或下午，

似乎比恒河还遥远。

命运的挫折无关紧要。

已成为黏土一部分，我的过去，

任凭艺术摆弄或时间销蚀，

任何占卜者都不能解释。

黑暗中或许有一把剑，

或许有一朵玫瑰。

交织的影子把它们掩盖。

我什么都不剩，只有灰烬。

摆脱了旧我的面具，

死亡中我只是彻底的忘却。

奶油圆球蛋糕

中国人善于思考，有些中国人曾经认为，而且仍然认为，人间的每一件新事物在天上都有其标准型的反映。冥冥中某人或者某物具有刀剑、桌子、品达式颂诗、三段论法、沙漏、钟表、地图、望远镜、天平的标准型。斯宾诺莎指出，每一事物都希望永远保持它的本色；虎希望做虎，石头希望做石头。就个人来说，我发觉任何事物都倾向于成为它的标准型，有时确实也做到了。爱和被爱足以使你认为另一个男人或女人已经成了你的标准型。玛丽亚·儿玉在月亮面包房买了这个大奶油圆球蛋糕，带回旅馆给我时说它是标准型。我马上明白她是对的。

旷 世 杰 作

可以想象一位雕塑家出来寻找创作题材，但是那种思想狩猎对于追求惊奇的人可能适用，对艺术家来说就不太合适了。比较可信的是，除非那位艺术家是个突然有了视力的人。看不见，并不是因为失明或者闭上眼睛；我们看见事物是凭记忆，正如我们思考问题也是凭记忆，把相同的形状或相同的概念在记忆中加以重复。我敢肯定说，某某先生，我不记得他的名字了，突然间看到了有史以来人们从未见过的东西。他看到了一个按钮。他看到了人们常用手指触摸的那个普通的器具，认为要把一个简单东西的启示传递给别人，必须放大它的尺寸，于是创作了我们在这幅图片里和在费城一个广场中心看到的巨大无比的圆圈。

埃皮扎夫罗斯 *

  正如从远处观看一次战役，正如吸到有咸味的空气、听到浪涛拍岸的声响而预感海洋临近的人，正如进入一个国家或者一本书籍的人那样，前天晚上，我在埃皮扎夫罗斯大剧院观看《被缚的普罗米修斯》[1] 演出。除了连希腊人也不熟悉的表示乐器和学科的古希腊文之外，我对希腊文一无所知，几乎可以同莎士比亚相比。开始时，我试图回忆早在五十多年前读过的那出悲剧的西班牙文译本。后来我回想雨果和雪莱的著作，以及描绘那个泰坦被缚在山上的情景的版画。我揣摩那个已经成为人们普遍记忆的一部分的神话。始料不及的是，我情不自禁地被乐器和语言两种音乐迷住了，我不了解语言的意义，但能感受它古老的激情。

我觉得演员们念的诗句不太符合格律，除了诗句和那著名的神话以外，我在那深沉的夜晚领悟了那条深沉的河流。

＊　爱琴海滨的城市，有供奉希腊神话中的医神埃斯库拉比斯的古代庙宇，常有患者前去祈求解除病痛。

1　Prometheus，希腊神话中的泰坦之一，从天上盗取火种带到人间，因此触怒宙斯，被锁在高加索山巅，每日遭神鹰啄食肝脏，夜间伤口愈合，天明神鹰复来。后被赫拉克勒斯解放。《被缚的普罗米修斯》是古希腊悲剧作家埃斯库罗斯的代表作。法国作家雨果的史诗《历代传说》中也歌颂了普罗米修斯为人类谋幸福的斗争；英国诗人雪莱的诗剧《解放了的普罗米修斯》融合了希腊形式和现代革命思潮。

卢 加 诺 *

    我口授这篇文字时，觉得脑海里浮现出一个群山环抱的大湖形象和那些逦迤山峦在湖面的倒影。当然，那是我对卢加诺的回忆，但是也有别的。

    其中一个是，一九一八年十一月一个不太寒冷的早晨，我父亲和我在几乎空旷的广场上看到黑板上的粉笔字，通告中欧帝国[1]投降，也就是盼望已久的和平的到来。我们两人回到旅馆，宣布了这个好消息（当时还没有无线电话技术），我们没有香槟，而是用意大利红葡萄酒庆祝。

    还有一些别的回忆，在我个人经历里不很重要，在世界历史上更无足轻重了。首先是我发现了柯尔律治最著名的那首歌谣。我沉浸于柯尔律治在十八世纪末看到大海之前幻想中的格律和形象的静静的海洋，他去德国后大失所望，因为现实中的海洋比柯尔律治纯精神的海洋要小得多。第二个回忆（其实也不能算第二，因为两件事几乎是同时发生的），是魏尔兰的诗，另一种同样奇妙的音乐的启示。

---

* 瑞士东南部的湖泊和湖畔的城市名。

1 第一次世界大战时，德、奥、匈三个中欧帝国和土耳其、保加利亚为一方；法、英、俄、比、塞尔维亚、日、意、罗马尼亚、美、希腊、葡萄牙为另一方。

我最后的虎

我一生与虎有缘。从早年起，阅读和我别的生活习惯交织得十分紧密，以至我确实不知道我的第一只虎是版画上的图像，或是我在铁栅栏外着魔似的看它不停地走来走去的、那只现在已经死了的真虎。我父亲喜欢买百科词典；我显然根据书中虎的图片作出好坏的判断。现在我还记得蒙塔内尔-西蒙出版社那套百科词典里的图片（一幅西伯利亚白虎和一幅孟加拉虎），还有一幅十分精致的钢笔画，上面的虎正从一个有河的地方跃起。除了这些视觉的虎以外，另有文字描绘的虎：布莱克著名的篝火诗（虎，虎，燃烧得多么明亮）以及切斯特顿为虎下的定义：有震撼力的优美的标志。我小时候看过《丛林故事》，使我一直感到遗憾的是希尔汗是神话故事里的坏蛋而不是英雄的朋友。我想回忆一个中国人用毛笔画的蟠曲的虎的模样，但是想不起来，那个中国人从未见过虎，但无疑见过虎的标准型。那只纯精神的虎在阿妮塔·贝里的《儿童美术》里也可以找到。人们有充分的理由要问，我为什么喜欢虎而不喜欢亚洲豹、非洲豹或者美洲豹？我只能回答说，因为我讨厌斑点而不讨厌条纹。如果我不写虎而写"豹"，读者马上会觉得我言不由衷。在这些视觉和文字传递的虎之外，我还增添了我们的朋友库蒂尼告诉我的另一只虎，那是名叫"动物世界"的奇特的动物园里不用樊笼关起来的虎。

最后的那只虎是有血有肉的真虎。我带着惊骇的幸福感接近了那只虎，它用舌头舔我的脸，无动于衷或者亲热地把爪子搁在我头上，和我以前感觉的虎不同的是，它有气味，有分量。我不想说那只使我惊恐的虎比别的虎更真实，因为一株圣栎树不会比梦中的形象更真实，但是在这里，为了我今天早晨感到的有血有肉的真虎，我要感谢我们的朋友，它的形象同书中虎的形象一样使我魂牵梦萦。

尘世巨蟒 *

一望无际的海洋，

见首不见尾的庞然大物，

洪荒时代的绿蟒，绿色的海洋和巨蟒，

把同它一样圆形的陆地盘绕。

蟒嘴咬住从天际绕回的蟒尾，

强大的环形为我们

包揽了风暴、黑暗、光明、

声响，以及反光的反光。

它又是一条两头蛇。

众多的眼睛相互注视，毫无畏惧。

每一个头愚蠢地乱嗅

战争遗留的刀枪和掠获。

冰岛曾经梦想。

开阔的海洋望见了它，感到害怕；

它将和遭到诅咒的船一起归来，

那艘船的武装是死者的指甲。

它的影子大得不可思议，

笼罩着苍白的土地，

那里白天狼群出没，

傍晚夕阳无比辉煌。

它假想的形象是我们的污点。

破晓时我在梦中看见。

---

* Midgarthormr，北欧神话中尘世与天堂相对应；主神奥丁靠众神帮助把巨蟒
投入大海，巨蟒便盘绕在陆地周围。

梦　魇

　　我关好公寓大门，朝电梯走去。我正要按电钮时，一个模样十分奇特的人引起我的全部注意。他身材高得异乎寻常，照说我应该明白自己是在做梦。一顶圆锥形的帽子使他显得更高。他的面相（我没有看到侧面）像鞑靼人，或者像我想象中的鞑靼人，一部黑胡子也是圆锥形的。他带着嘲弄的眼神瞅着我。他身上是一件有光泽的大衣，黑色的面料满是白色的大圆圈。大衣长得几乎拖到地上。或许我怀疑自己是在梦中，居然用不知什么语言问他为什么这样打扮。他嘲弄地朝我笑笑，解开大衣纽扣。我发现里面也是一件长衣服，同样的面料，同样的白色圆圈，我料想（梦中都料事如神）再里面还有一件。

　　那时候，我产生了不会混淆的梦魇的感觉，便醒了过来。

格雷夫斯 * 在德亚

当我口授这篇文字，或许当读者看到这篇文字的时候，那位已经超越了时间和时间数字的罗伯特·格雷夫斯在马略卡接近死亡。是接近死亡而不是弥留，因为弥留近似挣扎。那位一动不动地坐着的老人，由他妻子、儿女和孙辈（最小的孙子还在襁褓之中）陪伴，另外有几个来自世界各地的客人（据说其中有位波斯妇女），不是挣扎，而更接近一种陶醉的状态。尽管看不见、听不到、不说话，那个高大的身躯仍在履行它的职责。我以为他认不出我们，可是当我们告辞时，他伸出手和我相握，并且吻了玛丽亚·儿玉的手。他的妻子在花园门口对我们说：你们一定要再来啊！这儿像天堂一样美！[1] 这是一九八一年的事。我们一九八二年又去了一次。

48

妻子用匙子喂他吃东西，大家都很忧郁，在等待结局的来到。我明白我说的年份对他只是一个永恒的瞬间。

读者也许没有忘记《白色女神集》；我不妨在这里介绍其中一首诗的情节。

亚历山大三十二岁时并没有死于巴比伦。一次战役后，他迷了路，在森林里闯了好几夜。最后，他望见了营地的篝火堆。长着丹凤眼、黄皮肤的人接纳了他，救了他的命，后来让他参加了他们的军队。他忠于军人的命运，在他不熟悉的沙漠地区长年征战。一天，军队关饷。他辨认出一枚银币上的侧面头像，说道：当我是马其顿的亚历山大时，为了庆祝阿尔贝拉²的胜利，我下令铸造了这种纪念币。

这个非常古老的故事流传很久。

---

* Robert Graves（1895—1985），英国作家，在西班牙马略卡岛居住，著有诗歌、散文、历史小说《罗马皇帝克劳狄自述》等。
1 原文为英文。
2 西亚古国亚述城市名，即现在伊拉克的埃尔比勒。公元前331年马其顿国王亚历山大大帝在此打败波斯国王大流士三世。

梦

    我可能置身卢塞恩、科罗拉多或开罗，但每天早晨又恢复了博尔赫斯的习惯，总是从布宜诺斯艾利斯的梦中醒来。梦中的景象可能是绵亘的山峦，有栈桥的沼泽，通往地下室的螺旋楼梯，我必须清点沙数的沙丘，但是这些场景都在巴勒莫或者南城的一个确切的街口。不眠时我总是处于灰蓝色的薄雾之中；我在梦中见到死者或者同死者谈话，并不觉得惊异。我梦中所见，从来不是现在，而是以前的布宜诺斯艾利斯，总是墨西哥街国立图书馆的走廊和天窗。难道这一切意味着我无法挽回地、不可理解地是个布宜诺斯艾利斯人？

船

那是一个木制的结构，已经破损。它不知道，也永远不会知道，它是布伦努斯[1]之流设计建造的，布伦努斯把他的铁剑掷到地下（传说如此），铿锵有声地说："战败者活该倒霉！"同它相似的船只准有成百上千，如今都已成尘埃。它不知道，也永远不会知道，它曾在罗讷和阿尔沃的河流，以及欧洲中部那个辽阔的淡水海上劈波斩浪。它不知道，也永远不会知道，它曾在另一条更古老、更昼夜不息地逝去的、名叫"时间"的河流里破浪前进。早在恺撒出生一个世纪之前，高卢人建造了它，用于那次漫长的航行；十九世纪中叶，在城里两条街道的交叉处被发掘出来；如今，它始料不及地在一个博物馆里展出在我们惊讶的眼前，博物馆离加尔文当初宣扬命定论的大教堂不远。

1　Brennus（活动时期公元前 4 世纪初），高卢人首领。他在公元前 390 年征服罗马，谈判解除对罗马的围困时说：Vae victis!（战败者活该倒霉！）

街　　角

　　这幅图片可以是布宜诺斯艾利斯的任何一个街角。上面没有说明。但可以是查尔卡斯和马伊普街角，我家所在的地点；在我想象中，它满是我的幻影，进进出出，穿过了不知多少回。可以是对面的街角，现在那里有一座高层建筑，以前是居民楼，阳台上放着一些花盆，罗萨斯统治时期还有一个兵营，人行道是砖铺的，马路则是泥地。可以是那个曾经使你流连忘返的花园的一角。可以是九月十一日区一家咖啡馆的一角，特别害怕死亡的马塞多尼奥·费尔南德斯在那里向我们解释，死亡是我们所能遇到的最普通不过的事情。可以是阿尔马格罗南街图书馆一角，我在那里初次接触到莱昂·布洛瓦[1]的作品。可以是如今为数已经不多的那种没有截角的街角。可以是玛丽亚·儿玉和我带着一个柳条篮进去的那栋房屋的一角，篮里装着一只渡过大西洋的、名叫"奥丁"的阿比西尼亚小猫。可以是有一株树的一角，那株树从来就不知道自己是树，但给了我们慷慨的绿荫。可以是莱安德罗·阿莱姆在窗帘紧闭的马车和那一发致命的子弹前，最后一次见到的许多街角之一。可以是那家书店的一角，我曾在那里找到两本有关中国哲学的书。可以是埃斯塔尼斯劳·德尔坎伯去世时住家所在的埃斯梅拉达街和拉瓦列街的街角。可以是形成宽广棋盘似的许多街角中的任何一个。可以是几乎所有的街角，因此也是那个从未见过的原型。

1　Léon Bloy（1846—1917），法国小说家、散文作家。

雷克雅未克[*]的埃斯亚旅馆

生活中有些小事使人十分愉快。

我刚到旅馆。我始终处于盲人眼前的薄雾之中，探索指定给我住的那套我还不熟悉的房间。我触摸略微有些毛糙的墙壁，绕过家具，觉察到一根巨大的圆柱。柱子很粗，我张开双臂几乎都抱不住，费了好大的劲两手才能相握。我马上觉得柱子是白色的。坚实稳固，高达天花板。

我得到了一种几乎是标准型的事物给予人们的奇特的幸福感，感觉持续了几秒钟之久。当我领悟到欧几里得几何学的纯形状——圆锥体、正方体、球体、金字塔体时的基本快感，在那一瞬间又回来了。

---

[*] 冰岛共和国首都。

迷　宫

　　这是克里特岛上的迷宫。这是克里特岛上有牛头怪盘踞其中的迷宫。这是克里特岛上有牛头怪盘踞其中的迷宫，根据但丁的想象，它是一条长着人头的公牛，有多少代人迷失在它错综复杂的石砌网络里。这是克里特岛上有牛头怪盘踞其中的迷宫，根据但丁的想象，它是一条长着人头的公牛，有多少代像玛丽亚·儿玉和我这样的人迷失在它错综复杂的石砌网络里。这是克里特岛上有牛头怪盘踞其中的迷宫，根据但丁的想象，它是一条长着人头的公牛，有多少代像玛丽亚·儿玉和我这样的人那天早晨迷失在它错综复杂的石砌网络里，并且还要在时间的另一个迷宫中迷失。

虎　　岛

　　据我所知，没有哪个别的城市是同一个鲜为人知的群岛相毗邻的，那些郁郁葱葱的岛屿消失在远处迷蒙的河水中，用文学语言来描述，流水缓慢得几乎可以说是停滞的。在我没有见过的其中一个岛屿上，莱奥波尔多·卢贡内斯结束了自己的生命，也许他生平第一次觉得终于摆脱了为世上各种事物寻找比喻、形容词和动词的神秘的责任。

　　多年前，虎使我对康拉德书中马来亚或者非洲的景色形成了也许是错误的印象。那些印象足以让我树立一座纪念碑，其经久的程度无疑不如某些漫长的星期日的青铜像。我想起了贺拉斯，在我看来，他仍是最神秘的一位诗人，因为他的诗篇总是意犹未尽，而且相互之间没有联系。很可能他的古典式的思维方式故意回避强调。我重读上面的文字时，发现世上所有的事物都把我引向一段引文或者一本书，不禁有些夹杂着喜悦的悲哀。

喷　　泉

　　莱奥波尔多·卢贡内斯遗留给我们的许多东西里有这些坚定的诗句：作为山地人，我懂得岩石对人们灵魂的友谊是多么可贵。

　　我不知道卢贡内斯在哪种程度上可以自称是山地人，但是地理性质的疑惑同那个性质形容词的美学效应相比起来并不重要。

　　诗人表白了人和石之间的友谊；我想说的是另一种更基本、更神秘的友谊——人和水之间的友谊。说它更基本，是因为组成我们的不是肉和骨，而是时间，是短暂性，它的最直接的比喻便是水，赫拉克利特早已说过类似的话。

　　城市里都有喷泉，但是喷泉的理由各各不同。阿拉伯国家的喷泉源于对沙漠的古老的怀念，据说阿拉伯诗人喜欢在水池或者绿洲旁边歌唱。意大利的喷泉似乎是满足意大利灵魂特有的对美的需要。至于瑞士，据说城市总是希望靠近阿尔卑斯山脉，公共场所众多的喷泉意在模仿山间的瀑布。布宜诺斯艾利斯的喷泉比日内瓦或者巴塞尔的喷泉更具有装饰性、更明显。

匕首米隆加

一些慷慨的人在佩华霍[1]

把匕首给了我；

但愿它并不预示

罗萨斯时代的重返。

木柄用皮条缠绕，

没有护手的横档；

下面的钢刃眈眈虎视，

自有它隐秘的梦想。

它梦想有一只手

能让它脱离忘却；

然后让手的主人

实现他的决定。

佩华霍的匕首

欠下的不止一条人命；

打造匕首的人

为它设想了更惊人的命运。

我瞅着它，预见到

匕首或长剑

（结果没有什么差别）

以及其他致命武器的未来。

武器多如牛毛，

整个世界濒临死亡。

1　布宜诺斯艾利斯省一县名。

武器多如牛毛，

死亡不知如何选择。

匕首啊，你少安毋躁，

在平静的东西中间，

安稳地睡你的觉。

罗萨斯时代已经重返。

一九八三年

　　海迪·兰格和我在市中心一家餐馆里谈话。桌上摆放着餐具，剩下一些面包，或许还有两个酒杯；完全有理由推测我们一起用过餐。我们好像在讨论金·维多[1]导演的一部电影。酒杯里剩一点酒。我开始厌倦，觉得自己在重复已经说过的话，她却没有发现，仍在机械地回答我。我突然想起海迪·兰格早已去世。她是个幻影而不自知。我没有害怕的感觉；只认为向她挑明说她是个幻影，一个美丽的幻影，是不可能、或许不礼貌的。

　　梦境衍化成另一个梦，于是我醒了。

---

[1]　King Vidor（1894—1982），美国电影导演。

在拉丁区一家旅馆口授的笔记

　　王尔德说，人一生中的每一瞬息既是他的全部过去，又是他的全部将来。果真如此的话，春风得意和文学创作旺盛时期的王尔德，又是监狱囚禁时期的王尔德；牛津大学和雅典时期的王尔德，又是一九〇〇年几乎默默无闻地死于巴黎拉丁区阿尔萨斯旅馆的王尔德。那家旅馆现在改名奥特尔，里面没有两间客房是一模一样的。据说当初不是由建筑师设计、泥瓦匠修盖，而是由一位细木工匠加工而成的。王尔德一向厌恶现实主义；来这里参观的游客们承认这里修建得像是一部充满奥斯卡·王尔德想象力的遗作。

　　我希望看看花园的另一面，王尔德晚年对纪德说。谁都知道他经历过屈辱和监狱生活，但是他抗拒那些不幸时有一种青春和美的气息，他那首偏于伤感的著名歌谣并不是他最杰出的作品。我对《道林·格雷的肖像》评价相同，认为那是模仿斯蒂文森名著[1]的空泛而铺张的作品。

奥斯卡·王尔德的书给我们留下什么余味呢？幸福的神秘感。我们想到欢乐的香槟酒。我们带着欢乐和感激之情想起《妓女之家》、《斯芬克斯》、富于美感的对话、散文、童话、铭文、碑文式的小传，以及无数向我们展示了既愚蠢又机智的人物的喜剧。

王尔德的风格属于他那个时代的某个文学派别，"黄色的九十年代"[2]，追求视觉和音乐性的耐看的风格。他像运用别的风格那样，轻松愉快地运用了这一风格。

我无法对王尔德作出技术性的评价。我想起他时就像是想起一位好朋友，我们从未谋面，但熟悉他的声音，经常怀念他。

1　指《化身博士》。
2　原文为英文。

大　艺　术 *

　　我站在马略卡岛雷蒙多·罗里奥[1]街的一个拐角上。

　　爱默生说过，语言是化石的诗；我们只要想一想，所有抽象的词类实际都是比喻，包括希腊文里意为"借用"的"比喻"这个词。十三世纪崇尚《圣经》之学，《圣经》就是圣灵同意并选中的一系列的词，当时却不能那么思考。一位天才人物，雷蒙多·罗里奥，为上帝设想了一些谓词（仁慈、伟大、永恒、权力、智慧、旨意、美德、荣耀），他用木头制作了由同心圆组成的某种思维机械，上面满是那些神圣谓语的符号，研究人员转动圆盘，就得出几乎无穷无尽的神学概念的许多组合。他把同样的原理应用于灵魂的性能和世上所有事物的性质。可以预见，这些组合机械毫无用处。几世纪后，乔纳森·斯威夫特在《格利佛游记》的第三部中嘲笑了他；莱布尼茨[2]也考虑过这种机械，但当然没有重新制造。

弗朗西斯·培根预言的实验科学带来了今天的控制学，从而使人们有可能登上月球，如果可以这么说的话，人们的计算机则是罗里奥的野心勃勃的圆盘的迟到的妹妹。

毛特纳指出，韵府也是一种思维机械。

---

* 标题原文为拉丁文。
1 即拉蒙·卢尔（Ramon Llull, 1235—1316），加泰罗尼亚神学家、哲学家，生于马略卡岛，他写的《大艺术》是经院哲学的名著，还写小说，编百科全书，创办供教士学习外语的东方语言学校。
2 莱布尼茨（Gottfried Wilhelm Leibniz, 1646—1716）研制过一台能四则运算的计算器。

汇　合　处

两条河流——一条是著名的罗讷河；另一条是几乎鲜为人知的阿尔沃河——在这里汇合。神话不是词典里的一句空话；而是心灵的永恒习惯。在某种意义上来说，两条汇合的河流是两种古老的灵感的交融。拉瓦登[1] 写颂歌时也许就有这种感觉，但是修辞干预了他所感到的和看到的，把那些浊浪滚滚的大河变成了螺钿和珍珠。此外，和水有关的一切都带有诗意，使我们激动不已。插入陆地的海洋是"峡湾"或者"海口"，总使我们联想到磅礴的涛声；汇入大海的河流总使我们联想到曼里克[2] 的比喻。

河畔埋葬着我的外祖母莱昂诺尔·苏亚雷斯·德·阿塞韦多。她诞生的地点是梅塞德斯，当时有一些小战事，可是乌拉圭人至今仍称之为大战；她一九一七年死于日内瓦。她念念不忘她父亲在潘帕斯大草原上骑马冲锋陷阵的雄姿，唠唠叨叨地咒骂"普拉塔河流域的三个大暴君：罗萨斯、阿蒂加斯和索拉诺·洛佩斯"。她死时虚弱不堪；我们围在她病榻旁边，她气如游丝地说：让我安静地死去，然后吐出了我第一次也是最后一次听到的出自她嘴里的脏话。

1　Manuel José de Lavardén（1754—1809），阿根廷诗人、剧作家，著有《波澜壮阔的巴拉那河颂歌》。
2　Manrique（1831—1913），阿根廷作家、剧作家。

马德里，一九八二年七月

　　空间可以按巴拉[1]、码或公里的长度分割成块；生命的时间却用不上类似的尺度。我受了一度烫伤；医生嘱咐我在马德里旅馆这间没有特色的客房里待上十来天。我知道那个数字是不可能的；我知道每天包含着许多瞬间，瞬间是唯一真实的东西，每一瞬间有它独特的悲哀、喜悦、兴奋、腻烦或者激情。威廉·布莱克在他的《预言书》的一首诗里断言每分钟有六十多座黄金宫殿和六十多扇铁门；这句引语肯定和原文一样没有把握和错误。同样地，乔伊斯的《尤利西斯》故意把《奥德赛》的漫长航行日归纳在都柏林普普通通的一天里面。

　　我的脚离我远了一点，向我输送不似疼痛又似疼痛的信

70

息。我已经感到今后我一定会怀念这一时刻的。回忆中的犹豫不决的时刻只有一种形象。我知道回到布宜诺斯艾利斯后，我会想念这种回忆。今晚也许不好过。

拉普里达，一二一四年

　　今天算来，那楼梯我不知上过多少回了；苏尔·索拉尔在上面等我。那个面带微笑、颧骨很高的人，有普鲁士、斯拉夫、斯堪的纳维亚血统（他的父亲舒尔茨来自波罗的海地区），还有伦巴第和拉丁血统；他的母亲是意大利北部人。更重要的是另一种联合：许多语言和宗教，仿佛还有全部星座的联合，因为他又是星占学家。人们，主要是布宜诺斯艾利斯的人，容易接受现实；苏尔总是在改良和创造事物。他策划了两种语言；一种是克里奥语，也就是轻装上阵、富于新意的西班牙语。他认为 juguete 一词暗示着不健康的汁水；喜欢用 se toybesan, se toyquieran，或者 sansiéntese 之类生造的词[1]，他会对一位惊愕的阿根廷妇女说：我介绍您看看

72

"道",然后又说:怎么?您没听说老子的《道德经》吗?他创造的另一种语言是以星占学为基础的"泛语言"。他还发明了"泛棋",一种复杂的十二进制的象棋,棋盘有一百四十四个方格。他每次教我下这种棋时觉得太简单了,便增加了一些新规则,以致我永远没有学会。我们一起读威廉·布莱克的诗,特别是《预言书》,他向我解释其中的神话故事,但我不完全同意他的观点。他欣赏透纳和保罗·克利[2]的画,当时是二十年代,他居然声称对毕加索不感兴趣。我认为他对语言的重视超过诗歌,最重要的是绘画和音乐。他制作了一台半圆形的钢琴。金钱和成就对他都如浮云;他同布莱克或斯维登堡一样在灵魂的世界里。他信奉多神论;认为单一的上帝未免太少了。他欣赏梵蒂冈那种古罗马式的坚实的制度,分支机构分布世界各大城市。他的藏书是我所看到的最丰富多彩、赏心悦目的了。他给我看了一本多伊森的《哲学史》,不像别的作品那样从希腊开始,而是从印度和中国开始,并且

1　这几个词可以译为"我吻你"、"我爱你"和"您请坐"。
2　Paul Klee(1879—1940),瑞士现代派画家。

有一章专论吉尔伽美什 [1]。他死于虎岛。

我对他妻子说，只要她握着他的手，他就不会死的。

一天晚上，她有事非离开一会儿不可，再回来时，苏尔死了。

所有值得怀念的人都有许多趣闻轶事；我现在对实现这种不可避免的命运助一臂之力。

---

1 Gilgamesh，巴比伦《吉尔伽美什史诗》的主人公，乌鲁克的国王。

沙　　漠

　　我在离金字塔三四百米的地方弯下腰，抓起一把沙子，默默地松手，让它撒落在稍远处，低声说：我正在改变撒哈拉沙漠。这件事微不足道，但是那些并不巧妙的话十分确切，我想我积一生的经验才能说出那句话。那一刻是我在埃及逗留期间最有意义的回忆之一。

一九八三年八月二十二日

布拉德利认为目前是流向我们的未来在过去中分解的时刻，也就是不再存在的存在，或者用布瓦洛不无悲哀的话来说：

> 我说话的时刻
> 已经离我而去。[1]

不管怎么样，事件的前夕和事后的回忆总比不可捉摸的目前更为真实。旅行的前夕是旅行可贵的组成部分。我们的欧洲之行实际是前天，也就是八月二十二日开始的，但是十八日的晚餐已有了预先展示。玛丽亚·儿玉、阿尔贝托·吉里、恩里克·佩佐尼和我在一家日本餐馆相聚。饭菜是东方口味的荟萃。我们觉得即将来临的旅行已经存在于我们的谈话和餐馆女主人出乎意料送给我们的一瓶香槟酒里。更奇特的是，彼达街上一家日本馆子汇合了一群来自奈良或者镰仓的人在庆祝生日，弹奏乐器和合唱。我们身在布宜诺斯艾利斯，即将远行，却想起并预感到了日本。我忘不了那晚的情景。

1　原文为法文。

飞　　泉

　　劳特布鲁嫩的飞泉远没有北美尼亚加拉瀑布那么有名，但比尼亚加拉瀑布更惊心动魄，令人难以忘怀。我是一九一六年见到的：老远就听到水从高处垂直泻下的巨大沉重的声响，水在岩石上撞击出一口越来越深的石井，这一景观可能在开天辟地的时候就有了。我们在那里过了一晚；对我们以及村里人来说，持久不息的声响终于成了静默。

　　多姿多彩的瑞士气象万千，居然也有一处可怕的地方。

萨克拉门托*殖民地

　　这里也进行过战争。我之所以说"也",是因为这句话适用于世界几乎所有的地方。互相残杀,像繁育和做梦一样,是我们独特的人类最古老的习惯之一。阿尔儒巴罗塔[1]和那些如今已成灰烬的国王们的庞大的影子从大洋彼岸落到这里。卡斯蒂利亚人和葡萄牙人(后来也叫别的名字)在这里打过仗。我知道,巴西战争期间,我的一位先辈参加过对这座城市的围攻。

　　我们确凿无疑地感到了时间的存在,这一带难得找到这种感觉。墙垣和房屋处处亲切地让人想到美洲的过去。无需日期或人名地名;如同音乐一样,我们顿时的感觉就够了。

* 1680 年葡萄牙人在乌拉圭建立的殖民地；西班牙军人、布宜诺斯艾利斯总督
萨瓦拉（1682—1736）逐出葡萄牙人后，为了防止再遭入侵，于 1726 年在此
建立蒙得维的亚城。

1 葡萄牙城市名，1385 年葡萄牙国王若昂一世在此打败卡斯蒂利亚国王胡安
一世。

拉雷科莱塔

伊西多罗·苏亚雷斯不在这里，他曾在胡宁战役率领一队轻骑兵发起冲锋，那只是一次小规模战斗，却改变了美洲的历史。

费利克斯·奥拉瓦利亚不在这里，他分担了苏亚雷斯的征战、密谋、长途奔袭、雪地跋涉、危险、友谊和流放。这里是他灰烬的灰烬。

我的祖父不在这里，米特雷在拉贝尔德投降后，他自杀了。

我的父亲不在这里，他教导我不再相信那无法忍受的不朽之说。

我的母亲不在这里，她原谅了我太多太多。

这里的墓志铭和十字架下面几乎什么都没有。

我不会在这里。我的毛发和指甲会在这里，它们不知道其余部分已经死去，仍继续生长，成为灰烬。

我不会在这里，我将会成为忘却的一部分，忘却是组成宇宙的微弱物质。

作品带来的拯救

　　一年秋天，时间长河中的一个秋天，神道教的神道们在泉井会聚，这已经不是第一次了。据说他们为数有八百万之多，但我非常胆小，在这么多的神道中间有点不知所措。此外，极大的数字也不好处理。我们不妨说是八个，因为八在这个岛国是吉祥的数字。

　　他们忧心忡忡，但不露声色，因为神道的表情很冷漠，莫测高深。他们围坐在一个苍翠的小山顶上。他们从天空、从一块石头或者一朵雪花上监视着人们。一位神道说：

　　　　几天，或者几个世纪前，我们在这里聚会，创造了日本和世界。水、鱼类、虹的七彩、一代又一代的植物和动物，结果都不错。为了防止这许多东西把人们压得喘不过气来，我们给了人们更替、多样的白天和单一的夜晚。我们还给了人们试验某些变异的才能。蜜蜂继续营造同样的蜂房；人们发明了工具：犁耙、钥匙、万花筒。还发明了刀剑和战争术。他们刚发明了一种无形的武器，也可能永远结束历史。在这种愚蠢的事情还没有发生以前，不如让我们把人们消灭掉吧。

神道们陷入沉思。一位神道不慌不忙地说：

确实如此。他们发明了那种可怕的东西，不过也发明了一种可以填进它十七个音所包括的空间的东西[1]。

他吟了一首。用的是一种陌生的语言，我听不懂。
最年长的神道决定说：

1　指日本的俳句，俳句是三行短诗，第一、三行各有五个音，第二行有七个音，共十七个音。

让人们活下去吧。

于是，一首俳句给人类带来了拯救。

一九八四年四月二十七日，出云

后　记[*]

对我们来说，地图册意味着什么，博尔赫斯？

是把我们的由精神世界组成的梦想织进时间经线的借口。

每次旅行前，我们闭上眼睛，握着手，随意翻开地图册，用我们的手指猜测不可能得到的感觉：山势的嵯峨、海洋的平滑、岛屿的魔幻似的屏障。现实是文学、艺术，以及我们孤寂童年的回忆的羊皮纸。

对我来说，罗马是你背诵歌德的哀歌¹的声音；对你来说，威尼斯是一天傍晚在圣马可大教堂听音乐会时我向你传达的感受。巴黎让人想起你还是个固执的小孩，关在旅馆的客房里一面吃巧克力一面看雨果的书，你通过雨果的作品了解了巴黎；对于我，巴黎是看到卢浮宫石阶高处萨莫色雷斯的胜利女神像[2]时激动的泪水,我父亲借这座塑像教导我什么是美。美是具体化的和谐,是把微微的海风永远凝固在衣裙飘拂的皱褶上,实现了不可能做到的事情。沙漠是昂都尔曼战役、劳伦斯[3]以及寂静的神秘,直到那晚你在金字塔附近给了我一个词句的帝国,"改变了沙漠",你告诉我说月亮是我的镜子。

穹隆似的时间庇护着我们,我们像我们的两只猫,奥丁和贝珀,进入篮子和柜子那样进入时间,同样天真无邪,同样好奇,急切地想发现秘密。

如今我在这里铸造超越时间的时间,而你在时间的星座中漫游,学习宇宙的语言,你早已知道那里有炽热的诗歌、美和爱。我专注地重温那些日子、国家和人物,越来越接近你,直到完成我们再次携手所需的一切事情。那时候,我们

---

* 此篇原文见 1992 年埃梅塞出版社三卷本全集,1996 年版删去。现作为附录收入。

1 德国诗人歌德写过《罗马哀歌》组诗二十首,回顾在罗马度过的幸福生活,反映了诗人与克里斯蒂娜的爱情关系。

2 萨莫色雷斯是爱琴海上的希腊岛屿,1863 年在此发现了一尊公元前 305 年雕刻的女神石像,石像展开双翼,衣裙飘拂,栩栩如生,后被迁至法国卢浮宫。

3 即阿拉伯的劳伦斯。

会再一次成为保罗和弗朗切斯卡、亨吉斯特和霍尔萨、乌尔里卡和哈维尔·奥塔罗拉、博尔赫斯和玛丽亚、普洛斯彼罗和阿里埃尔[1]，长相厮守，直到地老天荒。

亲爱的博尔赫斯，愿和平与我的爱与你同在。再见吧。

玛丽亚·儿玉

---

1 亨吉斯特和霍尔萨是传说中朱特人的领袖，公元449年在英格兰肯特郡登陆，霍尔萨于455年前后战死，亨吉斯特统治肯特至488年；乌尔里卡和哈维尔·奥塔罗拉是博尔赫斯小说《乌尔里卡》中的男女主人公；普洛斯彼罗和阿里埃尔是莎士比亚剧本《暴风雨》中的人物，普洛斯彼罗原为米兰公爵，被其弟篡位后住在荒岛，解救了被女巫西考拉克斯囚禁的精灵阿里埃尔，精灵为他服务了16年，最后回到意大利。

JORGE LUIS BORGES
Atlas

图字：09-2010-605 号

Jorge Luis
Borges

Los Conjurados

密谋

［阿根廷］ 豪尔赫·路易斯·博尔赫斯 著

林之木 译

上海译文出版社

目 录

题　　词

　　写诗是玩弄一种小伎俩。作为那种伎俩的手段的语言是非常神秘的。我们对语言的起源毫无所知。只知道语言有许多分支，每个分支都有着变化无穷的词汇和无限的组合方式。我正是运用那些捉摸不着的组合凑成了这部著作（在诗里，一个词的韵味和变化比其含义更为重要）。

　　这本书属于你，玛丽亚·儿玉。这个题词包含有晨曦与晚霞、奈良的马鹿、孤独的夜晚与熙攘的黎明、共同到过的岛屿、大海、沙漠与花园、忘却湮没了的与记忆扭曲了的事物、清真寺召祷的呼唤、霍克伍德[1]的亡故、书籍和图片，这一切，需要我一一点明吗？

　　我们只能给予已经给予了的东西。我们只能给予已经属

于别人的东西。这本书中所提及的一切一向都属于你。一段
献词、一种象征的赠予真是不可琢磨！

豪·路·博尔赫斯

1 John Hawkwood（约 1320—1394），意大利军人，曾参加英格兰国王爱德华
三世（1312—1377）的对法战争，1360 年后成为雇佣军首领。

序　言

　　在一个八十多岁的人所写的书中，第一元素火所占的比重不会很大。对此，任何人都不会感到奇怪。一位王后在临终时刻说自己是火与气；而我却常常觉得自己是土，贫瘠的土。然而，我仍在写作。还能有别的什么选择、别的什么更好的选择呢？写作的乐趣并不因作品的优劣而有所增减。卡莱尔说，人类的一切作为都是不能恒久的；然而，其过程却并非如此。

　　我没有任何美学模式。每部作品的形式都任由其作者来确定：诗歌，散文，或绮丽或质朴。理论可以成为了不起的激素（比如惠特曼），不过也可以造出怪物或者仅供博物馆收藏的产品。请看詹姆斯·乔伊斯的内心独白或令人极不舒服的波吕斐摩斯[1]。

历尽沧桑之后，我发现，跟幸福一样，美是很常见的东西。我们没有一天不在天堂里面逗留片刻。没有一个诗人（不论多么平庸）未曾写出文学史上的最佳诗句，尽管其大多数作品都是败笔。美并不是少数几个名人的特权。如果这本包括四十来篇诗文的小书竟然没有潜藏一行足以伴你一生的文字，那倒是咄咄怪事了。

这本书里有许多梦。需要说明的是，那些梦全是黑夜或者（更确切地说）曙光的馈赠，绝非刻意的编造。我甚至几乎都没敢按照我们这自笛福至今的时代的需要而随意妄加篡改。

这篇序文口授于我的故乡之一日内瓦。

豪·路·博尔赫斯

一九八五年一月九日

1　Polyphemus，希腊神话中的独眼巨人。

4

被钉在十字架上的基督

基督被钉在了十字架上。双脚垂及地面。

三根木桩的高度一模一样。

基督没在中间。他是最后一个。

黑色的胡须直垂胸前。

他的模样与画上的不同。

他有着冷漠的犹太人相貌。

我无法具体描述，

不过将继续揣摩，

直至生命的最后一刻。

他遍体鳞伤却默默地忍受着痛苦。

棘冠刺破了他的额头。

无数次见过他受难的民众的揶揄

并没有传到他的耳边。

是他的苦痛还是别人的苦痛，全都一样。

基督被钉在了十字架上。他脑袋里一片混乱，

想到了也许在等待着他的王国，

想到了一个并没有属于过他的女人。

他未曾有幸见到神学、

无法解释的三位一体、诺斯替派的教众、

教堂、奥卡姆的剃刀[1]、

紫红教袍、法冠、礼拜仪式、

格斯鲁姆[2]通过武力推行教义、

宗教裁判、殉教者们的鲜血、

惨绝人寰的十字军征伐、贞德[3]、

---

1 指经济法则或极度节俭法则，即除非必要，不得增加实体的数目。该法则由
 英国经院哲学家奥卡姆提出。此原则早在他之前就已经被人提出过，只是因
 为他经常使用并运用得无比锋利而获得这一别称。

2 Guthrum（？—890），入侵盎格鲁-撒克逊英格兰的丹麦人的领袖，865 年抵
 达英格兰，880 年在韦塞克斯建立起信奉基督教的国家，定名为东英吉利王
 国并自封为国王（880—890 年在位）。

3 Jeanne d'Arc（1412—1431），法国民族英雄，英法战争期间曾率军为奥尔良
 解围，被尊为"奥尔良的女儿"。通称圣女贞德。

为军队祝福的梵蒂冈。

他知道自己不是神仙而是肉骨凡胎，

会衰老死亡。他对此毫不在意。

他耿耿于怀的是那牢固的铁钉。

他不是罗马人。他不是希腊人。他哀叹呻吟。

他为我们留下了精辟的比喻

和一个足以抹掉过去的宽恕理论。

（那是一位爱尔兰人在监狱中做出的论断。）

灵魂匆匆地寻找归宿。

天色有点儿黑了。他已经死去。

一只苍蝇在僵挺的躯体上爬行。

既然此刻我在受苦，

他所受过的苦难对我又有什么益处？

一九八四年，京都

世 界 末 日 [*]

那将发生在号角吹响的时候，使徒约翰[1]写道。

那是在一七五七年，根据斯维登堡证言。

那是在以色列，当母狼将基督的肉身钉上十字架的时候，不过也不止是在那一刻。

那将发生于你的脉搏的每一次跳动。

没有一个瞬间不会成为地狱的进口。

没有一个瞬间不会成为天堂的流水。

没有一个瞬间不像装满火药的枪膛。

每时每刻你都可能成为该隐或悉达多、戴上脸谱或显露真容。

每时每刻特洛伊的海伦都会向你表白爱情。

每时每刻公鸡都会完成三次报晓。

每时每刻滴漏都可能让那最后的水滴坠落。

三 种 轻 松

那天早晨，恺撒在法萨利亚想道：今天就决出雌雄。于是，他可能会感到一阵轻松。

查理一世看到映在玻璃上的曙光时想道：今天是上断头台、鼓足勇气、面对斧头的日子。于是，他可能会感到一阵轻松。

在临死前的刹那，当命运即将把我们从自己是个人物的可悲常态以及世界的重负中解脱出来的时候，你和我都将会感到轻松。

天　　机

　　依据偶然找到的陶皿和铜器遗物，历史学家试图在地图上标出当事的部族并无意识的迁徙路线。

　　没有留下任何偶像和象征的黎明之神。

　　该隐在地上豁出的犁沟。

　　天堂里草叶上的露珠。

　　一位皇帝在一只神龟的甲壳上发现的卦象。

　　并不知道自己属于恒河的波涛。

　　波斯波利斯的一朵玫瑰的分量。

　　孟加拉的一朵玫瑰的分量。

　　保存在玻璃橱中的面具曾经遮掩过的面庞。

　　亨吉斯特的宝剑的名字。

莎士比亚的最后一个梦。

写下"他做了噩梦并说出了那噩梦的名字"[1]这一古怪句子的笔。

第一面镜子，第一首诗。

一位平庸人物读到过的并提示他可以成为堂吉诃德的书籍。

其彩霞留在了克里特岛上的一口池塘里的黄昏。

一个名字叫作提比略·格拉古[2]的孩子的玩具。

波利克拉特斯的那被命运拒绝了的指环。

所有这一切已经过去了的事情如今无不投下了长长的阴影、无不左右着你今天在做的和明天将要做的事情。

---

1 原文为英文。
2 Tiberius Gracchus（前168—前133），古罗马护民官，《农业法》的制定者。

遗　　迹

这是发生在南半球的事情。

在尤利西斯未曾见过的星空下，

有一个人正在而且还将继续寻找

很多年前度过的

那个主显节留下的遗迹。

那是在门上编有标号的

一个旅馆房间里面，

旅馆坐落在如同缥缈的时光一样

奔流不息的泰晤士河边。

肉体善于忘却一时的苦与乐。

人在期待与幻梦中生活。

他依稀地想起了一些平凡事物：

一个女人的名字，一片白色，

一个没有了容貌的躯体，

一个没有了日期的傍晚的昏暗，

细雨，放在一块大理石上的蜡花，

还有那浅粉色的墙壁。

是那长河大川

我们是光阴。我们是

高深莫测的赫拉克利特的那著名寓言。

我们是清水，而非坚硬的金刚钻，

我们流逝而去，而非滞留不前。

我们是长河，我们是那位对水自视的希腊先哲。

先哲的影子悠悠晃晃，

倒映在变幻不定的水镜之中，

那水镜像火焰一般飘忽激荡。

我们是注定空流入海的大川。

夜幕已经将那河川封闭。

一切都弃我们而去，一切都变得遥远。

记忆并不能刻下永久的印记。

然而，总有点儿什么留了下来；

然而，总有点儿什么在唉声叹息。

初张的夜色

夜色如同净水为我涤除了

斑斓的色彩和万般的物形。

花园里，栖鸟和星斗在庆贺

期望中的这睡眠与黑暗的成规复回。

能够用虚影复制物体的镜子

已经完全被黑暗所吞没。

歌德说得非常之好：近物远逝。

言简意赅，将晚景全然概括。

花园里的玫瑰已不再是玫瑰，

而想成为抽象意义上的玫瑰。

黄　昏

即将来临的黄昏和已经过去了的黄昏

已然不可思议地融成为了一体。

黄昏如同澄明的水晶，孤独而凄恻，

不受时光的影响、不能被忘记。

黄昏是珍藏于某处秘密青天的

那永恒黄昏的镜子。

那片天空里有游鱼、曙光、

天平、宝剑和蓄水池，

有着每件物体的一个模本。

这说法见于普罗提诺的《九章集》。

我们的短暂生命很可能

就是表现天意的瞬息。

漫漫暮色裹住了屋舍。

这暮色属于昨天、属于今日，滞留不去。

挽　　歌

　　这死亡的奇特滋味，任何人都回避不了的滋味，我将在这座房子里或者是在大海那边你那像更为古老的时光之河一样奔流无回的罗讷河岸边品尝的滋味，阿布拉莫维兹，此刻你已经尝到了。你也将确证时光总是在忘掉自己的昨天、没有什么是不能弥合的，或许你会得出岁月不会消弭任何事物、没有一个举动或梦幻不投下无尽阴影的相反结论。日内瓦以为你是个执法的人、一个断案审案的人，然而，你不论开口讲话还是沉默不语都是一个诗人。也许此刻你正在翻阅那些你构思好了又放弃而最终没有写成的浩繁著作。对我们来说，这些著作说明了你的为人并且确实以某种形式存在着。在第一次世界大战期间，当人们互相残杀的时候，你和我两个人却在做着所谓拉弗格¹和波德莱尔的梦。我们发现了所有年轻人都在发现的东西：愚蠢的爱情，嘲讽，做拉斯科尔尼科夫²或者哈姆雷特王子，粗话和日落。当你笑着对我说"我很累。我已经四千岁了"³的时候，你代表了祖祖辈辈的以色列人。这一切都发生在人间，猜测你在天上的寿限将是徒劳无益的。

我不知道你是否还是什么人，不知道你是否在听我唠叨。

一九八四年一月四日，布宜诺斯艾利斯

---

1 Jules Laforgue（1860—1887），法国象征派诗人、抒情讽刺诗大师、"自由体诗"创始人之一。
2 Raskolnikov，陀思妥耶夫斯基《罪与罚》中的人物。
3 原文为法文。

阿布拉莫维兹

今天晚上，在离圣皮埃尔山峰不远的地方，一首壮美的希腊乐曲刚刚提示我们死比生更加让人难以置信，因为，在肉体尸解之后，灵魂依然存在。这就是说，玛丽亚·儿玉、伊莎贝尔·莫奈和我在一起并非像我们想象中以为的那样是三个人。我们是四个，因为，莫里斯啊，你也在我们中间。我们用红酒祝你健康。无须听到你的声音，无须触摸你的手指，也无须回忆你的事迹。你确实在场，闷声不响，但无疑却面露笑容，看着我们对任何人都不会死去这一如此明显的事实大惊小怪。你就在我们的身边，依照你的《圣经》的说法，同你在一起的还有那些同祖辈们一起酣睡的人群。同你在一起的还有那些当着尤利西斯的面在墓穴中狂饮的幽灵以及尤利西斯和所有真的活过或在想象中活过的人们。他们全都在那儿，还有我的父母以及赫拉克利特和约里克[1]。一个见过那么多春天和那么多绿叶、那么多书籍和那么多飞鸟以及那么多晨昏的男人或女人或孩子怎么会死呢。

今天晚上我可以像个男人似的大哭一场了，可以感受眼泪顺着面颊流淌，因为我知道世上没有任何一件东西会消亡、没有任何一件东西不留下自己的影子。今天晚上，阿布拉莫维兹，你没有开口，却告诉我要像过节一样面对死亡。

1　莎士比亚名剧《哈姆雷特》中的人物。

爱德蒙·毕晓普*于
一八六七年解读的陶片片断

……那是不见影子的时辰。梅尔卡特神[1]从中天顶上君临着迦太基海。汉尼拔是梅尔卡特的利剑。

死于普利亚[2]的六千罗马人留下的三法内格[3]金戒指已经运抵了港口。

待到秋风吹熟葡萄的时候，我也许应该口授完了最后的一句诗啦。

众多国度的巴力神[4]该受称颂，"巴力之面"坦尼特[5]该受称颂：他们曾经保佑迦太基人取得了胜利；他们让我继承了迦太基的丰富语言，而这语言将遍行于天下，它的每一个字符都具有除祟祛邪的功能。

我没有像我的子孙们那样死于沙场。我的子孙们全都能征善战，我不会埋葬他们，不过，借助于漫漫长夜，我写成了关于两次战役以及欢庆情景的赞歌。

大海属于我们。罗马人对大海有什么了解？

罗马的大理石碑震颤不已，它们听到了参战大象的喧嚣。

协议被撕毁、谎言被戳穿之后，我们只好诉诸利剑。

罗马人啊，这剑现在归你了，不过是插在你的胸口上。

我歌唱过我们的母亲蒂罗[6]的紫袍，我歌唱过发明了字母和开拓过海疆的人们的功绩。我歌唱过晨曦的红火。我歌唱过船桨和桅杆以及狂烈的风暴……

一九八四年，伯尔尼

---

* Edmund Bishop（1846—1917），英国历史学家。
1 Melqart，西亚和非洲神话中的大力神。
2 意大利东南部的一个地区。
3 容积单位，1法内格在不同地区合 22.5 或 55.5 升。
4 Baal，古代和近代许多民族的生育之神，被奉为众神之王。
5 Tanit，古代迦太基人的主要女神，为巴力的妻子，有"巴力之面"之称。
6 Tyro，希腊神话中的海中仙女之一。

公 园 挽 歌

迷宫已经消失得无迹无痕，
成排成行的蓝桉难觅踪影，
夏日的葱郁成了虚幻景致，
就连时刻警醒的光洁明镜
也不再映照人们容颜变化、
不再映照稍纵即逝的情景。
停摆的时钟、盘绕的忍冬、
空落的阁楼、轻浮的雕像、
与黄昏相对的时辰、鸟鸣、
瞭望平台以及无水的喷泉
只是昔日风情。昔日风情？

既然是无所谓开始与终结

既然只有无尽的白昼昏夕

正在等待着我们前去面对，

我们也就成了将来的往昔。

我们是斩不断的光阴之河，

我们是乌斯马尔[1]、迦太基，

我们是消失了的罗马城墙，

我们是这诗写的公园遗迹。

1　位于现今墨西哥尤卡坦州的玛雅人古城，约在 1450 年被废弃。

总　　和

洁白无瑕的墙壁

为想象提供了无限的天地，

一个人坐了下来

打算运用精确的色彩

将整个世界绘于粉底：

门扇，天平，地狱，风信子，

天使，图书馆，迷宫，

船锚，乌斯马尔，零数，时空无极。

墙上布满了各种图形。

命运对奇特天赋并不悭吝，

让他尽情地抒发了胸臆。

恰好就在行将就木的瞬间，

他发现那无数的杂错线条

表现的竟是自己的容貌神气。

有 人 梦 到

　　如今，像所有的如今一样，指的就是最后的时刻。直到如今，时光都梦到了些什么呢？梦到了诗歌极力称颂的利剑。梦到并造出了可以充作智慧的警句格言。梦到了信仰，梦到了残暴的十字军讨伐。梦到了发现了对话与质疑的希腊人。梦到了火与盐毁灭了迦太基。梦到了语汇那笨拙而死板的符号。梦到了我们有过的或梦见有过的幸福。梦到了乌尔城[1]的第一个黎明。梦到指南针的神秘特质。梦到了挪威的船只和葡萄牙人的舰艇。梦到了一天下午死在了十字架上的那位最为奇特的人的伦理观和比喻。梦到了苏格拉底的舌头上的毒芹味道。梦到了回声和镜子那对奇妙的兄弟。梦到了书籍那面总是向我们揭示另一副面孔的镜子。梦到了那面使弗朗西斯科·洛佩斯·梅里诺最后一次得见自己的容颜的镜子。梦到了空间。梦到了可以不要空间的音乐。梦到了因为包含了音乐而比音乐更为不可理解的语言艺术。梦到了第四维和里面寄生的鸟兽。梦到了沙砾的数量。梦到了数不尽的数目。梦到了第一个从雷声中听到了托尔的名字的人。梦到了有着两张永远不能相向的面孔的雅努斯。梦到了月亮和那两个曾经在月亮上行走过的人。梦到了井和钟摆。梦到了像斯宾诺莎的神一样一心想成为所有的人的沃尔特·惠特曼。梦到了不可能知道人们在梦到了自己的素馨。梦到了代代相袭的蚂蚁和代代相袭的君王。梦到了世界上所有的蜘蛛织成的无边大网。梦到了犁杖和锤子、癌症和玫瑰、失眠的烦躁和象棋。梦到了被著作家们称之为混乱而事实上却是由于所有的事物都有内在联系而成为宏观的综述。梦到了我的祖母弗朗西丝·哈斯拉姆在离沙漠仅一箭之地的胡宁要塞里读着《圣经》和狄更斯。梦到了鞑靼人唱着歌在战场厮杀。梦到了葛饰北

---

1 古代美索不达米亚南部的重要城市，始建于公元前 4000 年，公元前 4 世纪时因幼发拉底河改道使土地变成沙漠而被废弃。

斋 [1] 的手画出的那转眼之间就变成为波涛的线条。梦到了永远活在想入非非之中的哈姆雷特的言谈里的约里克。梦到了所有的物种原型。梦到了整个夏季或者夏季之前的天上只有一枝玫瑰。梦到了你那如今变成模糊照片的已故亲人的容貌。梦到了乌斯马尔的第一个早晨。梦到了影子的显形。梦到了底比斯 [2] 的数百门扉。梦到了迷宫的甬道。梦到了罗马的秘密名称就是它真正的城墙。梦到了镜子的生命。梦到了沉稳的犹太法学家将要确定的条规。梦到了一个球中套球的象牙球。梦到了供病人和孩子消遣的万花筒。梦到了作为水系名称的恒河和泰晤士。梦到了尤利西斯很可能没有看懂的地图。梦到了马其顿的亚历山大 [3]。梦到了挡住亚历山大的去路的天堂护墙。梦到了大海和眼泪。梦到了水。梦到了有人梦到了自己。

---

1 Katsushika Hokusai（1760—1849），日本浮世绘画家，对 19 世纪后期西方艺术有过很大影响。
2 古埃及帝国全盛时期的都城。
3 即亚历山大大帝。

有人将会梦到

　　莫测的未来将会梦到什么？将会梦到阿隆索·吉哈诺无须离开自己的村子和舍弃自己的书籍就能变成堂吉诃德。将会梦到尤利西斯的一个夜晚可能会比叙述他的业绩的诗作更为奇绝。将会梦到不会知道尤利西斯的名字的世代。将会梦到比今天睁着眼睛看见的情景还要真切的梦境。将会梦到我们可以创造奇迹而不为，因为想象奇迹将会更加现实。将会梦到仅仅一只小鸟的啼声就足以让你毙命的危险世界。将会梦到忘却和记忆可能不再是命运的予夺而成为主观的行为。将会梦到我们将像弥尔顿希望的那样从眼珠那对小圆球的后面用整个身体去观察事物。将会梦到一个没有肉体那架机器、那架能够感知苦痛的机器的世界。诺瓦利斯写道：生活不是一场梦，但是可以成为一场梦。

歇洛克·福尔摩斯

他不是出自母腹也没有祖辈先人。
跟亚当和吉哈诺的情况一模一样。
他是应运而生的。不同的读者的好恶
直接或间接地决定着他的形象。

他出世，因为有人要讲他的故事；
他死去，因为梦见过他的人将他忘记。
这样概括他的生死一点儿都没错。
他的虚妄比清风有过之而无不及。

他有着童子之身。不懂合欢。没有爱过。

他充满着阳刚之气，却把男女之事摈弃。
他住在贝克大街，孑然一身，孤独不群。
他还缺少另外一种本事，就是忘却的技艺。

一位爱尔兰人[1]将他造出却又并不喜欢，
据说，一直想置他于死地而未能成功。
那个性情孤僻的家伙手持放大镜
继续对一个个暴力案件进行奇特的追踪。

他没有亲戚朋友，但却有人仰慕崇敬。
此人成了他忠贞不渝的学生使徒，
记录下了他的桩桩件件逸事奇闻。
他活得怡然轻松：袖手旁观，时时处处。

他不再希求虚名。他早已经不再造访
那个以哈姆雷特命名的僻静山庄。

1　指柯南道尔（Arthur Conan Doyle，1859—1930）。

那位王子死在了丹麦，几乎根本不知道
那个以剑与海、弓与矢为特色的地方。

（一切都是天意[1]，类似的说法
可以用到这首诗赞颂的那个好人的身上，
因为他那飘忽不定的影子游遍了
整个世界每一个国度的城城乡乡。）

他时而拨弄灶底里燃烧着的树枝，
时而又杀死在旷野里游荡的地狱狂犬。
那位高尚绅士并不知道自己长存人世。
他解决着平凡琐事、重复着不恭语言。

他来自一个轻烟薄雾笼罩着的伦敦，
那是他不甚关注的帝国的著名都城，
那里的宁静中蕴涵着某种神秘气氛，

1　原文为拉丁文。

但却不想知道自己已经开始衰落的历程。

我们不必惊异和错愕。在那弥留之后，
命运或者机缘（二者本来就是一回事情）
为我们每人安排的竟是那奇特的结局：
让我们变成为每天都在消失的回声和虚形。

这回声和虚形的最后消隐却要待到
忘却这个共同的终极将我们最后完全忘记。
在这种情况发生之前，让我们尽情地搅和
还得活上一段时间、活着和活过这摊烂泥。

在黄昏的时刻时常想到歇洛克·福尔摩斯
应该是我们还保留着的一个良好的习俗。
再有就是死亡和午饭之后的片刻小憩。
到公园里寻找轻松或对月发呆也是一种清福。

云　团

一

没有什么东西不是过眼的烟云。

就连大教堂也逃脱不了这一命运，

巨大石块和玻璃窗上的《圣经》故事

到头来都将被时光消磨净尽。

《奥德赛》也如不停变幻的大海，

每次翻开都会发现某些不同。

你的容颜在镜子里已经变样，

时日好似是一座疑团密布的迷宫。

我们全都不过是匆匆的过客。

在西天消散的浓密云团

就是我们最为真切的写真。

玫瑰在不停地变为另一枝玫瑰。

你是云彩、是大海、是忘却。

你还是你自己失去了的那一部分。

二

沉沉的恬静山冈的威壮峰峦

在空中飘浮游荡蔽日遮天。

人们将它们称之为云彩，

常有千姿百态的无穷变幻。

莎士比亚曾经见过一条巨龙。

那块黄昏时分出现的云团

借助于他的言辞熊熊燃烧，

我们至今仍能见到它的光焰。

云是什么？是偶然生成的宫阙？

也许是上帝需要那些云彩

来实现其永无止境的创造，

而云彩就成了冥冥天机的经络。

人们常在清晨时分观赏云彩，

也许那云彩并不比人更为空落。

关于他的失明 [*]

作为岁月流逝的结果，

我身陷一层亮雾的紧紧包围之中，

所有的景物全都变得一片模糊，

失去了形与色，几乎只剩空名。

一成不变的漫漫长夜和

人声嘈杂的白天都是茫茫云烟，

混沌如一没有消减的时候，

从黎明的时分就是如此这般。

有时候我真想看清人的容貌。

我无从知道新百科辞书内容。

我不能享受阅读捧在手中的图书、

观赏高空飞鸟和金色月亮的激情。

这世界如今只属于别人，

我只能在黑暗中吟诗作文。

寓言中的线团

阿里阿德涅亲手将线团放到忒修斯[1]的一只手中（他的另一只手里拿着宝剑），让他深入迷宫并找到目标，也就是那个牛头人身怪物，或者，如但丁所说，人头牛身怪物，将它杀死并于事成之后能够冲出石砌的网络，重新回到她的身边接受她的爱情。

事情果然那么发生了。然而，忒修斯不可能知道迷宫的背后还有一座时光的迷宫，不可能知道美狄亚[2]早就在某个特定的位置上等着他了。

那个线团已经不知所终，迷宫也消失得无踪无影。如今我们甚至都不知道是否陷在一座迷宫、一个秘密的宇宙或一团危险的混乱之中。我们美好的责任就是想象着有一座迷宫和一个线团。我们永远都不可能找到那个线团，也许我们找到了却又于一次宗教活动、一支乐曲、一场酣梦、一个哲学推断之中或者那真切而单纯的欣喜时刻将之丢失。

一九八四年，克诺索斯

1　Theseus，希腊神话中雅典王埃勾斯的儿子。他出生在异国他乡，长大以后，在前往雅典寻父途中，一路上斩妖除怪，威名大振。到了雅典后，得知克里特迷宫里的半人半牛怪弥诺陶洛斯每年都要雅典人献祭七对童男童女，于是就决定前去将之除掉。他闯入迷宫，杀了弥诺陶洛斯，靠阿里阿德涅给他的一个小线团的导引逃离迷宫。

2　Medea，希腊神话中科尔喀斯王的女儿。她精通巫术，曾嫁给阿尔戈英雄的领袖伊阿宋并帮助他取得了金羊毛。伊阿宋后来移情别恋，为了报复，她杀了自己同伊阿宋生的三个儿子，逃到雅典，做了雅典王埃勾斯的妻子。埃勾斯发现她想毒死自己的儿子忒修斯，遂将她逐走。

拥 有 昨 天

　　我知道自己失去了数不清的东西，而那些失去了的东西如今恰恰是我拥有的一切。我知道自己看不见黄色和黑色，正像能够看到这些颜色的人们不会去思念这些颜色一样，我非常思念这些再也看不到的颜色。母亲去世了，但是她永远伴在我的身边。当我想要回味斯温伯恩的诗作的时候，我就去回味，而那些诗歌就以诗人的声音在我的耳边回旋。只有死了的人才属于我们，只有失去了的东西才属于我们。伊利昂不在了，但是伊利昂却长存于为它恸哭的歌中。以色列[1]不在了，却被永久怀念。随着时间的推移，所有的诗都成了挽歌。离我们而去的女人属于我们，而我们却不必再受焦心的傍晚的煎熬、不必再受期待的惊恐的煎熬了。除了已经失去了的天堂，不会再有别的天堂。

---

1 Israel，据《圣经·旧约》为犹太人的祖先之一，即以撒和利伯加的儿子雅
各，因同天使摔跤获胜而被神赐以以色列的名字。他的后代成为以色列的
十二个部族，分布于各地。

恩里克·班奇斯 [*]

他是一个默默无闻的人物。

多舛的命运使他失去了一个女人；

这样的经历谁都有可能遭遇，

可是，普天之下，这种事情最让人痛心。

他也许曾经想到过一死了之，

却不知道那剑、那苦、那磨难

正是上天赐给他的护身法宝，

确保他能够完成传世的诗篇。

那诗篇将会长久地流传，

比写诗的手更具生命的力量、

比教堂的高大玻璃更能驻留人间。

结束了自己的使命之后，

他只是黯然消失在芸芸众生中的凡人，

但却为我们留下了不朽的纪念。

---

* Enrique Banchs（1888—1968），阿根廷诗人。

在爱丁堡做的梦

天亮前我做了一个懵懵懂懂的梦，现在就试着将那梦理清。

你的父母孕育了你。在漫漫荒漠的另一边有一些积满灰尘的教室，或者，如果你愿意，那些教室也可以称之为积满灰尘的库房。在那些教室或库房里，有着一排排平行的大黑板。那些黑板的长度得以公里来计算，而且还不知道能有多少公里。黑板上有用粉笔写的文字和数字。不知道一共有多少块黑板，不过应该是很多很多，有的上面有字，有的几乎是空的。墙上开有日本式的拉门，那些拉门都是用生了锈的金属做成的。整个建筑是圆形的，但是，那个建筑是那么大，从外面根本就看不出弧度，看起来就像是直的。那些一块挨着一块的大黑板比人还高，直接灰白色的石灰天棚。黑板的左侧写的是文字，随后是数字。文字依照词典的顺序自上而下地排列着。第一个词是阿勒[1]，伯尔尼的河流的名字。那个名字后面写有阿拉伯数字，数字的数目没法数清，不过肯定不是没数的。那些数字标明了你将亲眼见到那条河的确切次数、你将在地图上见到那条河的确切次数、你将在梦里见到那条河的确切次数。最后一个词也许是茨温利[2]，已经排在很远的地方了。在另外一块特别的黑板上写着永远不会[3]，那个怪字的旁边也有一个数字。你的生命的全部进程全都包含在那些符号里面了。

没有一秒钟不与某一个系列有关。

你将挨过那个带有姜味的数字继续活下去。你将挨过那个像玻璃一样光洁的数字再活上一些时日。你将挨过标明脉搏跳动次数的那个数字，于是就会死去。

1　原文为英文。
2　Huldrych Zwingli（1484—1531），瑞士宗教改革领袖。
3　原文为英文。

柏 树 叶

.

　　我只有一个仇人。我无论如何也没有搞清楚一九七七年
四月十四日那天夜里他是怎么进入我家的。他一共打开了两
道门：沉重的对街门和我卧室的门。他开了灯并把我从噩梦
中叫醒。我已经不记得梦中的内容了，只知道有一个花园。
他虽然声音不高，但是却命令我立即起来并穿好衣服。我的
死期到了，处死我的地点另在别处。我被吓得说不出话来，
只好服从。他没有我高却比我壮，积怨使他敢于妄为。他没
有因为岁月的流逝而有什么变化，只是乌黑的头发中增加了
些许银丝。他一向对我怀恨在心，如今则要置我于死地。老
猫贝珀冷冷地望着我们，没有救我的意思。我房间里的那只
蓝色的瓷虎以及《一千零一夜》中的那些巫师精灵也都如此。

我想随身带点儿什么。我求他让我带上一本书。选一本《圣经》可能太过扎眼。于是我就从十二卷爱默生著作里面随手抓了一本。为了不惊动别人，我们从楼梯上走了下来。我计数着每一个台阶。我发现他极力避免碰到我的身体，就好像一碰到我就会染上疾病似的。

　　一辆厢式双座四轮马车在小教堂对面的查尔卡斯和马伊普交叉路口等着我们。他以一个夸张的手势邀我先上车。车夫预先知道要去的地点，于是立即挥鞭驱马。一路上走得很慢，而且，可以想见，大家全都默不作声。我生怕（或者说很希望）就永远那么走下去。那是一个宁静的月夜，没有一丝儿的风。街上不见一个人影。车的两边低矮的房子整齐划一，就像是两道护墙。我心里想道：这儿已经是南城了。我看到了高挂于钟楼上的时钟，明晃晃的表盘上既没有数字也没有时针。据我的印象，我们未曾横穿任何街道。我并没有像伊利亚学派学者们所倡导的无限论那样感到害怕，甚至没有害怕会害怕，也甚至没有害怕会害怕害怕，但是当车门打开的时候，我却差一点儿跌倒。我们登上了一个石阶。有一些地面非常光滑，而且还有许多树木。我被带到了一棵树下并让我平着张开手臂仰面躺到了草地上。我从躺着的位置上看到了一件罗马教士穿的那种长袍，于是就知道了自己身在何处了。我的死亡的见证是一棵柏树。我下意识地重复了一遍那句名言：多么常见参柏生长在柔软的英蓬间[1]。

我想起，根据上下文，lenta 的意思是"柔软"，但是，我身边那棵树的叶子根本就没有柔软可言。那些叶片全都一个样子，僵直而光洁，是死物。每一个叶片上都有一个花押字。我觉得恶心，却又感到了轻松。我知道有一个非常的办法能够救得了自己的性命，不仅自己可以免去一死并且说不定还会将对手断送，因为，他受制于仇恨，既没有留意那架时钟也没有留意浓郁的树冠。我扔掉了自己的护身符，双手紧紧地抓住草茎。我头一次也是最后一次看见了刀刃的闪光。我一惊而醒，左手正扒在房间的墙壁上。

多么奇怪的噩梦啊，我想道，随后很快就又堕入了梦乡。

第二天，我发现书架上出现了一个空当儿，留在了梦中的那本爱默生的书不见了。十天之后，我听说我的那个仇人

1　原文为拉丁文。

于一天夜里离家出走并且没再回去。他永远都不可能回去了。他将被关在我的噩梦之中，在我未曾见到过的月亮光下，满怀恐惧地在那座有着光盘的时钟、不能生长的假树以及天知道别的什么怪事的城市里继续徘徊游荡。

灰　　烬

一个和别的房间一样的旅馆房间。

没有任何特别之处的时辰，

让我们放松和迷失的午间小憩。

纯净的水带给咽喉的清爽。

日夜笼罩着失明的人的

那微带亮光的浓雾。

一个也许已经死了的人的住址。

唯一的梦或者所有的梦的弥散。

我们脚下那朦胧的莱茵河或罗讷河。

一个已经过去了的烦恼。

这一切，对诗来说，全都过于乏味。

海迪·兰格

像蓝色的剑一般驶离挪威

（你的挪威）、冲破惊涛骇浪

并为时光及其经历的岁月

留下如尼文字的石碑的

一艘艘舷壁高耸的航船，

等待你光顾的镜子的玻璃，

你那审视别的东西的眼睛，

我看不到的画像的框架，

一处挨近西方的花园的栅栏，

你讲话时的英国口音，

桑德堡的习惯，几句笑谈，

班克罗夫特和柯勒

于星期五聚会时

在宁静而光亮的银幕上的战斗。

这一切全都在没有指名地呼唤着你。

另一段经外经

经师的一位学生想单独同老师谈谈，但是又不敢。经师对他说道：

"告诉我你有什么心事。"

学生回答：

"我没有勇气。"

经师说道：

"我给你勇气。"

这是一个非常古老的故事了，可是一部很可能并非伪托的文献记录下了他们在大漠边缘和黎明时分说过的话。

学生说道：

"三年前我做了一件非常严重的错事。别人不知道，可是我自己知道。我每次一见到自己的右手就心里发颤。"

老师答道：

"人人都会做错事的。人不能无过。仇视一个人就已经是在心里将他置之于死地了。"

"三年前，我在撒马利亚杀过一个人。"

老师没有吭声，不过脸色大变，学生很可能在等着听他的呵斥。不过，他最后说道：

"十九年前，我在撒马利亚孕育了一个儿子。你已经后悔做了那件事情。"

学生答道：

"是的。我每天夜里都祷告和哭泣。希望你能给我以宽恕。"

老师说道：

"任何人都不能宽恕别人，连上帝都不能。如果以事论人，没有一个人不该同时下地狱和进天堂。你仍然觉得自己就是那个杀了同类的人吗？"

学生答道：

"我真不明白当时怎么就会愤然地拔出刀来。"

老师说道：

"我常常喜欢打比方，只是想让真理能够铭刻在人们的心里。不过，现在我倒是愿意像父母对儿子那样同你谈谈。我不是那个做了错事的人，你也不是那个凶手，没有任何理由继续折磨自己。你有责任跟大家一样：坦荡而快乐。你必须自己拯救自己。如果你还有什么过错的话，那就让我来承担吧。"

那次谈话的其他内容没有流传下来。

漫长的追寻

    时光初始之前或时光范围之外（这两种说法都是废话）或者是在一个不属于天地间的某个地方有一个看不见的或许完全透明的生灵，我们人类一直在寻找着它，它也一直在寻找着我们。

    我们知道那个生灵没法丈量。我们知道那个生灵没法计数，因为它的形状不计其数。

    有人到一只飞鸟的身上去找过，因为它是由鸟类组成的；有人到一个词语或者构成那个词语的成分中去找过；有人到一本先于所用的阿拉伯文及世界万物的书籍里面去找过而且还在继续寻找着；有人在我就是我的格言中寻找着。就像经院哲学的普遍形式或怀特海的模式一样，那个生灵常常会倏忽一现。人们说它寄寓于镜子之中，谁去照镜子，谁就能看到它。有人在关于一次战役的美好回忆里或者在每一个失去了的乐园中看到或者依稀看到了它。

有人推测，它的血液随着你的血液环流，所有的生灵都在孕育着它并且也都是由它孕育出来的，只要将沙漏翻转过来就能测知它的恒定。

那个生灵潜藏于透纳的绘画、一个女人的眼神、诗歌的古老旋律、无邪的曙光、天边的或比喻中的月亮。

那个生灵时时都在回避我们。罗马人的格言在过时，夜色在蚀损着大理石碑。

多姿的安达卢西亚

世事悠悠。写诗的卢坎

和另外那位创造格言的人。

清真寺和拱门。杨树林中的

伊斯兰式的清泉淙淙。

午后时分的斗牛表演。

粗犷同时又清幽的音乐。

无所事事的优秀传统。

犹太人中的神秘学者。

夜晚以及友谊长桌上的

拉斐尔[1]。高贵的贡戈拉。

从西印度掠来的珍宝。

海船，刀剑，牛皮盾。

多少声音、多少壮举

汇成为一个词语：安达卢西亚。

贡　戈　拉

马尔斯，战神。福玻斯，太阳。

尼普顿象征着已被神明抹去、

我的眼睛看不见的大海。

所有这一切将上帝（是三位又是一体）

逐出我聪慧的心灵。

命运强逼我有了这样的想法。

我生活在神话的包围之中。

我无所能为。维吉尔让我痴迷。

维吉尔以及拉丁文。

我使得每一个诗节都成为了

词语交织的热烈迷宫、

成为了几乎一文不值的大众的禁地。

我觉得飞逝的光阴就是无情的流矢，

我觉得清溪就是一种结晶，

我觉得痛苦的眼泪就是颗颗珍珠。

这就是我作为诗人的奇特使命。

嘲讽或者虚名与我有什么相干？

我将还活着的头发变成了金缕。

谁能告诉我：在上帝的秘籍中

是否载有我的名字？

我想回归于平凡的事物：

清水，面包，一个水罐，几枝玫瑰……

所有的昨天化作一场梦

穆拉尼亚的名字，

抚弄琴弦是手指，

那于傍晚时分

讲述一桩被遗忘了的青楼或庭院

旧事的已成过去的声音，一场搏斗，

两把如今已锈蚀了的利剑的交锋

和有人突然倒下，这些区区小事

足以为我构成一种神话。

一种如今已经成为了昨天的

鲜血淋漓的神话。

王宫的昭昭史册同样虚妄，

不比那无稽的神话更为真实。

过去是现在随意捏塑的胶泥。

无休无止。

关于不信教的人的歌谣

那蛮子来自荒漠，

胯下是一匹青马。

宾塞或卡特列尔

有他的茅屋破家。

人与马合而为一，

合而为一不是俩。

通过口哨和吆喝

将无鞍坐骑驱驾。

他家里有根长矛，

经过了精心磨砺；
火枪灵便更好用，
长矛不再有威力。

他擅长言谈辞令，
这并非人人都行。
他有秘密的去处，
熟悉一条条路径。

他打从内地出来，
再回到内地而去；
他知道奇闻逸事，
却几乎禁口不提。

有些平常的东西，
他从来未曾听闻：
没见过房门、庭院，
没见过水池、滑轮。

他也没有想到过
墙的后面是房间，
房间里头有床铺、
板凳和其他物件。

镜子照出的模样
没让他感到惊慌，
有生以来头一次
看到自己的长相。

镜里镜外相对望，
木木呆呆无表情。
一个（哪个？）瞪着眼，
就像梦见在做梦。

知道失败和死亡，
他也不会太在乎；
这个故事该有名，
就叫"荒漠的征服"。

关于一个死人的歌谣

我曾经在梦里见到他
住在这幢房子的里面。
梦见原本真实的事情
是上帝赐给人的特权。

我梦见过他去到海外
流落到了冰封的荒岛。
至于其他的种种情况,
坟墓和医院也许知道。

内地的诸多省份之一

是他出生成长的地方。
（最好不要让人们了解
有人会死在战场之上。）

人们让他走出了兵营，
把武器塞到他的手中，
然后就打发他去送死，
同行的还有其他弟兄。

人家做得小心又谨慎，
人家进行了长篇训话，
人家发放步枪的同时
还交给了他们十字架。

他听到了巧舌的将军
巧言编造的空泛煽动；
他看到了新鲜的场面：
鲜血把黄沙染得通红。

他听到了杀声和欢呼，
他听到了人们的哀恸。
他只想知道一件事情：
自己表现得是否英勇。

子弹打中了他的身体，
他弄清了自己的表现。
就在生命结束的刹那，
他想：我没有退缩不前。

他的死亡是一种胜利，
尽管没有被人们承认。
无须惊异：那人的命运
让我妒忌又让我怜悯。

一九八二年

书架上书的后面积下了一层厚厚的尘土。我的眼睛看不见。我的手摸着就像触到了蜘蛛网一样。

这是被称为宇宙历史或宇宙进程的网络的一个极小的组成部分，是那包括着星辰、病痛、迁徙、航海、月亮、萤火虫、不眠之夜、纸牌、铁砧、迦太基和莎士比亚在内的网络的组成部分。

这篇不能成为诗的小文和你那在天刚亮的时候做过并已忘记了的梦也是那网络的组成部分。

那网络可有边缘？叔本华认为网络就像我们从云彩的变幻中看到的人脸和雄狮一样荒唐。那网络可有边缘？那边缘不会是伦理上的，因为伦理是人类而不是不可琢磨的神明的梦想。

　　对于那网络而言，也许那层灰尘的作用并不亚于那些承托着一个帝国的军舰或者那晚香玉的清幽。

胡安·洛佩斯和约翰·沃德[*]

他们有幸赶上了一个奇特的时代。

地球被划分成了不同的国家，每一个国家都拥有着臣民、得意的往事、一个无疑可歌可泣的过去、权益、耻辱、一个特别的神话、青铜铸成的先烈雕像、周年纪念、政客和标志。这种划分给绘制地图的人造成了极大麻烦也成为了连绵战祸的根源。

洛佩斯生在那条静止不动的河¹边的城市里；沃德生在布朗牧师²曾经涉足过的那座城市的郊区，他还为了阅读《堂吉诃德》而学过西班牙语。

洛佩斯崇拜康拉德。关于这个人，他是在位于彼亚蒙特大街的一间教室里听说的。

他们本可以成为朋友，但却只见过一面，是在一些过于著名的岛屿 ³ 上面，而且，他们两个当中的每一个人都成了该隐又成了亚伯。

他们被葬在了一起。他们一起在雪帐下面朽烂。

我讲的这件事情发生在一个我们无法理解的年代。

---

* 此处的两个人名似无具体所指，前者当代表阿根廷人，后者当指英国人。

1 指阿根廷的拉普拉塔河。

2 Father Brown（1578—1652），英国清教派牧师、作家。

3 指马尔维纳斯群岛。

密　　谋

在欧洲的中心，人们在策划一个阴谋。

这是一二九一年的事情。

参与者们来自不同的门第，信仰不同的宗教，讲着不同的语言。

他们作出了要通情达理的奇特决定。

他们决心存异求同。

他们曾是联邦的战士，随后又变成了雇佣兵，因为他们全都一贫如洗、好战成性，而且并非不知道人类的一切功名均属虚空。

他们是用胸膛抵住敌人的长矛为同伴开路的温克尔里德[1]。

他们是一位外科医生、一位神甫和一位检察官，不过也是帕拉切尔苏斯[2]、阿米耶尔、卡尔·容格[3]、保罗·克利。

在欧洲的中心，在欧洲的高原，矗立起了一座理性与坚强信念的高塔。

如今的区划一共是二十二个。最后一个为日内瓦，是我的故国之一。

明天这些区划将涵盖整个地球。

也许我没有说中。但愿我是个预言家。

---

1 Arnold von Winkelried（? —1386），瑞士独立战争中的英雄。
2 Paracelsus（1493—1541），瑞士医师、炼金术士。
3 Carl Jung（1875—1961），瑞士心理学家、精神病学家。心理学中"内向型性格"和"外向型性格"是他首创，他还把心理分析应用于解释神话和传说。

JORGE LUIS BORGES
Los Conjurados

图字：09-2010-605 号